U0102367

郭宝平——作品

大明首相

【第一部】

陷阱重重

中国文史出版社

图书在版编目（CIP）数据

大明首相：修订版. 第一部，陷阱重重／郭宝平著
. --北京：中国文史出版社，2020. 10
ISBN 978 - 7 -5205 -2388 -2

Ⅰ. ①大… Ⅱ. ①郭… Ⅲ. ①长篇历史小说 - 中国 -
当代 Ⅳ. ①I247. 5

中国版本图书馆 CIP 数据核字（2020）第 198906 号

责任编辑：金硕

出版发行：**中国文史出版社**

社　　址：北京市海淀区西八里庄路 69 号院　　邮编：100142

电　　话：010 - 81136606　81136602　81136603　81136605（发行部）

传　　真：010 - 81136655

印　　装：廊坊市海涛印刷有限公司

经　　销：全国新华书店

开　　本：787 × 1092　1/16

印　　张：19

字　　数：280 千字

版　　次：2021 年 1 月北京第 1 版

印　　次：2024 年 3 月第 3 次印刷

定　　价：58. 00 元

主要人物

高　拱：字肃卿，号中玄，河南省开封府新郑县人。裕王首席讲官、礼部尚书、内阁大臣、内阁次相兼掌吏部事、首相兼掌吏部事。官场称"玄翁""新郑"。

张居正：字叔大，号太岳，湖广省荆州府江陵县人。国子监司业、翰林院掌院学士、内阁大臣、内阁次相、万历朝内阁首相。官场称"岳翁""江陵"。

徐　阶：字子升，号存斋，南直隶松江府华亭县人。嘉靖末期、隆庆前期内阁首相。官场称"元翁""存翁"。

李春芳：字子实，号石麓，南直隶扬州府兴化人。状元出身，嘉靖末期内阁次相、隆庆中期首相，官场称"兴化"。

俺答汗：成吉思汗黄金家族后裔，蒙古"中兴烈主"达延汗之孙，实力最强大的蒙古首领，驻牧土默川，汗廷美岱召，隆庆年间封顺义王。

李贵妃：宫名彩凤，裕王侍女，万历皇帝生母，隆庆朝晋贵妃，万历朝尊慈圣皇太后。

冯　保：号双林，司礼监秉笔太监、提督东厂太监、掌印太监兼提督东厂太监。官场称"厂公""印公"，宦官尊称"老宗主"。

曾省吾：字三省，号确庵，湖广省承天府钟祥县人。员外郎、郎中、太仆寺少卿、工部侍郎、四川巡抚。张居正幕僚。

隆庆帝：嘉靖帝之子，封裕王，继位后年号隆庆，在位六年，庙号穆宗。

安国亨：贵州水西土司。

海 瑞：字汝贤，号刚峰，广东省琼山县人。户部主事、尚宝丞、通政司通政、应天巡抚。

邵大侠：南直隶镇江府丹阳县人，知名侠客。

珊 娘：邵大侠义女。

三娘子：名也儿钟金，俺答汗外孙女，后纳为侍妾。

韦银豹：号"莫一大王"，在广西古田一带割据称王五十年。

赵 全：白莲教徒，汉奸头目，俺答汗称之为"薛禅""倘不郎"。

王崇古：号鉴川，山西蒲州人。三边总督、宣大总督。

张四维：字子维，号凤磬，山西蒲州人。王崇古外甥。编修、翰林院掌院学士、吏部侍郎、太子讲官，万历朝内阁大臣。

杨 博：字惟约，号虞坡，山西蒲州人。王崇古、张四维姻亲。吏部尚书、吏部尚书管兵部事。

殷正茂：字养实，号石汀，南直隶徽州府歙县人。江西按察使、广西巡抚、两广总督。

张学颜：直隶肥乡县人，兵备道、辽东巡抚。

魏学曾：字惟贯，号确庵，陕西省西安府泾阳县人。郎中、兵备道、辽东巡抚、兵部侍郎、吏部侍郎。

王世贞：字元美，号凤洲，南直隶苏州府太仓州人。文坛领袖。

胡应嘉：吏科都给事中，言官领袖。

梁梦龙：号鸣泉，直隶真定人。河南布政使、山东巡抚、河南巡抚。

戚继光：字元敬，蓟镇总兵。

蔡国熙：字春台，直隶广平人。苏州知府、苏松常兵备道。

侯必登：字懋举，潮州知府、兵备道。

韩 楫：字伯通，山西蒲州人，高拱门生，刑科给事中、吏科都给事中、提督四夷馆少卿、通政司通政。

刘自强：字体乾；河南扶沟县人。工部侍郎、刑部尚书。

王宗沐：山东布政使、漕运总督。

曹大埜：字梦质；四川巴县人。知县、户科给事中。

郜永春：巡盐御史。

朱希孝：锦衣卫都指挥使，官场称"缇帅"。

林道乾：海盗头目。

王　杲：建州女真首领，清太祖努尔哈赤外祖父。

土蛮汗：北元名义上的汗廷共主。

李成梁：辽东镇总兵。

花腰蜂：粤东山寇头目。

郭应骋：广西布政使。

查志隆：安庆知府。

谢大寿：祥符知县。

陈大明：大明方物商号掌柜。

房尧第：字崇楼，高拱幕宾。

吕　光：字水山，徐阶幕宾。

高　福：高拱管家。

游　七：张居正管家。

再版自序

记得是 1998 年夏季，在一次聚会时，我在人民大学求学期间的老师、明清史专家韦庆远先生郑重提醒我们几个学生说："现在戏说历史成风，实在令人气愤！可是，历史论文、专著，只是圈子里的人看，社会影响实在有限，有精力最好投入写历史小说。"我在大学时代起就开始写作，研究生时代就发表过一些作品，听了韦先生的话，我从 2000 年起就踏上了历史小说写作的征程，由于太执着，后来索性放弃了本职工作。《大明首相》是我从事专职写作以来出版的第一部长篇历史小说。

《大明首相》这部小说，捕捉的是厚黑学盛行时代追求公正的一抹亮光；映照的是大航海的时代潮流浩荡奔涌时古老中国的华丽一跃；记录的是大失败前夜力挽狂澜的奋力一搏；探析的是人性深处的斑斓幽暗。

再版缘由。《大明首相》于 2018 年年末出版后，在文学界、史学界和广大读者中获得广泛好评。书评、作者访谈已有数十篇。曾任姚雪垠历史小说奖评委、出版过历史小说研究专著的北京大学中文系教授马振方评论说："这正是我所期盼的用现实主义方法和传神之笔写出的具有高度历史性的小说佳作，其历史性之强在我读过的历史小说中无与伦比。"中国当代文学研究会会长白烨评论说："作者懂得以历史为依托来写小说，也擅长以小说笔法来写历史。"评论家贺绍俊认为："郭宝平的叙述具有强大的说服力"，成就了《大明首相》这部"史才、史学、史识兼具的小说"。评论家李舫博士认为："郭宝平仿佛书场的说书人，引领着读者穿越历史的迷宫，读者又升发着他的想象，同他一道拓展历史的疆域。"92 岁高龄的高拱研究专家岳金西老先生始终关注《大明首相》的创作，出版后逐字逐句阅读，经常发信息谈他的读后感，对小说给予高度评价。明史学者赵世明教授评论说："主人公的历史形象和文学形象在这里契合，成就了本书历史视角的上乘之品。"出版过《高拱传》的白银市公务员崔振生撰文说："读以高拱为主人公的长篇历史小说《大明首相》，我被书中个性鲜明的人物形象、引人入胜的故事情节、跌宕起伏的叙述技巧、恢宏壮阔的历史场景、典雅隽丽的行文风格所吸引和感染，竟至于全神贯注，欲罢不能。一部好的历史小说，首先要打动人、吸引人、感染人。这一点，《大明首相》无疑做到了。这部小说努力寻求历史真实与文学艺术的有机结合，气势恢宏，波澜壮阔，无论是在塑造人物形象、刻画性格特征、揭示心理活动、构思故事情节，乃至于描摹铺陈当时社会的风俗人情、典章礼仪、服饰装束，饮食起居，宫观建筑、街市衢巷等，都能如数家珍，信手拈来，圆熟地融入情节描绘，或用来点染时代氛围。这些艺术成就远远超越了时下许多历史小说的写作水平，充分显示了作者厚重广博的历史知识，熟练扎实的文字功底和严肃认真的创作态度。"

广大读者也给予这部小说很高的评价。当当网数以千计的留言好评率百分之百。一位叫"狮子翻身 657"的网友在网上留言："最近正在看《大明首相》，看到下册了，实在是太过瘾了，我个人的看法，这本书写的是我看的历史小说里最好的一部，有深度、有广度、有厚度、有力度，尤其是通过一件件大事小事，对高拱和张居正的言行心态的把握，反映出二人同中有异的人生轨迹。说实话，茅盾文学奖的书我也看了一些，但是在文学张力和深度思考上，都缺乏打动人的可读性。这部《大明首相》即便不能获得茅盾文学奖，但是在我们读者的心里，口碑和好评是不容抹杀的。相信时间，会把一些有厚度有历史感的好书流芳百世的，这部书当为其一。"还有一位叫"冥冥之中 6666"的网友留言说："多年来没有读到过这么好的历史小说了！"

《大明首相》还受到图书市场的肯定，第一版很快售罄，面临加印还是再版问题。经过慎重考虑，在听取各方意见的基础上，决定还是对小说进行修订。修订增加了一章，调整了三章，其余各章的文字进行了不同程度的修改。希望经此修订，把这部小说从内容上做成精品。

首相称谓。小说面世后，不少读者提出，明朝内阁首臣应该称首辅而非首相。这里，再作说明。鉴于朱元璋废丞相，人们误以为明朝人称内阁首席大臣为首辅。事实上，时人较多以"相"代称阁臣。嘉靖朝兵部尚书胡世宁就上疏说："不知何年起，内阁自加隆重，凡职位在先一人，群臣仰尊，称为首相。"海瑞所呈《乞治党邪言官疏》中有"（徐）阶为首相"的话；吏部公文《复巡城御史王元宾缉获钻刺犯人孙五等疏》中，也有"见徐阁下位居首相"这样的句子。这都是呈报给皇帝的正式公文里的表述，可信度无可置疑。曾主政内阁的高拱在《病榻遗言》里说："科道各相约具本，劾荆人交通冯保，唆使言官诬陷首相。"同样做过内阁首臣的张居正，在给友人的私函里也有"白首相知，犹按剑也"之句。万历朝内阁大臣于慎行著述里写着："新郑（高拱）以首相行太宰事……"吏部尚书张瀚在《松窗梦语》里记述："穆宗宾天，首相（高拱）奉皇太后懿旨免官，祸几不测。"因此，小说使用"首相"而不是"首辅"这个称谓，更符合历史事实，也更能揭示主人公所处的实际地位。当然，如果有读者解读为"首相"是双关语，我认为这样的理解是全面且精准的。

主人公高拱其人。我从事高拱研究、写作垂三十年，翻阅大量史料、通读了高拱著述，深感这是一位非常了不起而又不幸被埋没的人物。高拱自幼随父祖在外游历，又先后拜多名退休高官大儒为师，17岁中举后到大梁书院求学，私淑其父挚友、"实学"大家王廷相求学，后又被聘为书院教习，长达十余年，30岁中进士、点翰林。书院被认为具有"自由之风"，与科举考试的应试教育有很大不同。这些经历使得高拱学问广博，视野开阔，思想解放，被学者嵇文甫称为站在时代前面开风气的人物。他登上政治舞台时，大航海的时代潮流惊涛拍岸，明朝也处于大变局中。面对战争还是和平的抉择，高拱选择以贸易取代战争；面对锁国还是开放的抉择，高拱选择解海禁、通海运；面对抑末还是重商的抉择，高拱选择重商恤商；面对姑息还是肃贪的抉择，高拱大喝一声贪婪无赦；面对激活旧制还是除旧布新的抉择，高拱致力于"立规模"，不断推出革新改制举措。难能可贵的是，大明官场贪墨、奢靡之风甚盛，高拱却自律甚严，安于守贫，就连被称为清官的海瑞也钦佩高拱是个安贫守清介的宰相。清廉并不是高拱的最大优点，他最为人称道的是锐志匡时，肩大任而不挠的担当精神。不计毁誉毅然决断，一举结束与蒙古二百年的战争状态；审时度势，决断解海禁、通海运；不怕得罪人，大力肃贪、改制，都是他担当精神的写照。高拱主政仅仅两年余，只争朝夕、励精图治，朝政焕然一新。穆宗褒扬他精忠贯日，贞介绝尘，赤心报国，正色立朝。高拱委实是一位励精图治、不计毁誉、把握大势，力图为国家开辟新出路、忠诚干净担当集于一身的政治家、改革家。倘若高拱执政久，势必为大明开创出一条新出路。他的执政理念、施政举措、关键时刻的抉择，虽不为时代所理解和接受，却不期然顺应了历史潮流，这都是值得重新认识的。

我的历史小说观。历史小说是以真实历史人物和历史事件为骨架、描写人物命运、反映一个时代历史风貌的文学作品。与现实小说不同，历史小说首先要具有历史性，历史性的核心是真实性。也就是说，真实性是历史小说的特质。可以认为是依托历史写小说，同时又以小说的笔法写历史。与历史著述不同的是，历史小说关注的是有血有肉的人，探寻的是历史进程中的人的命运，从人物的心路历程捕捉重大历史事件背后的逻辑脉络。从这个角度说，我非常赞同日本历史小说作家陈舜臣的观点——历史小说属于广义的推理小说。以历史小说两度获得在国际上享有盛誉的英国文学奖布克奖的小说家希拉里·曼特尔说，她在猜测某些事时，希望有一点根据，很少无中生有。我在写作历史小说时也是这么做的。比如我的另一部历史小说《大宋女君刘娥》涉及广泛流传的"狸猫换太子"，这件事文献记载很少。已知的是真宗皇帝和修仪刘娥都年过四旬，是怎么瞒天过海的？有这样几个线索：真宗前五个儿子都夭折了；刘娥的侍女告诉真宗，她梦见赤脚大仙入她怀中；仁宗诞生后，刘娥一直不让他穿袜子，以显示他是赤脚大仙降临人间。这几个线索结合在一起，即可以想象得出，刘娥当是以赤脚大仙降临这样的神秘谶语来掩人耳目的。在普遍相信神祇的时代，在皇帝的五个儿子都夭折的背景下，没有人敢公开质疑。这样的推理是合乎逻辑的，也应该最接近历史真实。这就是历史小说的优势，也是历史小说的广阔天地。我不是说，强调了历史小说的真实性，就必须照搬历史记载。不是的。比如，历史小说一般涉及的人物众多，每个人物都照历史真实搬进来，实在令人眼花缭乱，一些无关紧要的人物，有意张冠李戴，也是为减轻读者阅读负担。涉及的历史事件，也不能记流水账似的年月日一天不差，而要根据小说的张力需要做出适当安排。

历史小说除了真实性，还要有历史感。要致力于揭示原生历史形态，展示国人在某个历史时期的生存情状。这就需要描摹铺陈当时的社会风俗、典章礼仪、饮食起居，挖掘当时的政治生态、世道人心，将其圆熟地融入情节描绘，或用来点染时代氛围。

但是，真实的历史到底是什么样的？有句通俗的说法：历史是任人打扮的小姑娘。美国学者海登·怀特甚至说，历史是一堆"素材"，历史和文学在虚构这一点上可以类比。有学者说，留传至今的一切有关历史的叙述，充其量是一种历史的文本，而历史的文本又是生存在历史中的被历史所限制的人所书写的。那么，在历史小说写作中如何把握历史的真实性？这就需要作家以敏锐的视角、深沉的情怀，在新的价值体系中重新认识历史人物和历史事件。举一个简单例子：女性介入政治在历史上一直是受到谴责和抵制的。今天，我们不能认为女性不能介入政治的历史观是正确的，需要继续维护的。但是，我们又不能因此把当时反对女性介入政治的人物视为反面人物，他们维护的是当时的主流价值观，所表现出的道义担当，同样值得尊重。这才是真实的历史。再比如《大明首相》的主要人物高拱和张居正，放在大航海时代这个世界历史转折点的维度重新审视，一上台就断然严海禁、停海运的张居正，显然无法与高拱的历史地位相比。可见，从某种程度上说，历史小说是以作家对历史的现代认知而重塑历史。英国作家曼特尔历史小说获得布克奖的颁奖词是："她重塑了英国近代历史上最著名的一段时期，我们这位最伟大的当代英语作家重新书写了一段最为人熟知的英国历史。"当我们用新视野重新审视晚明的历史时就会发现，高拱的施政和改革构想，不期然顺应了大航海时代的潮流，是有望为国家开辟新出路的政治家。从这个意义上说，《大明首相》重塑了那段历史。当我们不再抱有女性不能介入政治、人不能仅仅因出身卑微而受到轻视和惩罚这样的平常心，重新审视宋朝的章献明肃太后刘娥和她所处的时代，与司马光等这些历史记录者的看法显然有了重大不同。

尊重历史真实又以新视野重塑历史，是历史小说作家的使命。这又牵涉另一个重大命题：历史小说传导的历史观和价值观。即使打着还原历史的名义，历史小说也不能传导腐朽价值观，这是底线。

明朝，距今已然遥远，却又如此切近；《大明首相》里的人物俱已归为尘土，他们的身影却若隐若现；那段犹暗乍明、朦胧躁动时期的喧嚣早已沉寂，余音却仿佛还在我们的耳畔萦绕。历史如此沉重，却又满眼风景。我们摆脱不了历史，就要学会欣赏风景。最好的景致是什么？那就是飘浮在历史天空中的一缕浩然正气。有浩然正气存，则我中华千秋万代生生不息！请铭记那些漫漫长夜里闪烁过的一丝曙光；请致敬那些不计毁誉、披荆斩棘，力图引领中华号航船驶出泥淖的先贤；请珍惜阴谋迭出的权力场中弥足珍贵的人性光辉！

目　录

第一章 官场拖沓误事机
尚书担当招祸端

1

宣武门是京师内城九门之一，与东边的崇文门相距不远，遵上古左文右武之制命名，取文治武安，江山永固之意。宣武门偏城下一条胡同里，有一座稍显老旧的四合院，除了具有身份象征的广亮大门外，与周边民居别无异样。很少有人知道，这是朝廷礼部尚书高拱的宅院。

东方微明，晨曦仿佛怕惊醒世人的好梦，小心翼翼地试探着穿过弥漫于城市半空的烟霭薄雾，发出一缕缕羞涩的亮光。在这若隐若现的亮光里，一顶六抬大轿出了偏城下四合院首门，沿着宣武门大街向北而行。这条街是内城为数不多的繁华大街之一。平时，坐在轿中的高拱总是打开轿帘儿，街道两旁的酒肆商铺、引车卖浆者的表情言谈，都会引起他的兴趣。今日，天气异常闷热，眼看就转到棋盘街了，轿帘儿还密闭着，坐在轿中的高拱，双目微闭，陷入沉思中。

他是在细细地琢磨着，何以昨夜做了那么一个奇怪的梦，那个让他惊出一身冷汗的梦。

突然，从前方的棋盘街传来一阵吵闹声，侧耳细听，竟有番语夹杂其间。仔细观望，朦胧间可见一群人在推推搡搡，引得早起遛弯儿的老者都加快了步伐，纷然向那边聚拢。

"高福，"高拱不得不中断了自己的沉思，打着轿帘儿，探出头来吩咐道，"快过去看看，究为何事？"

高福是高拱从河南新郑老家找来的家仆，二十来岁年纪，身材高大，皮肤黝黑，长方脸，大眼睛，目光中透着一股憨直劲儿。护送主人当值散班，家中买水购菜，都由他一力承担。他知主人脾气，凡事最烦拖沓，听到吩咐，拔腿就向棋盘街奔去。须臾就又跑回轿前，高拱已探头轿外，只等高福禀报吵闹原委。

"老爷，那群人头发都绾到头顶，拿青白布缠着，说是渤泥国的番人，带啥东西在棋盘街用蛮语叽里呱啦大声叫卖，中城兵马司的吏目领人去制止，起了争执。"高福抹了把脸上的汗珠，喘着粗气比比画画禀报道。

"喔！竟有此事？"高拱颇是吃惊。渤泥国乃国朝藩属；而藩属朝贡早有定制。按制，每次朝贡时，朝贡使团除贡品外，得携带本国方物若干，由礼部规定时限，在会同馆旁专设的乌蛮市开市交易。渤泥人因何到此京城繁华之地擅自叫卖？他本想前去探明究竟，又觉此事关涉藩邦，国体所系，自己身为掌管藩务的最高长官，不便直接出面，就命高福，"快去，知会彼辈，不必争执，此事本部堂已知，渤泥人当静待本部区处"。

高福领命而去，高拱挥挥手，命轿夫继续前行。轿夫们知道，主人平时无事，还时常责备他们如小脚妇人，今日遇此事体，定然不容按部就班，故而无须催促，就步履如飞，拐向大明门，向北疾行。

过了大明门，有一座"凸"字形广场，广场东侧是一排坐东朝西的院落，最北端靠近长安街的为宗人府，之南为吏部，再下为户部，继之乃礼部。进了礼部首门，刚一落轿，高拱就快步跨出。但见他头戴乌纱帽，身穿绯色袍服，腰间束犀带。袍服的胸前和后背按例缀一方补子，补子上绣着锦鸡。这是二品文官当值时所穿常服。

"司务何在？"高拱手握束带，边急匆匆往直房走，边大声道。

"禀尚书，司务李贽在此。"听到高拱的喊声，从司务厅跑出一个中年人，应声答道。他是举人出身，曾任河南辉县教谕，守丧期满赴京候补，因无银两上兑，候一年而不得其职，困窘至饥寒交迫差点冻饿而死，多亏前年高拱从礼部右侍郎升转吏部左侍郎，倡言各衙门之官缺、候补者之资格均榜示于众，方意外获补从九品的礼部司务。

"渤泥国朝贡使团何时到京的？因何尚未朝见？"高拱已然判断出，渤泥人在棋盘街高叫卖物，必是对到京久候不得朝见的抗议，便直截了当地问。

"禀尚书，据职所知，渤泥国使团到京已两月余。"司务厅掌管文移、专门接待来使的会同馆早在两个多月前就有呈文到部，李贽尚有印象，"至于因何未能朝贡，容职咨询主客司后禀报。"

"不必！"高拱一扬手道，"叫魏惟贯来。"

"学曾在！"高拱话音未落，一个四十出头、个子高大、宽脸庞上透着一股精干气的男子，就疾步走过来施礼，正是主管外藩事务的主客司郎中魏学曾，惟贯是他的字。高拱就任礼部尚书后，常在天不亮就到部，到部后又时常叫各司郎中回话，故而各司郎中不得不一改往昔的散漫，早早就位。

高拱并未理会魏学曾，而是吩咐李贽："司务，速带承差赶去棋盘街，把渤泥人请回会同馆，就说礼部正上紧办理，不日即可朝见，一俟朝见毕，礼部即允其开市交易。"见李贽领命而去，高拱边快步迈入尚书直房，边语带责备地问跟在身后的魏学曾："渤泥国朝贡使团已进京两月余，何故迄未朝见？"

"玄翁，此事有些麻烦。"魏学曾为难道。

国朝自嘉靖年间，官场兴起称"翁"之风，即在字或号中选一雅字，后缀以"翁"，以示尊崇。高拱号中玄，故有"玄翁"之称。魏学曾比高拱晚登进士第十二年，小十三岁，颇受高拱赏识，故而他没有以官职相称，而是以"玄翁"称之。

"麻烦？甚麻烦，嗯？"高拱不以为然地问。

"玄翁，渤泥国国书两月前已交四夷馆通译，可四夷馆迄未译出送来。"魏学曾说出了缘由。

"说甚？"高拱刚要落座，听了魏学曾的话，又站直了身子，愤然道，"事关国体，也能如此拖沓？足见如今官场疲沓萎靡之风，到了何等模样！"他瞪了魏学曾一眼，"你主客司何以不急不躁不催办？"

高拱身材魁梧，四方脸，大鼻头，眼睛不大不小，两道浓眉宛如燕子展翅，目光炯炯有神，枣红色脸膛，络腮胡须茂密绵长，说话大嗓门、粗声调，给人以不怒而威的印象，僚属无不畏之。但魏学曾摸透了他的脾气，知他说话办事，一向对事不对人，是个直性子，见高拱沉着脸质问他，魏学曾并不惊惧，而是跨前一步，边扶他落座，边道："玄翁啊，学曾焉能不催！可是，提督四夷馆的刘少卿奉旨到湖广办理景王丧葬事宜去了，四夷馆无人主政，跑了不知多少趟，就是不得要领。"

"弊病！弊病！"高拱连连道，"国朝成例，赴各地经办藩王册封丧祭事，例遣翰林官，刘奋庸弃本职不顾，去抢人家翰林官的差事，可恶！"

"呵呵，玄翁居然也口称成例了，"魏学曾见高拱怒容满面，想舒缓一下他的情绪，就故意岔开话题道，"记得玄翁是最烦别人动辄拿成例说话的。"

高拱着急渤泥国朝贡事，不想扯远，遂沉着脸道："渤泥国贡使朝见的事，务必在三日内办妥，惟贯，你，亲自办！即刻办！"

魏学曾倒吸了口气，道："本想自己想些法子的，既然玄翁定了时限，而这个时限内无论如何办不成，故不得不向玄翁说出实情。"

"难在哪里？"高拱不耐烦地问。

魏学曾叹口气道："四夷馆里，缅语译字官，两年前就一个也没有了，国书自然也就无人能译出了。"

高拱刚端起承差送来的茶盏，正要喝，听魏学曾此言，一下子愣住了，拿盖儿拨茶的手僵在了半空。"四夷馆里没有了通缅语的译字官？"他重复了一句，质疑道，"会有这等事？"

"千真万确！"魏学曾答，又解释道，"因渤泥人中断朝贡有年，故四夷馆缅语译字官也就可有可无了。"

"过去的事先不细究，"高拱焦躁地说，"有无在学的译字生通缅语？"

魏学曾苦笑道："玄翁有所不知，四夷馆自嘉靖十六年迄今，二十八年了，从未考收过译字生。"

"啪"的一声，高拱把茶盏蹾在书案上，瞪眼道："这成何体统？"

"玄翁息怒，"魏学曾小心翼翼地说，"学曾正在南北两京四处物色通缅语之人。"国朝成祖皇帝迁都北京，改南京为留都，仍保留一套部院寺监机构，故有两京之说。

"连四夷馆都没有通缅语者，到哪里物色？等你物色到了，渤泥人怕把登闻鼓都敲破了，说不定还会伏阙抗争，如此，让藩属对我天朝作何观感？外邦有何理由敬我中国？"说着，蓦地站起身，背手在屋内徘徊。须臾，他一转身，指着魏学曾，"快去，给云南巡抚写咨文，八百里加急，让他物色人译国书。"又自语道，"这又要耽搁个把月，渤泥人势必着急。这样，"他又指了指魏学曾，"你这就差人去会同馆，找个堂皇些的借口安抚一下渤泥人，同时把开市交易的牌子先发给他们。"

"先发交易牌子？"魏学曾踌躇道，"朝贡有成例，先递国书，再朝见并贡方物，之后方可发……"

高拱打断魏学曾："你误了事机，把人家给耽搁了，还不能破个例？没什么大不了的，照我说的做！"

魏学曾不再争辩，疾步而去。高拱对着他的背影嘱咐道："办完事，即刻来见，有急事相商。"

2

"尚书大人，你倒是还能稳坐钓鱼台哈——"随着听似抱怨、实则调侃的说话声，一个四十刚出头的男子闯进了尚书直房。他身材适中，略显消瘦，八字眉，长鼻梁，尖下颏，两只细长的眼睛炯炯有神，耳孔里长着须毛，分外显眼。他头戴乌纱帽，身着一袭青袍，前后补子上绣着鹭鸶，这是六品文官的常服。

高拱抬起头，刚想发火，与来人打了个照面，露出惊喜之色，他手拍书案，大声道："何人如此大胆，竟敢擅闯尚书直房！"说着，一阵大笑，起身绕到书案前，笑容满面地问，"叔大因何一大早跑到礼部来？"

"渤泥人在棋盘街闹事，玄翁知否？"被称为"叔大"的男子站在直房当间，斜对着高拱，一脸严肃地问。他姓张名居正，字叔大，号太岳，湖广荆州府江陵人，比高拱晚两科中进士，发榜后又考选为庶吉士，散馆后授编修，时下任国子监司业。

"喔，叔大也听说了？"高拱边伸手示意张居正入座，边问。

张居正摆手，并未挪步，而是焦急地说："岂止听说！眼看就要出大事啦！"

"出大事？甚样大事？"高拱忙问。

张居正神情肃然："国子监监生一大早就聚拢在一起，个个义愤填膺，吵闹着要到会同馆抗议渤泥人蔑视天朝！"

高拱刚坐下，仿佛触到烧红的烙铁似的，"腾"地起身，瞪大眼睛盯着张居正问："说甚？"

张居正叹道："南倭北虏，欺我天朝，监生们也是忍无可忍又无可奈何，对时局甚是失望，今闻连渤泥人也敢公然在棋盘街闹事，正可借机发泄压抑已久的怨气！"

高拱急了，挥动手臂往外赶张居正："那你还跑这儿来？快回去，阻止他们胡闹！"

张居正走过去，扶住高拱的双臂，推他坐下："玄翁不必焦躁，居正对他们说，待探得原委再去不迟。"他终于露出了笑容，"监生们对本司业还是敬畏的，时下已安静下来。"

高拱舒了口气，"忽"地举手向外扇了扇，又伸过手去把眼前的张居正向外推了一推，蹙眉道："喔呀呀，我闻不得这脂粉味！"

司务李贽正巧抱着一摞文牍进来了，躬身道："禀尚书，渤泥人已被劝回会同馆。"说着，把文牍放到书案上，走过去向与高拱隔几而坐的张居正抱拳施礼，一股香味扑鼻而来，李贽一笑道："早就听说张司业性整洁，穿衣必鲜美耀目，膏泽脂香。今日一见，果是冰纨霞绮，时尚所不逮。"言毕，一缩脖子，转身出了直房。

"这倒怨不得人家渤泥人。"高拱无暇闲谈，转入正题，把事情原委说了一遍，一拍座椅扶手，"监生们不问青红皂白去抗议，那不是忠君爱国，是添乱！你和他们说清楚，不准胡闹，有伤国体！"

张居正神情放松了许多："好在是老兄你掌礼部，的，不以为意或漫为区处，此事还不知演变成何种模样！"

高拱颇自得，也夸奖张居正道："不是叔大坐镇，监生们还真就会闹起来！"

张居正"呵呵"一笑道："前几任礼部尚书，向来不理部务，居正知中玄兄不至于如法炮制，但又担心老兄大而化之，下边的人一拖沓推诿，事体就越闹越大难以收场了，是故上紧来谒。"

高拱侧身拍了拍张居正的手臂，慨然道："我看，举朝也就高某和叔大，对官场拖沓的弊病看不下去，忧心忡忡！"

张居正默然，欠身要走。高拱扬手向下压了两压，示意他坐下，张居正刚沉下身，扭过脸来欲听高拱吩咐，高拱却又一扬手："算了，你还是上紧走吧，免得监生们等得不耐烦，上街闹事。"

"呵呵，我怕中玄兄有话不说出来，憋得难受！"张居正坐着不动，笑笑说，"中玄兄还是把话说出来吧！"

高拱满意地看着张居正，问："叔大，你见过大海吗？"

张居正愣了一下，摇了摇头。他生长在湖广，自幼读书应考，进士及第后一直做翰林官，没有机会到沿海一行。

"我是见过的，不过那是四十年前的事了。"高拱眯起双眼，缓缓道，"斯时先父提学山东，我十二岁那年随往济南，师从致仕都察院佥都御史李麟山先生受教六载，其间先师曾偕赴青州，一睹沧海状景。"

张居正不知高拱何以突然说起这等漫无边际的事，只是茫然地点了点头。

"叔大，我昨夜做了一个奇怪的梦。"高拱比画着描述梦境：苍茫无际的大海，时而波涛汹涌，时而风平浪静。影影绰绰可见海面上商船鳞次栉比，穿梭往返。船上有中土之人，也有红发碧眼的夷人，嘈杂无比。忽而，这些舟船拥挤到一起，变成了一个硕大的车轮，"呼啦啦"向岸上滚来，所过之处，村庄、街巷瞬间被夷为平地，田间劳作的农人望见此轮，乱纷纷抱头鼠窜，场面恢宏可怖。

张居正耐着性子听完，起身道："是个怪梦！呵呵，中玄兄，居正得上紧回去。"

高拱感觉出张居正对他述说的梦境兴味索然，有些失望，只得与他抱拳相别："务必约束好监生，万勿闹出事体来！"

张居正回头道："替中玄兄解梦之类的玄学，居正力有不逮；办些实实在在的事，中玄兄尽可放心。"

高拱一摆手，未再接话，快步坐回书案前，翻阅文牍。

"禀玄翁，给渤泥国入市交易的牌子已发。"魏学曾进来禀报，双手捧着文稿递过去，"这是给云南巡抚的咨文。"

高拱接过文稿，浏览一遍，边提笔签署，边吩咐："叫司务来，速封发！"

司务李贽拿上文牍小跑着出去了，高拱指了指书案前的椅子，示意魏学曾坐下，问："佛郎机国国势如何？说甚语？"说着，把适才阅看的一份文牍向前推了推。

魏学曾一脸茫然状，伸手拿过文牍一看，乃是三个多月前主客司办理番人求贡的文牍底稿。

本年四月，广东壕镜有番人以蒲丽都家国使臣名义，投书广东巡抚，恳求两件事：一、向天朝上贡；二、天朝与其相互贸易。广东巡抚奏报朝廷，诏下礼部议。时任尚书李春芳嘱主客司找借口回绝，最后以"南番国无所谓蒲丽都家者，或佛郎机诡托"为由，命广东巡抚回绝之。昨日，高拱命司务厅把近年来办理的关涉外邦的文牍搜拣出来，送他阅览，这是其中的一份。

"佛郎机国者，似是西洋岛国。"魏学曾放回文牍，回答道。

高拱身子向椅背靠了靠，道："时下与国初大不同矣。佛郎机人远涉重洋东渡，所为何来？"顿了顿，又道，"礼部不当只是被动应付藩属国朝贡。世界上国度甚众，倭国也好、佛郎机也罢，不惟知其所在，对其风土人情、律法国策、物产钱粮种种，都要尽力搜集，彼等有求贡互市之请，也不宜一味拒之。"

魏学曾虽点头称是，却也有些疑惑。历任礼部尚书从不关注对外交往之事，更不会主动探究藩属以外的夷国，而高拱与前任独异其趣，令魏学曾感到压力陡增。

"四夷馆考收之事，不能再拖！"高拱一扬手，大声道。

当高拱说出"有急事相商"这句话时，魏学曾就猜到，定是四夷馆考收事。以他对高拱的了解，一旦事体摆出台面，此公不会佯装不知避而远之；从适才说起佛郎机国的话题看，高拱把四夷馆考收看得很重，似不仅仅是招收几个通外文的译字生而已，尚有更深远的考量。可是，四夷馆考收事，正是魏学曾最担忧的，他未敢接话。

"惟贯，何日启动？"高拱盯着魏学曾问。

"玄翁，这……"魏学曾露出颇是为难的表情，"玄翁啊，嘉靖十六年考收译字生，大遭物议，皇上命都察院查办，礼部自堂上官、郎中到主事，都受到严厉惩处，以至于时过二十八年，考收事都未再举。"

"正因如此，才要即刻启动。"高拱语气坚定道。

"玄翁，何以二十八年没有考收，虽则是朝廷上下对交通外邦之事甚少关注，但也是因为……"

高拱打断魏学曾："因为什么？因为这二十八年，做礼部尚书的不是高某！"他喝了口茶，继续说，"内政外交，国之大端。内政不修、外交不举，何以称治？而修内政、举外交，端赖人才。泱泱大国连区区几个通夷语之人都不作养，成什么话！"

魏学曾苦笑道："玄翁，这些年南倭北虏侵扰不止，天朝对外交往之事几乎禁绝，只要尚有通鞑靼语和倭语者，就足以应付。无人愿触及四夷馆考收事。"他偷偷瞥了高拱一眼，见他没有动怒，又加了一句，"玄翁，考收译字生，不是不该，是不敢！"

高拱正翻阅文牍，听魏学曾说出"不敢"两字，不禁一惊。"嘿嘿，怪哉此言！朝廷的衙门，办职守内该办之事，何来'不敢'？"

魏学曾解释道："二十八年前考收译字生，因富豪花钱请托，致考选不公，酿成舞弊大案。玄翁试想，若再办考收，请托、贿赂可免乎？若任由请托钻谋，势必考选不公，惹出风波；若一概拒之，必有不近人情之诟，左右都是费力不讨好，谁愿惹此麻烦？"

高拱用力摇了摇头，以深沉的语调道："今之官场，人人都自以为忠君爱国。可说出来的忠诚当不得真，为官之人当知任事为忠。倘若为官者都畏难避怨，不敢担当，国家好得了吗？"他一拍书案，"事当为而不敢为，都是因为有私心！国法俱在，果以公奉法，何怕之有？"

"玄翁所言，自是至理，然则……"魏学曾嗫嚅道。

"惟贯，在我面前少说什么然则之类的话，四夷馆考收这件事，我不与你权衡办与不办，"高拱以严厉的口气道，"我只要你说如何办，何时办完！"

魏学曾不再说话。高拱仰坐在高脚梨花木圈椅上，思忖片刻，缓和了语气："惟贯，既然办考收会招惹麻烦，此事又不能不办，那就要思虑周详。我意要先立规矩，定资格、严保勘。丑话说前头，凡说情者通以干请论，本部参劾。"

"玄翁，容学曾再进一言，可否？"魏学曾以恳求的语调道。

"说！"高拱一扬手道。

"玄翁，不是学曾避烦畏难，而是为玄翁计，远的不说，就说近年来礼部的三位尚书，徐阶、袁炜、李春芳，他们做尚书时，不要说四夷馆考收事，即使礼部的部务，也甚少过问，精力都用于为皇上写青词了。"他停顿了一下，环视室内，压低了声音，"以学曾观察，他们无心部务，却是一意讨皇上欢心，是故，无一例外都入阁拜相。"

"不必再说！"高拱扬手制止道，"我明白，你不就是想说，凡事要为个人前程计吗？惟贯，我辈读书人为何要做官？"又自答道，"做官，是要为国办事，不能本末倒置，变成办事是为了升官。四夷馆考收事，一定要办！"

话说到这个份上，魏学曾自知不能再劝下去了，一撸袖子："既然玄翁意已决，那就办。"他"嘿嘿"一笑，"不过，未必由本部发动。学曾这就找一二御史，嘱托他们上本建言，皇上必批礼部题覆，届时本部再将慎思熟议的方案报皇上御批，诸如严考试，绝干请，等等，依圣旨而行，不惟效力大增，且本部也减少了压力。"

高拱点点头，说："只是，要上紧办，不能拖来拖去！"

魏学曾踌躇片刻，又发出"嘿嘿"的笑声，道："玄翁，考试是仪制司的职掌，主客司不宜办吧？"

高拱不悦道："科举考试是仪制司掌管；但四夷馆考收，关涉的是理藩、外交事务，一应事体，均由主客司办理，不准推诿！"

魏学曾不敢再推脱，仿佛捧着烫手山芋，满脸苦楚。

3

京城永定门内有座宏大的建筑群，乃天坛也。天坛南部的圜丘，是祭天之所。这天，为筹办冬至祭天大礼，礼部尚书高拱亲赴天坛查勘，率众预演。散班后，高拱正要上轿，忽听身后有人唤道："高尚书，恭喜啦！"

高拱扭头一看，是吏科都给事中胡应嘉。

国朝设言官，分属都察院与六科。都察院有御史一百一十名，按十三行省之名分设十三道；都察院外，又设吏、户、礼、兵、刑、工六科，各科设都给事中一人为长，余为给事中，共计五十人。都察院御史与六科给事中合称科道。科道虽只七品，却为百官所畏。吏科都给事中与都察院河南道掌道御史分量最重，是言官领袖。嘉靖三十五年进士及第的南直隶淮安府人胡应嘉，从宜黄知县甄拔为给事中，迁都给事中。此人个子不高，不到四十岁年纪却已驼背，面庞乌青，两只小眼睛像鹰隼般犀利，是科道中搏击大臣的厉害角色，阁臣、九卿无不怵他三分，朝野以倾危之士目之。高拱不与科道结交，却也不怕他们；胡应嘉倒是常常有意与他接近，每每奉承他有大才，高拱颇受用。今日又听胡应嘉"恭喜"他，不知何意，笑道："胡科长何所指？"

"此番译字生考收，至公无私，可洗数十年之弊。"胡应嘉抱拳一揖道，"非高尚书主持，谁能做得到！"

"喔！此事啊！"高拱露出得意的神情，"官场皆知本部堂素奉法不移，无人敢到我这里干请；且考试之日，防范严密，审对精实，是以可称圆满。"

也难怪，二十八年未敢举办的四夷馆考收，在高拱的坚持下终于启动，经过两个多月紧张筹备，严格照礼部题奏、皇上御批的方案推进。高拱亲自主持，每个环节都务求周密严谨，不留空子。考录后，高拱又命将名册榜示，接受告发，以免留下后患。三日前，礼部将考录名册上报，奉圣旨："是。这世业子弟，你们既考取停当，都着送馆作养。"同时，照礼部《题补译字生疏》最后一项"补教师"的题请，朝廷已明令各边省督抚，多方觅求通晓缅文及佛郎机语者，充四夷馆教师。渤泥国朝贡事也打理停当。为避免渤泥国特使在朝见时发怨言出怪语，高拱命魏学曾出面与使团协商，特许下次入贡，所携开市交易的售卖物可倍于常例，以此化解了渤泥国使团的不满。就在四夷馆开考的当日，渤泥国使团高高兴兴地离京返国去了。

四夷馆开考，关涉外务的事体得以一揽子梳理、解决，储备人才以备将来，这让高拱感到欣慰。故而听了胡应嘉的恭维，他也毫不谦虚，答语中充满自信。

回到礼部衙门，高拱正快步往直房走，余光扫见走廊拐角处一个人影慌慌张张向里缩去，他并未在意。国朝官场习尚繁文缛节，不少僚友相见礼节烦琐，高拱早就看不下去了，正准备拟一道《厘士风明臣职以仰神圣治疏》，以匡正此弊，他以为躲到拐角的人是为免除拜见礼节的麻烦，也就一笑了之。不意刚进直房，一个中年男子"忽"地闯了进来，"嗵"地跪在书案前，梗着脖子道："下吏名顾祃，乃四夷馆教师署正！"不容高拱垂问，他语速极快地说，"此番考收译字生，人家都有子弟入选，我是教师的头儿，两个儿子参考，都未入选，望尚书大人开恩，腾挪一个。"或许是紧张的缘故，顾祃声调颤抖，带着哭腔。

高拱不胜惊愕！想到适才在拐角处躲躲藏藏的那个人大抵就是此人了，他居然闯到尚书直房求情，且译字生名册业经圣旨批准，顾祃居然要求为他儿子腾挪一个，这让高拱大出意外，强忍怒气道："弥封考试，凭译写番字多寡为去取，谁能作弊？况今成命已下，谁敢腾挪？"

顾祃并不起身，叩头道："尚书大人若真心关照，自有法子。"

高拱顿时火起，一拍书案，指着顾祃："谅你爱子心切，本部堂不与你计较，你即刻退下思过！"

顾祃"腾"地站起身，发出一声冷笑，转身就走。

难得的好心情被顾祃给搅了，高拱有些恼火，但案头一摞文牍等着他批阅，哪有工夫生此闲气？刚拿过一份文牍要看，魏学曾神色凝重地走了进来，唤了声"玄翁——"，把手里拿的一份揭帖递到高拱面前，"礼部、都察院门口都张贴着这份揭帖！"

高拱一看，上有"切今查得考中译字生田东作等，实系冒籍，朦胧入选"等语，不禁大吃一惊。竟然是攻讦四夷馆考收舞弊的署名揭帖，乃是顾祃的儿子顾彬领衔。揭帖开列冒籍者二十二人，请求礼部将这些人问革为民，补录世家弟子。

"啪"的一声，高拱把揭帖拍在书案上，火冒三丈道："到底怎么回事？"

"禀尚书——"随着一声唤，李贽慌慌张张跑了进来，喘着粗气禀报道，"门外有一群落选考生自长安街游行至本部门口，高呼口号，声称译字生考收作弊，他们这些世业子弟受冒籍者排挤落选！"

高拱大惊，顿感脸上火辣辣的，仿佛被人重重扇了几个耳光，他"腾"地站起身，对魏学曾道："你快去，把那些人给我叫来，我要当面问个明白！"又转向李贽，"拿保结来，查对一下，看看揭帖所列冒籍者，作保教师是何人。"

魏学曾踟蹰着，劝谏道："玄翁，此事，或知会兵马司弹压驱散，或由司务厅出面抚慰劝散，似不必尚书亲自接见。"

高拱扬手道："不必！绕来绕去，何时了事？照我说的办！"

魏学曾、李贽只得分头去办。不到两刻钟工夫，魏学曾领着二十几人到了直房门口，适才还底气十足大呼小叫的一群人，个个耷拉着脑袋，裹足不敢前。

"磨蹭什么？"高拱喊了一声，"本部堂找尔等来，是要和尔等明事论理的，不是审问尔等的，何惧之有？速速进来！"

众人只得低头磨蹭着进来，"呼啦"一声跪倒在书案前，浑身哆嗦着，不敢抬头。

"你叫什么？"高拱指着领头者问。

"顾彬。"一个二十多岁的高个子男子低着头，战战兢兢答。

"尔等声言考收作弊，有何弊，一一道来，果如尔等所称，本部堂绝不掩饰，务必严惩，还尔等一个公道！"高拱抑制怒火道。

顾彬等人沉默不语。

高拱命众人起身，把揭帖递给顾彬，道："看好了，尔等称田东作等人冒籍，可考前开送有资格与试者到部，本部堂亲自拿着保结当堂面审，当时四夷馆教师与尔等考生都在，有否此事？"

这是十几天前刚刚发生的事，顾彬等人只得点头。

"彼时，本部堂谕曰：'若有诈冒，是争尔世家子弟之利，即当举出，便当惩治逐出'，署正顾祎是教师之首，而你，"他一指顾彬，"系考生之首，尔与尔父当时是如何说的？"

顾彬缩着脖子，半天才嗫嚅道："说、说的是……是'情实，无有诈冒'。"

"尔等面讦时皆云无弊，而黜落后又投递揭帖，游行呼号，是何道理?"高拱大声质问。

这时，李贽将保结拿到，高拱对照揭帖看了片刻，冷冷一笑，指着顾彬道："尔等揭帖说诈冒者二十二人，其中三人，正是尔父顾祔所保，是尔父受贿作弊，还是尔等造言传谤？"

顾彬大汗淋漓，忙跪地叩头不止，哽咽道："小的知错，知错！这就四处去收回揭帖，不敢再生事，请大人宽恕。"众人也忙跟着叩头，口称"知错"。

"尔等退下！"高拱一扬手道。众人闻言，慌乱中挤作一团拥出了直房。高拱望着一群人的背影，不解地问："这些人明知无理，何以敢如此取闹？"

魏学曾答："若照惯例，必是安抚，找些冠冕堂皇的借口，奏请把这些闹事的落榜者补录。"

"魏司长何以有此判断？"李贽好奇地问。郎中为各司之长，故有称其司长者。

魏学曾解释道："往者，因执事者或通贿赂，或卖人情，自身不干净，自然怕闹事；一旦闹事，也只好设法安抚。"

"因自身不干净，怕闹事，所以不办事，此之故也？"李贽半是评说，半是求解。

"清白做人，干净做事，就无后顾之忧。"高拱很是自信地说。

"也不尽然。"魏学曾辩论说，"官场岂尽贪墨之徒？办事先想捞好处者，未必占多数。"

"说下去。"高拱并没有因魏学曾毫不客气地反驳自己而生气，反而很有兴趣地倾听，见魏学曾停顿下来，遂催促道。

魏学曾在梳理自己的思路，过了片刻，他伸出右手拇指，道："一则，想干净做事，势必得罪人。"他又伸出一个指头，"一则，即使自身真的干净，一旦引发众人闹事，比贪墨还让上官反感。"

高拱皱了皱眉，流露出焦躁情绪，对魏学曾道："惟贯，拟道弹章来，本部堂要参顾祔、顾彬父子。"

魏学曾和李贽俱露吃惊状，以不解的目光望着高拱，都没有说话。

"是不是觉得小题大做了？"高拱自问，又自答道，"非也！"

"这……"魏学曾支吾着，"一旦参疏上了邸报，中外皆知，反而引起风言风语……"官场通常以京师为"中"，以各省、南北两直隶为"外"，"中外"者，即朝廷和地方之代称也。

"就是要让中外皆知！"高拱打断魏学曾，"一则，参顾氏父子，请下法司提问，由法司把四夷馆考收事查清，让朝野看看，到底有没有清白之人，干净之事！再则，历来朝廷诏令，每每有违者听参之语，总是光打雷不下雨，所谓违者听参之类的话，连稻草人也不如了。要么不说，说了就要真做。本部《题补译字生疏》中是不是有违者参究的话？顾祎故悖明旨；顾彬造言兴事，安能不究？"

4

西城阜财坊隆善寺南的一条街道里，有一个小四合院，乃以"骂神"著称的兵科都给事中欧阳一敬的家。此人与吏科都给事中胡应嘉最为亲近，如同兄弟。这天晚上，胡应嘉垂头丧气来找欧阳一敬，一进门，就叫着他的字道："司直，淮安老家，我是没脸回去了！"

欧阳一敬身材矮胖，尖脑袋，小耳朵，嘴巴奇大，他拨拉了一下薄薄的耳唇，道："怎么，那件事，李登云没办？"

两个多月前，工部侍郎李登云奉旨到淮安督办疏浚运河，临行前，欧阳一敬受胡应嘉之托，拜托李登云雇请胡应嘉亲戚承揽土方工程。适才，胡应嘉接到老家来书，诉说李登云到淮安后，招徕盲流，以工代赈，并未关照他的亲戚。胡应嘉又气又恨，忙来找好友欧阳一敬诉苦："司直，你说我在老家，哪里还有面子？"

"哟呵！这个李登云胆子不小啊！"欧阳一敬边拉着胡应嘉往书房走，边道，他指了指胡应嘉，又回手点着自己的鼻子，"我辈何人？朝廷里谁敢惹，待我上弹章，让李登云滚蛋！"

进得书房，不等欧阳一敬让座，胡应嘉就轻车熟路地坐在右手一把圈椅上，叹息一声道："此事不那么简单。"

欧阳一敬的胖脸上露出狐疑的神色："何以言之？"

"李登云是高拱的妹夫，高拱是裕王首席讲官。目今皇上春秋已高，而八位皇子仅存裕王一人，一旦……"胡应嘉把后面的话滑了过去，接着道，"况且，司直参劾李登云，也没有什么噱头啊！"

"噱头嘛！倒是不必担心。"欧阳一敬道，"科道有权风闻而奏，就说道路传闻，李登云在淮安贪墨治河款，收受工头贿赂。"他狡黠一笑，"目今说哪个做官的清廉，或许有人不信；说哪个官员贪墨，必无人置疑。至于高胡子……"话未说完，忽听门外传来焦急、凄楚的求救声："司直老弟救我！"欧阳一敬忙起身走到门口，一眼看见四夷馆教师署正顾祎跪在地上叩头，惊问："怎么回事？"说着，伸手把顾祎扶起。

欧阳一敬和顾祎的侍妾都是烟花女子，先后被两人赎身，而两女在柳巷已结拜了干姐妹，两家人遂以亲戚相处。

"高胡子把我和你侄子参了！"顾祎作揖道，"司直老弟，这可如何是好？"

"这个高胡子，真够较真儿的！"欧阳一敬已然知道此前发生的事，一听说高拱以堂堂礼部尚书之尊竟上本参劾一个四夷馆教师和一个布衣青年，不禁摇头。

"顾兄，谁不知高胡子最不讲情面，你不该出面去求他，倒让他抓住了把柄。"跟在欧阳一敬身后的胡应嘉插话道。

"我看那高胡子太自负，满以为此番考收译字生做得漂亮，不意生出这些事端，他岂不恼羞成怒？"欧阳一敬一撇嘴道。

"都说皇上近来越发喜怒无常，万一拿我父子开刀……"顾祎垂泪道，连连向欧阳一敬和胡应嘉作揖，"二位给谏有时誉，不能见死不救啊！"给谏，是对给事中的简称。

欧阳一敬突然眼睛一亮，露出惊喜的神情，拊掌道："既然高胡子和李登云不把我辈放眼里，就别怪我辈不客气啦！"说罢向顾祎一摆手，"兄台先回去，我来想法子。"

"怎么，司直兄有妙计？"胡应嘉两眼放光，伸着头问。

欧阳一敬边拉着胡应嘉往书房走，边叫着他的字，诡秘道："克柔，还记得前任吏部尚书李默是怎么死的吗？"

几年前，一心想做吏部尚书的工部尚书赵文华，抓住吏部尚书李默出的一道策问考题——"汉武、唐宪以英睿兴盛业，晚节用非人而败"

参劾他，说李默用心险恶。当今皇上年近六旬，除了太祖、成祖，其下没有一个皇帝活过五十岁的；皇上多年在西苑静摄修玄，就是为了追求长生不死，接阅赵文华弹章，再找来策试题一看，"晚节"二字煞是刺眼，不禁勃然大怒，下旨将李默下狱拷问，李默暴死狱中。

欧阳一敬狡黠地挤挤眼道："今春会试，高胡子主考，考题多出自他手。有一道题，当时就有人提醒再酌，他却说此题与治国安民息息相关，竟置于首位。"

"喔呀！"胡应嘉喜出望外，"今年春闱，朝野都说高胡子所作程文，奇杰纵横，传诵海内，倒不知还有这么个插曲。"他欠身往欧阳一敬这边靠了靠，"但不知是哪道题?"

欧阳一敬没有回答，却一蹙眉道："不过，我是这科的监试官，当时不举，事后再纠，不合体制。"他欠了欠身，盯着胡应嘉，"克柔，你来上本！"

胡应嘉忙摆手："这不成！赵文华以试题媒孽李默，落得声名狼藉，不可重蹈覆辙。"

两人一时陷入沉默。良久，胡应嘉突然一拍大腿："走内线！"

"喔呀！这个主意好！"欧阳一敬会意，兴奋地说，"听说裕王府承奉冯保最喜交接外臣，他在宫里又有不少弟子，不如花些银子，托他去办。"

"嗯，妙！"胡应嘉拊掌道，"贪财的人好打交道。听说冯保很贪财，只要见银子，这点事他必不会推脱。届时也不必明说，只含含糊糊说有人议起试题的事，让他转告宫里的弟子，在皇上面前提一句也就是了。"

欧阳一敬沉吟片刻："克柔，你是淮安人，弹劾李登云在淮安受贿有可信度，你来参他；我去办收拾高胡子的事。"

5

京城的中心，是神秘恢宏的紫禁城。紫禁城西侧，就是碧波荡漾的太液池，从南至北，分为南海、中海和北海，合称金海。中海和南海被皇家御园——西苑环绕其中。这里本是金朝皇宫。国初，成祖封燕王，设府邸于此。燕王登极并迁都北京后，西苑一变而为皇室休憩游玩的场所。二十四年前，宫女杨金英等趁当今皇上熟睡之际，以绳索弑君未遂，自此皇上搬离紫禁城，住进西苑修玄敬摄。由于皇上不复还宫，一应朝仪停止举行，只有近臣方有机会一睹天颜。内阁朝房在紫禁城文渊阁，皇上在西苑，阁臣蒙召觐见，往返不便，屡误事机，皇上遂下旨要工部在西苑修葺直庐，初时只是临时板房，后经首相严嵩建言，直庐改造成了一个个独立的官邸式的庭院，成为阁臣及专为皇上拟写青词的词臣的办公之所。皇上、阁臣俱在西苑，这里遂成为国朝的权力中心所在。

西苑西北方，太液池西岸，有一群建筑，曰昭和殿、紫光阁、万寿宫、旋磨台、无逸殿、幽风亭。其中的无逸殿，砖石建成，是皇上斋醮之所，召见阁臣也多在此殿。不大的宫殿里，烟霭缭绕，弥漫着龙涎香奇异的香味。

这天薄暮，斋醮毕，身着道袍的皇上起身缓步走到窗前，望着夜幕下飘飞的雪花，甚是感慨，回身问随侍太监道："朕在位已四十五年，嘉靖年号也用了四十四年，朕又多病，臣民是不是都盼着行新政？"

内侍们战战兢兢，不敢多嘴。司礼监掌印太监滕祥安慰道："万岁爷是英主，臣民无不仰诵哩！"

随堂太监张鲸正在低头清理斋醮留下的烟灰，听到皇上与掌印太监的对话，放下扫帚，凑了过来，低声道："万岁爷，小奴听说坊间传闻，今年春闱试题，绥什么斯来，有些意思来！"他最钦佩师叔冯保的学识，时常向冯保求教出人头地的诀窍。冯保教他，在万岁爷身边，要想出人头地，必得引起万岁爷的注目。前两天，冯保神神秘秘地知会他，不妨借机在万岁爷面前提提春闱试题之事，或许会引起万岁爷的关注，他这才壮着胆子一试。

皇上闻言，瞪了张鲸一眼，默然良久。过了一会儿，传谕将春闱试题调阅。春闱已过去半年多，试题照例移存文渊阁档房。内侍从文渊阁将试题调出，皇上匆匆看了一遍，急召元辅徐阶觐见。

徐阶是南直隶松江府华亭县人，四十二年前进士及第，是该科探花，入阁已有近十年了。三年前，以智术扳倒把持朝政二十年的首相严嵩，位居阁揆之任，小心翼翼地侍奉喜怒无常的皇上，多半住在直庐，随时应召。闻听皇上调阅春闱试题，徐阶预感不妙，不敢离直庐半步。不多时，果有召见之谕，他披上一件棉斗篷，便急急忙忙往无逸殿赶去。

"徐阶，'绥之斯来，动之斯和'之后，是什么话？"皇上见徐阶进来施礼，劈头就问。

徐阶已六十二岁，比皇上大三岁，须发花白，额头上已有几道显眼的皱纹。他身材矮小，皮肤白皙，慈眉善目，给人以蔼然长者的观感。听完皇上的问话，他拱手道："启奏陛下，'绥之斯来，动之斯和'之后，为'其生也荣，其死也哀'。"

皇上突然猛烈咳嗽起来，捂住胸口，怒气冲冲道："快，召朱希孝来！"

朱希孝是功臣之后，任锦衣卫都督，人称缇帅。锦衣卫衙署在承天门西南，长安街南侧，离西苑不远。朱希孝正登轿回家，一见内侍来传，不敢怠慢，掉头到了西苑门，下轿一溜小跑，进无逸殿觐见。

一直闭目喘着粗气的皇上未等朱希孝叩头毕，就吩咐道："把高拱逮诏狱，好生打问，问他是不是存心咒朕速死！"

朱希孝知高拱是礼部尚书，又是裕王的首席讲官，颇有声望，皇上二话不说就要他去逮人，顿感不知所措，满头大汗，伏地不敢起身。

皇上一拍御榻，大声道："大胆朱希孝，你要抗旨吗？"

"臣不敢！"朱希孝声音颤抖道，说着连连叩头，起身看着垂首而立的徐阶。

徐阶适才屡次想开口，见皇上闭目喘气，无意听他说话，只好作罢，此时方跪地道："陛下息怒，臣有话要奏。"

皇上不理会徐阶，声音嘶哑着道："高拱就是李默第二！"他伸手一指朱希孝，"朱希孝，你这就去逮！"

宦官二十四衙门之一的御用监掌印太监陈洪来送龙涎香，尚未进门，听到皇上的话，吓得浑身战栗，急忙退了出来。他是河南许州人，本姓郭，家贫无以营生，千里迢迢来京城寻找活路。忽一日，闻听礼部选收阉人，前去报名，得了印票。谁知排队净身时，印票被人夺去，徒手不得入。在门外转悠了半天，一咬牙，伸手将他人的印票抢在手里，入内净了身。印票上的名字为陈洪，他也只好改叫陈洪了。他珍惜来之不易的机会，克己奉人，颇有人缘，目下已提升为仅次于司礼监的御用监的掌印太监。入宫几十年了，思念家乡不得回，对老家相距不过百里的同乡高拱，就有天然的亲近感，忽听皇上要锦衣卫去逮他，陈洪惊惧之余，忙冒死吩咐身边的随侍去向高拱通报。

高拱正在家中用晚饭，高福拿着一个名帖跑了进来，高拱接过一看，是御用监掌印太监陈洪的，往地上一丢："内官安得与外臣交通？"

夫人张氏在旁劝道："听说这陈公公是咱河南许州人，同乡，你就别犯倔脾气了。"

高拱踌躇片刻，吩咐高福传请。小宦官一溜小跑进了花厅，一见高拱，来不及施礼，便道："高大人，大事不好！陈老公公让小奴知会高大人，万岁爷对高大人会试出的题震怒，说是李默第二，要差锦衣来逮高大人！"

"啊——"高拱惊叫一声，愣住了，枣红色的面庞上，顿时血色全无，变得煞白。高福吓得双腿战栗，带着哭腔道："老爷，这咋办嘞？快想法子吧！"

高拱惊恐地摇头，颓然道："预备后事吧！"

第二章　宅院萧索夫人以死相逼
道观幽静大侠美女为赠

1

送老爷进了礼部，高福转身到棋盘街转悠了一圈，买了一些菜蔬，有气无力地回到高宅。这个一进院的四合院，进首门后是一排朝北的房屋，右手第一间，称为茶室，是来客等候接见时小憩之所，其余则供仆从居住。自此向内，有一座小巧的垂花门，左右各置荷花缸一只，正值春天，缸内空空如也，并无花木鱼虫。正院北房开间进深最大，台基稍高，乃是主人卧室、书房和会客的花厅。正房、厢房和垂花门有廊连接，围绕成一个规整的院落。高福正要进首门，忽听有人唤道："壮士乃此宅管家，姓高名福者，对吗？"

高福吓了一跳，回头一看，但见有一人站在身后，此人四十多岁年纪，瘦高个，满脸横肉，额头上一道深深的皱纹，像是一道长长的伤疤。头上戴着青色南华巾，着青蓝道袍，严寒季节，手里却摇着把龟壳扇，像是算命先生模样。自当今皇帝崇道修玄以来，国中道教昌盛，京师道士出没，高福早就见怪不怪了。但他未见过此人，不知他何以知道自己，心里不觉纳闷，也有几分警觉。

去年冬天，祸从天降，老爷差一点儿掉了脑袋，正要准备后事，突然又说事已息，高福不知是咋回事，谁救了老爷，也不敢问，但至今仍心有余悸，遇事越发谨慎。道士见高福神色紧张，一脸狐疑，咧嘴笑道："哈哈，高管家，不必起疑，贫道是来为高家解忧的。"

高福紧紧盯着道士，边上下打量着，边问："请问仙道，你咋就知道俺的名字？"他随高拱在京有年，也学会几句半文半白的应酬语句，但说不了一句，河南土话就溜出来了。

"贫道不才，人送外号'邵仙人'，"道士不紧不慢地说，"给人看相乃贫道本业，最擅长者，就是卜算子息后代。"

"啥？你是卜算子息后代？"高福面露惊喜，急切地问。只因高府无有子嗣，就连高福这些下人都为之焦急万分。

"嗯，不错，正是贫道所长。"邵仙人重重地点头，他指了指高宅，"我观此宅寂静无息，定然是主人无尺男寸女，了无生气。"

"咦——可叫你说着嘞！"高福感叹，"你都不知道俺家这上元节是咋过嘞，俺家奶奶哭了一夜哩！"

邵仙人呵呵一笑，脱口而出："那就好！"

"啥？"高福怒目而视，"这老道咋这么说话？"

邵仙人忙解释："喔，贫道的意思是说，遇到贫道就好了。"他露出得意的神色，"贫道不惟会算子息后代，贫道最大的本事嘛……"他诡秘一笑，捋了捋胡须，"肯遵我嘱，保证添丁加口。"

"真的？"高福大喜，"你、不，仙道，仙道稍候，待俺禀报奶奶，叫仙道给算上一卦，解上一解！"说着，小跑着进了宅院。

士林风尚，一妻两妾最为平常。男子十六七岁、女子十四五岁便成婚，十七八岁做父亲，最寻常不过。高拱却有些例外。十六岁那年，他随任光禄寺少卿的父亲居住京城。忽一日，京城传闻，皇上要为幼妹永淳公主挑选驸马。照例，公主选驸马，以三人入宫，听内廷选择。高拱因风骨秀异，被举为人选之一。入宫后，宫嫔内臣皆目属于他，惟公主的生母章圣皇太后择定谢诏。虽然高拱对应征驸马并不乐意，可一旦落选，却又备受打击。自此暗自发誓要有一番作为，让皇家为之追悔。次年，高拱即在乡试中夺魁，而永淳公主则在是年与谢诏成婚。翌年，高拱进京会试，一到京，就听到京城传闻，说驸马寡发，为时论所嘲讽，永淳公主甚不悦，既闻高拱才貌，又得知他乡试得了解元，芳心颇许之。这个消息令高拱既高兴又紧张。虽则他并未见过永淳公主，可突然间，在他的心里，却埋藏了一个秘密，仿佛一个高贵冷艳的女子躲在暗处悄

大明首相

第一部 陷阱重重

悄看着他，而他也爱上了这个幻象。因此，当父母按乡俗为其定亲时，高拱竟断然回绝。一度，他与家族关系不甚融洽，独自跑到会城开封的大梁学院就学、教书。一直到了二十四五岁，他的长兄、次兄都未生子，高氏家族为之忧心如焚，年迈的祖母甚至以死相逼，高拱才妥协了，娶邻县中牟张氏女为妻。

中牟张家也是官宦世家，张氏之父为分封于开封的周王府的审理。她大家闺秀，身材高挑，长相端庄，又知书达理，婚后夫妇倒颇是恩爱。不意成婚数年，张氏并未孕育，高拱遵父命又先后纳曹氏、薛氏为妾。直到三十三岁年纪，侧室曹氏方产一女，得名启祯；薛氏也诞一子，只是一落地就夭折了；此后曹氏又连产两女。十多年过去了，高拱虽无男儿，启祯、启宗、五姐三姐妹聪慧可爱，对高拱和夫人张氏，也算是莫大的安慰。

士林时尚，女儿三四岁即许配门当户对之家。高拱长女启祯许配巡抚孟君淮之子；次女许开封知府郭坤之子；三女许南通州知州曹金之子。不料，启祯十五岁正要成婚时，却病殁了；次年，启宗又以十四岁之龄殇；三年前即嘉靖四十二年，十四岁的五姐也染病而亡。三姐妹生母曹氏肝肠寸断，哭女而死。至此，年过半百的高拱不仅无子，又连丧三女，惨毒至此，木石能堪？他只能在埋头公务中寻求解脱。

家园寂寥，张氏、薛氏两人如坐针毡，内心不得片刻宁静。元宵之夜，看着别家欢天喜地过节，童言稚语满院，张氏、薛氏备受煎熬，相对而泣，夜不能眠。二人早就瞒着高拱四处烧香拜佛，不知祷告了多少次，也时不时劝高拱再纳新妾，为高家接续香火。高拱也为无有一男半女而烦恼，但因宦囊羞涩，纳得起妾，却养不起家，加之薛氏尚有生育之望，也就推三阻四，从未实行。今日高拱上朝一走，张氏、薛氏两人就在一起嘀嘀咕咕，欲以强硬态度，逼老爷尽快纳妾。正说话间，见高福兴冲冲跑来，说明原委，张氏忙命高福有请仙道。

邵仙人被高福领进花厅，见过两位女主，只问生辰八字，就摇头不止，对张氏道："老夫人，恕贫道直言，老夫人年近半百，育息无望矣！"时俗以老为尊，夫人无论长幼，皆冠以"老"字，以示尊崇。

张氏闻言苦笑道："仙道此言差矣！老身哪里是让你给俺看相来？仙

道只说俺高家如何才能有后便好。"

邵仙人笑笑，脱口而出："老夫人如此急切，那就好办了。"

"这是何意?"张氏不解。

"喔喔……"邵仙人支吾了一下，慌忙又转向薛氏，略一端详，依然摇头，"这位老夫人，三十有五，虽唇若红莲，鬓可照人，然泪堂有雀，恐子息难繁。"

"那那那……咋办? 咋办?"高福似懂非懂，只是从邵仙人摇头动作看出不是吉卦，顿时急了。薛氏本还存有一念，听邵仙人如是说，顿感天旋地转，晕倒在张氏怀里。张氏和高福都慌了，邵仙人一笑："无碍! 这位老夫人只是过于激动而已。"

"闻仙道有高术可解，请仙道指点迷津。"张氏一边用手轻拍薛氏后背，一边焦急地向邵仙人恳求说。

"倒也不难，"邵仙人自信地说，"只要老夫人愿遵我嘱，贫道敢保证，不出一年，贵宅必庆弄璋之喜。"

2

紫阳道观坐落在宣武门外东南方，离城不过十余里。道观本是道士修炼之所，务求清静无为、离境坐忘，是故，道徒多是避开嘈杂之地，跑到深山老林中修炼。不过，当今皇帝崇道修玄长达四十余载，京城内外就冒出了许多道观，紫阳道观即是其中之一。道观建在一片高高的土坡上，坐西朝东，顺势而为。依次为牌楼、山门、邱祖殿、云集山房。高高的院墙，都涂以粉赤色红泥。出资修造紫阳道观的，乃是关厢有名的"豆腐陈"家。陈家兄弟两人，二明经营豆腐坊，名闻京师；大明专理售卖各地方物，诸如陕西绒褐、苏州吴丝之类，俱是达官贵人的时尚用品。陈家在京城东南购地万亩，种植大豆，家族墓地也安置于此。紫阳道观就是在墓地阳宅基础上改建的，与其说是道观，不如说是私家别业。不要说京城百姓，就是周边的农人，也绝少光顾。除了丘祖殿内供奉着丘处机的泥塑像，成为道观的象征，其余建筑就要数两排典雅幽静的"山房"了。山房南北相对，形成密闭的口字形四合院，院中又分隔出几个独立的庭院，每个庭院里都建有房舍数间。陈家男女老幼每到清明时节，借祭祖之机，都会到此踏青、居住，陈家兄弟也时常请至交到此小憩避烦，故而一应设施齐全，堪称修身养性之所。

这天用过早饭，高拱骑着头毛驴，打扮成私塾先生的模样，带着高福，迎着春日朝阳，来到了紫阳道观。临行前，在夫人张氏的操持下，高拱沐浴更衣，梳理了绵密的长须，用夹子夹好，穿戴停当，才一身清爽地出了门。到得山门，一个道士打扮的人降阶相迎，抱拳施礼："贫道邵某，幸会玄翁，有请——"

"不可如此相称，"高拱虽还了一礼，却面露不悦，"你我并不相识，称先生即可。"

"呵呵，玄……不，高先生，晚生访得，官场皆云高先生是极较真儿之人，不意一见面就领教了。"邵仙人解嘲道。

"敢问高名雅号，仙乡何处？"高拱沉着脸问，"果有通风鉴、究子平，密谈三命，深讲五行之术？"

邵仙人只是"呵呵"一笑，并不回答，而是导高拱沿着甬道川纹，径直来到后排一座门楣上写有"怡园"的庭院门前，又吩咐一个小道领高福到左近的茶室用茶，这才开了院门，带高拱入内，在一间雅静的花厅里坐定。

"我观你行为举止，再听你言语口音，不是京师之人，"高拱在一张八仙桌左手的圈椅上坐下，以质疑的语气道，而且越说，语气中越有几分责备之意，"所谓道士，也未必是真。你到底是何人，何以千方百计诓骗高某到此？"难怪高拱没有好气，为了逼勒他来紫阳道观，家里差一点闹出人命。

就在邵仙人到高府算命的当晚，用罢晚饭，高拱走到书房，张氏紧跟着进来了，说有要事相商。她把邵仙人的卜语复述了一遍，提出要他到紫阳道观去见邵仙人，以求高术。这是午前邵仙人算命时向她授意的，说只要高老爷到得紫阳道观一行，他自有高术相授。

听了夫人的话，高拱敷衍了两句，就撵夫人回房歇息，说自己有重要公牍要写。张氏对高拱一向敬畏有加，不敢稍有违逆。这次却例外，她双膝跪地，边哭边恳求，直把这些年因为没有儿子，又连丧三女的痛楚和委屈哭诉一遍，恳求高拱念及三十年夫妻情分，务必与邵仙人一见。倘若是别的事，高拱或许大发雷霆，可无儿无女、眼看绝后，也是他的心病。故而非但没有发火，还对夫人好言相劝，安慰良久，答应抽暇与邵仙人见面，才把夫人劝走。谁知三天过去了，高拱似乎把这事忘得一干二净，绝口不提。张氏终于忍耐不住，再次催促高拱上紧定下时日，好去给邵仙人回话。听夫人三番五次逼勒，高拱心中烦躁，禁不住呵斥她几句。原以为他一发火，夫人必会退却忍让，不意这次她不惟不退，反而郑重提出，摆在面前的只有两条路：一则请高拱写封休书休了她，一则她自我了断。侧室薛氏也随着张氏跪在高拱面前，哭泣不止。高拱以为两人只是求子心切，以此吓唬一下他，谁知从次日起，两人都不再进茶饭，连高拱亲自出面劝说也无济于事。高拱无奈，不得不松口，差高福到紫阳道观知会邵仙人，约定了会面时日。

国朝有官员轮流十日休沐之例。昨日，高拱交代司务李贽，知会左右两侍郎和各司，说他今日休沐，不到部当值。可是，一见到邵仙人，高拱即觉察出异样，认定此人绝非算命先生，更无甚样送子观音的绝技，是故，他说话的口气就变得严厉起来。

对高拱的不悦乃至动气，邵仙人颇能体认。堂堂二品大员、礼部尚书，到此荒郊野外小道观里私会一个算命先生，怎会心甘情愿？不过，只要高拱能来，对他来说就是成功的第一步。在京师盘桓多日，对高拱的脾气多少了解一些，知他是直性子，就决计不再兜圈子，索性把话挑明。待侍者把茶水、干鲜果品整备停当，邵仙人收敛笑容，郑重道："高先生好眼力！晚生委实不是道士，也不是算命先生。晚生姓邵名方，南直隶应天府丹阳县人，人称邵大侠者，就是在下。"说着，起身给高拱躬身施礼。

高拱并不还礼，打量着邵方，暗忖：他诓骗自己到此，欲以何为？多年来，国中冒出不少山人、游侠。他们多半是科场失意又不甘寂寞之辈。不过此辈往往有些特长，或会舞文弄墨，或善参详画策，以此邀得高官青睐。山人也好，侠客也罢，倘若出外游走，尤其是交通官宦，必是想以自己的某些"资本"换取某种需求。不过，此辈毕竟被冠以"侠"字，绝不奉有奶便是娘之旨。以此而论，若某个有名望的山人侠客投奔谁的门下，对这个官员来说，也算是一种无形的赞誉。高拱一则宦囊羞涩，无余钱供养；一则也无闲暇与此辈周旋，素来不与此辈打交道，却不知这邵方何以偏偏盯上了他。

邵方似乎猜透了高拱的心思，解释道："晚生既无诗词歌赋之才，也无度曲弄韵之能，更无求先生接济之意。不瞒先生说，晚生乃应天府一带有名的富户，父母俱已下世，给晚生遗留丰厚家财……"

高拱无心听他自荐，打断道："你诓骗高某到此，所为何来？"

邵方神秘一笑道："晚生要给先生赠送一礼。"

"高某从不受礼！"高拱义形于色道，"莫说是素不相识之辈，即使门生故旧，谁敢给高某送礼？"

邵方"呵呵"笑道："那要看是什么礼。"

高拱并不辩白，又问："素不相识，因何送礼？"

邵方道："恕晚生冒昧，敢向先生请教：四夷馆考选译字生，可是先生主张？明令边省督抚物色通番文者充四夷馆教师，可是先生上的本？"

高拱大感不解，只是下意识地点了点头。

"那就是了！"邵方颇振奋，"不瞒先生说，晚生到京已月余，这首善之区，也有几个熟人，晚生访得，先生的才干、学问自不必说，更有那勇于任事的魄力、敢破故套的胆识，绝非常人所能及。从适才晚生所请教的两事看，先生的眼界、识见，恐举朝无人可及。"

高拱不觉一惊。考收译字生、补充四夷馆教师这两件事，邵方与眼界、识见联系到一起，就连他自己也未曾这么想过。由此，他不得不对邵方刮目相看，但表面却依然严厉："既然你访得高某的不少讯息，难道就没有访出高某从不受礼？"

"先生家如寒士，尽人皆知。"邵方很干脆地说，"苞苴之事为先生所不齿！"

高拱接言道："既知这些，何必多此一举？"

邵方笑道："先生，此礼非他，"他指着几案上的茶盏说，"一盏茶而已，先生请品用。"

高拱一脸疑云，先是端详茶盏，也就是时下流行的坛盏；端起茶盏用心品了一口，咂了咂嘴，暗忖：此茶果然香醇中又有几分甘甜，酽浓中有几分清爽，滋味绵长，非同一般。连喝两口，闭目回味着。

"此茶并非名品，"邵方道，"不过是浙南常见的品种。之所以有此品味，端赖煮茶技艺高超。"见高拱不接话，继续道，"名教贤训最强调一个'道'字，天有天道，人有人道，"邵方得意地说，"这茶嘛，也有茶道。只是，这茶道嘛，非晚生所长，还是请出懂茶道者为先生解释一二。"他拍了拍手，向里间喊道，"有请珊娘——"

话音未落，一个十五六岁模样的女子从里间走了出来。高拱只觉眼前一亮，见她上穿着白藕丝对襟仙裳，下穿拖地紫绡翠纹裙，披着一件黑色杭丝霞帔，不施粉黛，却也脸映桃花，眉赛弯月，厚嘴唇，高鼻梁，眸子澄明纯净，虽腮染红霞，目含羞怯，举止却也落落大方。

"这就是在间壁为先生煮茶者，唤作珊娘。"邵方指着女子引介说，又对珊娘道，"珊娘，这位大人，就是我常向你提起的高先生。"

"奴家见过先生。"珊娘忙给高拱施礼道了万福，说话虽不算轻声细语，却也甜润异常。看神态举止，不像风尘中人，倒像是知书达理的大家闺秀。

高拱局促中不知该如何应对。除了家中妻妾，他从不涉足风月场，士林中喝花酒之类的游乐，他也从不与闻，真不知该如何与陌生女子打交道。邵方见状，忙道："珊娘，你先退下吧。"珊娘施礼告退，邵方又对着她的背影，嘱咐说，"好好为先生煮茶。"他又转向高拱，"此女身世非同寻常……"他故意停顿下来，笑而不语了。

"喔？有何传奇？"高拱问。

邵方笑道："珊娘的名字，是有些来由的，与大海有关……"邵方神秘一笑，"喔，这是一个秘密，世间只有晚生和珊娘才知道的秘密，若有机会，由珊娘向先生亲口述说吧！"

听到"大海"两个字，高拱内心颤了一下。他当即就想到了自己曾经做过的那个关涉大海的梦。难道，这个梦，冥冥中与这个女子有关？

刻下，高拱已然会意——邵方要把珊娘送与他。目今有买女子馈赠贵人的习俗。所买女子，不是风尘中人，就是出自贫寒之家，珊娘两者都不像。那她的家人为何会卖她？还有，邵方何以把珊娘送与自己？他要谋些什么？不管怎样，先摸摸邵方的底再说。高拱一边端起茶盏呷了一口茶，边郑重道："说吧，你想得到什么？"

3

初春时节，道观里还有几分寒意，花厅里放着一个火盆，上好的炭火烧得室内暖洋洋的，不多时，高拱身上的寒气即被驱散，鼻尖上竟冒出细细的汗珠。

闻听高拱问他想得到什么，邵方大笑："哈哈哈！公门里头的大人，总有一个惯常念头，但凡我辈与之交通，定然有利益交换！"他目光直直地盯着高拱，"倘若晚生说，我并不想得到什么，高先生信吗？"

"吾不信也！"高拱很干脆地答。

邵方伸出大拇指，晃动了几下，"呵呵"笑道："高先生，果是坦率之士！"他沉吟片刻，"敢问高先生，见过大海吗？"

高拱既吃惊又好笑。前些天，他就问过张居正这个话题，居然今天被邵方问到了。因不知邵方有何用意，加上堂堂二品大员不想与一个江湖人士深谈，他也就避而不答。

"晚生是见过大海的，不特见过，还在大海上航行过。"邵方并未因高拱不搭话感到尴尬，继续说，"想必高先生听说过佛郎机之名吧？"

高拱又是一惊。那次他也曾经问过魏学曾佛郎机国的事，魏学曾只说是西洋岛国，别的就没再说什么了。他暗忖：这个邵方，怎么今天尽说些他近来关心的话题？会不会邵方与魏学曾见过面？遂反问道："见过魏惟贯？"不久前，高拱向吏部尚书郭朴举荐魏学曾，说他有军旅才，不妨外放历练，魏学曾以按察副使兵备辽东广宁，前几日刚到辽东赴任。

邵方笑而不答，继续照自己的思路道："晚生不是夸口，或许对佛郎机国之了解，国中未有超过晚生者。"见高拱对他的话并不反感，反而流露出饶有兴趣的神情，邵方索性讲起了自己的经历，"晚生生于豪富之家，最看不起吃喝嫖赌，也非常人所说的仗义疏财之辈，所好者，是行万里路，弱冠即离家游走。与国中游侠不同，晚生最喜游走海上，下过西洋，去过南洋，也曾泛舟涨海。在壕镜盘桓过，还曾一睹倭国风貌。"似乎为了印证自己所言不虚，邵方连说带比画，描述起他见过的佛郎机人的长相来，"佛郎机人与国人真是大不同，长身高鼻，鬈发赤须，衣服华洁，贵者戴冠，贱者戴笠。西洋人与我天朝喜好也不同，天朝重本抑末，而西洋人好经商。"

国朝以婆罗为界，以东称东洋，以西称西洋，暹罗湾之东，则称为涨海。高拱只是在文牍中偶然看到过这些名词，没想到邵方居然都曾亲历过，不禁生出些许歆羡，暗自喟叹：可惜此人没有举人、进士功名，不然定要设法延揽他入公门，为国效力。有了这个想法，高拱就对邵方的经历越发感兴趣起来，遂好奇地问："邵大侠冒死涉险，颠簸海上，都交通些甚样人物？"

邵方笑道："晚生一不是'奸民'，二不是'假倭'，三不是'海贼'。晚生游走海上，也无谋利之念，只是想多看看这国人所不知的世界，结交各路英雄豪杰。"

大明开国起，就实行海禁国策，太祖皇帝有谕："厉海禁，片板不许下海。"嘉靖朝以来，又三令五申海禁之策。可越是严海禁，海上事端越多，尤其是沿海一些绅民，不惟无视国策擅自下海，且每每与倭国浪人内外勾结，朝廷对这些绅民分别冠以"奸民"、"假倭"和"海贼"。高拱一听邵方说出这几个名词，就觉此人非懵懂之人，而是对朝廷维系海禁的政策举措甚为了然。可当他说出"结交各路英雄豪杰"这句话时，高拱警觉起来。海上的所谓英雄豪杰，未必是与倭寇海贼激战海上的俞大猷、戚继光这些官军将帅，很可能是许栋、王直、曾一本、林道乾这些海盗巨头，想到这里，高拱改变了主意，决计不再与邵方纠缠下去，他皱了皱眉，道："你到底想说什么？"

邵方又是一阵大笑："晚生知高先生有些怕了。不过先生尽可放心，晚生既无谋利之念，故从不介入海上任何事端，就是一个旁观者而已。有道是旁观者清，晚生百思不得其解的是，堂堂天朝大国，为什么非要禁海，不准通番贸易？封闭是虚弱的表现。请教高先生，互通有无，有何不可？"

高拱不语。这何尝不是他所疑惑不解的？但他不能在一个江湖人士面前说出"同感"二字，又不愿与一个陌生人商榷国策大计，只能沉默了。

"嘉靖二十六年双屿岛之战，想必高先生闻知？"邵方问。

高拱自然知道。那一年，东南倭患渐炽，朝廷特命朱纨巡抚浙江指挥剿倭，朱纨到任后以强硬态度严海禁，绝走私，调集大军强攻被海贼盘踞多年的双屿岛，击毙海贼巨头许栋，把双屿岛上的建筑一律捣毁。但高拱不知邵方提及此事，用意何在，仍然沉默以对。

"晚生去过那里，喔呀，真是让人不敢相信啊！"邵方以惊喜的口吻说，"双屿虽孤悬海上，却商旅云集，贸易繁荣，各国海商慕名纷至沓来，那里的繁华，怕是国中任何一个城市都比不得的，包括京师。佛郎机人还在那里开了医院、教堂，真真是一片西洋景啊！"

邵方的描述虽让高拱颇感意外，但也不由不信。他在巡抚朱纨给朝廷的奏本中看到过，说双屿岛上有一条四十里长的大道，寸草不生，"商旅往来之多，由此可见"。高拱对这句话印象甚深，彼时即思忖过，既然如此繁华之地，为何要一切捣毁，重回荒芜就是好事吗？

"可惜啊，这一切都不复存在了！"邵方惋惜地叹气说，喝了口茶，又说，"许栋固然被灭了，剿灭他的朱纨不也很快就自杀了吗？王直、徐海，被胡宗宪用诈术诛杀了，可胡宗宪结局又如何？"邵方突然神秘地说，"高先生想过没有，凡是指挥剿倭的文臣，没有一个有好结果，一个比一个死得惨！"

高拱迅疾在脑海里捋了一遍，不禁大吃一惊！不到二十年的光景，奉旨指挥剿倭的督抚大员，不管基于何种原因，下场还真是如邵方所言：开指挥剿倭之首的是巡抚朱纨，嘉靖二十九年自杀身亡；继任浙江巡抚只有三个多月的王忬于三十九年被斩首西市；再后江南总督张经、浙江巡抚李天宠于三十二年被斩首西市；继任江南总督的胡宗宪被下狱，前年自杀死；曾奉命督师剿倭的尚书赵文华，三十五年被勒令回籍，途中暴病而亡！

"天意乎？人心乎？"邵方感慨道。

高拱面对过皇上、皇子，与朝廷大员更是多年共事，但从来没有遇到过邵方这样的人。他自思，自己很少敬佩谁，也没有从心底惧怕过谁，但是面对邵方，他却生出几许敬佩，可海禁这个话题，未免太过敏感，他不愿再谈下去了，遂起身道："时辰不早了，高某谢大侠美意，告辞了。”

“先生，奴家煮的茶不好吃？不合先生的口味？”珊娘不失时机地出现了，她手拿紫砂壶，给高拱的茶盏里续上茶水，忽闪着有神儿的双眼，仰脸问。

“喔……不不不，珊娘煮的茶，甚好，甚好。”高拱答道，又担心珊娘会错了意，忙补充道，“不过，我辈中原人，对茶不讲究。”

“还是请先生细细品一品吧！”珊娘说着，上前拉了拉高拱的袍袖，“先生请坐下，再吃盏茶吧，切莫拂了奴家的一片心意。”

“哪里话，珊娘，”高拱不知所措，只得又坐下来，边说，“粗茶淡饭可也，实在不懂讲究哩！”

珊娘抿嘴一笑：“据奴家所知，不仅倭国人，就连西洋的佛郎机人，对天朝的茶都情有独钟，人家倭国人吃茶，比咱天朝人还要讲究呢！先生是名士，该讲究才是的呀！”

“不得了，不得了！”高拱连声感叹，“珊娘见多识广，不惟国中女子无人企及，便是我辈须眉，也要自叹弗如啊！”

珊娘被高拱一夸奖，越发有了兴致：“先生真么看吗？奴家可当真了呢！”

邵方笑吟吟地看看高拱，再看看珊娘，一脸暧昧一笑。高拱红着脸，慌慌张张道：“不、不早了，该告辞了。”邵方挥挥手，示意珊娘退出，急忙切入了正题：“如果晚生没有猜错的话，高先生怀疑晚生要以珊娘与先生做笔交易，对吧？”也不等高拱回答，又继续说，“那么高先生一定以为晚生要先生为晚生谋什么利益咯？”他盯住高拱，以坚定的语气说，“非也！晚生所求者，只三个字：开海禁！”顿了顿，又道，“请高先生为生民请命，吁请朝廷，尽快改变闭关锁国之策，开海禁！”

高拱没有想到邵方会提出这个请求，一时不知如何回答。要说应当严词拒绝并对邵方厉声呵斥，因为海禁是祖制，是国策，身为朝廷大臣，面对攻讦祖制、国策者，理应这样做；但高拱不想这样做，毋宁说，他从内心愿意接受邵方的建言，至少在他看来这是应该也是值得加以论证的重大国计，绝不当以不合祖制就断然拒绝之。他沉吟良久，问：“大侠与徐阁老临郡，徐阁老是阁揆，开海禁，兹事体大，非高某一礼部尚书

大明首相
第一部
陷阱重重

所能为，大侠何不谒徐阁老一试?"

"呵呵，"邵方笑道，"开海禁之事，非有识见、有魄力的干才能臣，谁能为之，高先生以为然否?"

高拱的问话，本有试探邵方之意，看他是不是见过徐阶，是不是向他提出过这个话题，徐阶作何回应。可邵方的回答却滴水不漏，还变相奉承了高拱。这倒让他为难了。拒绝? 似有不妥，毕竟，开海禁，不是不可讨论的，倘若真的符合民心民意，有何不可。答应? 开海禁关涉国策祖制，非同小可，礼部尚书力不从心。还有，答应邵方，是不是预示着接纳珊娘? 高拱仰脸看着房顶，踌躇难决。

邵方看出了高拱的犹豫："高先生不必为难，开不开海禁与晚生无关，晚生只是觉得为国家计、为沿海生民计，该这么做，方在朝廷高官这里吁请开海禁的。若哪位高官认为开海禁当行，把握时机提出就是了。"他一欠身，诡秘一笑，"只是有一事，请先生早做决断……"

"老爷——老爷!"随着几声唤，高福快步跨进花厅，他走到高拱面前，附耳低语。

"喔? 快，牵毛驴来!"高拱"腾"地站起身，边吩咐高福，边疾步向外走去。

1

"王使何在?"一进家,刚迈过垂花门,高拱就急不可待地大声问。适才在紫阳道观,高福附耳禀报高拱:裕王府有使者到宅传裕王令旨,说有事请高先生参详。一听是裕王的事,高拱脑海里顿时一切都清空了,猜想着殿下会有什么事,他该如何拿主意,甚至顾不得与邵方、珊娘话别,仅拱了拱手,就匆匆往家里赶。

"小奴在!"一个太监从茶室应声道,带着几分谄媚,说话间走到了高拱跟前。

此人有四十二三岁,身材微胖,白耳黑齿,双目如电,带着一脸福相,狡黠中又有几分儒雅。他头戴以竹丝作胎、蒙着真青绉纱的刚叉帽,身穿红贴里,上缀麒麟补,腰间挂着牌缥,牌缥用象牙作管,青绿线结成宝盖三层,下垂长八寸许的红线,内悬牙牌,上有提系青绦。到得高拱跟前,他抖了抖衣袍,躬身给高拱行礼。

高拱一看,是裕王府的承奉冯保,脸色顿时沉了下来。

"喔,高先生,"冯保忙解释,"李老公公染了风寒,小奴替李家前来。"

李芳是裕邸总管太监,往者都是他充当裕王使者,听了冯保的解释,高拱顾不得多想,急切地问:"裕王殿下没有生病吧?"

"没有没有,殿下好着哩!"冯保喜笑颜开,"殿下让小奴给高先生问安嘞!"

"你回去知会李芳，让他莫要当值，病好三天后再说。"高拱嘱咐道，"切莫传染给裕王殿下。"

冯保点头称是，心中嘀咕：都说高胡子不怒而威，只要一提到裕王，就像变了一个人。这样想着，跟在高拱身后，奉承道，"小奴听到坊间传闻，一说高先生'直房接受公谒，门巷间可罗雀'；再说高先生'家如寒士'，今日一见，传言不虚啊！"

高拱只顾往花厅走，并不接言。他做翰林院编修时被选为裕王讲官，在裕邸九年，知道冯保其人。此人在给太监专办的"内书堂"读过书，粗通文墨，尤善书法，曾在皇上身边贴身侍候多年，皇上竟以"大写字"呼之。后来偶有小过，被贬到裕邸效力。他为人精明，处世圆滑，在宦官中颇有人缘，说他笃好琴书，雅歌投壶，有儒者风。可在高拱看来，冯保目光游移，甚是狡黠，不像善类。刻下听他说什么"坊间传闻"，一个王府太监，倘若安分守己，哪来的"坊间传闻"？显系对外多有交通，而这是宦官所当禁的。高拱本想斥责他两句，念及他是裕王使者，也就忍住了，只是冷冷道："别误了正事。"

冯保知道高拱在裕王心目中的位置，而裕王，是皇上唯一存活的儿子了。去年冬天，冯保收了兵科给事中欧阳一敬十两银子，传话给随堂太监张鲸，让他在皇上面前提及会试题，不意竟激起皇上雷霆之怒，高拱差一点掉了脑袋。冯保事先并不知底蕴，闻听后吓出一身冷汗，后悔不该贪财，生恐高拱事后暗中追查，他难脱干系，故而一直在找机会设法接近高拱，探探底细，向他示好，今日好不容易从李芳那里讨得这次差事，他小心翼翼，讨好卖乖，不敢稍有差池。进得花厅，落了座，冯保环视花厅，神神秘秘地低声道："高先生，还是借一步说话吧。"

高拱只得起身，领冯保进了书房，伸手示意冯保在靠墙摆放的一把椅子上落座，他则转身到书案后面的座椅上坐下。冯保看了一眼左手几案旁空着的座椅，知高拱不屑于与他并坐一起，虽心中颇是凄然，也不敢流露分毫，而是讨好地一笑："高先生实在辛苦，听说高先生从未休沐过，好不容易休沐一次，小奴又来打扰，真是过意不去嘞！"

"此处无人，隔墙无耳，快说正事吧。"高拱并不回应冯保，只是冷冷地催促道。

冯保干咳几声，缓缓道："高先生，李答应今晨又诞一子，裕王殿下请高先生拿个主意。"

"什么？"高拱一惊，一股怒气蹿到脑门，但又不便发作，只好压了又压，起身在书案前烦躁地来回走动。刻下，他最担心的，莫过于裕王府冒出什么事端来，而裕王府添丁的消息传出，说不定会惹出是非来。

当今皇上修玄崇道，追求长生不死，在他心目中，诅咒他速死的，莫过于储君。皇上身边的道士陶仲文当年提出"二龙不相见"，不能立太子，可是，在群臣一再恳求下，皇上不得不立了太子。不料太子行成人礼次日即暴卒，此事令皇上对陶仲文的话深信不疑。几年后，皇上的八个儿子中，六个先后夭折，只剩下康妃所出的裕王和晚他不足一个月由靖妃所出的景王了。潜在的储君，似乎成了追求长生不死的皇上的最大威胁，也是他最为厌恶和极力防范的对象。裕王已是事实上的长子，他的处境因此变得极端危殆，遭受的摧残，也是常人所难以理解的。

裕王十六岁出阁开府，他想见自己的生母康妃，皇上不允；康妃去世后，礼部拟定了葬典，被皇上断然驳回，甚至不允许裕王去为生母送终，裕王与生母生不得见、死不得诀。后来，裕王成婚得子，当时即为皇上的长孙，可是，皇上却不许群臣称贺，不准按制颁诏。不久，这个王孙就夭折了。裕王的元妃薨逝，按制称"薨"，皇上却不准，只许称"故"。裕邸经费拮据不堪，还时常不按时拨付，有的竟一拖三载，例行赏赐也每每被截留不发。

虽然裕王是皇上仅存两子中的长子，但是皇上很不喜欢他，认为他"木木"有余而聪灵不足，远不如比裕王小一个月的景王聪慧机灵。皇上甚至突破祖制，迟迟不让景王按制就藩，反而命在宣武门内承恩胡同同时给二王建造府邸，二王同时出阁就府，同时成婚。中外议论纷纭，言裕、景二王争立国本，群臣窥视上意，押注赌博，拥裕拥景，隐然形成两派。当是时，两府杂居，谗言四处，裕邸周围，布满了厂卫的侦缉逻卒，裕王一旦稍有过失，即可能遭到灭顶之灾。讲官高拱正是在此情势下来到裕邸的。他周旋维持，为裕王画策，要他忍耐为上，小心恭谨。因此，裕王蛰居府邸十余年，始终惊恐度日，如临深渊，给朝野的印象就是小心敬畏、动遵礼法，不敢稍有违制。如此一来，拥景派抓不到裕王任何把柄，皇上也找不到借口继续让景王留在京师，终于，景王于五年前之国湖广安德。但这并不表明裕王之位已定。随着皇上年迈，越发对"储君"一词敏感起来，凡有公开建言立太子者，就会断然下令处死。故而高拱一再忠告裕王，他的境遇不会因景王就藩而发生逆转，反而更需格外谨慎，不能出半点差错。

三年前，李答应诞下一子，按制，藩王得子，当上报，并请皇上赐名，裕王即差使者请高拱拿主张。李答应是一名宫女，民家主人收笼丫鬟并不罕见，但毕竟不是光彩之事，所出子女也是庶出，与嫡子女不同。况且，若据实上报，裕王动遵礼法的形象势必受损，甚至出现难以想象的后果。是故，高拱当时冒死做出一个决断：隐匿不报。因为隐匿，此子虚龄已然四岁，如今连名字也没有。此事还不知如何了结，会不会出什么岔子，高拱整天为之提心吊胆，不意忽闻李答应又诞一子，怎不令他焦躁不安？既然三年前第一子隐匿未报，新诞小王孙自然也不能上报，焦躁归焦躁，高拱不愿让裕王等待太久心生烦恼，便停下脚步，以决断的语气道："此次，如前例可也！"

冯保是经历过李答应所诞第一子隐匿的决断过程的，他自然明白高拱的意思，但还是提醒道："高先生，景王已死，严世蕃也伏诛了。"

景王是前年在封地暴卒的，无子，国除。景王一死，皇上就剩裕王这一个儿子了；而严世蕃被认为是当年拥景派的领袖。也是在前年，徐阶亲自修改三法司判词，将其冠以"通番谋反"的罪名斩立决。冯保提及此二人，意在说明，如今境况与三年前已大不同，争国本的景王、拥景派的领袖都死了，还需要这么谨慎吗？如果是别人说这话，高拱或许会与之一同权衡一番，但冯保是太监，高拱从来就认为太监除了宫中事务，对外间的任何事都不应干预，甚至不能插嘴，故而冯保话音甫落，高拱就怒斥道："这，是你这个身份者当说的话吗？"

冯保吓了一跳，忙作揖赔礼，又自扇嘴巴，连声道："小奴多嘴，该打，该打！"他知高拱素来不喜宦官，今日对他如此冷淡，仅仅是因为讨厌宦官，还是对那件事有所察觉，遂试探着道，"呵呵，万岁爷春秋高，忌讳越发多了，高先生就差一点……喔呀，今日高先生如此决断，小奴以为委实英明。"

高拱不理会冯保，仰脸沉思。裕王府的秘密又多了一个，危险也就又增加一分。想到这里，高拱忧心不已，禁不住连连摇头，叹气不止，口中喃喃："这个李答应，唉——"

李答应是京东潮县人。她的父亲李伟是泥瓦匠，本就一贫如洗，又赶上家乡遭受虫灾，为了活命，携家带口进城谋生。此时女儿才十二岁。两年后，眼看生活无着，饥寒交迫，李伟只得将年幼的三子李文进净身，入宫做了宦官，又设法将女儿送往裕王府当了一名使唤丫头。嘉靖朝宫女命名甚俗，皇宫大内的宫女，皆以莲、兰、荷之类的花草命名；裕王府的宫女则以彩云、彩霞、彩凤、彩蝶等命名。李氏女进裕邸后命名李彩凤。乡下丫鬟进王府，只能做些洗衣、端水、扫地之类的琐事。彩凤做起事来格外麻利、细心，裕邸上下没有不夸她的，尤其是裕王妃陈氏，生性贤淑，为裕王生过一个女儿，不久就夭折了，几年来未再有孕，孤寂抑郁，总是病病殃殃的样子，彩凤虽比她小不了几岁，却以乖巧女儿侍奉母亲一般待她，让陈妃很是感动，对聪明伶俐，屈己奉人的彩凤格外提携，差她到裕王书房里当一名答应。虽还是级别很低的丫鬟，但因负责料理纸笔墨砚并在裕王读书时陪侍在侧，端茶倒水，得以直接与裕王单独相处。此女进裕邸时，高拱还是裕王讲官，彩凤又是伺候裕王读书的丫鬟，彼此是见过的。这个李答应身材丰满、长相俊俏，红润的面庞透出几分机灵。虽是贫寒人家出身，竟也识文断字。只是她那双眼睛，虽不大，却似有勾魂的魔力，顾盼生辉的眼神足以令人浑身酥软。高拱隐隐担心这个丫鬟会不会以勾魂的眼睛把裕王陶醉？事实证明这个担心不是多余的。裕王与李答应显然不是偶尔放纵一次这么简单，不然不会又诞一子。看来此女有一套本事，不然处境危殆、惊恐度日的裕王，未必会甘冒风险，与一个宫女如胶似漆，接连诞出二子。在高拱的心目中，裕王聪明特达，孜孜向学，又知礼数重感情，是无可挑剔的好皇子。他不认为裕王会犯过失，纵然已然出了差错，那也是别人勾引裕王所致，故而他对李答应就难免生出怨气。

"小奴整天陪伴王子，与李答应也就朝夕相处，深感李答应对裕王殿下一片真心，关护有加，颇能使裕王身心愉悦。"冯保替李答应辩白了一句。

高拱气呼呼地"哼"了两声，关涉宫闱事，他不便多言。冯保不知高拱是对他插话替李答应辩白不满，还是对李答应不满，也就不敢再多嘴。从高拱的神态中判断出，他对去冬因试题触忌而险些丧命的内幕并不知晓，冯保也就踏实了许多，躬身一揖，就要辞去。

"回去禀报裕王殿下，请饬令阖府上下，照八个字行之，"高拱顿了顿，一字一句道："谨、言、慎、行，密、不、透、风！"

冯保连声称是，生恐高拱对他再加呵斥，深揖而去。

高拱突然觉得很累，靠在椅背上，不禁长叹一声。须臾，他蓦地起身，快步走出书房，喊了声："高福——备马！"

"哼！你有马吗？"高福小声嘟哝了一句。昨日整备去紫阳道观时，高福本想雇匹马，老爷却吩咐雇驴，说一来省钱，二来不张扬，高福只得从命。刻下高福正犯愁要不要把毛驴还回去，不还回去怕老爷责备不懂节俭，还回去又怕主人再用，抓耳挠腮间，听主人吩咐"备马"，这才松了口气，忙牵驴伺候。

"老爷，去哪儿？"高福问。

高拱瞪了他一眼："这还用问？"

2

高拱骑驴直奔紫阳道观而来。这次，是他主动要来的。冯保刚走，高拱心急火燎地要去紫阳道观，高福既兴奋又纳闷儿，不知老爷为何如此着急，心里暗自好笑，看来，老爷真的想早点有个儿子啦！

从答应夫人到道观那一刻起，高拱委实是有求子之心的。尤其是见到珊娘后，美丽、灵秀的江南少女，让高拱为之心动。

士林风尚，纳妾不是丑闻，即使年过古稀，倘若纳了小妾，士林依然会津津乐道。尤其对高拱这样没有一儿半女的男人，僚属故旧没有不劝他纳妾的。在从紫阳道观回家的路上，他就一直在斟酌：紫阳道观是陈家所建，而陈大明是邵方的至交，珊娘可在道观居住，他随时去会。权衡再三，没有掂量出接纳珊娘会有什么风险，决计将珊娘暂时安置于紫阳道观，待生得子嗣后再作计较。但是，当再次踏上去往紫阳道观的小道时，高拱为自己竟然萌生暗中藏娇的想法感到荒唐可笑，似乎这样做，对不起裕王。

高拱对裕王的感情太深了。他永远忘不了，嘉靖三十一年八月十九日，是他第一次到裕王府的日子。彼时，裕王年方十六，身材瘦弱，目光中流露出的，满是恐惧，又兼带渴盼。少年裕王渴盼父爱、母爱，因为他从父皇那里感受到的只有恐惧；而自离宫就藩后，就再不能与母亲见面，也失去了母爱，裕王是那样孤立无助，那样惶恐不安。这一切，都让长裕王二十六岁的高拱心生爱怜。以没有儿子为憾的高拱突然生出一个闪念，把少年裕王暗暗当作了自己的儿子。

按照皇上谕旨，翰林院编修高拱讲书、检讨陈以勤讲经，旋又下旨，先讲《大学》《中庸》《论语》《孟子》，而后及经。这样，就只有高拱一个人先为裕王讲学。按成例，讲四书当先训字义，后教大义而止。高拱却突破成例，超出恒格，在讲书时，凡关乎君德、治道、风俗、人才、邪正、是非、得失，必延伸开来，联系古今实例，提出独到见解，以启迪裕王感悟。每到高拱讲书之日，就是裕王最开心的时刻了。在外人看来，高拱对裕王尽心开导，敷陈剀切，裕王获益良多，对高拱目属心仪。其实，高先生讲些什么，裕王未必都明白，就连那些煞费苦心、冒着违例风险讲授的启迪君德治道的内容，是不是真的听进去了，都不重要，只要见到高先生就好。长达九年的时光里，无论冬夏寒暑，只要高先生来讲，裕王从未传令免讲过。他还手书"忠贞""启发弘多"条幅赠高拱。

不唯如此，高拱在裕邸九年，绝非仅作为讲官单纯给裕王讲书这么简单。他清楚地记得，当二王争国本传闻甚嚣尘上时，裕王曾经凄然地对高拱说："先生资高才大，若本王离京之国，先生愿坐金事之下吗？"国朝之制，除太子外，皇子应离京到封地去，谓之"之国"，非奉圣旨不得出城，形同幽禁；王府设长史，从四品，位列同品的按察司金事之下，是名副其实的冷板凳。裕王说这话，显然是对太子之位已心灰意冷。高拱忙安慰裕王："殿下不要这么说，只要殿下益起孝敬，谨遵礼法，以人合天，必有大福。"当时，首相严嵩之子严世蕃自知严家握权久、仇人多，遂有烧冷灶、立奇功之计，试图暗中推景王上位，一日特请高拱饮酒，欲以灌醉他后套出有用的只言片语。酒酣之际，严世蕃突然问："闻裕王殿下对家大人有芥蒂？"高拱闻言猛醒，汗涔涔下，叫着严世蕃的号道："东楼何出此言？国本默定，中外共知。裕王殿下在高某面前，每谓令尊严相乃社稷臣，中兴大业，实利赖之，请勿听挑拨之言。"这才掩饰过关。高拱和裕王都心知肚明，在裕邸的九年，高拱是以保护裕王安全、维护裕王地位为己任的，他做到了。

六年前，也是在初春，为裕王讲授四书的任务已然完成，高拱升国子监祭酒之职，该辞别裕邸了。那天，裕王赐高拱金缯甚厚，一直送他到府邸大门口，拉着他的手，久久不愿松开，哽咽不忍别，场面催人泪下。高拱离开裕邸后，裕王对他思念不止，手书"怀贤"两字，遣李芳送往高拱家中。对后来到裕邸的陈以勤、张居正、殷世儋这些讲官，裕王不时会传出免讲的令旨，听讲时也是兴味索然。这三位讲官与高拱对裕王的印象反差甚大，总觉得裕王甚是慵懒。这话，张居正婉转地和高拱说起过，高拱坚决不信，还气呼呼地说要张居正充实学问，言外之意是说，裕王跟他高拱学习九年，学识已非一般，不是学生不愿意学，而是老师的学问不够用了。

高拱在裕邸的九年中，裕邸大事小事，裕王概请高拱决断；他离开的六年间，府中事无大小，裕王都要遣中使到高拱家里，要高拱来拿主张。裕王对高拱的情分，似乎也不仅仅是倚重、信赖乃至感激所能够概括的。对此，高拱也是体认得到的。

"今生得遇裕王，于愿已足，夫复何求！"每当为门庭萧索、无儿无女而伤感时，高拱就会以此来安慰自己。但是，这样的话，无论如何是不能说出口的，一丝一毫的流露都不行，否则，势必惹上大不敬之罪。高拱只能将这种情愫，深深埋在心底。门生故旧也好，妻妾家人也罢，谁都不理解，高拱何以不再纳妾延续香火？他只能王顾左右而言他，搪塞过去。他心里，对夫人也是有几分歉疚的，毕竟她没有寄托，寂寥落寞，日子甚是难熬。故而，当夫人以死相逼要他去见邵仙人时，高拱难免动摇；遇到珊娘后，他也难免起接纳之心。或许是天意吧，裕王正巧在这个时节派使者来问事。

抬眼望见道观的山门了，高拱心里暗暗自嘲：背着裕王做这等荒唐事！他又想到适才要冯保禀报裕王的八个字，高拱觉得不能光要求别人，自己首先要做到。

多年来，高拱一直有一个信念，作为裕王的首席讲官，他必须克己，一切以维护裕王为根本，不能计较个人得失。当年道士陶仲文最为皇上崇信，高官大僚无不争相讨好之。一次与陶仲文相遇，陶仲文卜高拱必贵，遂与之通殷勤。高拱婉拒之，道："陶公天子幸臣，高某王府长史。交结近侍，国法所禁，殷鉴不远，岂可重蹈覆辙？"那时这样做，当然是为了裕王；如今到了最关键、最敏感的时刻了，自己更要加倍小心，做到无可挑剔，不能给别人任何把柄，以免连累裕王。

还有那个未曾谋面却深深埋在心里的永淳公主。自十六岁落选驸马，多年后，在翰林院做编修的高拱又听到传闻，说自他进士高第，点翰林，有盛名，永淳公主越发不能忘怀，竟为之悔叹。高拱暗暗发誓，万万不可让自己心目中的那个幻象失望。

是故，高拱觉得有必要快刀斩乱麻，迅疾知会邵方他是不会接纳珊娘的，劝他早日偕珊娘离京。

来到道观，进了山门，守门的小道士告知高拱，邵大侠进城会友去了，回不回来、何时回来，都说不好。高拱踌躇良久，还是进了道观，他决计会一会珊娘，让她转达给邵方也好。

"老爷，俺……"走到"怡园"门前，高福指了指自己，又指了指旁边的一间茶室，笑嘻嘻地走开了。高拱白了他一眼，也未阻止，只好亲自叩门。

"呀！竟是先生！"开门的正是珊娘，看到站在门外的高拱，不禁又惊又喜，还多了几分羞涩，脸颊顿时变得绯红。

"邵、邵大侠，在吗？"高拱手足无措，只好以明知故问来掩饰。

"嗯，陈家大爷邀义父进城去了。"珊娘答，见高拱直直地站在门外，珊娘抿嘴笑了笑，"先生，请进来呀——"

"喔——也罢！"高拱像下了颇大决心似的，边说边一大步跨进院中，"说于珊娘听也好，就烦请珊娘转达吧！"又像想起了什么，"珊娘适才说甚？义父？邵大侠是珊娘的义父？"

"对的呀！"珊娘说，见高拱进院后又站住了，禁不住笑道，"嘻嘻，先生，此院中只奴家一人，先生不必如此紧张，随奴家进屋好的吧?"

"喔，也罢！"高拱鼓足勇气似的说，便随珊娘往屋里走，就在珊娘撩裙跨过门槛的瞬间，高拱突然发现，珊娘竟是天足——未曾裹过脚的。高拱心里暗忖：不是风尘女子已可断定，但若是大家闺秀，焉能留天足?

"先生，进内室，还是……"珊娘羞涩地问。

高拱尚未缓过神儿来，满脸狐疑，并未听明白珊娘说些什么，也就未出答语。珊娘以为高拱不好意思明确表态，羞怯地娇声道："先生，随奴家来吧！"说着，就向内室走去。

高拱连连摆手："喔，不不不！"说着，一步跨到花厅的一把座椅前，蓦地坐上去，心怦怦直跳，一时气短，"就、就在此，在此说话。"

珊娘愣了一下，低着头，良久才说："那么先生稍候，奴家去给先生煮茶，吩咐预备酒食。"

高拱又摆手："不必了，不必了！"

"慢待先生，奴家心里会不安的呀——"珊娘撒娇道。

高拱一笑："呵呵，珊娘客气了。"他坐直了身子，指了指左前方一把椅子，"珊娘，快请坐下，我有话问你。"

3

高拱万万没有想到，珊娘竟然是十六年前自杀身亡的浙江巡抚朱纨的女儿。

十五年前，朱纨巡抚浙江指挥剿除倭患时，捣毁了双屿岛，岛上最大海盗头目许栋被击毙。许栋是南直隶徽州人，靠海上走私致富。他有一个女儿貌若天仙，知书达理，到了该出嫁的年龄，许栋命家在绍兴的谋士悄悄带她到了绍兴，为她编造了一个家世，托保山为她做媒。到了绍兴，尚未为她觅得佳偶，双屿岛之战爆发，许栋一家人被灭门，唯独遗下这个女儿。此女只知自家遭灭门，不知乃朱纨所为，正痛不欲生时，绍兴知府得到线索，把她搜寻到了，为讨好上官，隐瞒她的出身，送给朱纨做外室，生下一女，不料出生几天后，尚未与生父谋面，朱纨就受弹劾而下狱，随后自杀身亡。徐氏女为纪念自己的亡父，以海中珊瑚的"珊"字为女儿取名，这就是珊娘。

珊娘母女孤苦无助之际，与海商多有交通的邵方，在双屿岛之战后到处寻访阵亡海商遗孤，访得许栋尚有一女，遂四处探寻，终于在杭州找到了她们，接到丹阳抚养。

"这个秘密，唯有奴家和义父两人晓得，"珊娘说，"今日说于先生闻之。"说着，流下了眼泪，又哽咽道，"奴家自朦胧懂事起，就发誓要报仇！"她撩起裙裾，抬了抬脚，晃了晃："先生请看。"

高拱对珊娘的传奇身世唯叹不已，目光中充满怜惜。

"留此天足，皆为报仇！"珊娘苦笑，故意问，"可是，先生，奴家的仇家是谁呀？"

这一问，高拱还真不知作何回答。珊娘仰脸望着高拱，道："奴家后来才慢慢明白过来，奴家的仇人，只有一个……"

"是谁？"高拱盯着珊娘问。

"它的名字叫……"珊娘刻意停顿了，然后才一字一顿地说，"海——禁！"

"喔……"高拱沉吟着，暗忖：难怪珊娘不惜以身相许，吁请解除海禁呢！

"呀——"珊娘如梦方醒般叫了一声，"奴家真是太傻了，尽和先生说些如此沉重的话题，先生定是烦了吧。"说着，她站起身，整理了一下衣衫，"奴家给先生唱曲南戏吧。"

南戏，是江南戏曲的统称，有昆腔、海盐腔、弋阳腔、余姚腔，近来昆腔有脱颖而出之势。时下江南市面繁荣，听戏成为时尚，养戏班子的绅商不在少数。即使是京城的官场，听戏，也是最时尚的消遣了。高拱虽非江南人，但礼部主管教化，对戏曲也是多有了解的，遂惊喜问："珊娘会唱南戏？"

珊娘甜甜一笑："是的呀，听多了，学唱几句，奴家只比鹦鹉强那么一点点。"说着，伸出小拇指，用大拇指在指头尖上掐了掐。

虽然听戏是士林时尚，高拱却并不热衷，他更愿意和珊娘交谈下去，便"呵呵"一笑道："珊娘先请坐，可否知会一二，你是何处学的南戏？"

珊娘坐下来，神情黯然道："奴家母亲五年前弃养，义父即是奴家这世间唯一的亲人了。"

"喔，珊娘可怜哩！"高拱感叹道。

"又让先生如此沉重了，"珊娘调皮一笑，"先生相信吗？奴家母亲故去后，奴家就女扮男装，随义父游走南北。"

"女扮男装？"高拱好奇道，"好一个美姿容的少年郎啊！"

"唉——女儿家嘛，怎能出头露面？只好扮成男子啦！"珊娘晃晃脑袋说，"苏州离丹阳不远，是奴家随义父常去的地方，苏州写戏的人很多的呀，有一个叫梁辰鱼的先生，"说着，珊娘兴奋地比画起来，"他身长八尺，声如金石，哎呀，真是了不得的大名士呀！"

梁辰鱼这个名字，高拱是知道的。此人风流自赏，放荡不羁，着红衣，拥美女，挟弹飞丝，骑行山石。好任侠，喜音乐，热衷招徕四方奇杰之彦，邵方与他结交，再正常不过。人称梁辰鱼入媚其妻，出傲王侯，他写的《红线女》《红绡记》《浣纱记》，大受梨园子弟欢迎，纷纷演唱。梁辰鱼的戏，多以少女为主角，红线女、西施，在他的笔下都是胸怀大志的女英豪。《浣纱记》一剧中，西施就是个一心报国的英杰，越王、范蠡都向她下拜，失身之后仍足以和范蠡匹配，这显然是对名教中男尊女卑之训的反激。也难怪珊娘提到梁辰鱼的名字，语气中满是倾慕之意。

不过，对梁辰鱼，也有人大不满，南京的言官曾上疏弹劾梁辰鱼在歌宴妓席上为富商作曲，现场就要富商支付银子，斯文扫地；更有甚者，言他在《浣纱记》中嘲笑万世师表孔圣人，目无名教，若衡之祖制，有杀头之罪，要求礼部应严教化，整饬士风。在高拱心目中，当务之急是整饬官风，革除官场积习，故而对言官的论奏也未置可否。

见高拱陷入沉思，珊娘又站起身，畅快地说："奴家就给先生唱昆曲吧！"高拱点头。

昆曲，本是昆山、太仓一带的民间小调，只供清唱用；还是梁辰鱼对其加以改进，将昆曲与文人创作的传奇相结合，遂成为时下南戏的主流，但依然是南戏中最适合清唱的。珊娘清了清嗓子，报了曲名：《天下乐》，便唱了起来：

想四海分崩白骨枯，萧疏短剑孤。拟何年尽将贼子诛！笑荆轲西走秦，羡专诸东入吴。那时节方女娘行的心性卤。

高拱时而闭目静听，时而含笑望着珊娘，心里满是愉悦。唱完《天下乐》，见高拱脸上堆满笑意，珊娘主动道："嗯，再给先生唱一曲《寄生草》吧。"

主公，你道我红线呵，身材小，我可也胆气粗。晓蛮夷已撰定川西喻，苦流离已草就河东贼，救饥荒已拟上关西疏……

高拱虽不懂南戏，珊娘唱的戏词他也没有完全听明白，但还是很陶醉。待珊娘唱完了，他才醒悟过来，道："珊娘，你把《寄生草》这曲的词说说看。"

珊娘近乎一字一顿地念了两句，高拱侧耳细听，还是不能完全明白，要么就是要珊娘再重复一遍，要么就问是哪个字。珊娘走到高拱面前，说："先生，请把手伸出来。"

"这……"高拱踌躇着，看看室内无人，狠狠心，伸出了手。珊娘把高拱的手翻转到手心向上，用自己的手托住，念一字，就在他手心上写一字。

珊娘身上的香气把高拱笼罩了，珊娘纤指在他手心里的移动让他麻酥酥的，禁不住轻轻打了一个激灵。他不敢这样持续下去，忙把手缩回来："喔，珊娘，我已明白了，你唱的这出戏叫《红线女》。"

"是的呀，就是梁辰鱼先生的昆曲《红线女》。"珊娘歪着头说。

高拱坐直了身子，又示意珊娘坐回去，让自己镇静了片刻，开口道："这出戏说的是，红线女解潞州节度使薛嵩之难，彰显的是弱女子同样能办大事，同样有非凡的本事。这，是珊娘的夫子自……不，女娘自道吧？"

珊娘并不回答，而是怅然若失地说："可是，红线女事成之后出家修道了。这，或许就是如先生所说同样能办大事、同样有非凡本事的女子的命运吧。"

高拱似有所悟：珊娘并不是为唱曲而唱曲，她是意有所托的。

<table>
第四章｜海瑞上疏触雷霆
　　　｜高拱奏稿束高阁
</table>

第四章｜海瑞上疏触雷霆
　　　｜高拱奏稿束高阁

1

夕阳透过西边一棵老槐树，把最后的余晖洒进崇文门外一个简陋的小院里。城内城外房租悬殊，几个月前从湖广兴国州判官升任户部主事的海瑞，赁下了这个小院。虑及京城居不易，他把老母与妻女送回琼州原籍，带着一个侍妾、一个丫鬟和忠仆海安进京赴任，赁下城外的这个小院。

这天散班回来，海安正在拴毛驴，海瑞瓮声道："记得过年买的那坛酒尚未吃完，拿来我吃。"

海安纳闷儿，老爷自过完年就一直闷闷不乐，少言寡语，常常一个人陷入沉思，似乎在思忖什么大事，今日突然要吃酒，是借酒浇愁还是大事已决？他不敢多问，只得找出小半坛酒放到海瑞的餐桌上，给海瑞倒出半碗。海瑞换上一件黑色夹袍，独自坐到餐桌前，端起酒碗猛喝一口，咧嘴"嘶哈——嘶哈——"几声，举左袖抹了抹了嘴，把酒碗躥在桌上，对海安道："你，明日到棺材铺，买口棺材回来！"

海安惊讶地看着海瑞，惊得说不出话来。

"老爷有用！"海瑞悲壮地说。

海安拗不过老爷，只得乖乖地到棺材铺买了一口棺材，拉回院中。

"喔呀，海瑞买了棺材，他欲以何为？"一夕间，这件事就在京城官场传开了。

海瑞虽只是六品主事，名气却不小，官场上几乎无人不知。他生于遥远的海外琼岛，中举后，两度入京参加春闱都落第了，不得不以举人身份求职，十二年前被授福建南平教谕，到京领取吏部红谕时，官场里品级最低——从九品的海瑞拜伏于承天门下，献上他精心撰写的《平黎策》，建言朝廷在琼岛开辟道路，设立县城，以安定乡土。海瑞的名字第一次在京城传开。在南平做教谕时，福建学政朱衡到此考校生员，来到海瑞任教的学官，阖县官吏都伏地通报姓名，海瑞却独施以揖礼，还振振有词："到学政衙门，自当行部属礼；此学堂乃老师教育学生之所，故不宜屈身行礼。"朱衡不惟不以为忤，还赞赏有加，屡屡举荐，不久，海瑞竟破格升任知县。海瑞的名字，又一次传到了遥远的京城。还有几件事，也在坊间绘声绘色地流传着。一件事发生于海瑞在淳安知县任上，他以计整治胡公子，让堂堂江南总督胡宗宪哑巴吃黄连，将错就错，把海瑞夸奖一番。另一件事是海瑞投帖羞辱巡盐御史鄢懋卿，受了海瑞的一番羞辱，堂堂的钦差大臣不得不改变行程，绕过了淳安。海瑞第一次所抗拒的上司——学政朱衡，已升任工部侍郎，一如既往地赏识、举荐海瑞；而海瑞曾经公开羞辱的两个高官大僚——钦差大臣鄢懋卿和江南总督胡宗宪，虽说当时炙手可热，却都是严嵩一党；严嵩失败了，严嵩一党遭到清洗，反对过鄢懋卿、胡宗宪的人，就被证明是正确的，乃至有先见之明的，海瑞的声望因此也就越来越大。海瑞更以清廉、守法著称。在淳安知县任上，海瑞因过生日买了肉吃，还让总督胡宗宪作为新闻高调传扬，对众多下属说，你们知道吗？海瑞居然买肉吃呢！朝野皆知，海瑞的举动，时常成为舆论的焦点，饭后的谈资。如今突然间买了口棺材放在院中，怎不令人既兴奋又好奇？户部同僚本想当面问一问的，海瑞却请假了。请假不为别事，而是沐浴斋戒。大家预感到，海瑞又要对哪位上官开火了！

在猜测议论中，迎来了一个小节日——二月二，这是龙抬头的日子。京城的百姓怀着对过年时热闹气氛的不舍，在二月二这天还要吃喝一顿，算是过大年的正式收官。好事者还会呼朋唤友，燃放炮仗。

可是，嘉靖四十五年的二月二，官员当值离家时都会严厉地警告顽皮子孙，绝对不许燃放炮仗，否则，说不定会惹上杀身之祸。

不为别的，都只为海瑞于昨日上了一道《治安疏》——治国安天下的建言。此疏直指在位近四十六年的皇上，遣词用语极尽尖刻，近乎对皇上公开谴责。在海瑞笔下，当今皇上这个为人称颂的"英主"，其实是一个残忍、虚荣、多疑和愚蠢的君主；所谓的太平盛世根本就不存在，有的只是民怨沸腾。他引用民谚，说嘉靖这个年号，就是"嘉靖嘉靖，家家干净"之意。海瑞还指出，举凡贪污腐败、盗贼横行、风俗日坏，根本就不是有人说的那样是因为朝廷出了奸臣，而全是当今皇上之过。皇上君道不正，其误多多，他明明白白提醒皇上："天下之人不直陛下久矣！"

看到这道奏本，徐阶双手颤抖，汗如雨下；皇上则被气得七窍生烟，昏厥者再，气若游丝却依然咬牙切齿道："锦衣校尉，速拿了海瑞，别让这厮跑了！"

"万岁爷，海瑞不会跑，他棺材已备好了。"掌印太监滕祥道。

"朕、朕这就成全了他！"皇上勾着头，喘着粗气道。

须臾，一队缇骑包围了海瑞的居所，绣春刀寒光闪闪，铁锁链哗哗作响，海瑞被逮进了南镇抚司诏狱。

这件事，喘息间就传遍了京城。此时，若官员家里燃放鞭炮，岂不被疑为庆贺海瑞骂驾？正在气头上的皇上正无处发泄淤积胸中的那股恶气，百官安能不小心翼翼，生恐稍有不慎就惹祸上身。

高拱却是今日到部后方听到海瑞上疏这个讯息的。他对家人约束甚严，高福等人被明确警告，不许与外人交通，更不得传闲话；对礼部官员，高拱也明令禁止当值期间趋谒走动，僚属们无公务不敢去他的直房闲谈道路传闻。虽然海瑞上疏的事轰动官场，到处都在议论，但因奏本并未奉旨下部院议处，礼部尚书高拱竟一无所知。直到今日到了直房，司务李贽去送文牍，忍不住问："大宗伯知海刚峰其人否？"

士林时尚，每以古职代称现官。吏部尚书称冢宰、户部尚书称大司农、礼部尚书称大宗伯、兵部尚书称大司马、刑部尚书称大司寇、工部尚书称大司空。故李贽私下偶以大宗伯称高拱。高拱自是知道海瑞的，对他的印象也不错。当李贽说到海刚峰时，他脱口而出："是海外琼岛的海瑞吧？记得他字汝贤，号刚峰。"

听高拱的口气，李贽就猜到他对海瑞上疏事尚不知晓，遂道："海刚峰上了道《治安疏》，道路传闻，此疏用语之大胆，古今罕见。"随即把他听到的奏本要领，转述给高拱。

高拱惊诧不已，心里却也有几分快意。是啊，该从太平盛世的幻觉中警醒了。一意维持的局面，不能再没完没了继续下去了。但这话他不能在李贽面前说出口，为了掩饰自己的惊喜，他打破不与下属谈论传闻的惯例，问："司务可知，坊间对此事有何议论？"

李贽与海瑞同为举人出身，几乎同时进入官场做教谕，但海瑞已做过两任知县，升正六品主事；而李贽却只是打杂的从九品司务。提到海瑞，他心里不免酸楚，便以揶揄的语调道："下吏进官场，纯为稻粱谋；人家海瑞呢，照他的话说，做官就是获得了为国尽忠、为百姓办事的机会，想发财就不应选择做官。何其高尚耶！"

倘若别人这样说话，高拱一定严厉呵斥；他知道李贽是位有主见的人，也是很率直的人，这个人对祖制成宪乃至名教圣训没有敬畏，常常冷嘲热讽，不少人到高拱这里告状，高拱私心也以为李贽确实有些过，但又觉得他勇气可嘉，对矫正官场抱残守缺、故步自封的风气不无裨益，也就不与之计较，采取听之任之的态度，今日听他说些海瑞的风凉话，心里虽不悦，却不想责备他，只是淡淡道："海瑞的话没错的嘛。"

"当然没错，"李贽嘴角一撇道，"因为这番话，正是太祖皇帝对为官者的要求，谁敢提出异议？不过，倘若是别人说这话，一定被认为是说套话，海瑞就不同，他说出来，就没有人怀疑是套话。"

"那是因为海刚峰言行一致，既说到就要做到。"高拱以辩驳的语气道。

"是以海瑞出名啦！"李贽酸酸道，"关涉他的传闻，一直源源不断，也每每成为京城官场的谈资。不过，据下吏所知，人们提到海瑞这个名字，多半会一笑置之，或者摇头不已，乃至说海瑞是善出风头之辈。说他自知以举人出身按部就班晋升无望，就另辟蹊径，千方百计邀取声誉，以图超常任用。"

高拱猜测李贽大抵对海瑞存有嫉妒之心，说话未必客观，也就不愿再继续说下去了，淡淡道："为官之人，一本忠心，无瞻徇之气就好。"

大明首相

第一部 陷阱重重

突然又忧心地说，"看来，海瑞这次是凶多吉少了。"

李贽一改对海瑞的揶揄腔调，叹口气道："都说，皇上发了雷霆之怒，海瑞旦夕难保。"

"嗖"的一股寒气，从高拱后背蹿过。想到自己去冬的遭遇，不禁替海瑞感到惋惜，喃喃道，"但愿，海瑞也有高某这般运气"。

2

日头还挂在天际，余晖透过窗棂，洒进高拱书案前的空地上。他有些坐不住了。平时，他总觉得光景过得太快，似乎刚进衙门就到散班时刻，每每等部里人去楼空，他才意犹未尽地离开；今日，却嫌过得太慢，刚到散班时分，就急匆匆往家赶。

"酒菜都整备好了吗？"一进家门，高拱就急切地问。

"老爷，都预备下来了。"高福答，他一伸舌头，"难得能改善伙食，阖府上下比老爷还上心嘞。"

"你到门口守望，等你张爷一到，上紧迎一下。"高拱吩咐高福道。

自正旦节起，只要在家，高拱就把自己关在书房，拟写一篇大奏本。疏稿已成，他想让好友张居正过目后再报。可张居正过了年就接受了重修《承天大志》的使命，带着一班人闭门改稿，竟没有余暇与他会面，直到前天，张居正才差人来禀，说二月二申时到府拜谒。高拱早上出门时就吩咐家人预备酒菜，此时他更衣毕，亲自到厨房查看了一番，美滋滋地想着与张居正喝几盅，谁知已然到申时三刻，还没有见到张居正的人影。高拱又急又气，对高福大声呵斥道："就知道一趟一趟来禀，不会到半道上去迎？"

高福嘬着嘴又小跑着出了门，一眼望见张居正的管家游七跑了过来，劈头嗔怪道："哎哟祖宗，张爷咋回事？老爷快把俺骂死啦。"

游七矮个子、小眼睛，一脸鬼机灵，点头哈腰，气喘吁吁道："咱家老爷、老爷要、要小的禀报高爷，他有了急事嘞，约莫戌时二刻才能来谒，请高爷不必等他用饭。"

高福忙回禀，高拱听罢，怅然若失，命家人把几个菜先端走，自己只是匆匆吃了个馒头垫垫肚，就进了书房。他拿出反复斟酌修改的疏稿，看了，放下；放下，再拿起，又不时去看刻漏，离戌时还有两刻，高拱心情有些烦躁，脑海里竟然是珊娘的影子在不停地晃动。

那天在紫阳道观，高拱与珊娘相见，交谈了近一个时辰，连午饭都忘了吃。虽然，高拱并没有因为一个时辰的交谈而改变不接纳珊娘的主意，但却让他对珊娘多了几分思念，心里放不下她了。和珊娘在一起相处时的愉悦感，是高拱从来没有体验过的，他忘不了，舍不得。虽然决绝地说出了请她尽快离京的话，但心里却直骂自己无情汉。辞别珊娘后，高福察言观色，旁敲侧击想打听出点什么，高拱一路上神色黯然，沉默不语，高福也不敢多言。回来后夫人问起，高福实话实说，老爷确是与一女子相会，别的就不知道了。夫人又问了高拱几次，他都含含糊糊搪塞过去了。为了转移注意力，思绪从珊娘身上移开，这些天，高拱把全部精力，都投入到对疏稿的斟酌修改中了，可珊娘的影子、珊娘的声音，她的举手投足，却不时在他眼前浮现出来。此刻，在等待张居正的空当，高拱又不由自主地想起了珊娘，回味和她在一起交谈时的愉悦感。可是，他又害怕自己总这样回味，便不时提醒自己：还是多想想裕王吧。可是，裕王毕竟是储君，且不说作为臣子不能随便见他，即使见到他，敢把心里话说给他听吗？说自己把没有儿子的缺憾在他身上得到弥补？这岂不是大不敬？高拱心里陡然涌出一丝悲凉。越是想裕王，越有孤独感，同时越觉得自己肩上的担子很重很重。或许正因如此，和珊娘在一起，才感到轻松愉悦，像换了一个天地，自己也像换了一个人。这样看，心里牵挂着裕王和思念珊娘，并不抵牾。高拱为自己解脱着。越想越烦躁，便怪起张居正来："这个叔大，原说好的申时来，居然临时改约，会有甚事绊住他？"

戌时二刻刚过，张居正急匆匆赶来了。高福径直领他到了高拱的书房，高拱坐在书案前，并不起身。

"喔呀——中玄兄，"张居正满脸堆笑，一进门亲热地叫着，鞠躬施礼，"请兄台恕罪，恕罪！"

高拱故意显出冷淡的样子，瓮声瓮气道："恕你何罪？"

"咳！中玄兄——"张居正不客气地坐下来，"是元翁召见，弟不敢不去，只得与兄改约啦。"

国朝太祖皇帝虽废丞相，但进入嘉靖朝，内阁辅臣依入阁顺序排位，排首位者，百官仰尊，称为首相。又因皇上在御札里曾以"元辅"称阁揆，为表尊崇，官场即称内阁首臣为"相公"或"元翁"。张居正所说的元翁，就是内阁首相徐阶。

高拱已然猜到，张居正之所以改约，很可能与徐阶有关。因为他自信，在张居正的心目中，除了徐阶，不会有谁的分量重于他。他与张居正早在嘉靖二十八年就结为好友。

那一年，张居正庶吉士散馆，授翰林院编修；早他六年入翰林的高拱恰于此时为亡母守制期满起复，继续担任编修，两人在翰林院成为同僚。起初，张居正并不敢奢望与高拱结为朋友。不惟高拱乃阀阅衣冠之族，而张居正则家世贫贱，门望相殊甚远；更重要的是，高拱的阅历，让张居正感到高不可攀。他们两人都是十六七岁中举，且俱是本省解元。可是，高拱自幼就有名师教习，研修学问。早在张居正尚未出生前，高拱的父亲提学山东，他就随父在济南师从致仕都察院金都御史李麟山，六年后又拜在先后任国子监祭酒、礼部尚书、内阁大学士的致仕阁老贾咏门下。此后又游学河南会城开封，就学于大梁书院，私淑著名学者、以倡导"实学"著称的大学问家兼高官李梦阳、王廷相，因其学绩甚优，被大梁书院聘为教习，教授生徒。虽然高拱在中举十三年后才进士及第，但他已经是学识深厚广博、满腹经纶的学问家了。而张居正虽寒窗苦读二十载，但工夫都用在四书五经、历科程墨、宗师考卷之类，入仕的敲门砖而已，除了为科场夺标而死记硬背了一通四书五经，就谈不上有甚样学识了。况且，高拱大张居正近十三岁，进士及第早两科，他的同年陈以勤就是张居正会试阅卷官，对张居正来说，高拱乃名副其实的前辈、师长。士林是甚讲科第辈分的，加之张居正观察到，高拱脸上流露出的是掩饰不住的傲气，断定他是一个自视甚高的人，遂暗自叮嘱自己，对高拱要敬而远之。

翰林院的文牍房里，高拱是常客，张居正每次去，几乎都会碰到他，而要阅看的故牍文翰，又每每相同，彼此便有了亲近感。张居正虚心求教，高拱则倾心相谈，让他受益颇多。高拱感到张居正年少聪明，孜孜向学，给他讲什么，马上就能够领悟，并且对自己又甚崇拜，常常对外人感慨："居正自结交玄翁，长多少学问。"高拱听说后很是受用。如此一来，两人常在一起切磋学问，商榷治道，至忘形骸。脱离编修之职后，高拱在裕王府任讲官，又荐张居正步其后尘；高拱任国子监祭酒，则荐张居正任其助手——司业；高拱晋礼部侍郎后，受命主持重修《永乐大典》，提议张居正为分校官，各解原务，入馆办事。两人同心谋事，协力济务，融洽无间，不惟成为知己，还有了香火盟，近二十年的交谊，关系实非一般。对张居正来说，高拱亦师亦友，是他最敬佩的人。徐阶虽非张居正座师，却是他在翰林院庶吉士时的授业师，官场谓之"馆师"。徐阶对张居正赏识有加，器重非常，又是当朝首相，徐阶相召，张居正也只能与高拱改约。对此，高拱自然是体谅的。因此，听了张居正的解释，高拱也就不好再摆出生气的样子，忙问："叔大，你见到元翁，可知海瑞的事怎么样了？还有救吗？"

"待会儿说，待会儿说。"张居正一脸神秘，"还有更重要的事要说嘞！"

"喔？"高拱忙问，"叔大快说，何事？"

"嘿嘿，"张居正一笑，"弟最喜边吃酒边谈事，中玄兄，待酒过三巡，弟自是会禀报的。"

高拱嗔怪地一笑，向门外叫了声："高福——"高福应声而来，高拱刚要开口吩咐，张居正伸手阻拦，"不不，今日吃我带的酒，游七这就送到"。

"叔大怎知我唤高福是命他拿酒的？"高拱故意问。

"路人皆知，中玄兄是居正师友，兄台的心思，弟若不知，怎配做兄台口中的金石之交？"张居正笑着说，"适才从元翁的直庐一出来，弟就命游七回家取酒，必与兄台痛饮！"说着，上前拉住高拱的袍袖就往餐厅走。

"中玄兄，"边走，张居正边说，"我观兄台庭院萧索，何不再纳新嫂以振门庭？"

高拱心里"咯噔"一声，暗忖：难道张叔大已知珊娘一事？

"快快再娶房嫂夫人吧。"张居正说，"所谓双喜临门，我兄亦当有此福分。"

"双喜临门?"高拱似被张居正的话带进云里雾里般，摸不着头脑，更感到纳闷儿。张居正一向沉毅渊重，喜怒不形于色；今日却有些异样，兴奋而多语，其中必有缘故，刚想开口问，高福、游七各抱一个酒坛气喘吁吁进来了。

张居正指着高福抱的酒坛道："此为山东秋露白，色纯味洌，属高粱烧酒，这酒倒是不错，就是太烈太辣。不过呢，此坛酒中加了莲花露酿成，清芬特甚，乃秋露白中的精品。"又指着另一坛道，"此为金华酒，色如金，味甘而性醇，据闻饮金华酒乃近时京师嘉尚，有人甚至说李太白所谓'兰陵美酒郁金香'者即此酒。"他拍了拍高福怀中的蓝花瓷坛，"中玄兄，喝秋露白吧，金华酒太甜腻，文坛盟主王世贞和弟说过，金华酒吃十杯后，即舌底津流漪旋不可耐。"

高拱笑道："我老家开封府地界，以中牟所酿梨花春为酒中魁首，当地士绅誉为汴中秋露白，足见秋露白在中原绅民心目中，是顶级好酒，那就尝尝真正的秋露白吧。"

餐桌是张八仙桌，围放着四把圈椅。高拱面南而坐，张居正坐在他的对面。菜端上来了，酒也倒好了，两人碰了一盏，一饮而尽。张居正又举盏："弟敬兄台一盏。"

"慢!"高拱拦住他，"酒，过会儿再喝，还是先办正事。"说着，从袖中掏出一叠文稿，"叔大一观。"

3

张居正接过高拱递过的文稿，乃是《挽颓习以裨圣治疏》，他抬眼以钦佩的目光看了看高拱，问："中玄兄，这……"

高拱不等他说完，欠身"忽"地夺过疏稿，道："也罢，先给你说说由来，再看不迟。"

"差点搬家，"高拱指着自己的脑袋道，"这事叔大知道的。"

"喔呀！提起此事，心有余悸，心有余悸啊！"张居正拍拍胸口说，"所幸元翁多智，不然……"他摇摇头，重重吐了口气。

去冬，因高拱所出试题触忌，皇上震怒，强令锦衣卫都督朱希孝即去逮治。朱希孝求助的眼神，让徐阶鼓足了勇气，战战兢兢道："皇上，待臣说完，再逮不迟。"

"说吧。"皇上终于松口。

"皇上，臣名阶，字子升，"徐阶故意露出一丝笑容，"这个名字正是出自《论语·学而篇》。"说着，他晃了晃脑袋，闭目吟诵，"夫子之不可及也，犹天之不可阶而升也。夫子之得邦家者，所谓立之斯立，道之斯行，绥之斯来，动之斯和。其生也荣，其死也哀。如之何其可及也？"吟毕，解释道，"皇上，这是说孔夫子伟哉，后世读书人当以之为楷模，以德服人，方可理政安民，岂有诅咒皇上之嫌？"

皇上微微欠了欠身，没有说话。

徐阶又道："记得嘉靖初年日讲时，讲官徐缙讲《论语·曾子有疾章》。徐缙刻意回避'人之将死，其言也善'一句，皇上还责备他说，'死生常理，有何嫌疑？不必避讳'。朝野闻之，莫不仰诵皇上圣明。今皇上忽以'绥之斯来，动之斯和'一题罪大臣，臣不知朝野作何观，后世作何论。"

皇上怒目直视徐阶，刚要说话，被一阵咳嗽堵了回去。

徐阶冷汗直淌，咬着牙，又道："皇上静摄修玄多年，臣民都以为皇上春秋无限，万寿无疆。当年不避讳，目今照样不避讳。况'绥之斯来，动之斯和'一语，并无可避之嫌。"

"卿所言，亦不无道理。"皇上嘀咕了一句，暗忖：当年不避讳而时下避讳，不是向臣民证明自己老了吗？不能这样，我必是长生不老的，怎么会老？这样想着，只得打消了逮治高拱的念头。

缇帅朱希孝当夜造访高府，把情形知会高拱。高拱有种死里逃生的解脱感，自是对徐阶心存感戴。正旦节，他破例去给徐阶拜年，表达感激之情。说着说着，高拱却又说到官场萎靡，亟待振作。徐阶免不得一番嘉勉，鼓励他多思国政。辞出徐府，高拱便埋头书房，正旦节、上元节，都用在起草疏稿上了。

张居正听罢，暗忖：徐相是客气话，这老兄就当真了。但他未说出口，一笑道："居正要看看，中玄兄是如何思国政的。"说着，伸过手去，要疏稿看。

高拱没有给他，问："叔大，你说，目今我大明有何大难题？"

"兵不强，财不充。"张居正脱口而出，又补充道，"内，吏治败坏；外，边患严重。"

"浅见！"高拱一撇嘴道，"譬如诊治病人，你说的是病症，不是病根。"

张居正脸"唰"地红了，尴尬一笑："嘿嘿，中玄兄责备的是。"

"吏治败坏，可以整饬嘛；诸边不靖，可以安攘嘛；兵不强财不充，可以振而理之嘛。"高拱以轻松的语气道，顿了顿，问，"何以效果不彰？"不等张居正回答，他用力一敲餐桌，"积习不善之故！"

"积习不善……"张居正像是自言自语，在用心悟着。

"积习不善，这，才是目今天下之患！"高拱大声道，旋即缓和了语气，"读书人初入官场，一心想着去捞钱，这样的人不多吧？可是，时下却是贪墨成风，政以贿成。怎么回事？积习不善之故。有人送礼你不收，会被目为异类；有人请客你不去，会被视作不近人情。久而久之，求他办事不行贿，他就认为你不懂规矩；想与他拉近关系不请客，就会认为你心不诚；过年过节不给上官打点，他自己心里先就不踏实。"他突然提高声调，"可怕的是，大家也觉得这不好，可又都这么做，边做边喟叹一声：'风气如此，奈之若何？'风俗移人，此之谓也。"

"嗯，是这么回事。"张居正点头道，"那么以中玄兄之见呢？"

"我概括八点，也可谓之八弊。"不等张居正说完，高拱就侃侃而论，他伸出左掌，用右手食指点摁左手手指，"一是坏法，执法不公；二是赎货，贪墨成风；三是刻薄，对任事者百般挑剔，对百姓百般搜刮；四是争妒，见不得别人好；五是推诿，不愿担当；六是党比，拉帮结派，团团伙伙；七是苟且，萎靡不振，得过且过；八是浮言，说大话、空话、套话。有此八弊，士气所以不振，公论所以不明。"

"正是！"张居正赞叹道，"官场上说谁好，说不定就是这个人各方打点得好。因此，所谓公论，靠不住。拔擢官员不看政绩，只看亲疏，谁还踏踏实实做事，士气哪里振作得起来？"

"这八弊，相互之间也是关联的。"高拱继续阐释道，"譬如'党比'，时下什么同乡、同年、师生，团团伙伙，只看亲疏，不论律法、不言公理，彼此关照，以'关系'定轻重，高下其手，坏法之弊必随之出。"他突然长叹一声，"更可怕的是，人人以为已然如此，只能随波逐流，皆不思振作。"

"极是！"张居正又赞叹一声，"不思振作，国之大患。以时下官场积习，非有大举措，大手笔，不足以除八弊，移恶俗，新治理！"

"叔大说得对！"高拱接言道，"八弊不除，不惟不能救患，实则诸患由此八弊引出。是以要振作，就要从革除八弊着手。任由八弊越积越重，我国家就是顺着下坡路急速滑行，不要说千秋万代，我看连一百年也未必撑得住。"

张居正重重点头，目光中流露出焦躁的情绪。

"可惜啊，还是一意维持……"高拱欲言又止，端起酒盏，一仰头，把满满一盏酒倒进口中，"咕咚"一声咽了下去，举起奏稿，大声问，"叔大，此疏当上否？"

"当上。"张居正毫不含糊地说，他喘了口气，"然则，此疏断断不可上。"

高拱兴奋劲儿刚起，被张居正的话遽然压下去了，疑惑地问："既然当上，何以又不能上？"

"断断不能上！"张居正又重复说，见高拱神情沮丧，他突然喜笑颜开，端起酒盏，"兄台，有好酒不让吃，就这么干坐着，非待客之道啊，边吃酒边说嘛。"

高拱并未响应，口中喃喃道："此疏上与不上也无所谓，以愚兄之地位，无须做甚博取名声的事。"他喘着粗气，语调沉重，"然则，眼看积弊日甚一日，上下熟视无睹，为兄忧心如焚啊！海瑞上疏，言辞虽激烈，却也促人猛醒，可惜激起皇上雷霆之怒，恐事与愿违。"

张居正伸手拿过疏稿，揣入袖中，一笑道："中玄兄，此疏虽不能上，却不能不用。弟先拿回去抄副本，随时从中领教。"说罢，举盏敬高拱，"我兄不必愁苦，大可不必。"

高拱瞥了他一眼："叔大，你今日有些异样。到底有什么事，还不快说。"

张居正兴致甚高，大声道："中玄兄，吃酒，吃了酒再说不迟。"

第五章 | 元老有意延揽入阁
门生推测定有圈套

1

月光清冷，小院里更显寂静。不大的餐厅里，虽然只有高拱和张居正两个人对坐，气氛却显得热烈而和谐。

高拱端起酒盏，和张居正连干了三盏，夹了口红烧鲤鱼，边择刺边以吩咐的语气道："叔大，说说海瑞的消息。"

张居正向在旁侍候的高福招招手，接过他手中的酒壶，示意他出去，这才道："中玄兄有所不知，适才我应召谒元翁，方知海瑞的《治安疏》，对皇上刺激甚大，精神几近崩溃，而元翁则左支右绌，焦头烂额。"

"喔?"高拱放下筷子，侧耳细听。

海瑞要上疏一事，事前徐阶已有耳闻，还曾派人前去劝说，要海瑞不要鲁莽行事。在徐阶看来，海瑞初到京城，朝廷在他心目中一直是神圣的，而一旦身在其中，方知与自己的想象反差巨大，不免失望，一时激愤而发发感慨，也属常理，未必会真要上疏。即使上疏，多半会就户部职掌建白一番。不意海瑞不惟上疏，矛头竟直指皇上，用语尖刻而不留余地。皇上发雷霆之怒，命锦衣卫把海瑞抓进诏狱，没过一个时辰，又召见徐阶，说海瑞辱骂君父，此举史无前例，要三法司迅疾审判，斩立决。徐阶回应说，海瑞不怕死，棺材已然备好，杀他就上了他的当，他就想以直臣之名流芳百世；而杀直臣的君主，将落得暴君的恶名，不能中他这个圈套。徐阶一番说辞，让皇上无言以对。又过了两个时辰，皇上又召徐阶，突然说，海瑞可称大明的比干，而他不是纣王，思维再三，纳海瑞之言的办法只有一个，就是他退位，让裕王继任，以新君行新政，一新天下耳目。徐阶知道这只是皇上赌气的话，自是百般安慰劝谏。

"我兄试思之，皇上何以提出这些怪异的要求，"张居正说，"因为他实实憋着口气，无处发泄，故意给元翁出难题，若此时我兄上此除八弊疏，不说别的，皇上只要说他正欲纳海瑞建言一新治理的，高某人却来渎扰，是何居心？那我兄真是百口莫辩了，结果很可能成了海瑞的替死鬼！"

"唉——"高拱被张居正的话点醒了，原本对海瑞上疏有些欣喜，刻下却生出怨气，遂长叹一声，"这个海瑞，早不上晚不上，偏偏在这个节骨眼儿上上甚《治安疏》！"

张居正叹息道："居正今日方悟出，科道、下僚，对国是不明底里，或想博取名声，或图一时口舌之快，贸然上本，大而化之指斥一番，或许人心为之大快，然则于施政何益？不惟不能改进治理，反而增烦添乱，实实可恼！"

高拱猛地干了一盏，烦躁道："奏疏不上了，不上了！"

"难得我兄这次能从谏如流。"张居正欣喜道，"弟劝我兄此时不能上此疏，还有一层缘由嘞。"

高拱尚未从失望情绪中解脱出来，有气无力道："左右就是束之高阁罢了。"

张居正却依然兴奋，问："中玄兄，还记得'庚戌之变'吗？"

那是十六年前的事了。那年，退居大漠的前元残部、蒙古右翼酋长俺答，率兵马长驱直入，围困京师达八日之久，此乃嘉靖朝最大国耻。高拱不明白张居正何以突然提到这件事，而且说话的语气不惟不沉重，反而有轻松欢悦之色。

"我兄可曾记得，那个风雨如晦的夜晚，在安定门内的守门直房里，我兄弟曾经的盟誓？"张居正情绪激动地问。

高拱怎会忘记？当是时，俺答大军围困京师，皇上下令戒严，并谕令百官轮班分守九门，高拱和张居正轮值安定门。那个夜晚，在被敌焚烧地坛的火光中，在关厢百姓求救的号哭声里，张居正向高拱求教靖边之策，两人越说越激动，那个场景，令人终生难忘。此时，当张居正再次提及，高拱脑海里，瞬时就浮现出来了：

"我兄当国执政，乃大明之幸，生民之福，居正之荣！"二十六岁的翰林院编修张居正慨然道。三十九岁的翰林院编修高拱闻言，上前攥住张居正的手道："为兄早知叔大乃非常之人，有志于做非常之事，拱引为同志久矣。今日你我兄弟即结香火盟，盟誓无他，相期以相业！"说着，高拱拉住张居正，一齐跪倒在地，高拱起誓："新郑高拱、江陵张居正，吾二人为国而生，有朝一日入阁拜相，赞钧轴，行实政，破常格，新治理，创立规模，振兴大明，为万世开太平！"张居正也一改往日的深沉，向高拱叩首者三，又抱拳道："若拨乱世而反之正，创立规模，堂堂之阵，正正之旗，即时摆出，此我兄之事，弟不能也；然则我兄才敏而性稍急，若使弟赞助，在旁效韦弦之义，亦不可无闻也。弟愿追随我兄之后，不计利钝毁誉，富国强兵、振兴大明！"高拱流着热泪道："耿耿此心，天地共鉴！"

十六年过去了，忆起这个场景，高拱依然热血沸腾，眼含泪花。

"常人盟誓，无非生死与共之类，而我兄弟香火盟，则是相期以相业。"张居正慨然道，"十六年过去了，我兄年过半百，霜降须发，终于得见曙光了。"

高拱恍然大悟，今日张居正之所以表现异常，定然是他从徐阶那里获得了一个重大机密，而这个机密，就是自己将入阁拜相。捕捉到这一讯息，高拱不禁心潮澎湃。毕竟，入阁拜相是多少读书人的梦想啊！但高拱极力抑制住惊喜，故意问："叔大，此话何意？"

"元翁适才召见居正，即为此事。"张居正语气郑重道，"元翁意已决，延揽我兄入阁，垂询居正，办此事，是走廷推抑或特旨简任。"

高拱自斟自饮，兀自又喝干了一盏酒，来掩饰自己的激动，他想给张居正也斟上一盏，刚拿住酒壶，手却有些发颤，只好又放下："叔大，你自己斟。"张居正斟酒的当儿，高拱这才想到他刚说的后半句话，问，"叔大，元翁何以有特旨简任之说？"

国朝成例，简用阁臣，由朝廷九卿、科道会推，每员以三人为候选人，排序上达，呈请皇上从中圈定一人，谓之廷推；作为例外，也可由皇上直接发布诏旨任命，谓之特旨简任。特简虽合法，但毕竟绕过廷推，观感上，难免会有不够堂堂正正的印象。

张居正并没有正面回答高拱的提问，而是叹了口气："我兄一心谋国，倡言担当，而担当，是要得罪人的嘛。远的不说，就说刚过去的嘉靖四十四年之事。"张居正举起左手，伸出手掌，用右手掰着左手的手指头开始列举："这第一件，春，我兄主春闱，诸如怀挟传递、交换试卷、冒替代笔、搜检不严、校阅不公等科场诸弊，百五十年所不能正者，革之殆尽。表面上，朝野无不大赞特赞；可敢交换试卷、冒替代笔者，恐非平民子弟所敢为，官场里不知多少人在骂你坏了他们子弟的前程呢！"

"除弊，难免招怨；只有不避嫌怨，方能有所兴革。"高拱不以为然地道。

张居正继续说："这第二件，夏，我兄由吏部左侍郎晋升礼部尚书时，舆论对我兄佐铨的评价是'吏事精核，每出一语，奸吏股栗，俗弊以清'，这当然是赞誉，但反过来理解，可不可以说，我兄太强势，令人生畏？谁愿意推一个令自己提心吊胆的人上去？"

"不能除积弊，正风俗，做官何用！"高拱语气有些自得。

张居正照着自己的思路道："这第三件，秋，四夷馆考收。固然举朝公认此次考收办得干净利索，但国受益而我兄收怨，多责我兄不近人情。"说到这里，他蓦地干了一盏酒，抹嘴道，"我兄以礼部尚书之尊，参劾教师顾祎父子，致顾祎革职，顾彬于刑部枷一月，坊间也以为太过。"

"太过？"高拱红着脸道，"知其然不知其所以然，就事论事，短视至极。"

张居正并不解释，继续说："我兄的才识，人所共知，然则，在时下萎靡的官场，我兄整顿官场、革除陋习，已然让一些人不习惯了，我兄还每每把兴革改制挂在嘴上、付诸行动，行事风格颇是强势，自会成为争议人物。那些科道言官，以清流自居，以维护纲常自任，对我兄不免啧有烦言，一旦付诸廷推，能否顺利过关，恐无十足把握。"

高拱摇头，嘴唇嗫动着，仿佛有话要说，一时又不知说些什么。

张居正盯住高拱问："中玄兄，真的如此在意形式吗？"不等高拱开口，便说出了自己的见解，"不管何种形式，结果才最重要——入阁拜相。劝我兄对形式，不必介意。"

高拱默然。

张居正沉吟片刻，皱了皱眉："中玄兄，我兄拜相，尚有一道坎儿，若不迈过去，不惟拜相之事难以逆料，我兄礼部尚书之职，也可能不保。这也是元翁召居正并向居正泄露拜相机密的原因所在，此事，元翁命我与兄台商榷。"

高拱一惊，猜不出是什么坎儿，会有如此严重的后果。

"我兄还记得那首打油诗吗？"随之，张居正吟道：

> 试观前后诸公辅，
> 谁不由兹登政府。
> 君王论相只青词，
> 庙堂衮职谁更补。

高拱闻之，不禁怅然。起初的兴奋劲儿，喘息间减去多半。

2

高拱的轿子刚在礼部首门落降，突有一群人围了上来。

"高大人——"几个人围轿高声叫着，"只有高大人能为我辈做主了，请高大人主持公道！"

高拱下轿一看，是十多个身着官服的人，从官服补子上绣的鸟兽一看便知，都是七品以上官员，有的还有过一面之缘，似乎是他佐铨时参与选任分发出去的知州、知县、推官。他颇是纳闷儿，问："诸位甚事？"

一个年纪稍长者施礼道："高大人，我辈素知大人主持公道，特拜托大人为我辈说句话。"

高拱以责备的口气道："诸位皆朝廷命官，在六部衙前拦阻大臣，不惟与体制不合，且有碍观瞻，诸位难道懵懂无知？"

"我辈实在没有法子啊！"有人哀怨可怜地说，"这才求到高大人的。"

高拱快步向里走，走了几步，回头看了一眼，那些人在一起嘀嘀咕咕，仿佛是在争论该不该跟进，遂大声道："有事直房说。"

十几人如释重负，小跑着跟上高拱，随他进了尚书直房。稍一询问就明白了，这批人是因为到吏部听选时未能补缺，多次向吏部表达诉求遭到拒绝后，才来向高拱求情的。

国朝地方官三年一考察，各府州县的通判、推官、知州、知县，凡遇考察被列入"才力不及"类，即以改教职安置之，而改教职者照例皆改任府学教授；但各省府学有限，而近年改教官员数量益多，有候缺三年以上犹未得补者。这次听选，就有一十四人改教，而府学教授只有二缺，十二人未能补上，且不知还要候到何时。听完十几人诉苦，高拱爽快地答应了："此事虽不属礼部权责，但某还是要管管这桩闲事的。"说罢，嘱众人在直房候着，他急匆匆往间壁的吏部赶去。

吏部尚书郭朴，字质夫，号东野，河南彰德府安阳县人，为人低调、稳重，高拱对他很敬重，而他对高拱也颇敬佩。同乡又相互尊重，故而高拱也就不必顾忌，径闯尚书直房。进门一看，提督四夷馆少卿刘奋庸也在。

"亮采，你怎么在这里？这可是当值时辰。"高拱满脸不悦，叫着刘奋庸的字问。

刘奋庸是河南洛阳人，进士及第后授兵部主事，善书法，改翰林院待诏，抄写诏旨敕书，后奉旨在裕王府做侍书官，教裕王书法，与高拱不惟是同乡，还曾在裕邸共事半年。但高拱对他印象不佳，四夷馆译字官缺员，提督四夷馆的刘奋庸置若罔闻，倒是钻谋着当特使去经办藩王丧葬，让高拱对他心生厌恶，刘奋庸回京后多次想去见他，都被他断然拒绝。今日见他跑到吏部尚书直房来，越发反感，故而说话的语气很是尖刻。

"喔呀，是玄翁！"刘奋庸以惊喜的语调道，"谒玄翁难于上青天啊！不意今日遇到了，奋庸实在太有幸，太有幸了。"说着，不停地作揖施礼。

"心思用在本职上，别花在钻谋上！"高拱冷冷道。

"那是那是。"刘奋庸讨好地说，"向玄翁学习，玄翁办一件四夷馆考收事，让朝野都见识了玄翁的才干和担当。"

高拱冷笑："哼哼！以亮采看来，某是为了博取声名才办事的？"

"玄翁误会了，误会了。"他转向郭朴，求助似的说，"东翁，你看你看，玄翁误会奋庸了，唉，是奋庸不会说话，不会说话。"

郭朴瘦高个，一脸和气，他只是微笑着，不出一语。

"亮采，快回衙办事。"高拱下了逐客令。刘奋庸以乞求的目光看着郭朴，郭朴依然不语，他只好怏怏而退。

"中玄，堂堂礼部尚书，以大宗伯之尊，不知会一声，就一个人跑来，所为何来？"刘奋庸刚走出直房，郭朴就问高拱。部院堂上官光天化日之下到直房走动并不常见，故而郭朴感到意外。

"东翁，此来不为别事，特为改教官的补缺之事。"高拱开门见山，把适才十几人拦轿求情的事说了一遍。因郭朴长高拱两岁，早两科中进士，是前辈，虽同为尚书，但高拱仍以"翁"相称。

郭朴以为高拱是为某人说情的，便为难地说："中玄啊，若委曲腾缺，事体殊为未妥。"

高拱道："若令彼辈守候日久，选法不无壅滞。我也知吏部难以疏通，而各官则苦于守候。能不能改改法子？"不等郭朴回应，高拱就说出了自己的想法，"今后凡改教到吏部听选者，府学教授有缺自该尽补，若遇人多缺少，不妨酌量改除州学学正、县学教谕，只是仍照府学教授一体升迁，庶不滞于铨法，且有便于人情。"

郭朴沉吟良久，道："中玄，我们是乡曲，念及同乡之谊，我也就不必与你说些冠冕堂皇的话，此事，即使我同意办，侍郎、郎中也会抵触。"

"是啊，僧多粥少，正是吏部最愿意看到的。"高拱揶揄道，"一旦照我提的法子办，改教者都可安置，谁还找他们钻谋，他们哪里还有利可图？可是，东翁是冢宰，僚属得听你的吧？不能让墨官滑吏牵着鼻子走嘛。"

郭朴并不生气，笑着道："中玄，你说话未免尖刻了。你不是不知道，对他们有利的事，谁想改了章程，他们势必拿祖制、成例说话，让你改不得，做堂上官的，也是无奈。"

"官场风气不正，得从点点滴滴做起，着实改之啊！"高拱焦急地说，他一扬手，"东翁，此事，不妨一试。"

"试倒是可以一试，"郭朴道，"不过要看时机，此非其时也。"

"为何？"高拱问。

郭朴笑而不答。

倘若是别人，高拱或许会发火，与之争执一番，面对郭朴，他想发火也发不起来，一脸无奈地看着他，苦笑道："我知东翁不会故意搪塞，可到底有何难处，不妨说出来，我为你画策。"

郭朴依然微笑着，问："中玄，那件事，元翁可曾与你提及？"

高拱一怔，旋即会意。张居正已透露过，徐阶拟将郭朴和高拱两人延揽入阁。从郭朴的话里可以听出，徐阶亲自向郭朴有过或明或暗的提示。所谓"此非其时"，或许就是因为这件事，不想在此关键时刻闹出风波？

"我已许久未见过元翁的面了，倒是他的弟子张叔大衔命向我提及过。"高拱如实回答。

"中玄是干才，皇上、元翁都需要借助中玄治国理政，这是明摆着的。"郭朴淡定地说，"盼中玄不计毁誉，出任艰巨。不惟是国家之幸，亦是我桑梓之幸啊。"

两天前，张居正向高拱透露徐阶要荐他入阁的消息，实则是衔徐阶之命，向高拱提出一个要求：写青词。

青词，又称绿章，是道教斋醮时献给上天的奏章祝文，用朱砂写在青藤纸上，斋醮时焚烧之。本朝因当今皇帝崇道修玄，重臣以写青词邀宠，昔年由识文断字的道士撰写青词，一变为饱读诗书、点过翰林的臣僚撰写，档次品位骤然提升。青词写得好，就会得到皇上的赏识，破格拔擢，直至入阁拜相。以至于形成不写青词者无缘入阁的惯例。是故，徐阶特让张居正转告高拱，多年来尚无不写青词而拜相的先例，若贸然荐他入阁，皇上势必提及此事，不惟入阁受阻，就连礼部尚书也未必能够做下去。因为历任礼部尚书都是以写青词为首务的，甚至一心在西苑为词臣专设的直庐里写青词，根本不理部务，而高拱却迄未向皇上贡献青词。闻此，高拱开始时的兴奋劲儿遽减大半，张居正又透露了徐阶提出的一个法子：上一道密札表明心迹，若皇上有旨，愿为皇上贡献青词。

可本朝唯有阁臣方有资格上密札，此札可交徐阶转呈。高拱听罢，一直在踌躇着，并未着手写密札。

与高拱不同，郭朴是有名的青词高手，并因此深获皇上赏识，以至于他的父亲去世，丁忧未满，皇上就三番五次强令他起复，并把吏部尚书的要职简任于他。此番入阁，对郭朴来说是顺理成章的。听郭朴的话，似乎他也知道高拱还要迈过一道坎儿，并有规劝之意。高拱一顿足，赌气似的道："东翁，就冲着官场里只知拿着祖制、成例做幌子牟私利，不去触及矛盾、解决难题，高某也要入阁。不的，耳闻目睹这些弊病又无能为力，气也要气死！"

郭朴笑道："呵呵，中玄老弟，不要动不动就生气，气坏了身子，可是你自己遭罪哩！"

高拱用力一揖，也不说话，就昂然出了郭朴的直房。回到礼部直房，向候在那里的十几个人抱拳道："诸位耐心等待，吏部答应择机改制，为诸位及时补缺，不必再四处求告。"

众人不便再纠缠，只得在"拜托"声中辞去。送走来人，高拱坐下来，推开文牍，展纸提笔，欲写密札。刚写了开头，都察院御史齐康的拜帖递了进来。

"他来何事？"高拱一边自问，一边把开了头的密札压在文牍下。

3

身材瘦弱、面带抑郁的御史齐康进了直房，施礼毕，高拱方抬起头，也不让座，只是叫着他的字问："健生，何事？"

"学生有一言，想陈于老师。"齐康向高拱的书案挪了两步，倾着瘦高的身躯，诡秘地说。

齐康是嘉靖三十七年顺天府举子，高拱是当年顺天府乡试的副主考，彼此有师生名分。但高拱对师生、同乡、同年间拉拉扯扯的党比之风一向反感，视为"八弊"之一，故与门生间远不像其他师生那样频繁交通，关系亲密。齐康本就发黑的面庞总是带着几分抑郁，少言寡语，甚少参谒，高拱闻听他来进言，仰靠在座椅上，指了指书案前的座椅。

齐康边落座边问："学生闻得，徐相要延揽吾师入阁？"

"你怎知道？"高拱不悦地反问。

"要示恩于人，当然不会秘而不宣，反而会有意外泄。"齐康揶揄道，显系对徐阶的做派多有不满。

既然齐康为此事而来，而齐康是门生中少有的老成持重者，高拱索性把徐阶要荐他入阁但要他写保证贡献青词的密札之事，大略说了一遍，一则看齐康有何判断；再则想得到门生的谅解，以后万一提及密札之事，也好让齐康做个证，证明他是被动的。

齐康听罢，起身对着高拱深鞠一躬："老师拜相，不惟是我辈门生之幸，实乃我大明江山社稷之幸！此是学生肺腑之言，绝非虚应故事之语。不过，学生窃以为，此非老师入阁时机。甚或，在学生看来，老师此时入阁，是冒险之举。"

高拱一惊，盯着齐康问："健生何出此言？"

齐康也只是隐隐感到这里面有些名堂，一时又拿不准，怕遭老师训斥，只好做些铺垫："老师，坊间私下也有议论，说徐相外宽厚而实阴狠，城府深不可测，智术过人。"

"健生这是甚话？"高拱责备道。

齐康不以为意，顾自道："不说别的，就说徐相对付严氏父子的法子，就令人不寒而栗。严相当国时，徐相表面侍奉惟谨，又是结姻亲，又是攀同乡，无所不用其极。可背地里呢？严世蕃固然骄横跋扈，贪淫无度，但说他'通番谋反'，则绝对是无中生有之事。徐相却对法司说，不以此罪无以杀严世蕃，遂公然锻造。严相年过八旬，勒令致仕可也，抄家籍产亦不为过，然徐相却指令穷究株连，江西全省公私重为其累，致使一个相国二十余载的八十三岁老人沦落为乞丐。老师看，这是一般人做得出来的吗？还有，胡宗宪总督江南，倭患为之渐平，就因为他的拔擢冒升得自严相举荐，徐相以严党目之，皇上亲自为胡宗宪辩白，释放了他；可徐相还是暗地部署深挖猛打，最终抓住一个把柄，深文周纳，将他置于死地，老师看，这是一般人做得出来的吗？"齐康一口气说了这么多，端起茶盏，掀开盖子，又盖了上去，继续说，"老师，其实道路传闻，还有更耸人听闻的呢。"他神神秘秘道，"为讨好严相，徐相把自己的孙女许给严世蕃之子为妻，可当得知皇上已决意抛弃严氏父子时，为保全自己的名节、减少日后的麻烦，徐相竟将四岁的亲孙女闷死在床，对外称病殇。老师，这等事体，非心狠手辣，谁能做得出？"

高拱时而点头，时而摇头，一言未发。

"对了，"齐康像是突然想起什么，"老师，时下道路传闻，徐相对外称，他要搭上自己的阁揆之位，也要尽力调息，保全海瑞性命。看似为海瑞，实则是为自己。"

"健生，此话，未免苛责了吧？"高拱蹙眉道。

"老师恐也有耳闻，严嵩倒台，徐相当国，朝野充满期许；可眼下对徐相无所作为越来越不耐烦了，他的威望日益降低。"齐康解释道，"不意出了海瑞这个愣头青，让徐相捞到了一根稻草。其实他不调息，皇上也未必真的会杀海瑞，可徐相却说是他在不惜一切代价保全海瑞，而他的门生故旧已然对外传扬，看，昔年严嵩当国，谏言之臣如杨继盛、沈炼辈竟丧了性命；而徐阁老当国，即使海瑞这样近乎诅咒皇上的谏言者，也得以保全，徐阁老真乃良相也。老师试想，徐相不是在利用海瑞上疏之事为自己赚取声誉吗？此事之所以闹得沸沸扬扬，实为徐相暗中故意夸大、渲染之所致。"

"渲染？"高拱似是回应齐康，又像是在自言自语。

齐康还顾自继续着自己的研判："老师不妨试观之，海瑞上疏一事，皇上圣威蒙羞，国家大局受损，而徐相独享其益，不惟时下可挽回威信，且有望名留青史。"

高拱听不下去了，以责备的语气道："健生，你说这些，究有何意？"

齐康答："学生仅举数例，来证明徐相绝非展示于人的敦厚长者，他所有举措，看似老成谋国，实则所考量者，皆是私利，而延揽老师入阁，焉能例外？他打的是自己的小算盘！"

高拱沉默着。他常训导属下要多琢磨事少琢磨人，自己也一向如此，倒是省却了不少烦恼，可被齐康这么一说，一团疑云，陡然间遮天蔽日般涌上心头。不知是该感谢齐康的提醒，还是怪他多嘴，导致入阁拜相这样公认的喜事，除了青词这道坎儿外，心头又骤然多了几分沉重。

"喔！"高拱突然一拍脑门，"健生，是不是你把未能留在翰林院的责任，怪罪到徐阁老头上，对他有成见啊？"

齐康进士及第后得选庶吉士，但散馆后未能留翰林院，外授御史。科道官炙手可热，例从新科进士所授知县、府推官和朝廷的中书舍人中甄拔，少量的是庶吉士散馆后分发而来。前者视科道为美差，钻谋干进无所不用其极；而庶吉士散馆授言官者，则被视为排除出"储相"之列，不免惆怅失意。齐康听老师如是说，颇是委屈："老师以此责学生，学生夫复何言？"可是他并没有住嘴，而是继续说，"学生宁被老师误解、责备，也要披肝沥胆，向老师陈辞，非仅为老师计，亦为国家计。"

"喔？如此说来，为师当一听喽？"高拱见齐康一脸委屈状，便故意以轻松的语调说，他调整了一下坐姿，做出倾听状，"健生，不必顾虑，敞开心扉言之可也。"

"徐相此时延揽老师入阁，是有深意的。"齐康自信地说，"朝野共知，皇上只存裕王一子，而老师乃是裕王首席讲官，举朝皆知，裕王与老师的深情厚谊，非常人可比。入中枢，赞钧轴，乃老师的本分，只是早晚而已，此其一；昔年严嵩当国，揣摩上意而偏向景王，裕王才有多年不堪境况，而当时徐相明哲保身，态度骑墙，言辞暧昧，只是到后来出于与严嵩斗法计，才转而拥裕远景，时下裕王已成事实上的储君，徐相向老师示好，也就是在向裕王示好，这是徐相在未雨绸缪，此其二；时下内阁只有徐、李两相，而李春芳乃青词宰相，无治国之才，内阁已然空转，而朝野公认的干才，首推老师，借助老师推进国务，当在情理之中，此其三。由此三者可知，老师入阁于公乃大有益于国家；于私，乃是襄助徐相，使内阁有效运转，是他有求于老师，而徐相'延揽'之言一出，却变成了施恩，老师若对他不感恩戴德，就会背上忘恩负义的罪名。"

高拱侧过脸去，细细琢磨着齐康的话，似不无道理；但又觉得琢磨这些也大可不必，遂一笑道："凡事琢磨动机，不免累心。"

"老师，学生不作如是观。"齐康以老成的口吻道，"学生适才所言，还只是表面的，内里还大有文章，徐相施展的是控制术。"他顿了顿，又向前伸了伸脖子，压低声音道，"今上老病交加，万一……所谓一朝天子一朝臣，徐相担心，一旦裕王……那老师势必取代他的首相之位，是故，他要先发制人，延揽老师入阁。倘若老师怀感恩戴德之心，对其执弟子礼甚恭，他的位子自然稳固；倘若老师不服从他驾驭，落得忘恩负义之名，他会设法预为排挤老师出局，使老师无缘跻身新朝，遑论当国执政？是故，学生以为，徐相此时延揽老师入阁，名为延揽，实则是要老师入其彀中耶！”

“啊!?”高拱震惊不已，良久才缓过神儿来，方觉在门生面前失态了，沉着脸道："诛心之论，焉能乱说?"

齐康并未因为老师的责备而止步，继续道："学生隐隐感到，徐相要老师写青词或者上密札，内里也有名堂。"

高拱一脸烦躁，道："健生，侃侃而论这么久，口渴了吧?"

“老师不以为然，学生固执己见。”齐康露出执拗的表情，"学生窃以为，此时徐相延揽老师入阁，是为老师设计的一个圈套。"他像被自己的研判所折服，重复道，“有陷阱，是圈套!"

1

仲春的一天，傍晚时分，高拱的轿子刚进家门，首门尚未关闭，门外突然传来诵诗声：

> 百里人烟绝，平沙入望遥。
> 春深无寸草，风动有惊涛。
> 两税终年纳，千家计日逃。
> 穷民何以答，遮马诉嗷嗷。

高拱下轿，驻足细听，门外之人又诵道：

> 入城但闻弦管沸，火树银花欲燎空。
> 金樽玉碗皆含泪，肉皆民膏酒尽血。

高拱听出来了，前一首是民谣，倾诉民间疾苦的，后一首当是文人诗作，讽刺官场的。此人吟诵得如诉如泣，似有忧国忧民之心，遂吩咐高福："去问问，诵诗者何人。"

高福出门一看，是一个四十多岁的男子，头戴方巾，身穿蓝色夹缬，矮个子，瘦身板，宽额头，像是落拓书生。

"谁呀这是？来俺家门前念叨啥哩。"高福对儒生道。

"姓房，名尧第，字崇楼，"儒生答，"欲见高大人。"

高福问："你见高爷啥事？有拜帖吗，拿来俺看看。"

"无有拜帖手本，适才的两首诗，权作拜帖。"房尧第答。

高拱走到大门口，搭眼一看，自称房尧第的书生长着一双深邃的眼睛，面带抑郁，眉宇间似隐藏着一股凛然正气，顿生好感，笑道："呵呵，这拜帖甚奇特，不过倒是管用。"

房尧第施了揖礼，高拱向内一摆手，示意他进门。房尧第跟着高拱进了花厅，落座后，高拱问："你是何人，欲见某，何事？"

"学生谒大人，自是有事。"房尧第答，"不过学生还想给大人再诵首诗。"说罢，不等高拱回应，就又诵曰：

> 家家有子皆无钱，不惜恩情长弃捐。
>
> 一鹅愿舍换两娃，出门惟伤儿卖难。

吟罢，接着道："高大人可知，天下百姓贫苦极矣！适才学生所吟即山西民间流行的打油诗。"

房尧第自称"学生"，显然也是有功名的人，听他吟诵的这几首诗，也是忧思天下苍生的，高拱对他的好感又添几分，遂道："适才你道字崇楼，崇楼，不妨说说，有何对策可解苍生疾苦？"

房尧第歉意一笑道："嘿嘿，此非学生所长，不敢班门弄斧。"

"喔？那么所长何在？"高拱好奇地问。

"既然高大人以字相称，那么学生也斗胆呼高大人玄翁了。"房尧第不卑不亢道，"学生乃直隶保定府易县人，秀才出身。"

"我观崇楼非庸常之辈，何以不科场再售而止步于秀才？"高拱又问。

"蒙玄翁垂询，学生就来讲讲缘由？"房尧第是试探的口吻道。

高拱一笑道："不妨讲来。"

房尧第一欠身，调整了坐姿，侧向高拱，开言道："敝邑学政考校生员，从不亲自阅卷，而是私下带上别处的生员，替他阅卷。只要贿买所带生员，通关节甚便。学政则日日饮宴，更有甚者，假借歌诗之名，留童生狎戏，顺从者即令过关。"

"有这等事？"高拱惊道，"学政何人？某这就参奏，不可令其一日留！"

房尧第却笑了笑："玄翁，学生非来上控的。"顿了顿，又道，"玄翁试想，这等学政，学生自是鄙夷，故赀见时不携一礼，学政见之甚怒，却引而不发，岁考时则将学生黜落，学生质问之，学政言学生作文中的'群'字，将君与羊并列，不合朝考体，有欺君之罪。"他苦笑两声，忽又义形于色道，"学生亦尚气节之男儿也，似这等官场，不入也罢，便拂袖而去，遂与科场绝矣！"

高拱暗忖：尚气节，又忧思民生，可嘉。但他尚未从对学政的痛恨中解脱出来，追问："崇楼固可拂袖而去，然提学之官，职在教育贤才，表正风俗。此学政坏法干纪，伤化败伦，实名教之所不容，王法之所不贷，某忝位礼部，岂能置若罔闻？"

"玄翁，不提也罢。"房尧第道，"此人已高居侍郎之位啦。人家因讲学闻名一时，深得大佬赏识，朝中有后台，是故才我行我素。"

高拱愕然，脑海中迅疾把六部侍郎过了一遍，问："陈大春，对否？"这陈大春热心聚会讲学，徐阶主盟灵济宫讲学会，具体事宜即由他经理之，徐阶破格拔擢他以按察副使提督直隶地方学校，时下已位居户部右侍郎。

房尧第不回应，继续说："幸亏学生家有薄田，足以糊口，是故学生可不为五斗米折腰。敝邑与山西之广昌、浑源接壤，学生忧于北虏猖獗内犯，庙堂无应对良策，遂时常到大同、宣府乃至出关游走，对北鄙情势，倒是有所知。"

"喔？如此甚好！"高拱最忧心的是北边，但掌握北边情势只能靠督抚所报，正急于找熟悉北边者了解情况，听房尧第如此说，不禁大喜，"崇楼可否一陈虏情？"

房尧第答："学生以为，所谓北虏者，汗廷驻丰州滩美岱召之俺答也。此酋部落十余万众，明灰甲者三万有奇，马四倍之，有弟侄子孙四十六枝，诸婿十余枝。长子黄台吉在宣府边外旧兴和所、小白海、马肺山一带驻牧，离边三百里，拥众三万；其他各子分别于得胜堡、杀胡堡、山西偏关、陕西河州等边外二三百里处驻牧。惟其二子宾兔台吉，居松山，直兰州之北；四子兵兔台吉，居西海，直河州之西。俺答号令，各枝虽未必尽听，却也不敢与之公开抗衡。故制驭北虏，端在制驭俺答。"

高拱甚喜，又问："以崇楼看，制驭老俺之策，关节点何在？"

"与其被动挨打，不如开边贸。"房尧第脱口而出。

高拱摇头："正因被动挨打，才讳言开边贸。"他慨叹一声，"此议一出口，即是冒天下之大不韪了。"

房尧第露出笑容："学生适才吟诵那些讽刺官场的诗作，玄翁并未生气；学生说出与北虏开边贸的话，以为玄翁会震怒，甚或怀疑学生乃北虏奸细，执送法司，可玄翁只是慨叹一声。看来，玄翁就是学生要找的人了！"见高拱面露疑惑之色，房尧第拱手道，"不瞒玄翁说，这一二年来，学生客游都下，久之无所依归，每有世不我知之慨，今谒玄翁，所请者无他：乞玄翁收于门下，尧第得为玄翁仆，足矣！"

高拱正在心里盘算，若此人在侧，可随时商榷御虏安边之计，委实难得，一听房尧第说要投他门下，忙不迭道："正……"但"合我意"三字尚未出口，又觉得过于轻率了。他刚到礼部就听说前任尚书李春芳以银六十两聘绍兴秀才徐渭入幕，不料徐渭到后不久，就提出请李春芳帮他占国子监监生籍，以便能在顺天参加乡试——这是一些有门道的士子为避开科考竞争激烈的江南而惯用的手法，李春芳回绝了，徐渭一怒之下就要南归，李春芳不放他走，一时闹得沸沸扬扬。高拱担心房尧第会不会有甚目的，急于表态恐陷于被动，便端起茶盏喝茶，掩饰了一下，"正、正要问，崇楼何以要投高某？"

房尧第似早有准备，道："官场中人谁不知玄翁'家如寒士'，廉洁如玄翁者，有二人乎？"

"呵呵，绝无仅有倒不敢说，'家如寒士'却非虚语。"高拱坦荡地说，"然则，清廉者，即堪信赖？"

房尧第道："清廉之官，若有识见敢担当，则足可信赖。清廉又有识见敢担当，举朝无出玄翁之右者。"

高拱心里喜滋滋的，但又不能确认房尧第此话是刻意逢迎还是发自肺腑，遂又问："何以见得？"

"他事勿论，只四夷馆考收事足可证明。"房尧第答。

"崇楼既知高某为人，当了然，"高拱欠了欠身道，"在高某这里做事，绝无私利可图。"

"学生一不为稻粱谋，也不再存功名仕进之心。"房尧第语气坚定地说，"玄翁乃不世出之豪杰，一心谋国，尧第为玄翁效命，也是为国效力，比起自己进官场做微官，更有价值。"

"一言为定！"高拱兴奋地说，"崇楼，继续说说北边的情势吧。"

房尧第从夹袋中拿出他手绘的《北边关隘图》和《板升图》，铺到高拱面前，道："玄翁请看。"他向舆图中心一点，"这，就是丰州滩。"

2

塞北丰州滩，又称土默川，西至河套，东至宣府洗马林一带，北靠连绵起伏的大青山，南临大小黑河，地势平坦，牧草丰盛，宜牧宜耕，乃是蒙古右翼土默特首领俺答驻牧地。

国朝自太祖建都南京，大军北伐，元顺帝偕朝廷退回大漠，但大元国号仍在，一度企图恢复旧疆，夺回大都。成祖皇帝数度北征，重创之，漠南、辽东的蒙古军民大批降归，蒙古势力全部退回到大漠草原，但双方仍不时冲突，英宗皇帝土木堡被俘，国朝由攻转守，依险修筑长城，在东起辽东、西至甘肃，设立九边重镇，布大军把守。北逃的蒙古内部为争夺名位地盘，内讧不断，自相残杀，分裂为鞑靼、瓦剌及兀良哈三部。鞑靼为国朝对东蒙古的称谓，游牧于贝加尔湖以南，大漠以北，东至鄂嫩河、克鲁伦河流域，西至杭爱山、色楞格河上游，南及漠南地区；瓦剌为国朝对西蒙古的称谓，游牧于阿尔泰山至色楞格河下游的广阔草原之西北；兀良哈乃古部落名，聚居于漠北及辽东边外。鞑靼遭国朝重创后，居大漠西北的瓦剌部迅速兴起并大举东进，一度控制了整个蒙古草原，在土木堡大败国朝大军的瓦剌部落首领也先遂自称"大元天圣大可汗"，但称汗之举反而给他招致杀身之祸，瓦剌势力自此衰落，鞑靼部逐渐占据大漠南北。至被称"中兴烈主"的达延汗，经艰苦卓绝奋战，一度统一了蒙古。他去世后，三子巴尔斯博罗特称大汗。达延汗的其他儿子不服，迫其退位，达延汗嫡长孙博迪继承汗位，国朝称其为土蛮，又称小王子。这小王子为安抚叔父巴尔斯博罗特，封他的三个儿子吉囊、俺答、昆都力哈为小汗。吉囊，据袄儿多斯万户之地；昆都力哈即老把都，驻牧河套及以西之喀喇沁；俺答为土默特万户长，驻牧丰州滩，但他能征善战，一统大漠，小王子虽有共主之名，却被俺答逼走，徙于辽东。时下，作为土默特万户的俺答部落势力最强，称雄右翼诸部，并不断扩大领地，国朝以"北虏"称之。

土默川昔年不过星星点点搭建过些帐篷，只十几年工夫，已然变成了一座汉地的城池，谓之"板升"。在这座城池的最北端，宝丰山麓下，有一座古城堡，谓之美岱召，乃国初太祖皇帝在此所设卫所遗址。俺答汗率部在此驻牧后，即选择此处为汗廷。十五年前，山西白莲教首领率众来投，特为俺答汗建造三层楼的壮丽宫殿。俺答汗平时在此居住，但常年游牧习俗一时难改，特在大青山脚下另设营帐一座。大帐外骑兵、步卒团团把守，刀光凛凛，弓箭密布，东西南北四角，还架设着火炮铁铳。

这天，已近午时，一匹高大的白马从城池外的草原上飞驰而来，到了大帐前，从马上跳下来一个十二三岁的女子，欢跳着就往大帐里闯。

鞑靼忌讳骑马快跑到帐前，认为这不仅会惊动人畜，还意味着有坏消息传来。故亲兵们顿时神情紧张，"哗啦啦"挥动刀戟上前阻拦。女子并不理会，顾自在刀丛中穿行。亲兵们被她的美貌所惊，尚未反应过来，女子已闯到帐门，几名亲兵如梦方醒，手忙脚乱一拥而上，紧紧抱住了她。

"啊呀——放开！"女子边挣扎边大叫，抱她的一个亲兵被她一肘杵中阴部，疼得倒地乱滚。

"何人喧哗！"帐内走出一个四十三四岁的男人，他是俺答汗义子恰台吉，名脱脱，人高马大，一脸络腮胡，身后还跟着一个十三四岁的年轻人，有些瘦弱，似乎还满脸稚气，他是俺答汗的孙子把汉那吉。

"表哥！"少女像捞到了救命稻草，对把汉那吉大声唤道。

"是你？"把汉那吉一脸惊异。

亲兵见状，虽不再如临大敌，却还是紧紧抱住少女不放。

"快放开我——"少女扭动身子，大喊。

俺答汗听到女子的喊叫声，大步走过来问："喔，是谁？"

女子看见俺答汗，惊喜地大叫："祖汗！"

俺答汗虽年已六旬，却体格健壮，矮胖身材，古铜色的似方实圆的脸上，颧骨高耸，大而长的眼睛占据了鼻梁以上的半部脸庞，浓密粗硬的胡须垂在胸前。他一眼认出了少女，大笑："喔哈哈哈！放开——放开——谁敢动本汗的外孙女！"说着，张开双臂，一把抱住了女子，"也儿钟金，我的小黄鹂，我的百灵鸟！喔哈哈哈！"

恰台吉领着把汉那吉紧跟着走进大帐，俺答汗扭过头，不耐烦地说："出去！"两个人讪讪地出了大帐。亲兵们见俺答汗抱走了女子，一个个都愣住了。

"大漠无边，风吹草低，竟有这般美丽的女子？"一个亲兵打破了沉默，用力地摇着头，似乎在分辨是不是在梦境，嘴里念叨说。另一个亲兵仰头看天，口中喃喃："听中土之人说，天上有七仙女，七仙女有下凡的，这女子就是下凡的七仙女？"

"喂喂，祖汗，谁是小黄鹂？"大帐里，也儿钟金对俺答汗的昵称充满疑惑，高声问。

"喔哈哈哈！"俺答汗又是一阵大笑，"中土有句诗，说是'几只黄鹂鸣翠柳'，也儿钟金，帐外的柳树抽芽啦，我适才正在想黄鹂鸟是啥样的，也儿钟金就来了。"

"祖汗也看汉人的书吗？"也儿钟金拍着手说，"那太好啦！"

俺答汗在也儿钟金圆浑的屁股上拍了两下，道："本汗听说大同巡抚给朝廷奏章里有句话，说本汗'得中国锦绮奇巧，每以骄东房'，喔，东房就是南朝对土蛮汗他们那边的称呼，也儿钟金，你看大同巡抚奏章里的这话，啥意思？"说着亲了也儿钟金一口，突然神色黯然道，"也儿钟金，你来这里，是要告别的吗？"

也儿钟金的母亲是俺答汗的长女亚不亥，照部落联姻之例，嫁于乞儿吉斯首领吉恒阿哈为妻。也儿钟金是他们的次女。此女容貌姣美，聪明机敏，不惟能歌善舞，还勤习汉番文字，又学得一身武艺。同样是联姻之例，也儿钟金刚被聘为据河套的祆儿都司部落首领、俺答汗之弟吉囊的次子为妻，已下了聘礼。也儿钟金此番是随母亲来丰州滩探亲的。乞儿吉斯地处遥远的大西北，人烟稀少，荒漠无边。到得丰州滩，也儿钟金看到板升城池，百姓还仿汉地过正旦节，甚是有趣，她竟一拖再拖，不愿离开。不过在城池玩耍了数日，也儿钟金有些闷了，独自骑马到草原上驰骋了一个时辰，在大青山的山坡上望见大帐，顶上飘着一杆黄旗，她猜想定然是外祖父的营帐。从母亲那里，也儿钟金听得不少外祖父的壮举，莫说自己的部落，即使是顶着蒙古各部共主之名的土蛮汗，也惧他三分。她早就对外祖父充满敬仰，只是从未有机会单独与他私下相处，此时恰是良机，遂心血来潮，跑来大帐与他一会。一听外祖父说出"告别"二字，她一�’嘴："哼，钟金不想回去了！"

"喔哈哈哈！好着嘞！好着嘞！"俺答汗大喜，一把抱起也儿钟金，走到他的坐榻上，伸手去拉她的袍子，"来来来，扒下，扒下，帐里有火盆。"边说，边动手脱她的外袍。也儿钟金配合着，麻利地甩开外袍，俺答汗一怔，"喔？我的小黄鹂，百灵鸟！你、你内里穿的是汉服？"

也儿钟金在部落就常常听长辈说起大明中土，自小习汉文、读汉书，对汉地的风俗文物多有了解，只是与汉人的交往委实不多。一到板升，就对汉人充满好奇，处处模仿汉人女子的穿着。她脖中围了条围肩，下身是条纻丝粉红裙，只是腰间束了根红束带，婀娜的身姿越发诱人。她忽闪着两只大眼睛，望着俺答汗，撒娇道："那又怎么样呀，祖汗只说好不好看？"

"好、好、好看，好着嘞！"俺答汗紧紧盯着也儿钟金丰满的胸部，流着口水，话也说不利索了。

"钟金看这板升之地的人，学汉人的不少哩！"也儿钟金扳着细长的手指说，"表哥把汉那吉的帽子用红氆氇，靴子用粉，皮袋用金，好不威风呢！"说着，坐起身，摊开几案上的文牍，一本正经地阅看，边小声念着，边提笔在文牍上批写起来。

俺答汗并不生气，笑着道："喔哈哈哈，小黄鹂，百灵鸟，不如你跟随本汗料理政务吧。"说着，搂过也儿钟金，在她脸上一顿乱亲。

正在此时，两个汉人进得帐来，一起屈下右膝，垂下右臂，高声道："参见汗爷——"

3

俺答汗扭头一看，进帐施礼者是赵全和李自馨。他也知道汉人讲究男女授受不亲，也就很不情愿地放开了也儿钟金，问："二位薛禅，又要鼓动打仗？"薛禅，就是参议之意。赵全、李自馨就是俺答汗的得力参议。

"打仗？"也儿钟金忽闪着两只水灵的大眼睛，"为啥总打仗？"

"我的小黄鹂，百灵鸟，我来说给你听。"俺答汗拍了拍也儿钟金的脸蛋，耐心地说，"谁想打仗嘞？可大漠荒凉之地，吃米面、穿布匹、用锅碗瓢盆，哪里寻嘞？只能靠南朝。多少年了，我每年都向南朝求贡……"

"祖汗，啥叫求贡？"也儿钟金打断俺答汗，歪着头问。

"喔哈哈哈！"俺答汗仰脸大笑，"送给南朝些大漠土产，换取厚赏，并开边贸。南朝好面子，就用上贡这个说辞啦！"

"呀，这是好事呀！"也儿钟金托着下巴道。

"谁说不是嘞！"俺答汗一蹙眉，"可南朝不干嘞，既然不能从边贸获得，就只好率兵马抢啦。"

也儿钟金又是摆手，又是摇头，连道："这不好，这不好！"

"谁说不是嘞。"俺答汗叹了口气，"可他们不答应上贡，也只好打仗咯。"

赵全听着俺答汗的一番话，与李自馨对视了一眼，面露愁容。

"汗爷——"赵全趋前一步，唤了一声。

也儿钟金伸手一指："祖汗，这个人是汉人呀？他跑来做啥？"

"喔哈哈哈！"俺答汗又是一阵大笑，"薛禅赵，你给小黄鹂说道说道，你咋跑这儿了，跑这儿做啥。"

"还有他！"也儿钟金蓦地伸出另一只手，指着李自馨道。

赵全出身于山西云川左卫四峰山军户，李自馨乃山阴县秀才，都是白莲教徒。山西雁北乃国朝与俺答部接壤之地，饱受侵扰，百姓苦不堪言，求告无门，白莲教乘虚而入。大明律早已将其定为邪教，明令取缔，一旦冒头，必予严厉镇压。嘉靖三十三年，赵全、李自馨密谋起事被人告发，山西巡抚亲率重兵抓捕，赵、李遂率教民二十余人自宁虏堡偕家口出逃，叛逃到了丰州滩。

"他俩敢跑过来，胆子不小嘞！"俺答汗感叹道，"从前，部落对汉人是丁壮必杀，本汗一琢磨，倒也不必那样嘛，汉人来投也不是坏事嘛，就改了规矩。不然的话，嘿嘿嘿，这俩小子，早被狼把骨头都嚼没啦，喔哈哈哈！"

"可是、可是，"也儿钟金咬着嘴唇，"他俩咋就成了祖汗的薛禅了呀？"

"喔，俩小子好着嘞！"俺答汗道，"那个赵全，嗯，就是他，刚到美岱召，本汗正害腿病，走不成路，赵全这小子，冒死潜回应州去买药，你还别说，只贴了几帖，腿病就好啦。你说，人家敢拿命给本汗治腿，还不信任他，是不是太不够朋友？"

"是呀。"也儿钟金忽闪着眼睛说。

"还不只这些嘞，"俺答汗又道，"自这俩小子来了，本汗真是，用汉人的话说，如虎添翼，对，如虎添翼。每次铁骑南下，都是俩小子为本汗画策，又当向导，直打得南朝晕头转向，损兵折将，南朝上到总督，下到墩卒，一听到巴特尔的铁骑声，先就吓得尿裤子啦，喔哈哈哈！"

也儿钟金听得津津有味，时而看一眼赵全，时而扫一眼李自馨，再仰脸盯着俺答汗，嘴巴随着俺答汗的讲述，时而张开，时而紧闭。

"汗爷，小的最自豪的还是，巍巍板升，拔地而起！"赵全提醒道。

"谁说不是嘞，喔哈哈哈！"俺答汗大笑道，"原先啊，这里可是一片荒凉。目今呢，我的小黄鹂，百灵鸟，你都看见了的，喔，好得很嘞，好得很！"

赵全身材高大，相貌堂堂，英俊的面庞上透着一股杀伐之气，受俺答汗的夸赞，得意地抿嘴笑着。也儿钟金急了，指着他道："那你说说呀，咋就把板升打理成这样儿的？"

"嘻嘻，一言难尽哪！"赵全咧嘴一笑道，"来投的汉人可不会骑马打猎，要建屋子、要种庄稼。小的呢，就给汗爷画策，开丰州地万顷，分给来投的汉人。小的呢，又让细作在大同一带吹嘘，说北边百姓在南朝朝不保夕，在板升可安居乐业，不少人听了，都偷偷往这儿跑嘞。"

"有一年，"李自馨接言道，"学生带领众教徒，随巴特尔的铁骑到老家吆喝：'我已在板升干下大事业，你们跟我去受用。'当开堡门之日，堡内居民男妇三百二十余名及衣物家具用车装载，跟随学生到板升驻种。"因是秀才出身，李自馨言谈话语间还带着汉地的习惯。

"来投的汉人越来越多，越来越多，"赵全接着道，"目今已有五万多。"

"立村修堡，连村数百。"李自馨接着道，"来投工匠制造弓箭、戈、矛、盔甲等兵器；同时也制造日常所需的皮箱、摇车、银碗、念珠、酒、高烛等。"

"喔，我的小黄鹂，百灵鸟，你看见陶思浩了吗？还有察素齐，可是了不得，好得很嘞！"俺答汗抚摸着也儿钟金的脸蛋道。

"就是烧砖瓦的窑厂，造纸的作坊，知道了吧？"赵全盯着也儿钟金，挤挤眼说。

"还仿照汉地修建城池，开府建衙，板升之地一片繁荣，威震各部啊！"李自馨自豪地说。

"我的小黄鹂，百灵鸟，你说，该不该信任这俩小子？"俺答汗用手托住也儿钟金的下巴问，不待她回答，又一阵大笑，"喔哈哈哈，本汗待俩小子不薄，封薛禅赵为把都儿汗。在南朝，就是提督嘞。"

赵全一躬身："惭愧惭愧！"说着，向李自馨使了个眼色，李自馨会意，咳嗽一声，清了清嗓子道："汗爷，时下已开春，兴土木之工，正当其时。长朝殿，当重建。"

俺答汗收敛了笑容，沉着脸道："往者，薛禅见本汗，都是建言发兵南下的，怎么这回说起这事来了。"

赵全忙道："汗爷，这是件天大的事。比发兵的事，大多了。"

俺答汗佯装没有听到，顺手拿过一份文牍，亲了亲也儿钟金的脸颊："小黄鹂，百灵鸟，你识得字的，帮本汗看看这个，该咋批。"

"汗爷，小的看，还是重修的好。"赵全又说了一遍。

"哎呀呀！"也儿钟金一跺脚，双手在俺答汗的胸口拍打着，"他说的事，是啥事，钟金听不懂，快给钟金说说呀！"

俺答汗只得道:"去年个,本汗纳了这俩小子的说辞,修大板升城,建造长朝九重殿。可是,上梁那天,突然刮起了大风,喔呀,那风可真大得很嘞,我活了六十岁,头一回遇着,梁也折了,屋也塌了,大殿也就没有盖成。"

"那是咋回事呀?"也儿钟金问。

"谁说不是嘞!"俺答汗道,"本汗心里嘀咕,想不明白这是咋回事。只有仰天长叹,天意,天意啊!"

"因此之故,今年当上紧修起来。"赵全不失时机地说。又向李自馨使了个眼色,李自馨忙大步走上前去,把手中的一张图纸展于几案,道:"汗爷,我等已绘制成图,请过目。"

俺答汗一脸无奈,依然歪在也儿钟金身边,并不低头看图。

赵全不甘心,走上前去,在图上指指点点道:"要采大木十围以上,起朝殿、寝殿共七重,小的已密遣细作潜入朔、应各城,易买金箔并各色颜料。"他盯着也儿钟金,"到时候令画工绘龙凤五彩,不特惊艳大漠,也必令南朝刮目相看。"

"好!好!好!"也儿钟金拍手道,"那就建呀!"

赵全向俺答汗这边努了努嘴。

"祖汗,为啥不快些建呀!"也儿钟金捶着俺答汗宽大的胸脯问。

俺答汗仰脸不语。

赵全心里一紧,和李自馨交换了眼色,刚要说话,俺答汗向外一摆手,厉声道:"下去!"

"这……"赵全还想建言,俺答汗不耐烦了,大喝一声:"滚!"

也儿钟金惊得睁大眼睛,不明白俺答汗何以不愿建造宫殿,看着二人讪讪出了大帐,又见俺答汗脸色阴沉,一着急,"哇"的一声哭了起来。

4

暮春的大漠依然寒气逼人。日头明晃晃地照着,走出大帐的赵全却感受不到一丝暖意,"嗖嗖"打了个寒战,缩着脖子,浑身瑟瑟抖动,或许因思虑过度，四十出头年纪，额头上却布满皱纹，刚走出几步，一咬牙道："此事非办成不可，不的，我辈的脑袋就得搬家！"

"赵兄言重了吧。"李自馨眨巴着眼睛道。他还保留着一丝儒雅，不像赵全那样缩着脖子，而是挺直着身板，只是把两手揣在袖中。

赵全拉住李自馨，走到一个僻静处，道："秀才兄，你是知道的，我选好些猾黠之徒装扮道士、乞丐，流徙诸边，还有潜入京师的，侦刺谍报。都说，皇帝老儿病恹恹的，命不久矣。换了裕王，局面就不同了。高拱是裕王的老师，据说高拱这老兄是个厉害的主，天不怕地不怕，他若当国，甚事都可能发生。一旦双方达成和平，秀才兄，我辈什么下场，不言自明了吧？"

李自馨倒吸口凉气，道："也是。俺答汗互市之念耿耿不熄，若朝廷真有担当大臣主政，还真不好说。"

"务必绝了双方和平之念！"赵全恶狠狠道，"唯一的办法就是鼓动俺答汗建国称帝。"

李自馨叹息道："事不顺。去年，汗爷好不容易点头了，国号都拟好了，不意宫殿被大风给吹了。汗爷对称帝本就疑虑重重，见状以为是上天示警，对建国称帝事，遂绝口不提了。"

赵全道："俺答汗是雄主，有雄心，难道不想过过称帝瘾？还得上紧说服他！"他突然暧昧一笑，"那个小丫头倒是可以利用。"

"呵呵，还别说，那小丫头委实貌美如花，撩人心扉，"李自馨笑道，"啧啧，番俗委实令人惊诧，男女混杂不说，仅继母嫁继子一端，孔夫子要是知道了，非气得顶开棺材盖儿不可。"

"走，再闯大帐！"赵全拉住李自馨的手就往回走。

大帐里，也儿钟金的哭声让俺答汗不知所措，轻轻拍着她的背安慰道："我的小黄鹂，百灵鸟，哭啥嘞？"

"祖汗，"也儿钟金揉着眼睛，哽咽着，"你为啥不让建宫殿？建宫殿吧，钟金想住宫殿的呀！"

"喔哈哈哈！"俺答汗被也儿钟金逗笑了，旋即叹了口气，"我的小黄鹂，百灵鸟，你哪里懂嘞！"

"不懂，你就给我说说呀！"也儿钟金扭动着娇小的身躯，跺着脚说。

俺答汗亲了也儿钟金一口："那就说说。"他眼珠子一转，"我的小黄鹂，百灵鸟，宫殿可不是谁想建就建的。那俩小子鼓动本汗建宫殿，是要本汗建国称帝的。"

也儿钟金似懂非懂，以仰慕的目光盯着俺答汗，问："那又怎样？"

"使不得，使不得嘞！"俺答汗叹息道。他不是"中兴烈主"的嫡长孙，无缘继承北元可汗之位，对徒有其名的共主土蛮汗，也只能逼其东迁而不敢贸然灭之。倘若建国称帝，势必成为蒙古各部的众矢之的，重蹈瓦剌首领也先的覆辙。他还担心，一旦建国称帝，就彻底断了与南朝的和平之路。这些后果，是俺答汗难以承受的。

也儿钟金急了，双脚"啪啪"地一阵乱跺，道："我不管，反正我要住宫殿！祖汗，你把那两个汉人叫回来，让他们去建宫殿。"

"汗爷——"帐外的赵全听到也儿钟金的话，忙大喊一声，拉住李自馨"噔噔"几步到了俺答汗的几案前。

"嗯？"俺答汗脸一黑，"你俩小子找死来了？"

赵全求救似的看着也儿钟金，抖了抖手中的图纸，又向她挤了挤眼睛。也儿钟金在俺答汗脸颊上亲了一口，捋了捋他的胡须，道："祖汗，钟金不让他们走，让他们说说建宫殿的事。"

俺答汗刮了一下也儿钟金的鼻梁，道："我的小黄鹂，百灵鸟，为啥非要修宫殿嘞？说出由头，本汗就答应你。"

"你看人家大同，宣府，到处是亭、亭什么阁……"也儿钟金被难住了。

"亭台楼阁。"李自馨提示说。

"对，亭台楼阁，多气派。整日里住这破帐篷，无趣，无趣！"也儿钟金说，她一拍手，"就这么说定了。"说着，蓦地亲了俺答汗一口。

俺答汗无奈地叹了口气，把也儿钟金搂得更紧了。也儿钟金往外一挣，嘬着嘴道："那，我找祖后去说！"

"使不得使不得，我的小黄鹂，百灵鸟！"俺答汗一听也儿钟金要去伊克哈屯那里纠缠，连连求情。

"那，就叫他俩听我的话，快去修宫殿。"也儿钟金一本正经地说。

"好好，薛禅赵，你去，快去吧。"俺答汗敷衍着。

赵全面露难色，他不想失去这次机会，双膝"唰"地跪下，抱拳向上一举："汗爷，小的有话要说。"

"让他说让他说。"也儿钟金迫不及待道。

赵全看了一眼李自馨："你来说。"

李自馨上前一步，道："汗爷骁勇善战，冠绝诸部，率军先后六次征讨兀良哈；四次进军青海，所向披靡。顶着北元可汗帽子的土蛮可汗惧为汗爷所并，率众徙往辽东已逾十载。目今，汗爷辖境东抵辽蓟，西迄甘肃、青海，又不断向西拓展，征服瓦剌。大漠南北，苍天之下，谁敢匹敌？"

赵全起身，迈步拿过旁侧条案上一碗奶茶，一饮而尽，把碗用力向帐外一扔，抹了抹嘴道："汗爷念兹在兹的，是通贡互市，可结果怎样？求和不成，以战促和之策又如何？数十年来战争不息，南朝屡战屡败，我汗爷为何仍不得正果？因南朝蔑视我汗爷，目为'抢食贼'耳！"

俺答汗被"抢食贼"三字刺激得满面通红，羞愧地转过脸去，不敢让也儿钟金看到。

"战事连绵，所苦者惟北边百姓，"李自馨接言道，"南朝江山，各级官老爷，并未受到我汗爷的威胁。征战数十载，彼此仇恨已深，南朝谁敢冒天下之大不韪，结城下之盟？因此，通贡互市，求，求不来；战，战不来，那只能另辟蹊径——建国称帝。"

赵全又接过去话茬儿道："汗爷雄才大略，只因非中兴烈主之嫡长孙，就不能正大位，岂不失大漠臣民之望，汗爷岂不抱憾终生？"说着，他挤出两滴泪水，滚落到嘴角，和喷出的白沫搅到一起，向下淌去，仿佛生出两道白须。

也儿钟金忽闪着眼睛，聚精会神地听着，直到赵全住口，方被他嘴角的"白须"所吸引，"嗨儿"地笑了起来。

李自馨见俺答汗默然，高声道："汗爷，有一个好消息，南朝的嘉靖皇帝衰病不堪，日前又遭微官海瑞一通痛骂，越发萎靡不振。嘉靖老官最是可恶，汗爷求贡不得，就是这老官固执己见之故，汗爷不是对这老官甚反感吗？时下这老官命不久矣，朝廷手忙脚乱，正是我汗爷教训他的良机。"

"嘉靖老官，喔哈哈哈，好面子，忒好面子！"俺答汗笑道，语调中分明夹杂着几分惋惜。

"攻掠大同，让他闻变羞愧而死！"赵全恶狠狠道。

俺答汗坐直了身子，叹口气道："本汗何尝愿意纵兵抢掠嘞？当年本汗兵临城下，巴特尔们跃跃欲试，要打进北京城，可本汗硬是给拦下了，恳请朝廷允开马市。倘若那时马市一直开下去，何至有这连绵的战事嘞？"

"听说，是一个叫徐阶的，站出来请皇帝恩准开马市的。眼下徐阶当了首相，祖汗为啥还打他呀？"也儿钟金插话说。

俺答汗以惊异的目光看着也儿钟金："喔呀，我的小黄鹂，百灵鸟，你竟知道这些？那时你的母亲还未出嫁啊！"他又转过脸对着赵全道，"本汗以为，徐阶做了首相，会变变调门，谁知苦等五年，还是老一套。"

李自馨道："那时是严嵩当国，徐阶建言恩准开马市，是与严嵩斗法的手腕儿罢了。他当了首相，求稳怕乱，改弦易辙的事，他才不肯干。"

"是啊，汗爷！"赵全忙接上去，"咱一边重修宫殿，一边勒兵南下，使南朝丧胆，再论通贡互市之事，或许有转机。"

"这话有那么些个理儿。"俺答汗说着，站起身，大手一挥道，"备马点兵！"

1

西苑不惟是皇家御园，且当今皇上在此静摄，最需幽静。除内阁大臣和词臣在直庐当值外，无论是皇亲国戚还是内外臣工，不经皇上召见或首相批准，一律不得踏进西苑门一步。即使首相有召，臣僚也只能进入直庐，且进了西苑门，一律步行，不得骑马或乘轿。

这天卯时三刻，披着仲春的晨曦，礼部尚书高拱进了西苑门，快步往太液池西南岸的徐阶直庐走去。

自海瑞上疏二十多天过去了，徐阶整天忙着调息海瑞上疏引发的事体，部院奏疏、科道弹章、将帅塘报，哪怕十万火急，也顾不上审阅票拟，都压在书案上，堆积如山。礼部本无十万火急之事，但恰遇琉球国朝贡事，高拱以为不能按常规视之。由于东南倭患大炽，琉球国朝贡已中断多年，时下琉球国王好不容易派出贡使来朝，且还有请上国批准琉球国立太子事，高拱敦促主客司优先办理，但上奏旬日，音信全无，高拱又命司务李贽到通政司查询，方知奏本压在内阁，无奈之下，他只得设法请准，到西苑徐阶的直庐谒见，以促内阁尽快票拟进呈。

敦促尽快办理琉球使臣朝贡事是真，但高拱之所以急于谒见徐阶，心里还存着一件事：按照徐阶的意思，高拱要入阁，当先上愿意为皇上贡献青词的密札。密札他已拟就，但齐康的一番说辞，在高拱的心里蒙上一层阴影，他想与徐阶一晤，摸摸他的底，看徐阶做何反应，再定行止。

徐阶的直庐是四合院式的建筑，进首门左侧，是茶室，乃候见者临时等候之所。高拱一进直庐茶室，就看见兵部尚书霍冀、工部尚书葛守礼，都在排队等候。二人虽与高拱职务相当，但都是科举前辈，他便主动抱拳向霍、葛二人施礼。

"大宗伯？"身材肥胖的兵部尚书霍冀看见高拱，吃了一惊，"礼部会有甚火烧眉毛的事？"边说边焦躁地来回踱步。

高拱愣了一下。霍冀虽早他一科中进士，是前辈，又贵为兵部尚书，但对他一向敬重。这大体是因为他是裕王的首席讲官，加之多年来他并未握权处势，彼此也没有过利害冲突之故。或许正因为霍冀在他面前屡示谦抑，高拱陡然间有些不适应，便不满地说："大司马这是什么话！礼部的事，关乎人心士气，国体国格。难道这些事，在大司马眼里，都是鸡毛蒜皮的小事？"

霍冀却未示弱，而是抖了抖手中的塘报："谍报称，虏酋俺答正集结大军，欲入寇大同，你说是不是火烧眉毛？宣大总督缺员，吏部好不容易物色到人选，可一直没有批下来，刻下前线告急，而掌军令的总督却迟迟不能到任，大同、宣府的塘报十万火急往兵部报，你说是不是火烧眉毛？"他又抖出一份塘报，"再看看这个，署理福建总兵戚继光八百里加急呈来的，海贼林道乾率船五十余艘，以南澳为基地，攻福建诏安、五都等地，贼势甚盛，可兵部题覆到了内阁，一概都压下来了！"说着，霍冀跺脚长叹。

"喔呀！"高拱露出惊讶的表情，知霍冀是有火无处撒，才冲自己说怪话的，气也就顿时消了。刚要说话，霍冀又指了指葛守礼，替他着急道："再说工部的事，大宗伯一定知道，工部侍郎朱衡乃国中水利大家，然如何疏通漕河，朝野一直争论不休，无奈之下，大司空只好命人制定两套截然不同的方案，揭请上裁。这都三月了，可方案还未批下。若不赶快动工，怕是今年的漕运要误事，我辈、京师的百姓、辽东的将士，怕只能喝西北风咯！"

霍冀的一番牢骚话，让高拱替兵部、工部着急起来，尤其是应对大同战事，委实不能再拖，他急切道："大司马，调兵遣将乃兵部权责，当速速行令才是啊！"

"如此重大的事，咱不敢擅自主张。"霍冀回道。

高拱知霍冀是怕担责，心里对他就有几分鄙夷，但同列间也不便责备，便道："如此紧急的事，得权宜从事，宣大总督缺员，不妨派兵部一位侍郎火速赶赴大同掌军令，指挥御虏。"

霍冀为难道："兵部侍郎与各部侍郎调来调去，对军旅之事知之不多，差他去前线，两眼一抹黑，怎么指挥打仗？况且，无成例可循嘛。"

"这就是弊病了！"高拱道，"兵部侍郎出则为军帅，选任之制不能等同于他部，"他一跺脚，"不过刻下说这个也无用，那，能不能派职方司郎中以巡边使名义去！"高拱越发焦急，又出主意说，"职方司郎中乃总参谋长之任，他对边务定然熟悉。"

"职方司郎中？"霍冀摇头道，"祖制倒是有职方司郎中巡边之例，然则，并代总督掌军令、节制三军之例。再说，职方司郎中也是郎中而已，与你礼部的郎中任用资格都是一样的，别把他看得那么有本事。"

"当痛下决心，一改旧制了！"高拱慨然道。

霍冀一撇嘴："我着急的是，刻下该怎么办！"

"二位尚书，"一直闭目养神的葛守礼开口道，"先镇静镇静，不然待会谒见元翁，情绪失控，会误事的。"他是嘉靖八年进士，比高拱早四科，资格更老，且一向老成持重，话语不多，一旦他说出话来，霍冀、高拱都不能不尊重。

可是，高拱还是为大同前线的事忧心，便放缓了语调问："军情紧急，元翁又无暇接见，大司马何不上紧谒见李阁老，请他秉笔票拟？"

嘉靖朝成例，内外公牍由大内司礼监文书房送阁，阁臣在黄色纸条上拟出批示，贴于公牍上，谓之票拟或拟票，再送到大内，皇上或亲自或委托司礼监秉笔太监，照内阁票拟批红，皇上若认为内阁票拟不妥，或直接改写，或发回重拟。票拟权无形中将部院置于内阁的实际控制之下。时下内阁只有徐阶、李春芳两位阁臣，既然徐阶无暇拟票，高拱便建议霍冀请李春芳拟票进呈。

霍冀鼻腔中"哼"了两声，不屑地说："李阁老？不经元翁，甚事他能做主？"话音刚落，似乎察觉到在此地非议内阁大佬失当，忙指指葛守礼奉承道，"像葛老，做过地方的学政、布政使、巡抚，又做过几个部的侍郎、尚书，倘若在内阁，那遇事自可提出主张，为元翁分劳。可朝廷成例，非进士不入翰林，非翰林不入内阁。葛老非翰林出身，如之奈何！"

高拱听出来了，霍冀是看不起李春芳。

李春芳是南直隶兴化县人，与张居正为同年，以状元直接入翰林授编撰，被皇上选为词臣，自入仕途，李春芳就专心干着撰写青词供皇上焚烧这一件事，可仅仅十几年，就入阁拜相了，坊间有"青词宰相"之讥。由于没有任事的经历，加之李春芳性格平和、柔弱，入阁后也以写青词为务，国务则惟徐阶马首是瞻，无非替徐阶阅看文牍而已，凡需决断之事，都要待徐阶定夺。这是官场尽人皆知的，但情急之下，高拱还是希望霍冀能去一试，以解燃眉之急，不意却引来他对李春芳的嘲讽。可是高拱还是忍不住替兵部、工部的事忧心，无论如何也坐不住，焦躁地走来走去，口中嘟哝道："元翁在忙何事，一直无暇接见我辈？"

霍冀只是摇头，一直沉默的葛守礼则重重叹了口气。没有得到答案的高拱，伸长脖子，向对面徐阶的直房焦急地张望着。

徐阶正在直房里，埋头撰写青词。他也知道兵部、工部、礼部三尚书在茶室候见，心里虽也有些着急，但依然淡定地写着青词。写青词是皇上的口谕，他不能违拗。

自海瑞上疏呈达御前，徐阶已经一个月没有回家了，就住在西苑的直庐里，以应对皇上随时召见。皇上自受海瑞上疏刺激，越发沉湎于斋醮，李春芳昼夜不停写青词，还是不敷焚烧，以往皇上最欣赏的是已故阁老袁炜写的青词，徐阶听说翰林院编修张四维曾为袁炜捉刀代笔，就请他代写青词，不料皇上对青词十分挑剔，一眼就看出非徐阶亲撰，竟至大怒，命徐阶须亲自精心撰写，一天不得少于三篇。这对已年过花甲的徐阶来说，委实不堪重负。

写青词，偶一为之或许不难，难就难在年复一年、日复一日。徐阶屏息静气，依照格式，埋头书写着：

维嘉靖四十五年三月初二日，皇帝谨差真人赐紫，奉依科修建邯郸道场，谨稽首上启虚无自然元始天尊、太上道君、太上老君、三清众徒、十极灵仙、天地水三官、五岳众官、三十六部众经、三界官属、宫中大法师、一切众灵……

霍冀、葛守礼、高拱还在茶室焦急等待，一个御前牌子大摇大摆进了直庐首门，尖着嗓门高叫："万岁爷口谕，传徐老先生觐见——"

宦官呼阁臣为"老先生"，是嘉靖朝的习惯。

高拱等人眼睁睁地看着徐阶拖着疲惫的步履出了直庐，向无逸殿走去。

走在路上，徐阶心里一直在打鼓，此番召见，皇上会不会又赌气出什么难题？

2

无逸殿里，花甲之岁的皇上身裹道袍，半坐半躺在御榻上，神情萎靡，不时发出只有衰病老者才会发出的哼哼咳咳声。徐阶勉强打起精神，趋前叩头施礼。

"徐卿，朕又读了一遍海瑞的奏疏，"一见徐阶，皇上一改此前怒不可遏的腔调，以和缓的语调低声念叨着，"朕以为，海瑞所言也许是对的，只缘朕多病，不能振作以新治理，让臣民失望，"皇上喘了几口气，"既然徐卿言退位有负祖宗重托，非明智之举，那就要治朕的病吧？"说着，躬背一阵咳嗽。

"保圣躬万寿无疆，乃是臣子的本分……"徐阶道，他对皇上今日说话的语调如此亲切温和尚不适应，也摸不透皇上是何心思，正斟酌如何提出治病建言，皇上又道："徐卿，御医适才为朕把脉，言脉息浮促，内火难消。"他长叹一声，"朕的病，多方诊治，服药无数，终不见效……"说着又连咳数声，喘了阵子气，"朕思维再三，无他计，如能驾往原受生地拜陵取药，必能消灾减疾。"

"皇上是说，要南幸？"徐阶不敢相信自己的耳朵，故意问了一句，仿佛为了求证，又仿佛是为了表达自己的惊诧之意。

皇上并不回答，只是喘气不止。他是以外藩入继大统的，嘉靖十八年，皇上曾以南巡的名义，回到当年的封地——湖广安陆。彼时皇上刚过而立之年，春秋正盛，南倭北虏之患也远不像目今这么严重，此番南巡，举国瞩目，风光无限。可是，皇帝一次南巡，要投入多少人力物力？以当今皇上的做派，军国要务牢牢控制在手里，倘若南巡，朝廷势必空转。而北边的情势，远不是二十七年前的样子了，一旦皇上南巡、政府空转，北虏突进，后果不堪设想。想到这里，徐阶浑身冒汗，只有一个念头：谏阻。他斟酌片刻，大着胆子道："陛下，臣奉谕不敢仰赞。"

元辅反对南巡，并且直言不讳表达出来，似乎并不出乎皇上的意料之外，他面无表情地看了一眼徐阶，又继续喘息起来。

"陛下，无论是时势还是龙体，都不能与二十七年前相比了。"徐阶提及上次南巡，"此一时彼一时也，承天离京数千里，陛下自度精力可如彼时，长途劳顿，有益病体乎？"

皇上似乎早已深思熟虑过了，缓缓道："不必乘轿，可改为卧辇抬行，沿途诸王百官不必朝迎，谅无大碍。"徐阶刚要开口，皇上吃力地挥了挥手，"卿不必再言，速速筹办去吧，朕意，最好出月即可成行。"又补充道，"青词，卿不必每日三篇，有暇再写就是了。"每日必亲写三篇青词，是不久前皇上吩咐徐阶的，本就是故意难为他的，作为交换，皇上收回了成命，替徐阶解脱。

"容臣妥为整备。"徐阶只得先应下来。他了解今上的性格，再谏诤下去，只能引起皇上的反感，且坚其南巡之念。

徐阶长吁短叹地慢慢往直庐走，刚跨进首门，兵部尚书霍冀就挡住了他的去路："元翁，下吏的五脏六腑快被火烤焦了，不得不恳求元翁救火！"

高拱、葛守礼也迈出茶室，给徐阶施礼。徐阶眼袋低垂，双目深陷，倚在首门门框上，一语不发，眼睛则不停地眨着，似乎是在斟酌着什么。

"元翁，能不能把兵部的事先拟票，呈上去？"霍冀不住地抱拳作揖求情。

徐阶开口道："三位尚书久候了，正好有事商榷，就随老夫来吧。"

照六部排序，礼部排在兵部和工部之前，霍冀、葛守礼也就自动往后靠了靠，让高拱走在最前面，跟在徐阶身后进了正堂的花厅。抬眼望去，最醒目的莫过于正厅墙上悬挂的条幅了。这是徐阶亲笔书写，字体隽秀：

以威福还主上，以政务还诸司，以用舍刑赏还公论

此乃徐阶取代严嵩出任阁揆后向朝野宣示的，作为他当国执政的信条。高拱还清楚地记得，这三句话公之于众后，一时九卿科道，大小臣工，无不拱首加额，为一个新时代的到来而庆幸，而"三还"也顿时成为官场流行语，谓之"三语政纲"。熬过了严嵩执政的漫长时代，新执政又誓言以政务还诸司，以用舍刑赏还公论，朝野怎能不欢欣鼓舞？

见高拱一进门就盯着条幅看，霍冀大声道："大宗伯，怎样？元翁的'三语政纲'，震撼人心啊！"

霍冀当面奉承，徐阶连谦辞也没有，依然沉默着，只是用手指了指左右两排椅子，示意三位尚书落座。左右忙来倒茶，闲杂人等尚未离开，霍冀就等不及了："元翁，大同……"

徐阶微笑着摆了摆手，制止了他。一向少许可、寡言语的葛守礼忍不住了，开口道："元翁……"话甫出口，徐阶又打断他，叹口气道："实话说吧，部院、省直的章奏，天大的事体，不要说内阁无暇览看，即使是呈上去，皇上也不会批。"

"元翁，这是为何？"霍冀、高拱不约而同地问。

徐阶只是摇头，并不回答。"这……这……"霍冀站起身，一副心急如焚的样子。

"元翁，总要想个法子啊！"高拱焦急地说。

"法子倒是有的，除非……"徐阶说着，伸出手掌，用力做刀劈状，"把海瑞杀了！"

"这……"高拱、霍冀、葛守礼，面面相觑，不知所措。

"杀就杀吧！"霍冀气呼呼地说，"不就是一个海瑞吗？再这样赌气闹腾下去，宣大的将士、三边的百姓，不知要死多少呢！"

"以海瑞上疏言事为由杀他，这不成，咱们的皇上可不想做杀直臣的暴君，落万世骂名。"徐阶故意说，"得有别的借口方可。"

徐阶的话，只是说辞而已，霍冀则当真了，搓手道："借口？这可是难题，海瑞这个人没有把柄可抓吧？不的，他何以如此不知天高地厚？"顿了顿，勉强挤出一丝笑意，"元翁，还有别的法子吗？相信元翁定然是有法子的。"

"还有一个法子，"徐阶语调低沉道，"扈从皇上南巡。"

"啊——"高拱、霍冀、葛守礼齐声惊叫。

徐阶高叫一声："来人——"左右人等应声跑了进来，徐阶吩咐道，"首门、厅门一律关闭，任何人不得靠近此厅。"待一干人等手忙脚乱办完了一切，徐阶方把适才在无逸殿面君的经过大略说了一遍。

听罢，高拱先坐不住了，"腾"地起身，蹙眉道："元翁，这可万万使不得啊！"他一脸愁容，看着霍冀道，"大司马做过三边、宣大总督，"又转向葛守礼，"大司空做过宁夏巡抚，"最后又将目光转向徐阶，"元翁主政府，赞军国要务，三公俱比高某更熟悉边情，北虏虎视眈眈，若圣躬远狩，京城空虚，万一北虏铤而走险突进，后果何堪设想？然则……"他顿了顿，"皇上既已有谕，想来元翁必是当面劝谏过的，一味抗旨谏阻，终归不是以臣事君之道。"

"中玄，我老霍不明白你的意思嘞。"霍冀不解地说。

高拱未理会霍冀，对着徐阶继续说："刻下当预为整备：一则，援引前例，派大臣巡边，强化北边守备；二则，命锦衣卫预备路上所用帐幕粮饷，禁卫六军备齐铠甲兵器。以此整备情形奏报皇上，皇上见政府在妥为部署，也就无话可说了。办妥这一切，需要时日，元翁再伺机劝谏皇上，皇上冷静下来，自己改变主意也未可知。"

"这倒是个法子。"葛守礼赞成道。徐阶将着花白的胡须，点了点头。

"那该可以办事了吧，元翁？"霍冀急切地说，"恳请元翁速速票拟，把宣大总督人选，还有谕令昌平总兵严阵以待在黄花镇紧急设防这些事，赶快批下来吧！"

徐阶摇头，慢声低语道："以刻下的情势，内阁只侍候皇上尚力有不逮，部院的事，各位堂上官就多想想法子吧。"

霍冀对徐阶的话大为不满，双手一摊道："元翁如是说，叫我辈为难嘛，那国务如何推进？"他嘟哝道，"内阁人手不够，添……"话未说完，意识到失言了，忙捂嘴住口。内阁添人，视同拜相，论相乃皇上特权，建言权则在首揆，他人置喙，就是妄议，而妄议是官场的大忌，霍冀话未说完就意识到了，面露尴尬之色。

"好了，老夫还要办事，诸公请回吧。"徐阶起身送客。

霍冀、葛守礼有些不甘心，高拱劝道："既然元翁有示，我辈就先告辞吧。"说完，他抱拳一揖，快步出了直庐。

来时，高拱本来想就入阁事与徐阶深谈一次，探探他的真实意图再定行止的，可是此时，他已有了主张，国事日非，内阁乏人，自己无论如何不能再踟蹰了。

3

嘉靖四十五年初夏，肆虐京城的北风仿佛失去了韧劲儿，渐渐和缓下来，昨夜的一场雨，把沙尘重重地压制住了。挺拔于街道两旁、庭院内外的杨树，墨绿叶茂，槐树上则散发出甜腻的香气，不管不顾地扑向行人，也悠然地钻进了礼部尚书高拱的轿中。

高拱吸了吸鼻子，似乎在品味着。这京城的槐花，到底不如老家新郑的，新郑的槐花，甜中带香，香甜兼具，沁人心脾。自嘉靖二十八年丁母忧服满起复，十七年过去了，再没有闻到家乡的槐花香味了。

轿子快进礼部时，高拱向外探了下头，问跟在轿旁的高福："今儿个是何日子？"

"老爷，今儿个是三月二十八。"高福答。心想：老爷着实太忙，居然连日子都忘了。

高拱并没有忘，只是想证实一下而已，或者说，掩饰一下自己内心的忐忑。许久以来，他从来没有这般精心盘算过时日。

自张居正知会高拱徐阶欲延揽他入阁的消息，已经快两个月了。开始的兴奋劲儿在慢慢消减。那天在徐阶直庐，眼见羽书旁午而国务停滞，高拱终于做出决断，回到礼部便差人把密札送给徐阶。徐阶接到密札，微微一笑，吩咐李春芳拟写内阁公本，荐吏部尚书郭朴、礼部尚书高拱入阁。可是，内阁公本呈报御前，好几天竟悄无声息。倒是高拱突然接到一份手谕，打开一看，是皇上手书的一副上联：

洛水灵龟献瑞　天数五　地数五　五五还归二十五数　数定元始天
尊　一诚有感

当今皇帝在西苑斋醮修道，每日都要焚烧青词。这道御制上联虽不
是焚烧所用青词，却是斋醮时悬于门坛的对联，宽泛而论，也可列入青
词范围。高拱顿悟：这是皇上在考验他。事已至此，高拱别无选择，他
请前来颁旨的随堂太监稍候，当即写就了下联：

丹山彩凤呈祥　雄声六　雌声六　六六总成三百六十声　声祝嘉靖
皇帝　万寿无疆

这道下联呈上后，高拱便算计着时日。今日是第三天了，该有准信
儿了吧？高拱心中自问，莫非，皇上还是不满意？他心里嘀咕着。下了
轿，思绪还没有断，低头走进了尚书直房，司务李贽举着一份文牍跟进
来了，边走边道："恭喜大宗伯！"

高拱心里豁然开朗。他自然知道李贽恭喜的是什么，但还是急切地
接过文牍，正是吏部的咨文：

奉圣旨：高拱着兼文渊阁大学士，在内阁同徐阶们办事，余官如故。
钦此。

这，就是入阁拜相了！嘉靖四十五年三月二十八日，五十五岁的高
拱，在进士及第二十五年后，入阁拜相，位列宰辅。

国朝阁臣正式官衔为大学士，前冠殿阁之名，用以区别入阁顺序，
此后会渐次转为排序靠前的殿阁之名；又因内阁非律法所定，阁臣无品
级，以入阁前原任部院之职的品级为品级，并以此支取俸禄，故阁臣例
兼部院堂上官，吏部咨文里所谓高拱"余官如故"，即仍带礼部尚书衔，
实则礼部尚书会另任新人。阁臣虽以兼职定品级，但最高只达正二品，

皇上遂常以加师保荣衔提升阁臣的品级。太师、太傅、太保，正一品；少师、少傅、少保，从一品；太子太师、太子太傅、太子太保，从一品。

高拱恭举咨文反复看了几遍，随即将文牍压在书案上，抬头对李贽道："司务，此事暂不对人言。"李贽刚要走开，高拱又嘱咐，"若有人为此事来谒，一概挡驾。"

"呼——"高拱仰坐在座椅上，重重出了口长气，这口气吹起了他的长须，已然花白的长须在眼前乱舞了几下，他伸手抓住，盯着看了又看，不禁叹息一声：五十五岁，这个年纪已属老迈，同龄人中不少已不在人世。想到这里，短暂的喜悦旋即被几分沉重挤压殆尽。

照例，大臣接到任命诏旨，都要先上辞免疏，以示谦逊。高拱提笔刚写了开头，就听门外有拉拉扯扯的声音，不觉火起，呵斥道："何人喧哗？"

"禀尚书，国子监张司业不听劝阻，执意要来谒见。"是李贽的声音。

"还是晚了一步。"是张居正的声音。

"司务，请张司业进来。"高拱吩咐。

"晚了一步，晚了一步。"一见高拱，张居正连连道，"居正就猜到中玄兄要封门，拒见贺喜之人，才急急忙忙赶来，还是晚了一步，让李司务为难了。"说毕，恭敬地给高拱深深鞠躬，表示恭贺。

"中玄兄！"张居正很郑重地唤了声，"今日起，中玄兄就是我大明的堂堂阁老相公了，居正乃六品微官，焉能再称兄道弟？以后无论公私场合，居正都以'玄翁'相称了。"

"那又何必。"高拱笑吟吟道。

"尊玄翁，亦尊国朝相体也。"张居正解释道。

高拱一扬手："叔大总是有理，随你随你。"言毕，两人才隔几并坐。

张居正刚落座，又起身道："玄翁，拜相的诏旨，可否让居正一观？"高拱起身把压在案上的吏部咨文拿过来，递给他。张居正细细地看着，若有所思，举到高拱面前，"玄翁，看到这句话了吗？"他指着其中的一行字，"对，就是这句话，'在内阁同徐阶们办事'这句话。"

"怎么，叔大有高论？"高拱不解地问。

张居正环视室内，低声道："玄翁，今上御宇四十多年，恩威莫测，权柄独运，弊由此出、变由是难；元翁久历政府，当国五载，求稳致静是其治国方略，振弊易变，非其时也；玄翁虽位列宰辅，身份却是在内阁同元翁等办事，非当国执政者也。居正有句话，陈于玄翁：仍需韬光养晦，不可急于求成。"

高拱大感意外，笑道："叔大，你转汰何其急也？此前你是怎么说的？嗯！"

"此一时彼一时也。"张居正解释道，"当初为劝玄翁对入阁一事不要踌躇不决，居正言盼我兄只争朝夕，展布经济，力推新政，庶几不负平生所学云云；而今玄翁既已入政府，居正不能再一味劝玄翁急进，否则势必给玄翁乃至中枢运转带来麻烦。有些话，刻下可以说了：玄翁就当否上除八弊疏垂询居正时，居正不赞成上疏，其中一个理由当时未敢明言，那就是，居正担心此疏与元翁执政理念不合，一旦上奏，恐元翁对玄翁大起戒心。"

"叔大，你的话或许是对的，"高拱叹口气道，"然则你当知我之为人，做'青词宰相'不屑，做'伴食宰相'又何甘？焉能安于操劳案牍、墨守官常的庸官俗吏。目今局面糜烂如此，为兄位在中枢，又安能装聋作哑？"说着，起身走到书案前，弯腰从抽屉里取出一篇文稿，反身递于张居正，"叔大，昔年我们香火盟，'相期以相业'，为兄特作此文以为纪念，你该不会忘记吧？昨日我特意拣出此文，看了又看，也请叔大再看看。"

张居正接过一看，是高拱所作《萧曹魏丙相业评》。这是高拱借评论萧何、曹参等四位宰相的业绩，来表达他的志向与理念的。张居正还清楚地记得，当年看过此文，自己不禁心潮澎湃，为之倾倒，从此把高拱视为生死之交。今日看到此文，张居正依然感慨万千，出口诵出开篇的话：

夫相天下者，毋以有己而已。何者？天下事未有不须人可以己济者也。有己，则见人之贤而不能以己推之，见人之美而不能以己成之，与人共事而不能以己下之。夫有己之心不足以治三分之宅也，况相天下乎？

诵毕，张居正感慨了一句："总而言之，玄翁的理念只一句话可概括之：相天下者无己。"

"正是。"高拱肃然道，"我的意思只有一点，相天下无己。倘若己身为宰辅还存私心，那国家还指望谁？位在中枢，有一分私心，便于臣道有一分亏欠。"

张居正表情庄重，又诵出一句：

独任者无明，自用者无功。相臣有私心，则国家有弃积也。

高拱慨叹一声："相天下者，忠诚、无私，乃国之大幸。"

张居正看着高拱，拱手道："玄翁如是说，居正夫复何言？惟愿玄翁履新顺遂吧。"

高拱本想与张居正商榷，在束之高阁的除八弊疏基础上梳理出一套政纲来，建言徐阶次第实施的，听了他的一番说辞，不得不放弃了，有几分遗憾，也有几分期盼，对张居正道："若得与叔大一起平章天下，则大明中兴有望。"

"呵呵，玄翁，部院一个郎中还正五品呢，居正六品微官，哪里敢奢望登政府？"张居正自嘲道。

"郎中怎可与叔大比？"高拱手一扬，"叔大别忘了，你也做过裕王殿下的讲官，又是首揆最得意的弟子。"说着，拍了拍自己的胸脯，"嘿嘿，还是高某的金石之交。"

张居正微笑道："资历尚浅，不敢奢望。"

高拱摇头道："什么资历浅，论才干，我看除了高某就是你叔大啦。愚兄对叔大自不必说，尊师徐揆不是也在一力栽培，为叔大铺垫吗？叔大主持重修《承天大志》，朝野即有'张太岳将大用矣'之议，呼之欲出嘛。叔大，机遇来矣！"

张居正笑而不语，眉宇间却闪出一层阴翳。

第八章 | 南倭北虏羽书旁午 老臣新进各说各话

1

南澳岛乃闽粤共治之地，自嘉靖二十年起，这里就为海贼所盘踞。这天傍晚，在一座仿官军帅帐搭建的营帐中，横行海上的海贼头目林道乾，迫不及待地拿出两颗夜明珠，命左右熄灭所有烛火，歪着脑袋左看右赏，嘴中不时发出"啧啧"的赞叹声。

"大帅——"随着一声娇滴滴的呼唤，一个身着异服的女子扭动着腰肢袅袅婷婷走过来，搂住林道乾的脖子，在他身上擦蹭着。

"哎哟——大帅——"另一个女子也尖叫着扑过来，抓住林道乾的一只手，放在自己脸颊上摩挲起来。

"陈德媛，叶姬，"林道乾不耐烦地说，"你俩骚货他郎奶的给老子罢了，本帅烦着呢！"

林道乾虽是海贼，也远不如前两年被剿灭的号称老船主的王直实力雄厚，但手下喽啰也有四五千，船只百余艘；他本人年轻时又混迹官场，虽无野心，也有梦想，故特命左右以大帅呼之。从陆地、海上掠来女子，年轻貌美者，他收用后，赏给手下弟兄，少数合意者留侍身边，时下寝帐留侍美姬就有十多个。林道乾不敢以嫔妃称之，而是仿照后宫等级，命为德媛、姬、贵人、常在、答应。陈德媛和叶姬都是风尘女子，被林道乾掠来后，整日吃山珍海味，穿绫罗绸缎，还常带她们游佛郎机人占据的壕镜岛，又去暹罗等国长见识，竟比在院里时快活许多。只是少了男人们的争风吃醋，她们不免有些惆怅，便把风月场的手腕儿，一股脑用在林道乾身上，彼此斗计用法，倒也聊补缺憾。为此，处处都要别出心裁。陈德媛今日穿了一身佛郎机女子的西洋女装，尽显女人身条；而叶姬则索性只穿了件透明薄纱，胴体若隐若现，双乳呼之欲出，极尽妖冶之能事。

听林道乾说心烦，陈德媛忙伸出长长的舌尖，去舔他的耳朵，娇声："哎哟，大帅烦什么呀，不就是一个戚继光吗，大帅，今夜独留媛媛，媛媛给大帅解颐，好不好？"

"什么他郎奶的媛媛，德媛，德媛！你他郎奶的不懂？那是有品级的官称，能胡改吗？"林道乾生气地说，"照你这么改，皇帝就昵称帝帝咯？"

"嘻嘻嘻！"叶姬捂嘴笑道，"莫如自称小弟弟，女人喜欢哩，嘻嘻嘻！"说着，伸手去摸林道乾的裆部。

林道乾无心与她们取乐，向帐外喊了声："叫帅丞来。"帅丞，就是大帅的丞相之简称，这也是林道乾既要仿朝廷又不敢僭越，取的折中之法。

须臾，帅丞梁有训进来了，躬身道："大帅，有甚事？"

林道乾个子矮小，又是坐着，仰头看着魁梧的梁有训，吩咐叶姬道："骚货，你他郎奶的不是手闲不住吗，那就快掌灯去。"

陈德媛和叶姬都不敢乱说话，一个麻利地掌灯，一个乖巧地倒茶。

"今夜到柘林湾装船，都预备好了吧？"林道乾问。

梁有训在林道乾前面的一把长条凳上坐下，道："正要禀大帅，往壕镜那边输货这事，还是先放放吧。"

"这他郎奶的为哪个？"林道乾不满地说。

"壕镜那边的佛郎机人太不够意思，咱要他只和咱一家做买卖，不准接别人的货，可他们硬说甚公平……"梁有训挠挠头，"嗯，公平竞争？对对，公平竞争。那咱的货价钱就上不去啦。"

"甚样是他郎奶的竞、竞什么争，"林道乾不屑道，"给老子派几十艘船，绕着壕镜岛转他郎奶的几圈，谁敢给佛郎机人输货，给老子灭了他！"

“这……”梁有训露出为难的神情。

“若不是俞大猷、戚继光两个老儿逼得紧，老子连劫带抢就足够了，还他郎奶的辛辛苦苦做生意？”林道乾说着一拍几案，“来他郎奶的个利索点的，到壕镜抢佛郎机人一把！”

“大帅，佛郎机人的火炮太厉害，”梁有训劝道，“这边有的是吃食儿，何必非找他去抢？大帅自谓不能居人下，一直欲收招海上精兵，志在做老船主，而时下的情势，是时候了。”

“真他郎奶的到时候了？”林道乾兴奋地问。

梁有训喝了口茶，做出要长篇大论的架势：“胡宗宪率俞大猷、戚继光剿倭十载，浙闽海上巨头尽灭，大帅最敬仰的老船主王直，也被胡宗宪设计给害了。广东这边的曾一本也被俞大猷给灭了。时下正是空档期，我帅要称霸海上，正其时也。打出名望是第一位的，这样才有弟兄投靠，只要人众，进可控沿海，退可占赤嵌，开府称王。”

林道乾蓦地起身道：“老子这就把脑袋别裤腰带上，干他郎奶的一场！”但旋即又坐了下来，顾虑重重道，“可是，俞大猷、戚继光那两个老儿，可不是他郎奶的吃素的。”

“这二人并不可怕。”梁有训不以为然地说，“时下俞大猷已被革职，调到潮州戴罪立功，戚继光接任福建总兵。闽粤两地一向不能协同，他们二人各自能奈我帅何？”他一皱眉头，“只是有一事，如芒刺在背。”

“何事？”林道乾问。

“邵大侠。”梁有训答，“近闻过完年邵大侠就进京了。大帅还记得吗？当年在双屿岛，大帅与他一见如故，无话不谈。”

“那是因为他也佩服老船主。”林道乾解释说。

“可是，他佩服老船主，与大帅仰慕老船主，是两回事。”梁有训道，“邵大侠之佩服老船主，是因为老船主念兹在兹的是敦请朝廷开海禁。多年来邵大侠游走东南，也都是为了此事。此番进京，我怀疑他是游说朝廷重臣，吁请开海禁的。”

“他郎奶的，这个邵大侠，不仗义！”林道乾顿足道，“我啥都给他说了，他跑到京师去交通大官，是不是想带官军来剿我？”说着连连甩手，“不该啥都和他说，他要真给官府画策，他郎奶的，我就完啦！”

"何止呀大帅！"梁有训蹙眉道，"他吁请开海禁，一旦开了，海商可名正言顺交易，官军势必为他们提供保护，那我辈就没有立足之地了。"

林道乾情绪顿时烦躁起来："帅丞有何主张，说出来，干他郎奶的就是了！"

梁有训附耳向林道乾嘀咕了几句。林道乾点了点头，道："有句他郎奶的古话叫'事不宜迟'。帅丞，你这就动身吧！"他又转向仰脸静听的叶姬，"你，随帅丞走一遭，办成这件大事，老子立你坐他郎奶的正宫！"

2

柘林港依山傍海，与南澳岛相距不过八海里，乃粤东第一门户。自隋开始，柘林因海上贸易而兴，至宋而盛，成为南来北往货物集散地，贸易盛极一时。暹罗、倭国及海寇皆泊巨舟于此。但国朝厉海禁，柘林港一度陷入萧条。嘉靖朝起，随着走私大盛，柘林港又悄然复活。

这天亥时，夜黑风高，一艘小船从南澳岛驶来。尚未泊稳，几个黑衣人就鱼跃而下。刚上岸，就被几个巡港兵卒察觉，在暗处喊话道："谁——"

"新船主——"一个黑衣人回答。

兵卒小声嘀咕："嗯，暗号对上了，别管了。"

一个黑衣人一溜小跑，向左近一个叫七夕井的村落而去；另一个黑衣人则又反身回到船上，约莫过了一刻钟工夫，拎着一个重重的包袱，领着一个身穿黑色斗篷的男子和一个身穿黑色霞帔的女子出了船舱，待上得岸来，从七夕井牵来的几匹马已备好。穿斗篷的男子吩咐一个黑衣人，把女子拉到他身边吩咐道："你，带她直奔魏把总的营帐。"转过身，一挥手，"弟兄们，上马！"

几个黑衣人上了马，直奔柘林镇而去。

柘林镇东南角，黑暗中，几只大红灯笼在风中摇曳，近前细观，是个大院落，门额上书"潮春丽院"四个大字。骑马的黑衣人在首门前下了马，身披黑色斗篷者把包袱递给一个身材高大的黑衣人，低声道："徐三兄弟，这有纹银三千两，路上先花着，到得京师，可到西城劈柴胡同找陈大春陈侍郎，就说是新船主的人，陈侍郎会关照。"说着，把一封密函递到他手里，"万勿遗失，面交陈侍郎。"

叫徐三的高个黑衣人接过包袱，躬身道："帅丞放心，待我兄弟进了京师，就是那个王八蛋的死期！"说罢，拉了一把正向潮春丽院的首门张望的矮个子黑衣人说，"李黑，走吧，哪里都有女人。"

别过徐三、李黑，四个黑衣喽啰护卫着梁有训进了潮春丽院的首门，与老鸨略事寒暄，就被领进一个幽静的屋子。这里早被梁有训花钱长期包用，实为他与官军、官府人等私会之所，概无闲杂人等出入。

四个喽啰警觉地在门外守护。

进得屋内，梁有训甩下斗篷，推开一扇窄门，穿过步廊，进了一个宽展的房间。

"喔呀，铭翁驾到，有失远迎，恕罪恕罪！"一个赤身裸体的男子刚从女人身上滚下来，边穿衣边道。又对床上的女子道，"朋友远道而来，你先出去。"梁有训秀才出身，字纪铭，对方遂有此称。

待女子走出房门，梁有训才笑着道："扰了纬翁的雅兴，恕罪恕罪！"被叫作"纬翁"的，是潮州府推官来经济，字经纬。他所任推官之职，乃知府衙门掌理司法之官。推官与知县本由进士分发出任，只因岭南距京师遥远，进士无不视为畏途，吏部只得在广西、福建、江西及湖广等省选用举人就近分发到此充任推官、知县。

"纬翁可有好事？"梁有训礼貌地问。

来经济一摇手："哈！铭翁是晓得的，学生只是举人出身，治绩再佳，也无前程可言。哪里会有好事？"

"也是。"梁有训道，"既如此，莫如捞实惠咯！"

"呵呵，铭翁一针见血。"来经济一笑道，"这不，学生到潮州不久，就与铭翁结交，一则钦佩铭翁的为人，再则嘛，哈哈哈！"

"纬翁给林掌柜帮衬不小。"梁有训抱拳道，"官府动向、官军行止，皆在掌握中，多亏了纬翁。"

来经济收敛笑容，道："前两天说的那件事，要快办。"

两天前，来经济向梁有训通报说，驻守柘林的四百水兵，五个月没领到粮饷，把总魏宗瀚有哗变之心，梁有训闻之大喜。魏把总负有守卫柘林港之责，梁有训早已将其买通，林道乾的人，只要与守港兵卒对上"新船主"这个暗号，就可在海上、陆地畅行无阻。今夜梁有训就是为此事而来。他听来经济催促，便从怀中掏出两颗夜明珠，递给来经济："这个是林掌柜奉献，请纬翁笑纳。"

来经济惊喜道："喔呀，这可是稀罕物，太贵重了，学生不敢擅专。"一边却把夜明珠塞进袖中，"林掌柜有命，学生敢不效力？可潮州知府新近易人，新任知府侯必登，是个难对付的角色。"

"何以见得？"梁有训追问。

"此公初到，潮州府属员、各县知县援例赘见，他却将奉礼一一退回。"来经济说，"这真是从未遇见过的。"

梁有训笑道："初来乍到，做做样子嘛。抑或是看不上那些个薄礼也未可知。"

来经济摇头："不特如此，此人一反常态，履任旬日，皆不在府衙当值，整日微服私访，这两天就要到柘林巡视。"

梁有训闻言，站起身道："学生这就去谒魏把总。"

须臾，几匹快马就到了魏把总的兵营。对了暗号，一个兵卒就领着梁有训一行到了魏把总的营帐。魏把总慵懒地坐在一把高高的座椅上，抱拳相迎。

"老总，怎么样？叶姬的功夫还不错吧？"梁有训挤挤眼，问。

"林掌柜调教过的，错不了。"魏把总心满意足地答。

入了座，左右看茶毕，梁有训装作很是忐忑的样子："老总，大事不妙啊！"

"嗯？有甚不妙？"魏把总懒洋洋地问。

"适才下船时，遇到几个陌生人，我辈急忙躲避，听闻是潮州府的逻卒，奉知府之命来暗访的。若不是我辈说是兵营里的人，差一点被带走了。"梁有训编造说，"叶姬也被他们看到了。万一他们看出端倪，给老总扣上一个通倭的罪名，那就有杀身之祸啦！"

魏把总把手一挥，道："怕甚？老子何止通倭，老子正想着要做寇哩！"

国朝军制本为卫所，军事要地设军卫，其下依序有千户所、百户所，各卫所隶属于五军都督府，亦隶属于兵部，有事从征调发，无事还归卫所。将士则从在籍军户抽丁而来。嘉靖朝，南倭北虏之患日炽，不得不在卫所以外招募兵勇，东南沿海竟以募兵作为主力。或官府招募，或军官乃至民人自出资财，募兵为营，随军报效。由此，军、兵分途，军即指来自军户的卫所将士，兵则由募而来，由什长、队长、哨官、把总、守备、都司、游击、参将、副总兵、总兵统属，兵不世袭，不终身服役，战时创设，事毕汰兵撤营，官无品级，不需兵部任命，直接由总、副、参、游统带出征。魏把总乃是潮州府前任知府所募，知府去后，所募魏把总一营水兵军饷无着，已使魏把总怨气冲天；忽又有名将俞大猷派驻潮州之事，俞大猷此来，显系是要剿灭倭寇海贼的，一则俞大猷募有"俞家军"，魏把总的一营水兵就是杂牌，势必成为剿贼的先锋，送命的霉头；二则多年来与梁有训等海贼打交道，魏把总对海贼的营生竟生出几分歆羡，遂起叛心。

梁有训本是吓唬魏把总的，以坚其哗变之心，听他一说，心里暗自高兴，又煽惑道："是啊老总，老总受募来此，本是为求富贵潇洒的，如今不要说富贵，连饭都吃不上，林掌柜闻此，为老总扼腕。"

魏把总道："今日就听老夫子一句话，若大帅诚心收留，只要大帅有令，魏某不敢有片刻迟疑！"

"那好！"梁有训"腾"地站起身，正色道："魏把总，梁某就是衔林大帅之命而来，证据就是叶姬，她可是大帅寝帐挂第二牌的，大帅今日特遣于魏把总享用，无他，端为表达有福同享之意。"

魏把总也站直了身板，道："如此，则请老夫子传达帅命！"

梁有训双臂下垂，郑重道："大帅意已决，明日戌时三刻，点火把九支为号，贵我两支兵勇，均脱巾束发，两面夹击，进攻澄海县城！"

3

文渊阁坐落于午门内东南隅，阁南边凿一方池，引金水河水流入，池上架一石桥，石桥和池子四周栏板都雕有水生动物图案，灵秀精美；阁北边以湖石堆砌成山，势如屏障，其间植以松柏，郁郁葱葱。文渊阁两山墙青砖砌筑，直至屋顶，简洁素雅。黑色琉璃瓦顶，绿色琉璃瓦剪边。阁之前廊设回纹栏杆，檐下倒挂楣子，加之绿色檐柱，苏式彩画，凸显园林建筑风格。阁南向，门西向，上下两层，西尽间设楼梯连通上下。腰檐处设有暗层，面阔六间，底层有厅，谓之明堂，恭设孔圣暨四配像，旁四间各相间隔，而开户于南，为阁臣朝房；二层中间有大堂，谓之中堂，乃阁臣议事之所，中堂两侧东西各两间南向房间，也用作阁臣的朝房。

这，就是国朝的政务中枢——内阁的廊署了。

国初，太祖诏罢中书省，废丞相。但后世皇帝仿宋制置殿阁大学士，定华盖殿、武英殿、文华殿、文渊阁、东阁大学士各一人，仅备顾问。英宗时，文渊阁成为大学士专门入直之所。进入嘉靖朝，大学士位极人臣，内阁之权日重，遂命工匠相度，阁东诰敕房装为小楼，以贮书籍；阁西制敕房南面隙地添造卷棚三间，以处阁臣之书办文吏，而阁制始备。

嘉靖四十五年四月初十，破晓时分，新任内阁大臣高拱的轿子就在文渊阁前落降。高拱下轿，映入眼帘的，是门前的花坛，花坛内植芍药，首夏四日盛开八花，纯白者曰玉带白，纯红者谓宫锦红，澹红者称醉仙颜……这是昨日到阁时，首相徐阶一一知会明白的。

高拱三月二十八日接到入阁特旨，照例谦辞，皇上照例驳回，遂到鸿胪寺报名廷谢。随之，徐阶、李春芳向新同僚郭朴、高拱发出《郭东野、高中玄二相公到任请启》，选定到阁吉日四月初九。昨日，郭朴、高拱相约而来，一整天，都是行礼如仪的客套。内阁同僚互拜，接着，部院寺监堂上官、科道翰林，分批来贺。真正当值，今日是第一天。

绕过花坛，入门有一小坊，上悬圣谕："机密重地，一应官员闲杂人等，不许擅入，违者治罪不饶。"高拱仰望圣谕，庄严、神圣之感油然而生。生为炎黄子孙，读书明理，入仕为官，谁无有朝一日入阁拜相之梦！而今梦想成真，纵目乾坤，俯仰六合，俊杰忠悃之慨，凛凛犹若神明，自感为国尽忠之心，耿耿可昭日月！

可是，进得阁中，却是冷冷清清。高拱在明堂站立良久，才有几个文吏、承差跑来，掌灯看茶，这时，郭朴也到了。

"东翁，这是甚模样！"高拱在抱拳施礼时，禁不住发了句牢骚。

大明首相

第一部

陷阱重重

郭朴个高而身瘦，微微弓背，他性情平和，听了高拱的话，微笑道："中玄，阁臣俱在西苑直庐当值，文渊阁冷清是正常的嘛。"

正说着，一个叫姚旷的书办疾步走了进来，气喘吁吁道："徐阁老请郭阁老、高阁老到西苑直庐当值，不必到文渊阁来。"

高拱和郭朴并非不知，但昨日从文渊阁离开时，高拱特意对郭朴说，文渊阁乃内阁廊署，相沿百年，首日当值，当先到文渊阁来，再去西苑直庐，郭朴接受了高拱的提议，两人才刻意到这里来的。

"两位阁老，适才下吏从承天门过，听说兵部门口有人打起来了。"姚旷又道。

"何人在兵部门前打架？又为何打架？"高拱厉声问，好像打架的是姚旷。

"听说，是……"姚旷的话未说完，只见兵部尚书霍冀急匆匆进来了。

"老天爷开眼啊！"霍冀激动地说，"真有人在，真有人在，那就好，那就好，快去西苑，禀报元翁一声，请他快快召见霍某，十万火急，十万火急！"

"像这般语无伦次，张皇失措，岂不有失大臣体统！"高拱对霍冀斥责道。霍冀说话语无伦次固然令他感到不悦，最让他生气的是霍冀对他和郭朴两位阁臣的轻视，听霍冀的口气，在他心目中，似乎徐阶就是内阁，内阁就是徐阶，而他们只是陪衬而已。

内阁大臣体制上虽不是六部的上司，但部院失去内阁支持很难运转，尚书对阁臣也不能不敬惧三分。霍冀遭高拱一顿斥责，虽内心不忿，也还是忍住没有顶撞，只是气氛显得尴尬。

"姚书办，你快去西苑向元翁禀报，就说本兵有十万火急军情要奏报。"郭朴吩咐道。本兵，是官场对兵部尚书的简称。

霍冀向郭朴拱手致谢，郭朴一笑道："呵呵，大司马，高阁老也是替你着急，并非有意苛责大司马。"霍冀也就顺坡下驴，"禀二位阁老，霍某也是着急啊！时下阁臣不在文渊阁当值，有急事到内阁找不到人，而西苑直庐又非我辈任意进出，十万火急的事都不知去哪里请示，今日兵部门前打成一锅粥了，霍某焦头烂额，无奈之下，适才是想来文渊阁碰碰运气的，见阁中果有灯火，霍某一时激动，才……"

高拱忙问："兵部门口打架，是怎么回事？"

霍冀道："北边有大同、宣府、朔州、昌平、蓟州各镇送塘报的；岭南有俞大猷送塘报的，有桂林送塘报的，挤到一起，争先恐后，起了争执，竟至扭打。"

高拱一听不觉焦躁起来，忙问："都是甚军情？大司马不妨说来听听，一起商榷个法子出来。"

霍冀略感吃惊，踌躇片刻道："不是霍某信不着两位阁老，是怕因为霍某举动给内阁添乱，是故……"

郭朴听出来了，霍冀是担心，未经徐阶同意，先和他们两个新晋阁臣商榷军国政务会引起徐阶的不满，便道："也好，报于元翁，请元翁定夺吧。"

"大司马，你与我同去！"高拱以决断的语气道，"军情紧急，内阁理应与本兵研议御敌之策，高某权且就做一次主，请本兵去西苑直庐。"

"这……"霍冀看着郭朴，想让他解围。

郭朴道："也罢，何必非等元翁来示再动身。"

霍冀听郭朴如是说，也就不再踌躇："那最好不过。"

"东翁，催你的轿夫快着点。"高拱边走，边对郭朴道，"你的轿子在前面，你不快都快不了。"

"高阁老就是急脾气，呵呵呵！"郭朴对霍冀一笑道。

三顶大轿出了承天门，右拐上了长安街，快速西行，到得西苑门，郭朴、高拱和霍冀都下了轿。徐阶拨给两位新任阁臣的书办已在门外守候，手里拿着进出西苑的腰牌，牵着皇上特赐的坐骑。西苑是禁地，皇上赐阁臣可以骑马，当年严嵩八十岁寿辰时皇上特赐可乘肩舆，竟被视为殊荣。

霍冀没有腰牌，无法进门，正着急间，先行到西苑禀报徐阶的姚旷拿着腰牌出来了，霍冀这才进了门。

"我和郭阁老先到元翁直庐去，候着大司马。"说罢，高拱和郭朴上马而行，霍冀则只能步行，向徐阶的直庐赶去。

郭朴和高拱到得徐阶的直庐前，远远就看见徐阶率李春芳及中书舍人、书办文吏站在门首迎接。郭朴、高拱下马施礼相见，被徐阶迎进直庐。刚进花厅，尚未落座，高拱就道："元翁，本兵有十万火急军情来报，随后即到。"

徐阶佯装没有听到，笑着道："今日安阳、新郑二公到直庐履任，徐某不胜欢忭，冀与兴化、安阳、新郑三公协力共济，辅佐圣天子臻于盛治。"

国朝阁臣间，有以籍贯代称之例。李春芳是南直隶兴化人，郭朴是河南安阳人，高拱是河南新郑人，徐阶即以此称之，并提议此后阁臣间皆以籍贯代称。徐阶已六十三岁，嘉靖二年进士，入阁十余年，李春芳、郭朴、高拱皆云还是以"元翁"尊称之，徐阶也欣然接受。

"按例，阁臣分阅章奏文牍，轮流执笔票拟，"徐阶捋着花白的胡须，继续向新同僚交代内阁办事规矩，"安阳、新郑二公甫履任，这几日，可仍由兴化秉笔，二公传看，最后老夫阅看后上奏。"顿了顿，又道，"需研议事，老夫当请诸公来议。"言毕，向外喊了声，"来人，请二阁老到直庐去。"

一干人等拥进来，引着郭朴、高拱出了徐阶的直庐，徐阶礼貌周全地送到首门，正巧霍冀气喘吁吁地赶到了。

高拱忙道："元翁，本兵来了，元翁看，是不是……"

徐阶沉吟不语，良久，才缓缓道："也罢，一起听听吧。"

四位阁臣并兵部尚书进了花厅，依次坐定，左右看茶毕，霍冀一大早着急上火，口干舌燥，端起茶盏就喝，被茶水烫了一下，慌忙吸溜着嘴巴搁下茶盏，"哐"的一声，茶盏盖子滚落下来。

"军国政务千头万绪，遵祖制、援成例，有条不紊地尽心办就是了，似这等火急火燎，不惟乱了章法，也有失大臣之体。"徐阶沉着脸，冷冷道。

徐阶话音未落，高拱催促道："大司马，你就快说吧。"

李春芳、郭朴相顾愕然。他们似乎都听出来了，徐阶的话与其说是责备霍冀的，不如说是说给高拱听的，他自己却未意识到，反而又越位说话，催促起霍冀来。

霍冀弯腰去捡茶盏盖，李春芳站起身，对徐阶施礼："元翁，皇上要的青词，尚未写竣，春芳可否……"

"嗯，此事误不得。"徐阶很是郑重地说，"辛苦兴化了。"语气仿佛是私塾老师对幼稚学童。他又转向郭朴道，"此前皇上有南幸之谕，经老夫劝谏，刻下皇上倒是不再提南幸之事，但圣心怀怒，并未释然，是故斋醮甚殷，青词之供须臾不可断。此事关乎安帝心，慰圣怀，不可小视。安阳，你入直庐，当以写青词为首务。"

郭朴答："元翁放心，朴当谨遵。"

高拱心生厌恶，瞥了李春芳一眼，目光中流露出些许不屑。望着李春芳走出首门，霍冀才清了清嗓子，刚要说话，徐阶笑了笑道："本兵先吃口茶再说，茶，此时已吃得了。"

"谢元翁关照！"霍冀答，一口气把一盏茶饮干，一抹嘴道，"禀元翁，兵部接连收到各镇八百里加急的塘报，有三事，欲请元翁裁示。"

"哪里话，老夫岂敢裁而示之，"徐阶谦虚道，"有事阁臣共同商榷，达成议案，揭请上裁。"

高拱心里上火，不停地变换坐姿，几次想开口催促，又强忍住了。

4

兵部尚书霍冀终于说到了正题："俺答率大军三万南侵，始有攻大同、侵宣府之意，故本部令我军急向宣大集结，并调大批客军驰援。北虏知大同防守严密，转攻朔州、忻州，参将崔世荣御敌于樊皮岭，崔参将与亲子崔大朝、崔大宾俱战死。此番内侵，沿途且行且掠，不分兵民，大肆屠戮，损我人畜难计其数。"

"这定然是赵全的主意，"高拱恨恨然道，"欲以杀戮激双方仇恨！"他转向徐阶，提议道，"元翁，北虏敢攻我不备，我自可以其人之道还治其人之身，兵部当传檄宣大，命我军向宁武关集结，来个关门打狗！"高拱多年来一直用心北边防务，又从房尧第那里得到不少讯息，脑海里有一张北边的立体图，知宁武关位于朔、忻之间，北虏南下绕过大同，这里就是他们北返的必经之地，故很快就想出了这个策略。

"高阁老，如此一来，宣大空虚，若北虏突进，攻破大同抑或宣府，谁来负责?"霍冀摸了摸脖子,"那可是掉脑袋的事。"

徐阶淡然道:"北虏侵扰并非始于今日,此番南下,逼近了居庸关?威胁到皇陵?没有嘛!既如此,难道还要渎扰圣听?朝廷有兵部,地方有督抚、总兵,各有职守,兵部檄令督抚将帅尽心御敌就是了。"

"元翁!"高拱语调沉重地说,"多年来,天朝视北虏为抢食贼,似乎只要不存夺取大明江山之念,不侵扰皇陵、威胁京师,就不以为意;边防督抚将帅,也以不被攻破要塞重镇为念,故北虏只要不强攻大同、宣府这样的重镇,就不愿与之战,而北虏侵扰其他地方,将士每每见敌即溃,相望不敢前,任其饱掠而去。北虏正是抓住这一点,胆大妄为,在北边任意来去。这,近乎成了双方的默契。边民生灵涂炭、家破人亡,却无人顾恤;兵连祸结,国库为之空虚,却不能阻止北虏侵扰,委实令人气短!"

徐阶双目微闭,捋着胡须的手微微颤抖着;霍冀露出愕然的表情;郭朴皱眉看着高拱,向他使眼色。高拱却浑然不觉,他喝了口茶,继续道:"元翁,北虏敢涉险掠朔、忻,正是摸清了我朝的底细;宣大有我数十万大军,而此时我一破故套,调数万精锐急趋宁武关,关门打狗,当可将入袭之敌一举歼灭。至于宣大,仍留军防守,即使北虏乘虚而入,仍可抵挡,北虏短期内不可能攻破,而集结于宁武关的大军一旦歼敌,再转头驰援,足可保宣大无虞。"

徐阶笑着道:"新郑,这等事,非阁臣可越俎代庖吧?"

高拱被呛白了一句,欲辩驳,见郭朴一直向他递眼色,不得不忍住了。徐阶慢悠悠呷了口茶,放下茶盏,缓缓道:"兵部不隶属内阁,内阁不应侵夺部院之权。"他仰头指着墙上"以政务还诸司"的条幅说,"严分宜揽权专政之弊,不能重现于今日。"随后又笑了笑,对霍冀道,"大司马,适才高阁老所提关门打狗之议,供兵部酌之。"

好一个"以政务还诸司","还"来"还"去,成了推卸责任的代名词了。兵部说事体重大不敢擅自做主,内阁说"以政务还诸司"应该兵部做主,如此重大军情,却这样推来推去,谁也不愿负责。高拱这样想着,嘴唇微微抖着,刚要开口,郭朴干咳一声,再给他递眼色,示意他适可而止。霍冀看在眼里,知高拱还想坚持他的御虏之策,忙抢先道:"元翁，下吏要禀报的这第二桩事是，"他从徐阶的表态中摸准了底牌——任由北虏抢掠而去，一切就自然复归平静，就不愿再提北边战事，"驻守粤东柘林的水兵四百人，受海贼林道乾蛊惑，脱巾而叛，与林道乾合攻澄海，抢了县库，又转攻广州，势甚张，羊城大恐！"

徐阶沉吟不语，看了看郭朴，似要阁臣先表明态度。郭朴咳了一声，道："福建总兵俞大猷受劾戴罪立功、移驻潮州，俞帅是战将，当命他与海贼死战。"

"林道乾与叛军合攻澄海后，便分头行动，俞大猷两线作战，实在难以对付。"霍冀蹙眉道，"关键是两广总督与广东巡抚一个主剿，一个主抚，军令抵牾，俞帅无所适从。"

高拱正憋着火，遂怒气冲冲道："我看广东巡抚不讲规矩！总督是掌军令、节制武官的最高文臣，巡抚焉能与之对立？"

"呵呵，"郭朴笑道，"新郑有所不知，广东有些例外，不知何时形成了一个惯例，关涉广东的事，皆由广东巡抚决断，两广总督倒是不便插手了。"

"这是甚事？"高拱仍是语带激愤，"既如此，何不裁了总督抑或巡抚？"

徐阶目视前方，不悦道："两广设总督、广东设巡抚，乃祖宗成宪，岂是说裁就裁的？目下是商榷剿贼平叛，何关体制？"言毕对高拱一笑，"新郑，急不得的，内阁每日要处理的事体千头万绪，多半是棘手的难事，不是操切所能解决的，慢慢来。"

高拱心思却还在广东平叛上，并未回应徐阶，盯着霍冀道："既然督抚军令抵牾，那莫不如授权俞帅，让他便宜行事，俞帅久历沙场，经验丰富，值得信赖。"

"这倒也是个法子。"郭朴附和道，又忙转向徐阶，"请元翁裁示。"

"这等事体，兵部该先拿出个法子嘛！"徐阶看着霍冀道，"高阁老所说，若本兵以为可行，就以兵部名义速传檄广东吧。"

"兵部惟元翁之意是从。"霍冀一欠身道，"那就再说第三桩，广西古田僮贼韦银豹，率贼众南攻昭平县城，杀知县魏文端；又反手北向，攻桂林，杀知县并布政使子女五人，袭击靖江王府。"

"古田僮贼叛乱，从弘治朝就起来了，杀官劫库，弘治、正德两朝时就习以为常。"徐阶不耐烦地说,"这等事体,地方督抚自是晓得如何处置。好了,大司马,回去办事吧。"又对郭朴、高拱道,"安阳、新郑,如何?"

"凭元翁决断!"郭朴回应道。

高拱还想再争,徐阶却站起身,大声道:"公牍堆积如山,待办之事甚多,内阁的精力,不能都花在兵部的几件事上,费时已经够多了。"他向郭朴、高拱抱了抱拳,笑着道,"呵呵,也请二位阁老回直庐办事吧。"

守在院中的一干人等见花厅有了动静,忙拥过来,引导郭朴、高拱去各自的直庐。

"国事如此,执政如此,我高某该如何措手足?"高拱仰脸看着苍穹,内心发出痛苦的呐喊。

郭朴看着一脸悲壮的高拱,顿生愁云。

治道分歧内阁不协
遇事争辩首揆生厌

1

天尚未完全黑下来，只是厚厚的云层游手好闲地飘荡着，遮蔽住了夕阳，显得一片昏暗。高拱下了轿，并没有进屋，而是悄然从做餐厅用的西耳房绕到后院北墙边，面墙垂首而立。

高福见状，浑身冒汗，心突突直跳。正房后有三间后罩房，曾是高拱女儿们的居室，自五姐殇后，高拱就再也没有到过后院了。今日一见他满脸悒郁，径直到了后院，高福一阵揪心。

高拱伫立良久，心中默念："边境苍生，朔、忻百姓，高某虽入阁拜相，却不能解吾民于倒悬，救百姓于刀下，眼睁睁看着灭房良机就此错过，心有愧焉，心有愧焉！"

高福、房尧第远远看着，揣知老爷必有心事，不敢近前。约莫过了足足一刻钟工夫，高福忍不住了，上前几步，唤道："老爷，小的和房先生有事要禀。"

高拱并不回应，背过手来，仰天长叹一声，随即转过身，开始在院子里踱步，目光在各处扫来扫去，连无水的空缸也看了又看。

"这座院子，还是嘉靖二十年我入翰林后，从老家筹得六百两银子购来的。"高拱迈出垂花门，回过头来，指着院子道，"住了几十年了。"

"老爷，宅子实在狭窄破旧。"高福皱皱眉头道，"小的听说官爷兴自建宅第呢！"

"跟我觉着吃亏了?"高拱盯着高福道,"来京师不过几载,就沾染上纨绔气息?"见高福吓得低头不敢再言,高拱缓和了语气,"此后在西苑当值,当有夙夜在公之心。此地与紫禁城较远,你要收拾庭院、购菜买水、看守门户,无暇来回穿梭往直庐送吃食衣物,故不能不另选住所。"顿了顿,又道,"崇楼、高福,你们这些日子去西安门外寻觅寻觅,看有没有合适的院子,找到了,把此院售出,搬到那里去住。"

"可是,没有余钱啊老爷。"高福手一摊道,"除非把皇上、裕王赏赐的钱拿出来……"

"混账话!"高拱大声呵斥道,"皇上、裕王的赏赐,待我告老还乡时用,时下有俸禄,焉能动用赏银?再说,卖此买彼,愁银两?就这么定了!"说着,大步跨过垂花门,又叮嘱道,"快点办,别磨磨蹭蹭的!"

"玄翁放心,一定速办。"房尧第答。

高拱边往花厅走,边问:"适才谁说有事要禀,甚事?"

说话间,三人进了花厅,高拱落座后,房尧第手捧簿册道:"玄翁,这是贺玄翁拜相的礼单。"

"礼单?"高拱露出惊诧的神情,"还有人敢给高某送礼?"随即责备道,"谁让你们收的?统统退回去!"

"玄翁……"房尧第想解释。高拱气得喘着粗气,打断他:"住嘴!给我统统退回去!"

房尧第低声道:"玄翁,有些也未必要退。"

高拱闭目仰坐椅上,默然无语。房尧第知他想了解送礼情形,忙念道:"新郑知县送新郑干大枣两担;翰林院……"高拱截住房尧第的话,"干枣?干枣……我看就收了吧。"

房尧第点头,继续道:"翰林院编修张四维送波斯地毯一张;提督四夷馆少卿刘奋庸送贺金一百两……"

"退回去!"高拱厉声打断道,"这个张四维,明知故犯;刘奋庸送贺金,非为我贺,实为己谋。"

房尧第低头顾自念道:"尚宝寺卿徐琨送吴丝两条。"念罢,看着高拱,参议道,"徐少卿乃徐相的公子,退回去怕不妥。不如把新郑知县送的干枣回赠。吴丝是徐相家乡方物,大枣是玄翁家乡方物,相互馈赠,也是人之常情吧。"见高拱不语,房尧第又念,"吏科都给事中胡应嘉送贺金一百……"

高拱一惊,打断他问:"胡应嘉?一百?"

"正是,"房尧第答,把名刺递给高拱验证,"吏科胡科长。"都给事中是各该科言官的首领,故有科长之称。

高拱把名刺丢到一边的茶几上,像是自言自语,又像在求证:"怪哉,胡科长何以给高某送贺金?"

两个月前,胡应嘉刚刚弹劾过高拱的姻亲、工部侍郎李登云,致其被罢职,故而一听胡应嘉有贺金,高拱甚是诧异。

房尧第道:"胡科长此举,要么是以此向玄翁示好;要么就是试探,摸摸底细,看玄翁是不是像官场所传那样一尘不染。"

高拱不耐烦地一扬手:"不琢磨动机,退回去就是了!"

"对了!"站立一旁的高福突然插话说,"今天一大早,有一个小道士来过,送了一个匣子,说是恭贺老爷拜相的。"说着,跑出去到厢房取来,递于高拱。高拱打开一看,竟是一副红珊瑚串珠。细细观看,红珊瑚纵纹排布紧密,颜色明亮鲜活,透出蜡质光泽,拿在手中有份超出意料的沉重感,看似娇嫩的串珠在相互碰撞时却发出清脆硬朗之声。

"喔,好玩意儿!"房尧第赞叹,"据闻珊瑚生长在大海深处,开采极不易,自古即被目为独一无二的千年宝贝。而这红珊瑚,象征沉着、聪敏、平安、吉祥,佩戴此宝物,有驱邪保安之效,乃吾国最古老之护身符也。"

看到红珊瑚时,高拱的脑海里,就闪现出珊娘的影子,又听高福说到小道士,就断定必是珊娘无疑。如此看来,她非但未离开京师,反而做了紫阳道观的道士,忙问高福:"小道士留有甚话?"

"只说此物是老爷的一个友好相赠,别的就没有说啥了。"高福嘟哝道,他担心高拱责备,解释说,"小的死活不愿意收,可那小道士就是不肯收回去。"

高拱把串珠捧在掌中轻轻摩挲着,似要把一腔怜惜之意,都倾注到精美的珊瑚串珠上。良久,才开口道:"这个留下。"说着,把串珠放回锦盒,嘱咐道,"记住,此物,任何人不得触碰。"

房尧第不解，看着高福。高福似有所悟，向他挤了挤眼。

"这几日你抽空去一趟紫阳道观，回访那位小道士，回来向我细细禀报。"高拱吩咐高福道。言毕就要起身，房尧第忙说："玄翁，莫如索性说完吧，玄翁的好友国子监司业张居正，同年、宁夏巡抚王崇古，老部下、辽东兵备道魏学曾，门生、御史齐康，均赋诗相贺。"他又拿出一封函套，"这里还有从福建来的书函。"

高拱接过书函，尚未看完，便抚掌道："嗯……好！"阅罢，他又把珊瑚串珠从锦盒里拿出，用手捻着，沉思良久，顾自点头，自言自语道，"是时候了！"

2

高拱又做了那个奇怪的梦，有关大海的梦。所不同的是，这次，说不清是被巨大的风力还是好奇心所驱使，他紧紧跟在那架高大的车轮后面，随着车轮的滚动向前狂奔着，到处是险滩陷阱、峻岭荆棘，车轮却照样向前滚动，而他则深一脚浅一脚，时而跌倒在地，爬起来，再继续追赶，气喘吁吁，甚是吃力。

不过，这次，高拱远不像第一次做这个梦时感到惊异，反而觉得是某种暗示，虽则梦境中跌跌撞撞地奔跑累得汗水湿透了夹被，醒来后却感到身心清爽了许多。

今年的气候有些怪异，立夏不过半个来月，就闷热起来，像是进了三伏天，令人烦躁。高拱进得西苑，就直奔徐阶的直庐。刚到首门，书办姚旷就迎了出来，满脸笑意却甚是为难地说："高阁老，元翁正在批阅文牍，吩咐下来……"

高拱一扬手："我到花厅候着。"

姚旷也不敢让堂堂的阁老到茶室等候，只得放行，随高拱进了花厅，轻手轻脚地为他伺候茶水。高拱在花厅坐定，闭目梳理自己的思路。自从接到入阁的诏旨，高拱就一直在想，当拿出实招，改变时下一意维持的局面。南倭北虏乃国朝大患，多年来当国者皆无良策，他很想就此有所作为。但朝廷御虏策已隐然定型，昨日甫到阁办事就差一点为此和徐阶闹翻，不得不先放放再说；对南倭，往者他关注相对少些，但也查阅过不少故牍邸报，大体知晓来龙去脉，又从邵大侠那里得到不少启发，渐渐有了些新想法，昨天，看到珊娘所赠珊瑚串珠，高拱已会其意，而福建巡抚涂泽民的投书，则坚定了他以此为突破口的信心，也不由得生出些许紧迫感。今日一大早，就径来谒见徐阶，欲向他陈述己见，以便早日定策。

"来人——"约莫过了一刻钟工夫，里间传来徐阶的声音，姚旷忙从门外跑过去，徐阶吩咐，"请李阁老来。"姚旷领命而去，高拱借机起身走进内室。

"拜见元翁。"高拱施礼道。

"喔，是新郑啊！"徐阶起身相迎，"新郑不必多礼，同僚间，怎说拜见。"说着，走过来拉住高拱的袍袖，与他一同到书案对过隔几并坐，以关切的语气道，"新郑五十开外了，无有子嗣，终是憾事，家事也是要办妥的嘛，呵呵呵！"

"多谢元翁美意，不瞒元翁说，我与元翁弟子张叔大言，相天下者无己；在谢恩疏里也发誓国而忘家，此皆非虚应故事之言。"高拱诚恳道，"故子嗣一事，已不挂在心间。"说着，从袖中掏出一函，"此为福建巡抚涂泽民写来的，敢请元翁过目。"

徐阶既没有夸赞高拱，也没有展读书函，而是长叹一声，意味深长地说："新郑，吾老矣！"

高拱怔住了，良久才道："元翁何出此言？"他不知道，适才他所谓"相天下者无己"和"国而忘家"的说辞，自以为是在表达赤心为国的决心；殊不知，在徐阶看来，这分明是摆出一副肩荷社稷、以天下为己任的姿态，而这，正是徐阶所忌惮的。

徐阶一笑，并不解释："呵呵，老夫二更即起披览文稿，老眼昏花了，"他把书函还于高拱，"新郑，涂巡抚书中说些什么？"

"涂泽民说，所谓倭寇，十之八九为我朝海商，沿海已呈民寇一家之势。"高拱把来书中自己印象最深的话先说出来，作为铺垫，随即概括说出了涂泽民的观点，"涂巡抚言，绝倭患，非剿所能奏其效，时下虽经力剿而暂平一时，若无根本之策随即跟进，则所谓倭患不旋踵必再起。根本之策者，开海禁也。他欲上本提此议，因我与他乃同年，故特修书试探朝廷风向如何。"士林风气，同科进士互称同年。

徐阶悠然地捋着胡须，面无表情地问："新郑以为，此策可行否？"

"元翁，国朝南北两欺久矣！公帑、兵力消耗甚大，皇上宵旰所忧，天下百姓苦之，"高拱情绪激动地说，"一旦开海禁，绝倭患，则可集中精力对付北虏，南北两欺之局当可解之，此其一。自海瑞上疏，皇上深受刺激，也有振作以新治理之愿，吾辈辅佐皇上，当为之画策促成，而开海禁乃大举措，东南绅民必为之加额庆，正是新人耳目之举。是故，开海禁，上可遂皇上新治理之愿，下可振绅民新气象之心，此其二。"

"当行，不等于可行。"徐阶笑着说，"祖制皇皇，国策久定，贸然更张，势必人言籍籍，物议腾天，此其一；圣躬违和，务求清静，岂可以此再添纷扰？此其二。"他侧过脸来，看着高拱，语甚和蔼地说，"新郑求治之心，老夫能不体谅？敝邑松江，倭患尤烈，究根溯源，岂不晓乃海禁所致？开海禁，亦是老夫私愿。然则，我辈在政府，平章天下事，当以皇上为念，便是宜行之政，亦要把握时机，徐图缓进。所谓欲速则不达，请新郑酌之。"

高拱原以为，徐阶家乡在松江，深受海禁之苦，开海禁当能求得他的谅解，没料到徐阶会说出这番话，不觉火起，脖子一梗道："皇上受海瑞上疏刺激，屡屡表达新治理之愿，政府焉能漫无区处，无所作为？"昨日御房策被徐阶变相否决，今日开海禁之议又被他拒绝，而且照徐阶的说辞，时下最好甚事也别做，这让高拱感到难以接受，也顾不得礼貌，顶了他一句。

徐阶眼睛直勾勾地看着高拱，自当国以来，内阁里还没有人对他如此说话，不意高拱甫入阁，就出言顶撞，这让他感到难堪。但他藏而不露，反而笑着说："呵呵，老夫尚未来得及与安阳、新郑二公商榷治道，也难怪新郑误会。"顿了顿，又道，"新郑，治国之道，当有所为有所不为。吾闻新郑颇有移风俗之念，此与老夫甚合。老夫当国，矢志不渝关注者，就是移风俗，正人心。所谓有所为者，即在此也。"

听徐阶如是说，正在气中的高拱释然了，毕竟新入阁，再固执己见势必与徐阶闹翻，这是他所不愿看到的；况移风俗、正人心，确是他希望做的，若以此为突破口，针对官场弊病，次第革除之，也不失为新治理的一个举措。是故他也就缓和了态度，诚恳地说："如今官场奔竞成俗，贿赂公行，遇灾变而不忧，非祥瑞而致贺。吹吹拍拍，流为欺罔，士风民心，颓坏极矣。此天下之大忧也。故移风俗……"

高拱尚未说完，徐阶就笑了笑："呵呵，新郑认同，这就好。"但他似乎不想就此深谈下去，而是转移了话题，"今有一事正欲与新郑商榷：翰林院掌院学士空缺待补，吏部尚书杨博来咨商，新郑以为谁可任之？"

"不是政务还诸司吗？用人是吏部职权，内阁何以要过问？"高拱暗忖，转念一想，这是徐阶向自己示好，表达尊重之意，不必苛责了吧，遂脱口而出："张叔大乃合适人选。"话一出口，就悟出了，张居正恰是徐阶心目中的人选，故意让他说出来，既达到用自己欣赏的弟子之目的，又让他觉得受到尊重，真不愧官场老手。

"张叔大资历浅，老夫恐有任用私人之议，"徐阶道，"既然新郑以为可用，那老夫不妨向吏部举荐。"说罢，对外间喊了声："李阁老到否？"

"春芳候谒中！"是李春芳的声音，"听元翁吩咐。"

徐阶喊姚旷："姚书办，去把案上已览文稿拿于李阁老。"待姚旷拿走厚厚的一摞文稿，徐阶站起身，对高拱道："新郑，请移步外间稍坐。"

徐阶、李春芳、高拱在花厅坐定，李春芳边翻看文稿，边"啧啧"道："喔呀！听姚书办说，元翁二更即起，披阅文稿，实在令春芳感动。"他转向一脸茫然的高拱，"数日前灵济宫聚众讲学，凡百数人到场，元翁实主其盟，然因元翁当值不克赴会，就命春芳代为主持，会中散发了元翁所订《明道先生定性书》《为官须先识仁》二篇，与会者讽咏而商榷之，既各出所见，就正于元翁。元翁对所呈文稿——细心批示。"

高拱从鼻中轻轻发出"哼"声，原以为徐阶是在处理政务，竟是干这等事。

京师自严嵩当国，忽起讲学之风。始乃在野名流出面主持，后官场中人也热心参与其间。徐阶当国后，索性亲自主盟，高拱、张居正者辈对此甚为不屑。听罢李春芳所言，高拱无论如何说不出恭维徐阶的话，只是强忍着没有出恶语。

"适才老夫与新郑言及治国之道，"徐阶开言道，"当务之急，在移风俗、正人心，此乃诸公共识。"他扫了李春芳、高拱一眼，见两人点头，继续道，"欲除弊政，移风俗，必先正人心，欲正人心，端在教化，欲善教化，必从讲学始。"

高拱闻言，大失所望，这才明白，徐阶的所谓治道，竟然是透过讲学以正人心，而讲学，就是他正人心的抓手；正人心，就是他的治国要领！既然徐阶把讲学提到如此高度，高拱也就不能再像过去那样只是私下非议一番，于是道："元翁……"

徐阶伸手做制止状："新郑，等老夫把话说完。"他呷了口茶，"或许有人会说：居庙堂处公门者，皆读书登第之人，对名教贤训早已了然在胸，讲学还有何益？其实不然，今士林之病，最是先学作文干禄，为了科考做官，死记硬背，不暇深究义理，焉能掌握名教精髓？而讲学则不同，听讲者已是为官之人，无干禄之诱，纯然为重新研习名教贤训，得其精髓，以端正为官理念，审视自己的行为，符合名教贤训者发扬之，不符合者摒弃之，是故，讲学足以收正人心、清政风之效。孟子曰：人心不正，则一膜之外皆胡越。只要人心正，则虽四海五洲、兆民之众，足可治矣！"

"元翁所言，振聋发聩！"李春芳附和道，"所谓世道之隆替系于人心，人心之邪正系于教化。只要所有官员识仁、定性，则人心丕变，士风吏治翕然改图，旋乾转坤，真易如反掌。"

高拱对直接与徐阶争辩有所顾忌，李春芳一插话，倒正给他一个辩驳的机会，遂嘲讽道："讲学足可旋乾转坤？可我闻科道抨击讲学谈虚论寂，开团团伙伙之门，当禁。"

几个月前，礼科给事中张岳上《辩诚伪以端士习疏》，痛诋官场讲学，建言欲端正士风、杜绝门派，当禁官员开讲坛。旋即，吏部以晋升张岳之职为由，外补为云南参议。徐阶自是知晓高拱所说言官抨击讲学之事，脸色阴沉下来。他听出来了，高拱对他秉持的讲学以正人心的治道不认同甚至嗤之以鼻。这让他感到难堪、愤怒。但徐阶经历过宦海沉浮，修炼出足够的涵养和忍耐力。他长叹一声，缓缓开言道："近来老夫反复研读宋史，读到王荆公变法，每每慨叹不已。想大宋积贫积弱，王荆公以天下为己任，大破常格，兴利除弊，变法图强，何等气概？然则，事与愿违，不惟未能挽救危机，反而自己身败名裂，后人焉能不掩卷叹息！"

李春芳、高拱有些茫然，不知徐阶何以把话题扯到宋史上。自南宋以降，王安石就是误国的代名词，人人口诛笔伐，徐阶以惋惜的口气谈到他，倒是令高拱感到意外。

"是王荆公有私心，无报国之志，乏谋国之才？非也！"徐阶连提三问，自问自答，又问李春芳、高拱，"那何以有此结局？"

高拱低头品味着徐阶的话，隐约感到弦外有音；李春芳则憨厚一笑："愿闻元翁卓见。"

"老夫焉敢品评王荆公？"徐阶道，"程、朱、陆三大儒倒是有品评。程朱皆谓荆公不懂得儒学的精髓，当他说儒学之道时，已经背离了'道'；陆九渊是同情王荆公的，但他也说，王荆公不懂得心是为政之本，不造其本而从事其末，末不可得而治矣。"他笑了笑，"呵呵！兴化、新郑，此为先贤之论，供二公酌之。"

高拱终于明白了，徐阶是拿王安石误宋故事来批评他，心里骤然凉了半截，暗忖：看来，我与徐阶在治道上有着根本分歧，难怪自己提议每每被他否决。想到这里，高拱不禁急得额头冒汗，以恳切的语气道："元翁，王阳明先生为时下士林所崇，但阳明心学与宋之理学，差异就很大，由此可见，所谓名教贤训，也是见仁见智，施政，恐还是牢牢把握一个'实'字为好。"

徐阶一笑："呵呵，新郑，商榷学问此非其时，还是分头办事去吧，有暇再向新郑讨教学问。"说着，顾自起身，就要往里间走。

"元翁，说到办事，我欲进一言。"高拱也站起身，很是郑重地说，"所谓朝廷者，内有乾清宫，外有文渊阁，是国朝政本之地；直庐乃为助皇上修玄所设。按例，阁臣有事在直，无事在阁，然刻下阁臣悉数在直庐办事，为便于沟通部院，阁臣宜到文渊阁轮值。"第一天入直到文渊阁的经历，让高拱感到有必要向徐阶提出这个建言。

徐阶愣住了，良久才缓过神来，面带愠色，问："新郑说甚？"

高拱并没有觉察到徐阶的不悦，重复道："我是说，四阁臣宜到文渊阁轮值阁务，不知元翁尊意如何？"

徐阶不答，故意问："哦，老夫忘记了，新郑入直几天了？"

高拱觉得徐阶问得好笑，但还是答道："第二日。"

"喔，刚第二天，老夫恍惚了，以为新郑入直已然甚久了。"徐阶冷笑着说，"如此甚好！轮值与否，老夫不敢妄言，就请高阁老拟个公本，呈请圣裁吧！"言毕，用力一甩袍袖，气呼呼地向内室走去。

高拱正为徐阶采纳自己的建言而欣慰，一眼望见他怒气冲冲的样子，不觉满腹狐疑：都说此老城府深不可测，此时因何怒形于色？

3

兵部尚书霍冀虽是四川人，却喜欢听戏。昨夜因为听了一场南曲，睡得很晚，今日迟迟未到部。武选司员外郎曾省吾已经来了三趟了，还是没有见到尚书的人影。眼看到了午时，霍冀才懒洋洋地下了轿，迈着方步进了尚书直房。

"大司马！"等候在直房门口的曾省吾施礼道，"这里有两件公牍，如何办理，下吏想请大司马示下。"

"不急，不急嘛。"霍冀摇手道。兵部最怕接到羽书塘报，那是有战事的标志，相比之下，正常的公牍，就算不上急件了。

"大司马晓得的，时下的政府不同从前了，有些事办得慢了，免不得被责备。"曾省吾跟在霍冀后面劝道。政府，是对内阁的代称。

霍冀冷笑道："本部堂晓得，不就是高新郑吗？新来乍到，就指手画脚的，说甚阁臣要到文渊阁轮值，对元翁甚不尊重！"他扭头望了曾省吾一眼，突然意识到他是张居正的同乡、幕僚，而张居正既是徐阶的得意弟子，又是高拱的好友，在曾省吾面前说话还是谨慎些为好，遂叫着他的字道，"三省，有些话，出去不可乱讲喔！"又一笑，"三省，你署理郎中多久了？"不等曾省吾答话，又道，"本部堂心里有数，安心办事就是了。"

"多谢大司马栽培！"曾省吾鞠躬深揖道。说着，把手中的文牍恭恭敬敬摆到了霍冀的书案上。

霍冀并不翻看，而是悠然地喝着茶，摇晃着脑袋，似乎还在回味听曲的美妙时光。曾省吾几次想开口，都怕扰了尚书的雅兴，待他伸了伸懒腰，打了一个长长的呵欠，方道："大司马，这两份文牍，都是大内批红，下本部议处题覆的，关涉对督抚、总兵的处分。"

霍冀没有接茬儿，问："喔，快该用餐了吧？三省是钟祥人，喜川菜吗？"他咽了口唾液，"川菜尚滋味，好辛香，真乃佳肴也。宋时川菜还是很有名的，川食店遍及京城开封，深受食客青睐。不知何故，到了本朝，川菜像是销声匿迹了，想吃口川菜，也找不到合适的馆子。"

曾省吾忙道："大司马爱乡之心，令人敬仰。容下吏四处打探一下，向大司马禀报。不过湘菜也是口味不错的，若大司马不嫌弃，可否劳大驾到湖广会馆一行，品尝一下正宗的湘菜？"因恐失去禀报的时机，未等霍冀答言，即转移话题说，"大司马，御史弹劾俞大猷交通夷狄之事该如何处分？"说着，拿起已放在书案上的一份文牍，递到霍冀手里。

"交通夷狄？"霍冀一惊，把文牍丢在书案上，恨恨然道，"这个俞大猷，真是不可救药，革职！"

"禀大司马，俞大猷已然是革职了，戴罪立功的。"曾省吾皱眉道，"难就难在这里。"

"有甚难的？身为军帅，胆敢交通夷狄，拿京师勘问！"霍冀语调轻松地说。曾省吾"咝"地倒吸口气，似有话要说，霍冀正为自己的决断感到得意，便以不容置疑的口气道，"按本部堂说的办。还有一件，是怎么回事，一并了结。"

曾省吾只得说："俺答率虏骑袭朔州、忻州，大掠而去，按例当追责。吏部议处文臣，本部议处山西、大同两镇武将。"

"好了！"霍冀不耐烦地说，"这都是惯例，从重议处就是了。"

"武将乃本部选任，还是要保护吧？"曾省吾试探着说。

"使不得。"霍冀诡秘地说，"皇上愤于南北两欺，每每拿战败的将领撒气，杀总兵是家常便饭，杀督抚也屡见不鲜。"他轻捻胡须，以教诲的语调道，"皇上总要出口恶气吧？对武将不从重处置，势必把账记到文臣头上，兵部可都是文臣。是故，凡遇此类事体，即对武将从重处置。记住本部堂的话，遇事就不再为难了。"言毕，挥手示意曾省吾退下。

曾省吾刚施礼走出几步，霍冀突然想起，昨晚乃是在湖广会馆看的戏，是石首人、宣大总督王之诰差人请去的，临别，还有一个沉甸甸的锦盒相赠，不是宝石就是金子，霍冀没有打开，但已明其意，遂忙叫住曾省吾道："三省，你到吏部走一趟，看看他们对督抚议处情形，宣大总督王之诰不宜追究。若吏部有异议，不妨再加重对武将的处置，杀他一两个将官也无妨。"

"这……"曾省吾转过身，面露难色。

"元翁当国，以宽大为念。对文臣，能宽则宽；吏部乐得顺水人情，多半不会驳回。"霍冀为曾省吾打气道，"你去就是了。"

曾省吾见霍冀连文牍也不看就做出决断，还为自己的圆润老练颇自得，内心大不以为然，又不便表露，只得喏喏告退。他快步出了兵部，径直去了间壁的翰林院，进了掌院学士的直房。

新任翰林院掌院学士张居正见曾省吾进来，也不起身，只是放下手中的文牍问："三省，此时跑来做甚？"

曾省吾顾自坐在书案前的一把椅子上，把适才在霍冀直房的经过说给张居正听。他是湖广钟祥县人，比张居正小七岁，中进士晚三科，由富春知县转任主事、升员外郎。此人小个子，大脑袋，高高的额头占去半张脸，绝顶聪明，尤善谋略。他视张居正为湖广乡党领袖，凡事都愿与他商榷，为他画策。

待曾省吾说完，一直沉默的张居正才开言道："三省看，堂堂的兵部尚书，就是这么为国家办事的。更令人寒心的是，彼辈还为掌握了为官处事的诀窍而洋洋自得。可偏偏这类人，在官场混得颇滋润。"

"我此来非为此也。"曾省吾道，"太岳兄，听本兵的意思，内阁已然不协？"

"三省，不瞒你说，这是我预料得到的。"张居正怅然道，"无论是治道抑或行事风格，徐与高都很难融洽。"

曾省吾道："太岳兄是徐相的弟子，又是高相的好友，这下太岳兄岂不是很为难？"

"嘉靖朝的内阁，已有政府之尊；阁臣俨然宰相，然威权日盛则谤议日积；谤议日积则祸患日深。内阁何时风平浪静过？"张居正答非所问道。

第九章　治道分歧内阁不协　遇事争辩首揆生厌

127

"正因为有了权力，是故才争来争去。"曾省吾阐发说，他突然两眼发光，一笑道，"呵呵，徐高相争，对太岳兄来说，未尝不是好事。"

张居正嗔怪道："三省，这是甚话?"

曾省吾站起身，手扶书案道："徐相最赏识太岳兄，一力栽培，人所共知；太岳兄的才干，外人未必尽知，徐相是知晓的，举朝堪与高相比肩的，惟太岳兄。何况，太岳兄也是裕王的老师嘛。"他拍了一下书案，"喔呀! 说不定延揽高相也是为太岳兄铺垫的，毕竟高相资历深，又是裕王的首席讲官，徐相不好越过他拔擢太岳兄入阁。"

张居正眼皮向上一翻，道："三省，好啦，别胡乱揣测啦!"

曾省吾喜滋滋道："一旦徐相与高相破裂，势必破格提携太岳兄；而若徐相被高相取而代之，以太岳兄与高相的交情，高相势必也提携太岳兄。"他击掌道，"哈哈! 联翩开坊可期，张院长的好运来咯!"

张居正脸一沉，厉声道："休得胡言!"

4

徐阶当国五年来，内阁一直沿用阁臣轮流执笔票拟、首揆审定之制。郭朴和高拱入阁后，渐渐形成了事事要经阁议的格局，虽仍由一位阁臣执笔，但要依据阁议票拟，再由徐阶审定。这天，四阁臣在徐阶直庐花厅会揖，李春芳执笔。他举着一份文牍道："广东巡按御史弹劾戴罪立功的革职总兵俞大猷，御批'下兵部议'，兵部以'着锦衣卫逮京拷问'题覆。"

"怪哉!"高拱鼻孔发出"哼"声，以打抱不平的语气道，"目今军中名将，无过于俞大猷与戚继光。俞帅长戚帅二十五岁，从戚帅尚未出生的嘉靖二年起，俞帅就转战东南，四十余载矣! 奇怪的是，每一胜战，俞大猷必受弹劾问罪，只不过战事紧急，委实需要俞帅这样的将才，才免于牢狱之苦，每以戴罪立功之身收拾残局。朝野早有传闻，说俞帅性格刚烈，素不巴结权贵，对巡按御史从不低眉顺眼，是以每每遭到论劾，被劾后又无人替他说话。这次高某倒要替俞帅说句话。"他喝了口茶，"前些时，海贼林道乾寇澄海、哗变水兵犯羊城，粤省人心惶惶，羽书旁

大明首相

第一部

陷阱重重

午；不久，广东有捷报来，林道乾败走，哗变水兵也被平息，本应复俞大猷职，让他做广东总兵，不意竟要逮京拷问，未免太不公平。"

李春芳看着弹章道："弹章云，俞帅率'俞家军'既要对付占澄海的林道乾，又要追剿西移的哗变水兵，顾此失彼。俞帅想到昔年在征讨海贼张琏之战中结识的佛郎机海商迪奥戈哗咧，差人到壕镜相邀，迪奥戈哗咧遂率三百佛郎机人并两队战船，在三门海参战，经此一役，哗变平息。俞帅又率部东移，林道乾遁逃南澳。弹章因此责俞帅'交通夷狄，行同汉奸'。"

郭朴叹息道："往者问罪俞大猷，每以戴罪立功了之；可眼下他已是戴罪立功中，要处分他，也只能是革职闲住或逮治。"

高拱接言道："俞、戚二将乃国之干城，爱之护之唯恐不及，焉能轻弃？俞帅邀夷人助战，也是迫不得已，记得也是在此厅，本兵来禀广东水兵哗变之事，吾辈曾有授权俞大猷便宜行事之议，既然授权于彼，事后焉能追究？"

"喔？"郭朴道，"是有此事，委实不宜追究俞帅。"

"况且，俞帅的所谓'交通夷狄'，是将夷狄为我所用，借其力平叛剿贼，与勾结夷狄祸害国人截然不同。"高拱又补充道，"当把兵部题稿驳回重议，免究俞帅。"

李春芳看着徐阶，等待他的裁示。徐阶却沉默着，良久不出一言。高拱等得颇不耐烦，便催促李春芳："兴化，还有要议的吗？"

李春芳抬眼看着徐阶，见他仍不开言，只得拿起一份文牍，又候了一会儿，才慢慢读起来。乃是吏、兵二部议处朔、忻二州失事文武官员的：大同巡抚回籍听勘；山西、大同两镇总兵、副总兵革职闲住；朔州、忻州守将并镇守宁武关参将、游击逮问论斩。

"朝廷执法首在公平。既是追责，先就要分清责任。"高拱又抢先道，"国朝以文官掌军令，武将悉听其指挥。若处分将领，先就要查明有无违抗军令，不服调遣，或畏敌不战，临阵脱逃。若无此等情节，因何要斩杀？依我看，这件事，且不说兵部的责任，至少宣大总督王之诰难辞其咎。何以言之？作为前线节帅，倘若思有为，何以不调集兵力于宁武关截击北虏？节帅漫无区处，任凭虏骑饱掠而去，事后却斩杀将领，高某不敢苟同！"

徐阶捋着胡须，缓缓道："新郑，老夫的'三语政纲'，是朝野所欣然拥护的，处分文武官员，是吏部、兵部的权责。若内阁动辄驳回，朝野会不会说，'以政务还诸司'的承诺不再有效？"

"内阁是替皇上把关，驳议乃内阁之责，并不是侵夺部院的职权。"高拱当即顶撞道。

"部院也是秉承皇上的旨意上奏的。"徐阶反驳道，"新郑有暇可查查邸报，处理类似事体，无不如此。"

高拱不服气："那是因为内阁、部院敷衍塞责！"

郭朴从徐阶的话语里听出了弦外之音，指责高拱要推翻深受朝野拥护的"三语政纲"，又听高拱一句话把内阁、部院都捎上了，感到事态严重，不得不插话以免再争执下去，忙道："喔，此事，不妨维持原议，下不为例？"

李春芳突然叫了一声："来人——"书办人等应声而来，"你们都退出，命人到冰窖搬些冰块来，这鬼天气，热死人啦！"说着，用力扇着折扇。他是恐高拱再说出什么令徐阶难堪的话，刻意以此调和紧张空气的。

"是啊，元翁，太热了，不妨待傍晚凉爽时再议吧。"郭朴明白李春芳的意图，也附和道。

"也罢！"徐阶顺水推舟道。

高拱抹了一把额头上的汗珠道："元翁，两案涉及多名边镇将帅，恐已惶惶不可终日，万一有事，谁来效命？故早一日定案，早一日安边镇将士之心，事体非同小可，不宜久拖。"

徐阶本欲借此台阶缓和局面的，不意高拱不惟不领情，反而步步紧逼，心中甚是恼怒，强忍着没有发作，叹了口气道："吾老矣，支撑不住。"

第十章｜了无踪影刺客扑空
有恃无恐姑苏惹事

1

西四牌楼南不足一箭远的路，有一个丰盛胡同，是西牌楼南大街路西最为宽展整齐的街巷，胡同里有不少官宦宅第。在胡同的中间偏东处，是一所三进套的四合院。这里，就是翰林院编修张四维的府第。散班回来，张四维边更衣，边吩咐左右预备礼物。

"老爷，最近又从豆腐陈家的方物商号购进一批绒褐，备两条如何？"管家张得问。

"不妥。"张四维否决道，"府中还有甚名画，挑幅来。"

须臾，张四维更衣毕，管家备好了礼物，张得也备好了轿，张四维登轿，出了胡同，沿西牌楼南大街南行，过西单牌楼大街，拐入长安街东行至北长街，上东华门大街，这里，就是萃华楼所在。一路上，他不停地揣测，徐琨何以主动约他见面。

徐琨字石美，是徐阶的二公子，任尚宝司少卿，属于荫官。皇上为笼络大臣，行恩荫之制，徐阶的三个儿子都未取得功名，蒙荫获得尚宝司官职。但荫官无职守，不当值，只是享受免除赋役的特权罢了。徐阶三子中，只有次子徐琨在京侍父，另二子在松江老家打理家事。

突然收到徐琨的邀帖，张四维颇是吃惊。他出身于山西盐商世家，父亲张允龄为国中豪贾，晋商魁首；舅父王崇古是高拱的同年，时任三边总督；他与吏部尚书杨博都是蒲州人，且是姻亲。因此，张四维家资雄厚，人脉广连，翠华楼最豪华的雅间，早被他常年包租。收到徐琨的邀帖，他当即回帖，邀他到萃华楼餐叙。

两人初次相见，彼此打量了一番。徐琨个子矮胖，仰脸看去，但见张四维四十出头年纪，高高的个子，细长脸上皮肤白净，眉宇间有股英气，饱读诗书又见多识广，儒雅中透出几分商人的精明。寒暄过后，二人进了包间，无须点菜，侍者即先端出蔬果清品，再上异品、腻品。熊白西施乳、兰花鱼翅、酒醋白腰子……足有二十九道之多。

"阔气！排场！"徐琨不断重复着说。张四维几次说叫几个伶人助兴，徐琨都阻止了。

张四维是参加过严世蕃的酒宴的，与他的霸气相比，徐琨显得有几分猥琐。或许是有事相求？他从徐琨的眼神中察觉到了，酒酣耳热之际，张四维几次试探，徐琨却只是笑而不语。酒量上，徐琨也与严世蕃不在一个档次，喝了不几盅，就有些微醺了。

"张翰林，子维啊！"徐琨拉住张四维的手，指着酒桌上的菜品道，"与河东张家相比，咱老徐家，就比乞丐好一点而已。"

徐阶的家乡南直隶松江府乃富庶繁华之地，户户皆闻机杼之声，士大夫之家也多以纺绩求利。道路传闻，徐家乃当地望族，不惟良田万顷，且织妇甚众，岁计所积，与市为贾，家境之殷实可甲一方。对此，张四维是知道的，何以徐琨竟说出比乞丐好一点的话？难道要他上兑银子？张四维进士及第后被甄选为庶吉士，散馆后授编修，在翰林院已十三年了，翰林院号称"清华之选"，实亦是朝廷的舆论场，清流的汇聚地。翰林们经常私下聚议，裁量公卿、臧否当道。对于徐阶，舆论时有演变。严嵩当国时，徐阶对皇上比严嵩还要柔顺，对严嵩也低眉顺眼，以至于舆论对徐阶有"一味甘草""四面观音"之讥；但严嵩垮台后，朝野以徐阶乃是以降身自污，扮猪吃虎之术与严氏父子斗法来解释此前他的表现。徐阶继任首相后，舆论期望很高，一度也认为他以宽缓化解苛暴，立朝有相度。但五年过去了，人们慢慢悟出，当下与严嵩当国时并没有什么改变。严嵩为人所诟病的无非三点：对皇上一味逢迎，贪墨，纵子为恶。时下又怎么样呢？徐阶对皇上还不是一如既往地逢迎？不惟把写青词作为压倒一切的首务，而且还利用一切机会讨好皇上。说到贪墨，徐阶固然不像严氏父子那样大开贿门，当国后也有肃贪的举措，但人们后来才发现，几年里被整肃的所谓贪墨之徒，无一例外都是"严党"，就连江南总督胡宗宪这样深为皇上所赏识、大有功于国家的人，就因为被徐阶暗暗划入"严党"之列，终归也没有逃脱被清算的命运，而凡非严嵩一党者，纵然声名狼藉，也都安然无恙；徐阶家族之贪婪，比严氏父子有过之而无不及，官场的贪墨之风未有丝毫好转。时下人们议论说，也就是严嵩的纵子为恶这一点，徐阶还差强人意。

"怎么，张翰林，有心事？"见张四维低头沉思，徐琨问。

"喔——"张四维像是从梦中醒来，忙举起酒盅，"四维敬徐大人一杯。"

"子维啊，"徐琨喝完一盅酒，边抹嘴边说，"叫什么大人，太生分了吧？字号相称最好。"

这分明是示好。但虽年龄相仿，叫徐琨的字，张四维还是觉得不妥，就按士林的规矩，取"石美"中一个"石"字，称他为"石翁"："石翁，有何难处，只要石翁吩咐一声，四维敢不效力？"

徐琨一笑："子维，今日约会，嗯……"他踌躇片刻，鼓足勇气似的说，"有一事请教。令尊、令舅都是商界翘楚，相信子维耳濡目染，也深谙此道，子维看，我在京开家商号，如何？"

"以首相之子在京开商号？"张四维暗自吃惊，但并未流露，而是笑着道："不知石翁要经理什么？"

"东城关厢的豆腐陈家，子维当晓得的，"徐琨说，"他们家大掌柜陈大明那家商号，很红火的嘛。"

张四维思忖片刻："石翁开商号，若以售卖贵邑布匹为业，四维以为经理起来更为便当，也无须投入太多人力。"

"这确是个法子，不过……"徐琨手里把玩着酒盅，良久，抬头看着张四维，"子维，你看，两者兼做，是不是更……呵呵呵……"到底，"更赚钱"几个字，他没有说出口。

张四维尽管颇不以为然，嘴上却连说："那是那是。"

徐琨看了张四维一眼，急忙又把头低下去，支吾道："这个……只是……"

张四维会意，畅快道："石翁放心，本钱嘛，四维……"

没等张四维说完，徐琨忙打断他，摆手道："子维，这不妥，不妥的嘛！今日与子维言此事，只是请方家指点之意。"

张四维一笑道："石翁如此客气，把四维当外人了，适才石翁还说不能太生分，四维已然斗胆把石翁当师友了。"

徐琨"嘿嘿"笑笑，抬头对门外喊了声："来人——"须臾，一个身材瘦弱、三十出头的男子走了进来，鞠躬行礼。徐琨指着他说，"此人名徐忠，字承述，贡生出身，也是做过官的，违误罢职，在松江襄赞蔽府商事，日前特命他进京，专责开办商号事。"他又指着张四维说，"张太史，鼎鼎大名的河东张家大少爷！以后你须多向张太史求教。"

寒暄过后，张四维对徐忠道："明日卯时三刻，请承述兄到翰林院外稍候，待四维点了卯，即带兄到东华门外查勘赁屋。"又转向徐琨，解释道，"棋盘街固然好，然未免太张扬，故选在东华门外为好。"

"不愧是翰林，虑事果是周全。"徐琨赞叹道。

"石翁，事情说妥了，叫个曲儿吧？"张四维说，"此乃士林的时尚，四维第一次与石翁餐叙，不叫曲儿助助兴，实在过意不去。"

"不妥不妥！"徐琨边说边站起身，"子维，不早了，多有烦劳，就此别过吧。"

张四维忙上前搀扶着走路有些晃荡的徐琨，待他登轿，把预备好的名画递了进去，徐琨向外推了推，张四维"呵呵"两声，把画塞到了徐琨的手里。轿子已前行了一丈远，徐琨想起了什么，命轿夫停步，伸出头来招呼张四维，张四维忙走过去，徐琨附耳道："今日之事，子维万不可对外人言，亦不可说于家大人。"

"毋须石翁叮咛，四维虽不才，倒是知深浅、识轻重。"张四维笑答。

两人又一次抱拳作别，刚走出一箭远，徐琨掀开轿帘，吩咐跟在轿旁的徐忠："你拿上我的名刺，去户部侍郎陈大春家一趟，此事还要他多帮衬。"

"二少爷，要陈侍郎帮衬甚事？"徐忠问，"请二少爷吩咐。"

徐琨在徐忠耳边低语了一阵，徐忠踌躇道："陈侍郎会干吗？"

"老爷子一力提携他，谅他不敢推脱！"徐琨自信地说。

2

天渐渐变长了，戌时过半，才真正黑下来。西城劈柴胡同一座三进院的大宅前，夜色里，两个人轻手轻脚来到首门，用手叩动门环。

"何人？"里面的人大声问。

"潮州新船主差来的，想见陈侍郎。"外面的人低声说。

里面没了回应，大概是向主人禀报去了。良久，大门开启，两个人快速跨进宅院，被领进首门左手的一间屋子暂坐。户部右侍郎陈大春送几位客人出了垂花门，边走边道："讲学以正人心，是元翁治国要领，明年是京察之年，灵济宫讲学会一定要筹备好，这是大事，就有劳各位了。"说罢，抱拳别过。

过了半刻工夫，来人被领进后院的一间屋子，屋子不大，没有窗户，里面摆着几把座椅，一张高高的条案，条案上点着几根红蜡烛，照得屋内通明。身材矮胖、长着一张棕色圆脸的陈大春坐定，望着来人，冷冷问："何方人士？高姓大名？"

"小的徐三，"高个子说，又指着矮个子，"他叫李黑，都是潮州混江湖的弟兄。"说着，从怀中掏出一个锦盒，捧递到陈大春手里。

陈大春扭过身去，打开锦盒看了一眼，里面装着几张黄灿灿的金叶子，脸上露出笑容，边合上锦盒边问："徐三，来时主人有什么话要你带的？"

"陈爷，帅丞要小的禀报陈爷，说是'若是开海禁，我辈必失去生计。'又说，'邵大侠知道得太多，与官府走得太近，留着，终究是祸害。'别个，就没甚话了。"徐三禀报道。

"尔等来京何干？就是专为传话来的？"陈大春又问。

徐三目露凶光："找邵大侠！"说着，举手向下一劈。

"喔呀！使不得！"陈大春大惊道。

"帅丞有命，小的只晓得遵命！"徐三梗着脖子说。他和李黑原是江湖光棍儿，走南闯北的死士，被梁有训收留，此番既然答应做刺客，自是不能失信。

陈大春心里七上八下，暗忖：这邵大侠常年漂泊海上，知道的事情委实太多，又与官府公然交通，难怪林道乾对他忌惮非常。但行刺也未免太过。最让他不安的是，刺客来到自家府邸，那他必牵涉其中，至少也是知情不举。一旦事情败露，暗通海贼之事岂不一并清算？想到这里，他不禁出了一身冷汗，摇头道："不到万不得已，何必出此下策？"

徐三道："江湖上混，靠的就是'诚信'二字，答应替人办事，就不能说话不作数。"

"身家性命押在这上哩！"李黑嘀咕道。

陈大春低头不语，蹙眉沉思：这林道乾是江湖中人，凡事不计后果，徐三也是江湖义气，恐难以阻拦，想到这里，他忙起身把锦盒拿在手里，对徐三道："兄弟既决计要干，那是兄弟你的事。这个，你拿去，就权当你没有来过我这里。"

"哈哈……"徐三大笑，陈大春神情紧张地"嘘"了一声，制止住他，向外摆手，"快请吧，此地不宜久留。"

"陈爷莫害怕。"徐三压低了声音，"不在京城动手，先跟踪，哪里合适做活就在哪里做，跟陈爷无干系。"他伸手推了推锦盒，"这个陈爷得拿着，是帅丞让交给陈爷的，小的是断不能拿回的。"

陈大春只得又把锦盒放回条案，笑道："徐三兄弟果然讲究，难怪帅丞信得着。也罢，尔等不妨去紫阳道观寻找。"他不惟热衷讲学，还喜结交商贾。豆腐陈家的老大陈大明也是陈大春的朋友，经大明引见，也与邵大侠一起宴饮过，他知邵大侠已在几天前离京，到紫阳道观也找不到他，才这么痛快指点徐三的。徐三谢过陈大春，就要告辞，陈大春嘱咐道："京师重地，不可轻举妄动。"

徐三点头称是，昂然出了密室。陈大春望着两人的背影，心中一喜，追出门来。"徐三兄弟留步，"徐三站定，陈大春又嘱咐道，"探寻结果如何，回来禀报一声，再作计较。"

"那是！"徐三一拍胸脯道，"来时帅丞有交代，到京城一切听陈爷吩咐。"

次日辰时，徐三、李黑雇了两匹快马，悄然来到紫阳道观。两人先在四周细细查勘了一番，徐三道："这地界，倒是适合做活。早做早了，

大明首相
第一部　陷阱重重

再接下单。"

突然出现两个鬼鬼祟祟的陌生人，让守门的道士心生疑窦。他急忙跑到"怡园"，手忙脚乱地叩门。须臾，一个眉清目秀的小道士打开院门，守门道士气喘吁吁道："喂，我说，观外有两个陌生人，嘀嘀咕咕的，必是找邵大侠的。"小道士也不说话，跟着守门道士往观门走去。远远的，就听到外面的叩门声。

"二位客官，咱这是私家阳宅，不接香客。"守门道士在门内回应。

"晓得的！"徐三在门外道，"兄弟是江湖上的，来寻邵大侠。"

"但不知壮士因何寻邵大侠。"小道士接言问。

"哎哟，这声音怪好听嘞。"李黑一伸舌头说。徐三在他后背上拍了一掌，趴在门缝上道，"我辈混江湖的，慕名来寻邵大侠，想拜在他老人家门下，略效犬马之劳，也好混口饭吃。"

"不巧呢！"小道士说，"邵大侠委实到观里来过，可他早已离开了呀，壮士还是到别处去寻吧。"

"俺的郎奶吔！"李黑又叫了一声，"听这小道士的声音，兄弟浑身酥软。"

徐三抬脚踢向李黑，李黑忙向外一闪，躲过了。徐三又向门内喊话："道长只是这般说，兄弟就以为是邵大侠不愿收兄弟，兄弟是不甘心的，不妨开门，放兄弟进去叩见邵大侠吧。"

守门道士望着小道士，见小道士点头，方打开观门，放徐三和李黑进了道观。李黑一进观门，就直勾勾地望着小道士，咂嘴道："啧啧，天下有这般清秀的道士？那俺也在此做道士算啦。"

小道士转过脸去，道："壮士不信，自可到处寻寻看，邵大侠他真的不在。"

徐三拽着李黑，在观内四处寻找，除了陪着他们的两个道士，还有一位老道长，就再也没有别人了。

"邵大侠去哪里了？烦请道长知会兄弟。"徐三问。

小道士摇头："他既是大侠，自是行走江湖，来去无踪的，我等修炼之人，本不认得他，又哪里知晓他的行踪呀？"

徐三突然紧紧盯住小道士，道："听口音，道长不是京城里的人吧?"

小道士神情有些慌乱，"腾"地就地打了个旋风腿，抱拳道："兄弟听着：咱修炼的人，本就无家！"

徐三无奈，只得拽着恋恋不舍盯着小道士看的李黑，讪讪告退。

戌时，徐三再次来到陈大春府邸，禀报说："咱兄弟到紫阳道观，并未寻着邵大侠的影踪。"

李黑眼光迷离，咽了咽口水，道："郎奶的，那小道士，倒真真玉人哩！"

"不知徐三兄弟作何打算？"陈大春问。

"小的来前，帅丞交代小的，听陈爷的。"徐三抱拳，"就请陈爷吩咐。"

"那好！"陈大春大喜，"我会设法知会帅丞，告知情形。兄弟就权且留在我这里使唤。时下有一桩事，要二位兄弟到苏州走一遭。"说着，指了指几案上的银子，"这里有五十两银子，兄弟拿去。"言毕，向外喊了一声，"徐忠来见！"

3

前几日，徐琨差经理美玉商号的徐忠来见陈大春，商榷到苏州采办吴丝事宜。先是物色帮手一件，就让陈大春为难，遂想到借徐三、李黑一用。今日他把徐忠和徐三叫到一起，商洽此事，又给苏州知府蔡国熙亲书一函，让徐忠带上。

"书中不宜多言，免留把柄。你此番到得苏州，见了蔡国熙当面和他说，让他把苏州做吴丝的坊场召集到一起，申明此后所出吴丝只能贩于京城美玉商号，违者惩治不贷！"陈大春嘱咐徐忠说。又像想起什么，道，"蔡国熙若推三阻四，那就来硬的，尔等找到家吴丝坊场，闹他一闹，让人知晓，谁敢贩于他人，吃不了兜着走！"

徐忠点头，又问："二少爷交代的吴丝运京之事，侍郎大人有何说法？"

陈大春是户部侍郎，各地所设税卡，皆直隶户部，他自然明白徐琨的意思，于是道："我这就写个路条，就说是朝廷采买物品，各关各卡，通不许查验抽税。"又对徐忠道，"吴丝时下刚为达官贵人所追捧，所产不多，尔等不闻'苏州样、广州匠、杭州风'之说吗？苏州物产领国中风气之先，吴丝之外，他物也不妨采买些，把徐二少爷的生意做大，做到国中第一。昔年严世蕃私下自称国中首富，可他那是靠贪墨得来；而今徐家也可做成首富嘛！"

一切交代停当，临辞别前，陈大春又嘱咐徐三："凡事听从你忠爷吩咐，不得有违！"

次日一早，徐忠带着徐三、李黑上了路，到得通州，在潞河码头改乘舟船，顺运河一路南下，日夜兼程，遥遥二千九百五十里，半个月即到。

徐忠一行过浒关，入阊门，找家客栈安顿下来，用过早点，正要往府衙去，徐忠临时起意，在卧龙街转了转，故意等到午饭前再去。过了巳时，三人上了府前街，走了一箭远的路，到得府衙首门。徐忠把陈大春的书柬、名刺连同自己的拜帖递给守门兵丁，须臾，兵丁来回："知府大人让传话，此时无暇，请未时两刻来见。"

"哼哼，这个蔡国熙，小气鬼。"徐忠转过身，撇嘴道，"我是故意试探他的，连顿饭都不舍得请，还会给面子吗？亏得还是相爷举荐他来当知府的，忘恩负义！"又对徐三道，"看来此番要仰仗两位兄弟大显身手了。"说着只得领着徐三、李黑，到左近找了家酒馆，坐下慢慢吃酒用饭。三杯黄酒下肚，徐忠一脸诡秘地说，"两位兄弟应该晓得朝廷徐相爷吧，咱就是给他家办事的。"

徐三"呀"了一声，道："难怪哩，咱看陈大人偌大的官，对忠爷也敬着三分，让他干甚他干甚，咱弟兄还有甚说的嘞！"

徐忠乘机道："要不说呢，两位兄弟不要瞻前顾后，有徐相爷撑腰，谁敢奈我辈何？"

等终于见到蔡国熙了，徐忠见他身材高大，长着一双扇风耳，一脸威严，心里先就怵他三分，不时暗暗给自己打气：哼，老子乃相府当差，怕他？

蔡国熙礼貌周全，把徐忠请进二堂，左右一阵忙碌，茶水、干果、点心侍候，蔡国熙坐定，默然不出一语。

徐忠已是微醺，高声大气地先把蔡国熙大大夸赞了一番，说在京城无人不晓"蔡苏州"大名，徐阁老也以引荐过蔡兄为傲云云。徐忠有过功名，与官场中人对话，文绉绉了许多，夸过蔡国熙，又赞苏州的繁华，感叹道："学生首次涉足姑苏，但见男女之杂，灿烂之景，真不可名状。"

蔡国熙不动声色。此人为嘉靖三十八年进士，授户部主事，升员外郎，以干练敏捷著称。因热心讲学而受徐阶青睐，荐于吏部，提任苏州知府。主政一方后，蔡国熙锐意兴利除弊，务实禁虚。苏州素称难治，一则因此地文人墨客会集，在朝在野的阁老尚书、翰林科道甚多，每有举措，必有掣肘干预。蔡国熙建中吴书院，以聚众讲学为名，把自己认为应兴应革之事提交公议，以此排除干扰，大得民心，政绩卓著。行之不久，局面竟为之一新，苏州籍的官宦们轻易不再敢托请徇私。午前看到徐忠的名刺和陈大春的便函，即判断大体是请托之事，不禁生出几分厌烦。他对徐阶的引荐本心存感激，但到苏州后就不断听到临郡松江绅民对徐阶家族的非议，开始他还将信将疑，一年前，以生产吴丝中名气最大的"顾绣"闻名江南的顾氏家族，不堪徐阶家族欺凌，从家乡松江搬到苏州，让蔡国熙不得不相信那些关涉徐阶家族的讹言并非空穴来风，由此对徐阶的看法也发生了转变，多了几分戒心。徐忠此行所为何来？若堂堂正正做生意，何以要户部侍郎陈大春出面引介？难道，徐阶家族横行松江还不够，又来祸害苏州吗？蔡国熙感到自己任上不能开这个恶例。是故，他明知徐忠是要他请吃午饭的，却故意不予理会。刻下见到徐忠，决计见机行事。待徐忠夸夸其谈一番后，方开口问："徐兄此行有何重任？在下何从效命，请明示。"

"奉命采买吴丝。"徐忠答。

蔡国熙笑道："徐兄有先见之明，在下要尽地主之谊。"

徐忠闻言大喜，抱拳道："多谢府台！"

蔡国熙道："说起吴丝，当数'顾绣'。尺幅之素，精者值银几两，全幅高大者，不啻数金，仍供不应求。顾家特从松江搬来苏州，在观前街开了一家大坊，日夜刺作。本地宋代既有的绣衣坊、绣花弄、滚绣坊、绣线巷等街巷，也纷然重张，徐兄自可前去接洽。"

"喔，府台如数家珍，学生佩服之至！"徐忠赞道，"不知姑苏方物几何？"

蔡国熙略一思忖，道："苏州方物特丰，陆子冈之治玉，鲍天成之治

140

犀，周柱之治嵌镶，赵良璧之治梳，荷叶李之治扇，张寄修之治琴，范昆白之治三弦子，俱闻名海内。"

"甚好！"徐忠兴奋道，"学生当可满载而归矣！"他伸头向蔡国熙凑了凑，诡秘道，"行前，元翁有示，敢请蔡知府传敕苏州府地界各刺坊，严令此后所出吴丝，通不许贩于他人，通由……"

蔡国熙打断徐忠，追问："元翁果有示于徐兄？"

徐忠"嘿嘿"一笑："是、是元翁……元翁二公子徐琨徐少卿。"

蔡国熙勃然色变，厉声道："你敢假捏朝廷执政之示，安知所谓徐公子之说，果有其事？况采买货物，双方自愿，官府何能干涉？你假冒官属，不怕本府治你的罪吗？念你也是读书人，若迷途知返，幡然改过，本府可暂不追究，快回去思过吧！"言毕，起身而去。

徐忠悻悻然走出府衙二堂，讪讪地到首门外与候他的徐三、李黑会合，回头骂了一句："好你蔡国熙，不知天高地厚，走着瞧！"又恨恨然道，"蔡国熙居然不给相爷面子，雇马，到观前街去！"

观前街因玄妙观而名。徐忠带着徐三、李黑，各骑一匹新雇大马，沿观前街横冲直撞，找到了顾家的刺绣坊。徐三跳下马，抬脚在首门上端了几脚，大喊："开门，快开门！"须臾，门徐徐开启，三人径直闯了进去，"叫掌柜的来！"徐三一进门就大叫道。

喘息间，顾掌柜赔着笑脸走出来："不知三位大爷驾到，失迎失迎！"

徐忠道："废话少说，尔店此后所产吴丝，通不许卖与他人，只准卖与京城美玉商号，听明白了吗？"

顾掌柜赔笑道："呵呵，这位爷，做生意讲究信誉，敝坊与商家有约，岂可擅自违约？"

徐忠大声道："谁敢纠缠于尔，让他找京城美玉商号理论！"

"呵呵，敝坊不是怕纠缠，是不能违约。"顾掌柜解释道。

徐忠大怒："这么说尔是不愿和美玉商号做买卖了？"说着，给徐三递了个眼色，徐三心领神会，上前一步，挥拳打在顾掌柜脸上，顾掌柜踉跄倒地，血流如注。李黑也快步上前，对顾掌柜一阵猛踢。

徐忠见顾掌柜喊叫声越来越弱，又见顾家一干人等围了过来，挥臂道："走！"顾家几个下人试探着想拦住去路，徐三飞起一脚，把一个老者踢翻在地，又挥拳把一幼者击倒，在伤者发出的凄厉叫声中，三人扬长而去。

走到首门，徐忠又回头大喊道："听着，苏州所有吴丝坊，通不许卖与他人，只准卖与京城美玉商号，谁敢不服，这就是下场！"说罢，跨马而去。

抬头望去，玄妙观就在不远处，这玄妙观内遍栽桃树，开花时灿若云锦，故此街又有碎锦街之名。徐忠道："不妨先到此观一游，再到顾家刺坊去计较。"三人遂下马进了道观。

道观信众不少，三人心不在焉地转悠着，过了一个多时辰，忽见人群一阵骚动，正纳闷儿间，一群兵丁带着刀叉剑戟拥了进来，领头者大叫："给我围了，任何人不得出入！"徐忠尚未反应过来，"就是他"，随着一声喊，几个兵丁一拥而上，将他按倒在地，李黑踌躇片刻，欲上前搭救，也被兵丁按倒，徐三见状，从腰间掏出一把匕首，对着李黑的脑袋"嗖"地投了过去，李黑一声惨叫，须臾丧命；徐三一个箭步跨到院墙前，纵身一跃，跳了出去。

第十一章 以假作真双方找台阶
心存牵挂两厢落热泪

1

苏州知府蔡国熙从尚未见到徐忠、只是看到他所递陈大春的短柬、名刺时，就没有怀疑过他的身份，方在府衙二堂接见了他，并耐心为他讲了那么多，以尽地主之谊。他预料到徐忠会提出让他为难的要求，一直在思忖如何应对，灵机一动，便以他假捏徐阶之示为由，拒绝了他。

此时，坐在大堂，蔡国熙翻看着从客栈搜出的徐忠所携物品，只看一眼户部侍郎陈大春亲笔所开"路条"，就断定徐忠果有来头，此来也确是为徐家办事的。他没有料到徐忠会仗势欺人，居然在光天化日之下殴打无辜绅民，致伤三人，若不严惩，且不说国法难容，即使为个人计，"蔡苏州"的声名必将毁于一旦；若依法严惩又担心徐阶面子过不去，说不定报复会接踵而至，这让他感到颇是棘手。

蔡国熙在苏州主政，与高官大僚亲属故旧打交道乃家常便饭，但遭遇当朝首相还是首次，他不得不小心行事。从用罢早饭，他就屏退左右，独自在后堂踱步。蓦然想起昔年参加灵济宫讲学的事。那年严嵩被罢，其子严世蕃下狱，朝野欢庆，徐阶在灵济宫讲学会上，刻意提及此事，谆谆告诫在场的数百名官员，物必自腐，尔后虫生。不要以为严氏恶党已倒，就政清吏明了，务必时刻以严氏覆辙为戒，不惟要管好自己，还要管好子弟乃至身边之人。言犹在耳，子弟亲故就利用其权势，横行不法起来。难道，人一旦到了无人企及的高位，他曾经竭力反对的事情，竟会在不知不觉间重演吗？弊病到底出在哪里？蔡国熙百思不得其解，也就不再琢磨，还是把眼前这桩事想妥了吧。思忖良久，终于想出了一个主意：仿照当年海瑞对付胡宗宪公子的法子，以抓到假冒者为由，向徐阶禀报。

时下常有骗子假冒京官公子、亲友或下人到各地行骗，地方官多抱着宁信其有的态度，不敢轻易得罪，骗子每每得手。蔡国熙也曾抓捕过这样的骗子。如今就来他个以真作假，装傻充愣。于是，他字斟句酌反复推敲，给徐阶写了一封长函，先把徐阶当国后如何惩严氏贪墨无度、纵子为恶之弊，如何严格约束自己和家人，因此威望如日中天等写了一通，又把徐忠来苏州后的言行细述一遍，最后说他绝不相信此人会衔元翁抑或元翁公子之命而来，是骗子无疑，为挽回元翁声誉计，也要对徐忠严惩不贷。又说，骗子为以假乱真，还假捏户部陈侍郎的书函、路条，委实是用尽心机云云，连同陈大春写给他的短柬、"路条"，一并封寄。

徐阶接阅蔡国熙来书，又惊又怒，命人召陈大春和徐琨来见。待陈大春、徐琨战战兢兢走进他的书房，徐阶亲自起身把门关上，尚未坐定，"啪"的一声把蔡国熙的书函摔在书案上："拿去看！"徐琨低头上前，拿在手里急目扫视了一遍，脸色煞白，不敢说话，默默地把书函递给陈大春。

徐三从苏州狼狈逃回，就向陈大春禀报了发生的一切。陈大春惊诧不已。起初，他还以为只是一场误会，因苏州城府县同城，说不定是被打的顾家报案，县里派人去抓的，蔡国熙知情后，或许会设法转圜放人。但等了好久并不见动静，陈大春坐不住了，找徐琨反复商榷，最后决定来个丢卒保帅，死不认账，一口咬定徐忠也好、他的亲笔字函也罢，都是假冒。只是对蔡国熙如此不给面子，陈大春一直耿耿于怀，委实咽不下这口气，看了书函，脱口而出："这个蔡国熙，太不成话！这不是学的海瑞戏弄胡宗宪那套把戏吗？他敢来戏弄元翁，过分，太过分了！"

"这么说，此事是真的了？"徐阶盯着陈大春问，他只是证实一下而已，陈大春的字、徐忠其人，他都认得，何来假冒？

"不、不……"陈大春忙说，"那倒不是。假冒之事，是真。"

徐阶转向徐琨："逆子，你来说，到底怎么回事？"

"这、这……"徐琨支吾着，求救似的看着陈大春。

"元翁，大名鼎鼎、秉公执法的'蔡苏州'都认定是假冒，那不就是假冒吗？"陈大春解围道，"叫学生说，莫如元翁给他回书，就说徐忠胆敢假冒，又殴伤三人，当依法严办，最后再把蔡国熙大大夸奖一番也就是了。"

徐阶仰坐椅中，良久，长叹一声："唉——嘉靖朝的内阁，是生死场啊！都说严嵩杀了夏言；徐某杀了严嵩的儿子，也许有一天，再续上一句：某某杀了徐某或徐某的儿子？"他指着徐琨，提高声调道，"少给老子添乱，老子够闹心的了。"说罢，向外无力地挥挥手，徐琨见状，麻利地转身溜出了书房。

陈大春眨巴着一双细眼，回味着徐阶的一番话。外界固然有所议论，说高拱入阁后就与徐阶不协，但陈大春没想到徐阶竟将其提高到你死我活的程度。看来，徐阶对高拱已然不抱希望，甚或可说置于敌对地位了，这不啻是发起进攻的信号了，遂一撸袖子道："哼哼！不就是一个高新郑吗？"他一声冷笑，以探寻的口气道，"元翁，学生听说高新郑一入阁就对元翁甚不敬，遇事每每固执己见，给元翁出难题，可有此事？"

徐阶沉吟片刻，叫着陈大春的字道："得霖，有道是宰相肚里能撑船，老夫自忖还算是大度的，可有件事却总不能释怀，得霖看，是不是老夫小肚鸡肠？"

高拱入直西苑次日就提议阁臣轮值文渊阁，虽合乎内阁体制，却让徐阶大感意外，耿耿于怀，见陈大春摩拳擦掌有意出手，遂把此事大略说了一遍。

陈大春思忖片刻，道："时下皇上……国家已进入非常时期，自是不能沿用平时的惯例；况且，内阁运作，乃首相主持，姓高的新进之人，就要干预，置元翁何地？元翁不便直接驳他面子，言要揭请圣裁，弦外之音是，作为首相都不敢妄言，何况一个新晋的阁僚？可高新郑竟真的拟本，要元翁签署，简直就是胁迫首相！"

徐阶又道："皇上在高新郑起草的内阁公本上御批，'阁中政本，可轮一人往'。接此上谕，老夫即言，当此关头，老夫不能离皇上。高新郑竟冷笑一声，言：'元翁，元老也，皇上须臾难离，高某与李、郭两公愿日轮一人到文渊阁，元翁满意否？'得霖听听，他这是什么话？"

陈大春暗自思忖：高拱此举，不惟是公然向徐阶的首揆地位挑战，而且触到了他的痛处。到不到文渊阁轮值，看似小事，实关大局。无论是夏言和严嵩争斗激烈之时，还是徐阶与严嵩猜若水火之际，其胜败的关键，并不在于人心向背，实在于谁能经常亲侍于皇帝左右，高拱作为内阁新人，与历史上重大恩怨是非关联不大，无虞因未经常在皇帝左右而受倾覆，不以在内阁轮值为忧；而这却是徐阶深层心理中的敏感之处。高拱未必明白这一点，贸然把这个议题提出，甚至奏闻皇上，又当面呛白徐阶，这当然让徐阶难以接受。想到这里，陈大春义形于色道："事体非同小可！高新郑不懂规矩，根本就不把元翁放在眼里，分明是公然夺权，也就是元翁宅心仁厚，不然的话……"

徐阶沉吟良久，叹息道："看来，'三语政纲'要被推翻咯！"

兵部所拟处分俞大猷和山西、大同两镇将领的意见，因高拱固执己见，双双驳回，兵部不得不重新上奏，对俞大猷的处分，改为"姑且不究"；宣大方面，严旨切责总督王之诰，武将中，只有镇守宁武关守将因避敌不战而处斩，其余改为革职、戴罪立功不等。虽然高拱仍不满意，但在徐阶看来却预示着自己被高拱所胁迫，失去对内阁的主导权。他要传达出这是高拱要侵夺部院职权，推翻"三语政纲"的讯号。陈大春与兵科给事中欧阳一敬时常相聚，而兵部公牍，欧阳一敬都要副署，对徐阶所说兵部意见被驳回之事自是十分清楚，无论是霍冀还是欧阳一敬，都对高拱多有抱怨，这些陈大春也是知晓的，但谁也没有把此事与推翻"三语政纲"联系到一起，听徐阶一点拨，陈大春恍然大悟，试探道："元翁，看来，高新郑恩将仇报，存心要逐元翁以自代了。"

徐阶并不明言，嘱咐道："今日之事，通不许对外人言之。"顿了顿，又道，"得霖，你代老夫给蔡国熙回书吧。"

陈大春恨恨然道："哼哼，谁敢与元翁过不去，就绝不饶他！"随即满脸堆笑，"元翁，李登云被劾罢几个月了，工部左侍郎之缺还不补上吗？"

"得霖，你做学政时考校生员，是不是做了过分的事？"徐阶突然问。

陈大春愕然。

徐阶道："高新郑纳了一个门客，叫房尧第。他大抵说了不少你在直隶做学政时的事。得霖是晓得的，高新郑反感讲学，而你是因热衷讲学被拔擢的。高新郑对你成见甚深，几次提到过这件事。"

"他高新郑要翻旧账？"陈大春既惊且惧，忙问。

"翻不翻旧账姑且不论，可再推升得霖，甚难咯。"徐阶露出无奈的神情，阴阳怪气道，"人家急于主持大局，阁无宁日矣！"

2

北京西城有一条东西走向的胡同，东端与灰厂夹道相交，西端和同为东西向的劈柴胡同隔单牌楼街、穿甘石桥相通。胡同分东西两段，东段坐落有灵济宫，人称灵济宫街；西段因南侧有座宣城伯府，人称宣城伯后墙街。又因这一地带在皇城西安门外，故以"西安门外"统称之。

灵济宫是皇家敕建，占地甚广，规模宏大，因与皇宫大内、西苑禁地一步之遥，凡有重大朝会，百官即先到此聚集，习仪演练。徐阶当国后，借其地利、用其讲坛，作为聚众讲学之所。

西安门外距紫禁城虽近，但住户稠密，已无空地可营造新宅，故朝廷高官无住此胡同者，只有高拱无购地造宅之念，又图上朝便利，遂在宣城伯后墙街上置换座旧宅而居。从此宅上朝当值，走近道向东过灵济宫大门，转到灰厂夹道北行过西安门入西苑；走远道则向西转到单牌楼街往南，过题有"瞻云"两个大字的牌楼——瞻云坊，上长安街。

这天，送老爷入直毕，高福耷拉着脑袋往回走。这些天来，宅中委实令人憋气。奶奶、姨奶奶原以为她们以死相逼，老爷到紫阳道观一行当有结果；岂知几个月过去了，动静全无。待再催问，老爷竟然说"相天下者无己"，此后不许再提此事。眼看高门就要绝后，奶奶、姨奶奶又气又愧，也无计可施，平时甚少言语，更乏欢笑。这已然让高福忧心不已了，不料这些天，入阁拜相的老爷也不时长吁短叹，显得颇是郁闷、烦躁，高福哪里还有高兴劲儿？

"福哥——"突然，身后传来一声低唤。高福回头一看，灵济宫大门前的空地上，站着一个手持扫把的小道士，再细观看，不觉眼前一亮：

竟是珊娘！

几个月前，高福奉命到紫阳道观查访，送珊瑚珠串的小道士得到消息，主动与他相见，并向他道出了实情：她就是珊娘，并让高福转达她的话给老爷，她为高先生而留京不归。高福以此禀报老爷，老爷只是一声长叹。过了些日子，高宅搬家到了此地，高福又偷偷去了趟道观，想把此消息知会珊娘，可这次去，珊娘却不见了。前些天，见老爷整日快快不乐的样子，高福就想不如找珊娘来见见，又去了趟紫阳道观，可是还是没有打听到珊娘的消息，不禁怅然若失。不意今日在此，竟然不期而遇，一则惊喜一则嗔怪道："俺的娘唉，你咋到这儿来嘞？俺到紫阳道观找你两趟都白跑腿了。"

珊娘把高福拉到宫墙西边的小胡同口，低声说："有一天，两个凶巴巴的家伙到紫阳道观找义父，奴看他们不怀好意，晓得那里不能久留了，不几天奴就到白云观去了。"

"那你咋又到这儿嘞？"高福指了指灵济宫问，"这个道观不是随便能进的吧？皇家道观嘞。"

珊娘脸颊上泛起红晕，说："我早就想搬到城里来的，这样离先生近些。打听到先生搬家到了这条街，我就从白云观到了这里。"刚说完又想起高福还有一问，忙补充道，"哦，是请豆腐陈家的二爷出面转圜的。"

高福点头道："豆腐陈家，那没的说，皇宫都吃他家的豆腐哩，这灵济宫的老道，怕也是吃他家的。"

沉默了片刻，珊娘低下头，挥了挥手里的扫把，说："奴搬这里三天了，申领打扫庭院的活计，每天一早就在门口扫地，目送先生的轿子从门前过，只是看不见先生，福哥，先生近来可好？"

"唉——"高福叹气道，"白提啦，这俩月，不知咋的，老爷一直不高兴，闷得很嘞！"

"先生闷得很？那是为何？"珊娘关切地问，"福哥，先生为何事烦闷，你可晓得？"

"不知道啊，不知道咋回事。"高福又是一声长叹，"唉——你说俺家老爷他为了啥嘞？这都拜了相公了，也没见他高兴过。俺都替他亏得慌。"他向珊娘跟前凑了凑，继续说，"没个一男半女的，自己倒是滋润些啊，还那么仔细。吃的，粗茶淡饭；住的，就那破院子。徐相爷家俺去过，那，啧啧啧，再看看张翰林家，那，啧啧啧！就说不和徐相爷、张翰林比，那京城当官的哪家像俺老爷家嘞？再说了，人家当大官的，听听戏，推推牌，时不时被请到四城的名店吃一顿，多滋润嘞？再看俺家老爷，啥玩好也没有，除了办事还是办事，又总生闷气，累不累啊？"说着，高福又是摇头又是叹气，"真不知老爷他咋想嘞。"

"先生定然是为国事忧心吧，"珊娘心里一直挂念的是高拱何以闷闷不乐，听高福一番说辞，就这样猜测说，她目光直视远方，喃喃道，"先生是一心为国的伟丈夫。"

"还说嘞，"高福接言道，"就说你俩的事吧，事后想想，当初虽是俺家奶奶以死相逼，不过老爷去见了你，俺看他是动心了呢。谁知咋回事后来又变了。他要是不当这阁老，说不准事就成了，当了阁老，接到准信儿那天，把阖宅人都叫到一起，说啥'相天下者无己'，又把他写的《谢恩疏》拿出来，念里面的一句话，是那个……"高福一时想不起来了，挠了挠头，"对对，'国尔忘家，公尔忘私'，让俺们都记住这些话。咱老百姓都知道，官场里头的人，谁不会说漂亮话，谁又把漂亮话当真，你说是不是珊娘？可俺家老爷不是那样哩，他就那么当真，你说咋办呢嘞？"他又重重叹了口气，"唉——珊娘啊，老爷是不要家啦，俺们不好说啥，"他两手一摊，"这、这不把珊娘你给闪了吗？你咋办哩珊娘啊？"

珊娘咬着嘴唇，摇了摇头。

"对了，珊娘我给你说，"高福闷了许久，终于可以找人说说心里话了，就滔滔不绝起来，"你给老爷送的那串珊瑚，老爷稀罕着呢，不让家里任何人碰。那盒子就放在老爷书案上，一进书房就拿出来在手里捻来捻去的。兴许是这些日子有啥不顺心的事吧，老爷有时候望着珊瑚，流泪哩！"

"福哥，你说的是真的吗？"珊娘盯着高福，急切地问。

高福一拍胸脯："说假话是小狗！俺有时给他添茶，有时去送封书啥的，偷偷看到过嘞。"

珊娘猛地背过脸去，两行热泪，潸然而下。

奇特的身世，铸就了珊娘坚毅的性格。自小母亲和义父灌输于她的，又都是舍生取义的理念，为取义而"无己"，早早就在她的脑海中深深扎下了根。读书、习武，以待来日。随义父到苏州，听了梁辰鱼的《红线女》，珊娘就暗暗把自己当作她的化身了。因此，当义父说要带她进京结交达官贵人、要她为开海禁而舍身时，珊娘没有丝毫的踌躇。义父也先后邀请好几位高官到紫阳道观相会，其中不乏道貌岸然、英气逼人的男子，但听他们与义父交谈，多逐利之念、羡奢之言，提及开海禁，无不噤若寒蝉，一副猥琐相。见到高拱，听了他与义父的一番对话，又与高拱单独相处了一回，珊娘见他伟躯干，美鬓髯，就有几分好感，更被他的凛然之气所折服，认准她这个"红线女"要献身的对象，就是高先生无疑！令她没有想到的是，高先生却拒人千里之外，一再捎信要她和义父远走。但珊娘意已决，就留在京城，哪怕只是远远地看着高先生，于愿已足！可是，毕竟是情窦初开的女儿家，多情怎会不为无情恼？况且孤身一人寄居道观，连女儿身也不能暴露，内心的苦楚，又向何人诉？适才听了高福说到"无己"一语，珊娘的内心就为之震撼，原来在舍生取义上，她与高先生是共通的，世有知音，弥足珍贵，珊娘越发觉得自己留在京城的决断是正确的；又听高福说到高先生对着她所赠珊瑚珠串暗自垂泪，珊娘心头顿时涌上一股暖流，再也忍不住，泪水止不住淌了下来。

高福见珊娘扭过脸去，似是在哭，不知哪句话惹她这样，一时手足无措，就逗她道："嘻嘻，到底是丫头家，爱抹泪儿。"

珊娘转过身去，说："福哥稍候，我去去就来。"说罢，疾步往灵济宫走去。须臾，提着一个包着杭丝的盒子回来，递到高福手里，"福哥，八月节就到了，这是两盒江南风味的月饼，带给先生品尝。"又补充道，"先生近来烦闷，福哥禀报先生，奴愿给先生唱曲儿，唱《红线女》，替先生解闷儿。"

"这真不赖，"高福赞叹，"俺保准把这话带到。"他又晃了晃手中的盒子，"嗯，还有这，保准带到，说不准老爷还会赏俺一块月饼尝尝哩！"说着，"咕"地咽了口涎水。

当晚，高福背着手，蹑手蹑脚地进了书房。只见高拱手里把玩着珊瑚串珠在发呆。"老爷！"高福唤了一声，把高拱吓一跳，抬头呵斥道，

"放肆！不是说过了吗，晚间不喝茶，总起夜，睡不好觉。"高福转过手，把杭丝包裹往书案上一放："老爷请看！"

"何物？谁送的？"高拱追问。

"嘻嘻，老爷猜，俺看见谁了？"高福诡秘一笑，"就是她让俺带给老爷的。"说着，边解包裹，边把早间遇到珊娘的事一五一十说了一遍。高拱静静地听着，待高福说完，良久无言。高福又道，"老爷，要不的话，就让珊娘来唱曲儿吧？"

高拱沉吟良久，道："你先出去吧。"

高福出了书房，高拱把珊瑚珠串放在盒子上，挪到自己面前，鼻子一酸，竟流下两行热泪。连他自己也说不清楚，何以会流泪。想自己刚而好胜，在京城几十年了，除了为自己的三个女儿和裕王殿下，他还从来没有像这样为谁流泪过。曾经，他心里有过一个幻象，那就是永淳公主；随着岁月流逝，特别是遇到珊娘后，那个幻象突然间就活生生展现于他的眼前，原来是珊娘！他又何尝不愿意接纳珊娘？有这样一位红颜知己在侧，该是怎么快活？但是，他不能为了自己的快活而忘记了自己身上的担子——替裕王殿下担起江山社稷的千钧重担，把一切都舍弃了吧，舍了！自己这样决绝，却从未为珊娘着想过，她一个弱女子，孤身一人寄居京城，难道不想有个依靠吗？一次次无情地把她推出去，对珊娘是不是太冷酷了？她心里一定很不好受吧？这样想着，高拱仰起脸，默念道："珊娘，我该如何办呢？"良久，下了莫大决心似的，自语道："待明日见分晓！"

3

"天意！天意啊！"高拱望着李芳的背影，连声慨叹道。

昨日，高拱暗自给自己找了一个台阶：倘若明日裕王那里没有动静，八月十五当天，他就请珊娘来赏月，听她唱《红线女》。他甚至被这个想象中的场景所陶醉，心里顿时畅快了许多。

中秋节将至，倘若裕王心里牵挂着他，必有赏赐。高拱说不清是盼着赏赐，还是盼着没有赏赐，一整天都在纠结中。到了酉时，裕邸的总管太监李芳奉王命而至，带来了裕王赏赐：两盒月饼、两匹绸缎被面、两瓶金华酒。

送走李芳，高拱把自己关在书房，盯着珊娘送的月饼看一阵，又盯着裕王赏赐的月饼看一阵，突然意识到，自己的心里，牵挂着两个人，一个是裕王，一个是珊娘。他唤来高福，吩咐道："裕王所赐月饼，分一盒给珊娘吃。把盒子替换了，用油纸包上。"高福刚要走，高拱又嘱咐说，"灵济宫人多眼杂，没有我的吩咐，不要与珊娘见面。你转告她，就说我送她一句话：相天下者无己！"

这句话，高拱说过多次了，可今日又一次说出来，感觉却不同往常，有种前所未有的悲壮，是与儿女情长的诀别。

既然与儿女情长诀别，就要把心思全放在国事上；可真要一心谋国，却被误以为咄咄逼人，欲取首相而代之，高拱烦恼万端，在书房徘徊良久，喊了声："崇楼——"

须臾，房尧第进来了。高拱慨叹一声："看来，这'伴食宰相'，不能再做下去了！"

房尧第笑道："'伴食宰相'，岂是玄翁做得的？"

"是啊，这就是天命吧！"高拱道，"崇楼不是总问，这些日子我何以快快不乐吗？无他，做'伴食宰相'，不好受啊！"

那日内阁议事，高拱主张驳回兵部处分俞大猷和北镇将领的意见，僵持之下，徐阶竟以年迈难以支撑为由拂袖而去，让高拱大出意外。事后，郭朴劝高拱，出语万勿咄咄逼人，要给徐阶留面子。高拱尽管内心不接受，但还是克制了许多。可是，突然之间，坊间传言，高拱要推翻"三语政纲"，暴露了取徐阶而代之的野心。一时门生故旧或致函或趋谒，探问根由，劝高拱多些耐心，不可急于求成。高拱不得不内敛了许多。当了两个月的"伴食宰相"，反倒比忙碌时憔悴了许多。房尧第见主人时常一个人在院子里仰天长叹，几次三番追问其故，高拱担心高层分歧一旦传出去，对大局不利，都欲言又止。但今日不同了，他不想再继续这样违心迁就下去了，遂把此前内阁发生的争论，简要说与房尧第，想听听他的想法。

房尧第道："玄翁一心谋国，并无私欲，无欲则刚，何惧之有？以学生之见，柔润无骨易弄，廉刚好胜难犯。"

高拱闻言，为之一震，默念着："无骨易弄，廉刚难犯！"这样想着，再到徐阶直庐会揖时，他就不再像此前那样无精打采了。

这天在徐阶直庐会揖，李春芳轮值执笔，他举着一摞公牍道："元翁，诸位阁老，兵科都给事中欧阳一敬等赣籍科道，齐齐弹劾江西巡抚潘季驯。"

徐阶微闭双目，仰靠在椅背上，淡定地说："说说科道论劾潘季驯的理由。"

李春芳忙翻阅着奏本，择要说："说是潘季驯别出心裁，强行要江西各县清丈田亩，推行'一条编法'，还美其名曰税费兴革，闹得人心惶惶，赣籍科道一起上疏，论劾潘季驯妄改祖制、骚动赣省，当将其革职查办。"

高拱起身走到李春芳案前，要过弹章，细细翻看。从弹章看，所谓"一条编法"，就是在清丈田亩的基础上，根据田亩征收田赋，此前所有税费项目一概取消；所有征收的实物，统统折合为白银。此制朝野早有议论，究竟如何，高拱心中并无定见。但他赞赏兴利除弊做实事者，主张为这样的官员撑腰，遂一晃弹章道："时下科道的坏毛病越来越多，有人要踏踏实实做事情，尤其一有针对弊病革故鼎新的举措，不问其利弊，不管民心向背，即搬出祖制，祭出名教，指手画脚，弹劾攻讦，此风不杀，何以新治理？"

徐阶、李春芳、郭朴都露出惊讶的神色。短短两个月，那个刚而好胜的高拱又复活了，似乎也预示着，内阁的麻烦又来了。

"朝廷设言官，就是要他们评头论足的，"徐阶冷冷道，他想以气势将高拱压住，口气越发严厉，"以此遏制操切，祛除骄盈，裨益大焉！朝廷法纪俱在，科道以法纪绳之，这也是他们的权责，新郑何故以此责科道？"

高拱争辩道："元翁的话是不错，然则……"

郭朴打断他："新郑，少说两句吧！"

"元翁鼓励科道说话，反而不许阁臣建言？"高拱眼一瞪，大声道，似乎要把两个月来的郁闷都发泄出来，"我看，科道若不出风头不结私党，把精力用在肃贪上；部院、督抚若不重形迹，把精力用在实政上，国家方可望治。可时下不是这样，甚或是反其道而行之，科道热衷于挑剔锐于治功者；部院、督抚热衷于务形迹，委实令人扼腕！"

徐阶眉头紧锁，捋着花白的胡须，缓缓道："老夫当国，无他，开言路，洽舆情。"

高拱不以为然道："时下官场多是徒托空言，敷衍塞责，甚或唯以搜刮民脂民膏为能事，科道甚少指摘，却每每对锐于治功者说三道四；再者，潘季驯试行条编之法，计亩征税，或会触动豪族大户利益，这些科道，安知不是在为他们代言？这样的所谓言路、舆情，恕高某不敢苟同！"

徐阶闭目不语。李春芳为难地说："元翁，此事，该如何拟票？"

"照新郑说的，拟旨：切责科道！"徐阶决断道。

此言一出，李春芳、郭朴相顾愕然，高拱却露出得意的神色。

第十二章 深文周纳言官下狠手 未雨绸缪刺客出利刃

1

进入嘉靖四十五年十一月下旬，徐阶在西苑无逸殿里逗留的时间越来越长了，御医们也奉徐阶之命，须臾不得离开。这天，徐阶从午后就到了无逸殿，一直守候到了黄昏。

"徐阶，"皇上醒过来了，以微弱的声音，吃力地说，"近来，边境可安?"

徐阶道："回陛下的话，东南倭患渐平，北虏畏威怀惧，不敢再犯，边境安谧，天下太平。"

皇上歇息了片刻，又说："御医、药，这么久、不见效，让、王金试试吧。"

徐阶做沉思状。他知道，皇上对保重龙体极慎重，先是在大内崇道修玄，后移居西苑静摄二十多年，身边总是围着一群道士。那些道士的方术，一则炼丹药为皇上求长生不老，一则授皇上御女术。皇上龙体因过量服用丹药、纵欲过度而受损。对此，徐阶也不便直言，只能建言圣躬违和，当由御医诊治为好。皇上倒是乐于采纳此议，一旦有恙，太医院开出的方剂，都发御札与阁臣商榷，然后才服用。刻下，皇上病势沉重，时常陷入昏睡状态，写御札的力气也没有了。徐阶只好随侍左右，与御医们一起商讨救治办法。不意皇上苏醒过来，竟提出欲服用道士王金所炼石药的想法。眼看御医回天无力，徐阶也不好反对让术士们一试。

王金就在旁侧，替皇上诵经斋醮，焚烧青词。他一身道袍，面色煞白，两只耳后各留一绺长长的胡须，给人以神秘莫测的印象。徐阶走过去，低声道："道长，皇上对仙药寄予厚望，道长不妨稍进药丸，以慰圣心。"

"悉听元翁尊意。"王金躬身道，又讨好徐阶道，"元翁在此值守一天了，就回去歇息吧，贫道侍候皇上进药。"

"多谢道长体谅。"徐阶抱拳道，临出门又吩咐御医，"诸公轮流值守，不得离殿。"

出了迎和门，一个旋风打来，吹起地上的积雪，冰冷坚硬的雪粒打在徐阶的脸上，他打了个寒战。走不几步，地上的冰碴又滑了他一个趔趄，不是侍从眼疾手快上前搀扶，差一点摔倒在地。

难道是不祥之兆？徐阶心里"咯噔"一声，当即改变了回直庐去的主意，吩咐道："回府！"

过了一会儿，一个侍从牵马而来，两个侍从扶徐阶上了马，到西苑门换轿，直奔灯市口的家中而去。

"去，叫陈大春来见！"刚一下轿，徐阶就吩咐管家道。

不到半个时辰，陈大春就到了徐府，径直被领进徐阶的书房。施礼间，他觑了一眼徐阶，见他一脸愁容，似乎还夹杂着几分怒气，陈大春低声道："元翁，大春知会了欧阳一敬和胡应嘉二给谏，他们过会儿就到。"

"谁让他们来的？胡闹！"徐阶怒气冲冲斥责道，"难道要授人以首相暗结科道之柄？"

陈大春忙出了书房，找到徐府管家，嘀咕道："管家，快差人到路上拦住欧阳一敬和胡应嘉，让他们转去劈柴胡同敝宅等候。"

"得霖，近来，都忙些甚事？"陈大春反身刚进书房，徐阶劈头就问，语调中似乎有股怨气。

"元翁……"陈大春支吾着。

一向沉稳的徐阶流露出焦躁的情绪，道："灵济宫讲学事，老夫思维再三，还是要办，不惟要办，还要大办，此事当广为传布，知晓者越多越好。"说完，叹了口气，显出疲惫的样子，"老夫在无逸殿守候一天，累了。"言毕，闭目养神，向外摆了摆手，示意陈大春出去。

陈大春满腹狐疑地出了徐府，一路上也未猜透徐阶的意图。回到家里，欧阳一敬、胡应嘉已在花厅等候。

"霖翁，大冷的天，你这是闹的甚玄虚？"欧阳一敬嗔怪道。

陈大春歉意一笑："两位给谏，我一听元翁有召，就思谋必是商榷对高新郑动手的事，遂自作主张请二位给谏一起去，谁知元翁坚不允准，这才上紧知会二位给谏转来敝宅的。"

早在几个月前，陈大春听到徐阶和他主动说起高拱提议阁臣到文渊阁轮值一事，就断定这是徐阶对高拱不满的讯号，也是一种暗示。但苦于一时找不到把柄，也就迟迟没有动作。此后，江西籍科道弹劾潘季驯，谕旨却是切责科道，引起科道大哗，欧阳一敬等对高拱愤恨不已，跃跃欲试，陈大春即找他和胡应嘉一起聚议了几次，皆因抓不到高拱的把柄而作罢。此时，他把奉召谒见徐阶的情形，原原本本讲给两人听，最后问："若只为灵济宫讲学事，差人捎话足矣，何必刻意召见？那么，两位给谏看，元翁何意？"

"元翁问霖翁忙甚事，似有责备之意。"欧阳一敬揣测道，"意思似乎是说，该办的事，何以还未办？"

"抓不到高新郑把柄嘛！"胡应嘉一摊手道。

"元翁有责备之意，不足为奇。"欧阳一敬道，"高新郑一入阁，不惟对元翁提携他无感激之意，还处处与元翁作对；元翁又对他无如之何，我辈这么久也没有帮元翁出气，元翁焉能不责备？"

"出气？"陈大春摇摇头道，"你也太小看元翁了吧？元翁岂是意气用事之人。"

欧阳一敬像是有所悟："喔呀！霖翁站得高。元翁召见霖翁，刻意说他守候无逸殿一天，何意？分明是提醒我辈，今上……"他压低声音，"须知，历来是一朝天子一朝臣，新朝之臣，自是出自裕邸，非高新郑莫属。元翁能不能打破一朝天子一朝臣的铁律，关节点即在高新郑一人身上。尚未进入新朝，他就如此咄咄逼人，我辈对他又束手无策，新朝开局还有元翁的立足之地吗？看来元翁是真的急了！"

"那么元翁让霖翁传布灵济宫聚众讲学事，又有何意？"胡应嘉问。

欧阳一敬道："是啊，初时元翁是要我辈预备的，后来顾忌高新郑反对，又说缓缓再说，今日何以突然主张大变？"

"这个不必揣测，按元翁的意图办就是了。"陈大春道，"元翁这样吩咐，定然深思熟虑过，自有深意。至少，是要收拢讲学派官员的人心。"

"我有预感，灵济宫的讲坛，开不了！"欧阳一敬颇是自信地说。

"先不管这么多，"陈大春道，"二位给谏不妨在科道那里大肆传布。"顿了顿，又叫着胡应嘉的字道，"克柔，我倒是替你担心，是你出面把高新郑姻亲李登云给弹劾掉的，高新郑要是当国执政，就他那德行，克柔凶多吉少。"

胡应嘉大大咧咧一笑："不会吧？这数月我与高新郑碰面也不是一次两次了，没有感觉他对我心存芥蒂。"又一撸袖子，"我是元翁乡党，不管高新郑对我怎样，我都要替元翁出力，这不必说。"

欧阳一敬不住地欠身，蹙眉道："元翁已然着急，我辈得快想法子才是啊！"

"正因为难办，办成了，才算大功，有大功，必有重酬！"陈大春鼓劲儿道，"了此心结，元翁必以督抚相酬，二位给谏不是常以王忬、胡宗宪以七品御史摇身变为督抚而慨叹吗？机会来了！"

欧阳一敬、胡应嘉低头不语。

陈大春似乎猜透了两人的心思，笑道："呵呵，二位给谏不可存两边押宝之心，元翁大风大浪过来的人，门生故旧遍朝野，一呼百应，他高新郑有谁？孤家寡人一个，是元翁的对手吗？我辈只需想如何出手，不必想退路！"

欧阳一敬道："这倒是实情。就说我辈论劾潘季驯，元翁纳高新郑之意切责科道，听说高新郑还洋洋自得，以为元翁是对他让步，岂不知，"欧阳一敬怪笑一声，"哼哼，就这一件事，高新郑就把言路得罪了，被元翁玩于股掌而不自知，哈哈哈！"

"是啊，元翁的手腕儿，十个高新郑也不是对手！"陈大春得意地说，"嘿嘿，二位给谏，别书呆子气。想想看，元翁办严世蕃，罪名是通倭谋反，严世蕃真通倭谋反？元翁自己真这么认为的？还不是照样办了他，一举办成死罪！元翁还因此赢得巨大声誉，没有人追究手段是不是不堪。

二位给谏，学着点吧！"

欧阳一敬和胡应嘉若有所悟，陈大春目露凶光："记住，要出手就得出狠手，一举置于死地！"

2

文渊阁二楼，中堂两边的四间朝房，房间不大，却又隔成里外两间，里间有张床铺，外间放一张书案，摆几把圈椅。唐宋宰相设政事堂，国朝废丞相，无政事堂之设，阁臣即以朝房为通谒之所。起初，内阁只是备顾问、看章奏，与部院近乎隔绝，文渊阁也不许百官擅入。自嘉靖朝，内阁权重，俨然政府，或召九卿来内阁议事，或部院寺监、科道翰林有事来禀，无形中也就打破了以往的禁忌，九卿、科道、翰林，携腰牌出入文渊阁，到朝房谒见阁臣，已是常事。

这天午后，高拱在文渊阁轮值，正在朝房埋头阅看文牍，兵科都给事中欧阳一敬笑着走了进来，施礼间，关切地问："高阁老，最近可好？"说着，目光在直房内扫来扫去。

高拱熟悉欧阳一敬。不惟此人以"骂神"著称，还因为去年高拱任会试主考官时，欧阳一敬是监试官，锁院月余，朝夕相处。一见他进了朝房，高拱突然想起试题触忌的事，便问："欧阳给谏，去春会试，'绥之斯来，动之斯和'一题若说触忌，当时皇上没有发怒，过了几个月还升我为礼部尚书，因何去冬又闹出触忌的事来？"

"哦哦，"欧阳一敬没有想到高拱一见面就提及此事，猝不及防，面带尴尬，"这个这个……高阁老不会怀疑是一敬捣鬼吧？"

高拱道："我只是纳闷儿，时过境迁何以又冒出触忌的事来。"

"这个，一敬不敢胡乱揣摩。"欧阳一敬红着脸道，"怎么，高阁老不能释怀，要追查？"

"岂敢！见到给谏，想起这件事，随口问问。"高拱淡然道，"给谏此来，有何贵干？"

"呵呵，无甚事，"欧阳一敬一哈腰道，突然看到靠墙的条案上放着一个包裹，忙走上前去，又摸又看，"高阁老，收拾好包裹往家带？"

高拱不解其意，没有回应，而是沉着脸道："自严嵩当国，政以贿成，贪墨成风，欧阳给谏以敢言著称，何不加意肃贪？潘季驯在贵省行条编法，锐意革新，欧阳给谏本应为之鼓与呼，却上章论劾，我甚不解之。"

欧阳一敬脸上热辣辣的，"嘿嘿"笑了两声，道："明春京察，济济一堂，正是讲学良机，元翁预备在灵济宫大开讲坛，高阁老可否莅临讲授一次？"

高拱没有料到欧阳一敬竟故意以此刺激自己，一拍书案道："这是何意？"

欧阳一敬狡黠一笑："嘿嘿，高阁老因何动怒？"

"讲学……"高拱欲言又止，他不愿意在欧阳一敬面前公开他与徐阶在讲学一事上的分歧，转而把矛头对准了欧阳一敬，改口道，"讲学事，是科道的本业？何以欧阳给谏在当值时四处串联此事？嗯？"

"高阁老教训的是，嘿嘿嘿……"欧阳一敬讪讪地笑着，"一敬这就回去当值。"

望着欧阳一敬的背影，高拱压抑不住怒气，"啪"地把一份文牍摔在书案上，自语道："哼哼，讲学讲学，靠讲学治国？笑话！"言毕，起身在室内来回踱步。

"见过师相！"御史齐康在门口施礼道。

"健生，你来做甚？"高拱烦躁地问。

"师相，今日一大早，"齐康边往里走边道，"同僚都在议论，说京察陛见仪式后，灵济宫将大开讲……"

"不要说了！"高拱扬手打断齐康。

"此事，甚蹊跷啊，师相。"齐康继续说。

"不要在我面前提'讲学'两字！"高拱厉声喝道。

齐康只得住口。沉默了片刻，压低声音道："师相，最近听到一件事，说是徐相二公子徐琨派家仆徐忠去苏州采买，殴伤数人，被苏州知府蔡国熙抓捕，并要徐忠赔偿医治费用，但徐相坚称徐忠是假冒，要蔡国熙依法严办；徐忠家人大呼冤枉，到苏州诉冤，被徐家抓回。"

"哼哼，正人心，先正自己吧！"高拱冷笑道，话一出口，又觉得失言了，忙掩饰道，"健生，有事？"

"学生要弹劾徐相。"齐康回答。

"弹劾？"高拱停下脚步，"弹劾大臣是言官的权责，何以要知会我？"

"坊间传闻，内阁不协，"齐康解释道，"学生是师相的门生，恐一旦发动，势必有师相授意之说，不能不事先禀报师相。"

"内阁不协云云，都是唯恐天下不乱者造谣生事，不必信，更不要传。"高拱回应道，"至于弹劾一事，不知会我，你愿意弹劾，那是你作为言官为国家办事，一旦知会我，就复杂化了。你弹劾他，岂不成了替我打击对手？这样的事，我高某不屑为。"

齐康失望地望着高拱，还想说什么，高拱一扬手："不必再说，回吧！"

"呵呵，玄翁火气这么大，谁惹你了？"门外传来张居正的声音。

"喔，是叔大？快进来，快进来！"高拱正愤懑中，听到张居正的声音，欣喜不已，起身到门口去迎。齐康忙向张居正施礼，匆匆告退。

"怎么，训斥门生？"张居正指着齐康的背影道。

"不提了，不提了！"高拱边示意张居正入座，边道，"叔大怎么想起过来看我？"

自高拱入阁，与徐阶龃龉，张居正似乎隐身了，高拱几次想找他倾诉，一想到他是徐阶的得意弟子，夹在中间甚为难，也就打消了此念，心里却无时不挂着他，终于得见，高拱打心眼儿里高兴。

张居正坐定，收敛了脸上的笑意，道："居正昨谒元翁，今日又来谒玄翁，无他，朝野皆知，大局靠徐、高二相维持，居正与二相皆厚，实不忍二相水火。"

"水火？有这么严重？"高拱瞪大眼睛问。对他人，高拱一向否认内阁不协，但对张居正，他不必隐瞒，旋即叹气道，"叔大，我并未有取代之心，只是痛心官场萎靡，不忍国事糜烂，不得不进言，不意元翁却不能体谅。"

张居正道："居正早就听到传闻，如介入调息，反而把矛盾挑开了，于大局未必有利，但刻下不能再沉默了。"他顿了顿，看着高拱，以为他会问何以不能再沉默，可高拱似未听出弦外之音，表情如常，张居正只得继续说，"我向元翁解释说，玄翁一心谋国，只是急躁了些，并无他意，请他多体谅。今日我也劝玄翁一句，刻下时局瞬息万变，玄翁要格外当心，不可操之过急。"

高拱道："叔大，还是那句话，相天下者无己。已然位在中枢还囿于个人得失，那国家还有甚希望？"

张居正勉强笑了笑："呵呵，无己之心固然令人敬仰，但玄翁不是也对'古大臣协恭和衷，师师济济'赞叹不已吗？劝玄翁先把和衷共济摆在首位。"

高拱瞪眼道："我是想和衷共济的，可总要以办事为底线，总不能和衷共济一意维持嘛！"

张居正苦笑一声："玄翁，不能事事顶牛，无关宏旨的，何必多言？"

"喔！这话是对的，是对的。"高拱连连点头。他正想和张居正商榷要办的大事，张居正却站起身，走到条案前，指着一个包裹问："玄翁，这是什么？"

"几件钧州窑瓷器，姻亲李登云临走时所赠。"高拱解释道，"宫内有惯例，紫皇殿办展礼，阁臣有器物即去参展，展毕带回。昨日已展毕，今日欲带回。"

张居正压低声音道："刻下圣躬违和，往家搬器物，不妥吧？"

高拱一愣，他的脑海里，顿时浮现出欧阳一敬盯着包裹看了又看的情形……

3

嘉靖四十五年十一月二十日，天气异常寒冷，凛冽的北风不住地吹着，发出"呜呜"的怪叫声，地上的残枝败叶被风卷起，在空中撒欢翻腾着，京城的百姓大都闭门不出，躲在家里围炉取暖。

今日阁臣会揖，高拱冒着寒风走到徐阶的直庐。一进门，见徐阶、李春芳和郭朴都到了。他脱下棉袍外罩，一咧嘴道："这大风，多年没有遇到过了。"

徐阶、李春芳、郭朴低着头，都没有接他的话茬儿。高拱觉出内阁的气氛有些怪异，但心里却比平时会揖时轻松了许多。前天张居正一席话，让高拱豁然开朗，抓住想办、该办的大事坚持到底，其他事就不必计较了。他决意照此去做，或许和徐阶的关系会有所缓和。

待高拱悠然地坐下来，郭朴拿起一份文牍，清了清嗓子道："吏科都给事中胡应嘉论劾大学士高拱不忠二事。"

高拱正要去端茶盏，愣了一下，问："弹劾？弹劾高某的？呵呵呵，我倒要听听，弹劾高某什么！"

徐阶闭目不语，郭朴摇摇头，看着胡应嘉的弹章道："胡应嘉一言高拱拜命之初，即以直庐为狭隘，移其家属于西安门外，黄夜潜归，殊无夙夜在公之意。二言皇上近稍违和，大小臣工莫不吁天祈佑，冀获康宁，而高拱乃私运直庐器用于外，似此举动，臣不知为何居心。"

高拱侧耳细听，越听越气，一拍几案，大声道："荒唐，荒唐透顶！"

徐阶、李春芳沉默不语。郭朴道："新郑，按例，被论之人应回避。要辩，上疏自辩可也。"

"自辩？弹章的那些个指摘，值得辩白吗？我回家写辞呈就是了！"高拱说着，蓦地起身，愤然而去。

"安阳，拟旨：'着拱照旧供职'。"身后传来徐阶的声音。

"这胡科长的论劾，也未免……"李春芳嗫嚅道。

徐阶突然笑了起来，道："呵呵，新郑五十开外了，儿子也没有一个，也难怪。"

郭朴闻言一惊，正色道："元翁，这话可说不得。照这么说，胡科长的论劾就坐实了，好像弹章指摘的，真有其事。"他把胡应嘉的弹章举起来往几案上一摔，恨恨然道，"胡应嘉这是要激皇上杀新郑啊！做言官的，不能这么干。票拟当再加上对胡应嘉训诫的话，不能纵容言官深文周纳图谋杀人的行径！"

徐阶道："安阳，言重了吧？胡科长就事论事，也是做言官的本分。"说着，沉下脸来，怒气冲冲道，"我说过，老夫当国，无他，开言路，洽舆情。不可无端责言官。"

郭朴冷笑道："哼哼，元翁宅心仁厚，郭某佩服。"

"安阳何意？"徐阶瞪着郭朴问，"安阳是不是以为，胡应嘉是受老夫指授？不错，胡应嘉是老夫的同乡；别忘了，新郑是安阳的同乡，安阳这样说话，是不是党护？照这么揣测下去，我看是要无端启党争。"

"不敢！"郭朴回应道，"深文周纳杀人，无故启党争，都是要上史书的。"言毕，拿起一份文牍，"这是户部题本，兵部为明年九边的春防要银八十万两，户部言无银可支。"

徐阶摇了摇头，默然无语。

室外大风的呼啸声格外刺耳。阁臣们各自想着心事，似乎风声只是飞出去的思绪；坐在轿中的高拱却被呼啸声搅得烦躁不安，催促轿夫赶路。

"老爷，你咋这时辰回来了？"高福见轿子进了首门，惊讶地问。

高拱一语不发，径直进了书房，高福刚倒上一盏茶，他抓在手里，"啪"的一声摔了个粉碎。房尧第听到响声，急忙进来，低声问："玄翁，何事如此生气？"

"崇楼，注门籍！"高拱向外一指，激愤地说。

国朝惯例，大臣受弹劾，当上本辞职，皇上裁定前，不得上朝当值；或官员患病暂时不能上朝当值，请假在家休息数日，俱应在自家住宅大门上张贴一张白纸，称为注门籍。房尧第一看高拱不像生病的样子，即知是受人弹劾，不觉大惊："玄翁有何弊可资论劾？"

高拱摇头，声音低沉道："高某入仕数十载，抱定一个宗旨，无论风俗如何、潮流怎样，都不可害人，不能谋私，一心为国。一日三省吾身，始终认为没有值得他人论劾的事，可偏偏就有人拿鸡毛蒜皮的事来论劾。"遂把胡应嘉弹劾之事说了一遍，愤愤不平道，"本来搬家到西安门外是想就近上朝，便于为朝廷做事，胡应嘉却硬把搬家这件事说成是高某不忠！"

"喔呀！"房尧第大惊失色道，"胡应嘉用心险恶，这是要置玄翁于死地啊！"

高拱一愣。适才他只顾生气，并没想那么多，听房尧第这么一说，吃惊不小。

"玄翁，胡应嘉所论两条，看似鸡毛蒜皮，实是揣摩透了皇上的心理。"房尧第一脸焦急地说，"胡应嘉给玄翁列的两条'罪状'，都在质疑玄翁对皇上的忠心，尤以第二条最为凶险，言语间暗示玄翁认为皇上即将辞世，匆忙往外搬物什，一旦皇上看出这个暗示，以他以刑立威、果于杀戮的性格，玄翁恐……"房尧第被惊出一身冷汗，不敢再说下去了。

高拱顿时毛骨悚然。他很清楚，当今皇上孜孜于乞求长生不死，如今病情日重，极端畏惧死亡，又极度猜疑臣下对他的忠诚，尤以宰辅大臣为最。而当此关节点上，胡应嘉弹劾他预先疏散器用，岂不是说他在为皇帝的死亡做准备，这不是犯了弥天大忌吗？想到这里，高拱脸色煞白，身子摇晃了一下，差点晕过去。房尧第忙上前搀扶，把他安顿到座椅上。

"崇楼，我不甘心就此了却一生啊！"高拱凄然道，"死，我不惧也。可死于小人的构陷，我不甘心。"顿了顿，又说，"我也放心不下裕王。"说到此，声调哽咽，"在裕王最需要我的时节，我不能死！"

"天底下最不该死的，就是玄翁！"房尧第说，"大明复兴，端赖玄翁。"

"看来得上紧辩白了。"高拱说着，神情紧张地站起身，对房尧第道，"崇楼，你坐过来，我气得手发抖，握不住笔，你先按我说的意思写出来，我抄一遍就是了。"待房尧第坐定，高拱倚坐在旁边的一把躺椅上，一脸委屈地说，"我入阁时，皇上即赐西苑直庐，前后四重、为楹一十有六，此乃奇遇。胡应嘉却说我嫌直房狭隘，这符合人情吗？我家贫无子，又乏健仆，只有族人高福替我经理家事，没有人可以替我送吃食物件，故才搬家于西安门外，便于取衣就食，以免路途遥远误了公事，这怎反倒成了无君、不忠的罪证？禁军和内官皆可做证，看看我当值时是不是私自回家。至于移直房器用，内阁在直诸臣，每遇紫皇殿展礼，必携所用器物而去，旋即移回，此乃惯例，现器物皆在，自可查证。胡应嘉捕风捉影，竟说我是移器用于外，纯属无稽之谈。"

房尧第照此意，须臾就拟好了疏稿交高拱过目，又问："皇上会不会问，既如此，胡应嘉为何弹劾玄翁呢？"

高拱阅毕，抬头道："这也正是我要问的。往者，胡应嘉每次见到我，必奉承说高某有大才，令他敬仰非常。何以突然下此毒手？不错，胡应嘉劾罢了我的姻亲李登云，但此事与我何干？我也从未因此对胡应嘉心存芥蒂，他也应该感觉到的。"

"以学生推测，此事，背后一定有人指授。"房尧第以肯定的语气说，"胡应嘉弹劾玄翁，若说出于忠君爱国，尽言官的责任，显然说不通。他所指摘玄翁的'罪状'，本就是捕风捉影，何谈出于正义而奋不顾身？若说胡应嘉是因弹劾了玄翁的姻亲李侍郎而不自安，先发制人以求自保，又未免太牵强。将玄翁置于死地，换来的是玄翁再无机会报复他？若只为此，莫不如讨好巴结玄翁更有效。如此险恶构陷相臣，风险极大，谁敢保证弹劾一举成功？若玄翁安然无恙，按照自保的逻辑，他反而岌岌可危，换言之，此次弹劾所冒风险与所求自安间，本身就存在抵牾。无非是成功了，有大回报；失败了，有保护伞，他才敢冒险去做。"

高拱内心也如是想，但仍以质疑的语气道："徐老会如此不堪？"

"想想他对付严世蕃的手段，此人还讲什么底线？"房尧第为自己的观点找例证说。

高拱不以为然："严世蕃为恶多端，无论以何手段对付他，朝野都会谅解，对高某焉能深文周纳置于死地？"

"胡宗宪呢？他可是有大功勋于国家的，皇上也是维护他的，结果怎样？"房尧第又找例证说，"徐揆不还是深文周纳把他置于死地了？所谓一朝天子一朝臣，徐揆能不明白？他这是为保权位而战哩。"说着仰天慨叹一声，"人一旦把权位放在首位，就什么事都做得出来了。"

高拱痛苦地摇头。

"不管真相如何，在皇上那里得找个理由出来。不然皇上对玄翁的辩白怎么接受？"房尧第焦急地说，点着脑门想了想，道，"也只能说，胡应嘉弹劾玄翁姻亲李登云致其罢职，他担心玄翁记恨之，甚不自安，但又抓不住别的把柄，遂以细姑无端弹劾。"

高拱点头："也只有如此了。"

房尧第一脸焦虑，又道："玄翁，还是去找找徐揆，求他在皇上面前为玄翁辩白。玄翁与徐揆并无仇恨，无非是他担心玄翁急于取代他的阁揆之位，玄翁向他表明心迹，向他示弱，或许他……"

高拱不等房尧第说完，就打断他："崇楼，徐老心机甚深，当年严嵩还在台上，因预感徐老在算计他，曾设家宴请徐老上座，严世蕃率家人跪求徐老保护，结果怎样？没有用的。"

"玄翁与张太岳是金石之交，而张太岳是徐揆的得意弟子，玄翁不妨请他出面到徐揆那里转圜。"房尧第又建言道。

"前日叔大匆匆到文渊阁，寥寥数语就不愿再深谈下去了，现在想来，他一定是觉察到什么了，特意去提醒我的。"高拱说，"可事到如今，即使张叔大愿意出面，徐老也不会听。"他长叹一声，"把奏稿上呈，就静候圣断，听天由命吧！"

4

徐阶已在无逸殿守候两天了，皇上多半都在昏睡，偶尔睁开眼，就是问"王金安在"。道士王金在旁斋醮祈福，皇上一醒，他即奉上药丸，让皇上服用。眼看到了用晚膳时分，皇上还在昏睡，司礼监掌印太监滕祥吩咐小火者为徐阶抬来食盒。徐阶用餐毕，滕祥把他拉到殿角，依照太监称呼阁臣的惯例，低声道："徐老先生，"他指了指御案上堆积的文牍，"徐老先生看，压这么多，咱不敢批红，会不会耽搁了事体？"

"喔，滕老公公所言，乃公忠体国之语。"徐阶夸赞道。

滕祥建言道："徐老先生，叫咱说，这些个文书，既然内阁已然替万岁爷拟旨了，咱就照内阁票拟批红吧。"

"滕老公公所说，也是老夫所想。"徐阶心事重重，"不过兹事体大，还是请示皇上后再说吧。"

滕祥愣住了。他原以为这是帮徐阶推进国务，不意却遭拒绝。或许，未经皇上口谕就朱批文牍，责任重大，徐阶不愿承担吧，滕祥这样想着，就不便再言。两人默默回到御榻前，见皇上没有苏醒的迹象，徐阶让滕祥先退出，他和王金两人守候在御榻旁。过了片刻，徐阶悄然走到御案前，从一摞文牍中找出胡应嘉的弹章，摆在最上面，回身向王金招招手，领他走到殿角，低声道："道长，老夫先回直庐，若皇上醒过来，御案上最上面几份文牍都很要紧，当拿给皇上御览。"

"元翁，这可使不得哩！"王金摆手道，"倘若是捷报，还可读给皇上听，其他的，怎敢报闻渎扰？皇上不能受刺激，元翁能不体谅？"

徐阶脸色陡变，气呼呼道："那好，老夫就在这里守着，待皇上醒来再说。"

"王金何在？"御榻上传来呼唤声。

"陛下，王金在。"王金忙跑过去，轻声道，"陛下用膳如何？用了膳，再进药为好。"

皇上吃力地摇了摇头。

"陛下！"徐阶往前凑了凑，以恳求的语调道，"有几份文牍，臣敢请陛下御览。"

皇上睁眼看着徐阶，茫然无所示。王金吃惊地瞪了徐阶一眼。他不明白徐阶何以在这种情形下还硬要皇上御览文书，这不是促皇上速死吗？举朝最怕皇上死的，莫过于王金了，一旦崇道的皇上驾崩，道士会有怎样的结局不难想象。他横下一条心，为保皇上之命，也就不再避嫌，进言道："陛下龙体要紧，批红的事，就让司礼监按内阁票拟办吧，待陛下康复了，再来检查他们办得妥不妥。"

"也……好。"皇上以微弱的声音，含糊回应说。言毕，又闭上眼睛，昏昏睡去了。

徐阶"哼"了一声，甩了甩袍袖，一言未发，出殿而去。

过了一天，胡应嘉的弹章连同高拱的辞呈及内里批红，就见诸邸报了。皇上到底没有御览弹章，是滕祥照内阁所拟批红。徐阶遂命中书舍人到高拱家里，禀报他胡应嘉的弹章已奉朱批"着拱照旧供职"，请他到西苑当值。

高拱紧绷的神经这才松弛下来。他刚到直庐，尚未坐定，却听门外一阵脚步声响起，抬头向外一看，一干人等簇拥着徐阶走了过来。

"喔呀新郑，受委屈了！"一进高拱直庐大门，徐阶就抱拳道。

高拱只好迎了出来，施礼道："有劳元翁。"

徐阶挥手让左右退去，他和高拱一同走进室内，隔几坐下，开口道："新郑，不必计较。国朝的宰辅，谁免得了言官的论劾呢？"

"我是无所谓，只是言官论劾，得有底线，不能深文周纳存置人死地之心。"高拱愤然道。

"呵呵，新郑想多了。"徐阶一笑道，"都是鸡毛蒜皮的小事，老夫看后只是一笑而已。海瑞骂皇上，皇上发雷霆之怒，老夫也调息了，何况这些小事？老夫不会允许伤害到新郑。老夫也想处分胡应嘉，但若处分他，必有科道站出来为他说话，反而把事体闹大了，刻下圣躬不豫，闹出事来，对新郑更不利。"

"处分不处分胡应嘉，我不便置喙，也无关大局。"高拱淡然道，"这几天，我闭门反思入阁半年多来的所言所行，也觉有失当之处。思维再三，有几句话欲向元翁陈之。"

"喔？"徐阶露出惊讶的表情，"新郑，都是为了国事嘛，老夫岂不体谅？"

"元翁，此后元翁欲做之事，高某不再置喙。"高拱以诚恳的语调说，"也请元翁对我主张的一二事，予以支持，至少不阻拦。"

徐阶沉吟良久，道："请新郑明言。"

高拱道："元翁，北边情势严峻，虏酋俺答在板升筑城建殿，边民逃板升者日增，防御压力甚大。刻下国库空虚，民力已竭，防御北虏已捉襟见肘，况两广、东南乎？从大局通盘考量，为北边计，为财用计，为东南绅民生计，开海禁，是时下最佳选择。"

"不能再等等？"徐阶问。

"皇上不豫，内阁主政，当有所作为。"高拱坚持说。

徐阶捻着胡须，沉吟道："恐科道群起反对，不好收场吧？"

高拱不以为然道："元翁，位在中枢者，明知举措利大局、利生民，不能因为忌惮物议而缩手缩脚。"

徐阶眯起双目，沉吟良久："新郑，开海禁事，老夫不反对，若新郑坚持，不妨试试看吧。"

高拱感激地抱拳致谢，又道："元翁，有句话，说出来可能是死罪，但既为辅臣，也不能不说。历来君王事，都要有所准备，按例，内阁要秘密起草遗诏，如在遗诏里把开海禁之事写进去，此事可成。"

徐阶露出惊恐的神情，摆手道："喔！新郑，说不得。今上不比列祖列宗，今上是相信长生不老的，内阁岂敢预为拟遗诏？若走漏风声，吾辈死无葬身之地矣！"

"怎么可能走漏风声？"高拱争辩道，"身为阁臣，这个规矩都不守，那还配做阁臣吗？"

"新郑，此话题到此为止！"徐阶说着，起身告辞，忽然又想起了什么，"新郑，近日东厂密奏，言许多妖寇潜入京城，朝廷已密令锦衣卫并京营秘密搜捕，已搜捕多日，却一无所获，敝宅已雇武键士备非常，新郑也要多加小心。"

高拱心不在焉地点了点头。徐阶一走，他即吩咐书办："明日我到文渊阁轮值，让礼部司务李贽去见我。"

徐阶回到直庐，召书办姚旷到内室，吩咐道："你去翰林院，知会张居正，今日入亥时到直庐来见。"

天寒地冻时节，深更半夜来见，好像偷偷摸摸干什么见不得人的勾当，姚旷以为听错了，问："亥时？"

"亥时！"徐阶重复说，又叮嘱道，"不许走漏风声！"

5

京师南城有条与棋盘街平行的延寿街，街北口西侧是座辽代所建、国朝正统年间重建的延寿寺，寺西南角不远处，就是广东潮州会馆所在。会馆始兴于国朝，北京的会馆，多为同乡缙绅和科举之士居停聚会之处。

陈大春是潮州在京官员中职位最高者，也就成了潮州会馆的当家人，时常约人到此来聚。这天，陈大春命会馆雇轿把胡应嘉和欧阳一敬接来，当晚在此餐叙。

酉时三刻，天已全黑了。三人前后脚都到了，雅间坐定，陈大春开言道："要说吃，还是咱潮州菜。"他指着胡应嘉说，"你们淮扬菜固然有名，但比起咱潮州菜，那就不在话下了。焖、炖、煎、炸、蒸、炒、焗……"正说着，几盘"打冷"端上了桌，陈大春叫着胡应嘉和欧阳一敬的字道，"克柔、司直，'打冷'风味别致，来来来，动箸动箸！"

胡应嘉有气无力地夹了一块鲍鱼片，放在嘴里慢慢嚼着，一副心事重重的样子。陈大春问味道如何，他像是没有听见，顾自想心事。

欧阳一敬叹口气道："克柔没胃口，有压力哩。"

陈大春举盏道："来来来，吃酒吃酒！有压力才要吃酒嘛！"

"高新郑还真有点肚量，受此刺激，也没见他消极。"欧阳一敬边大口嚼菜，边道，"听说礼部司务李贽受了高新郑之托，到处和人讲当开海禁，这等事，也就是高新郑这种人才敢做。"

陈大春一惊："说甚？开海禁？高新郑要开海禁？"

"李贽那厮说得头头是道，还说元翁也赞成。"欧阳一敬道。

"元翁时下事事受高新郑胁迫！"陈大春仰头饮了盏酒，"啪"地把酒盏往桌子上一蹾，"郎奶的！本是要杀他头的，结果费了九牛二虎之力，一根汗毛也没伤着，反而又让他出来折腾开海禁了！"

胡应嘉语带遗憾地说："内阁拟票不好说要杀他，只能拟照旧供职；指望皇上看到后发雷霆之怒，谁知皇上已然昏迷，不能亲览，不然，他高新郑必死无疑！"

"不管怎么说，结果是高新郑安然无恙。"陈大春手敲桌子道。

"呵呵，也不能这么说。"欧阳一敬狡黠一笑，"时下朝野都在议论，说高新郑道貌岸然，常常责备别人当值时趋谒酬酢，他倒好，当值旷职，回家御女，原来他也是两面人！"

"有此说法？"陈大春来了兴致。

欧阳一敬道："克柔弹章里说高新郑黉夜潜归，殊无夙夜在公之意，随即就有传言说他五十开外没有儿子，难怪会偷偷往家里跑；恰好高新郑辩疏里有一句'臣家贫无子'，这不自己送上门了吗？"

陈大春"喊"了一声，道："高新郑的话，是说他之所以搬家到西安门，是因为缺少送物什的人手，才移家就近的。"

"哪管那么多，反正坊间都理解为他因为'无子'，当值时偷偷跑回西安门外的家里与姬妾寻欢，以图生子。"欧阳一敬说着，一阵狂笑，"哈哈哈！想那高新郑是极好颜面的，方从绝地惊险逃生，即陷旷职御女丑闻，百口莫辩，哈哈哈！"

"吴时来去做西城的巡城御史了。"一脸沮丧的胡应嘉突然冒了一句。

巡城御史在科道中简用，一年为期轮替。提调督率东、西、南、北、中五城兵马司，巡查京城内的治安、审理诉讼、缉捕盗贼等事。吴时来和魏学曾是同榜进士，当年承徐阶之意弹劾严嵩，谪戍广西横州。徐阶当国后，起用为都察院御史。陈大春明白胡应嘉的意思，是说吴时来为徐阶出力，被谪戍多年，到现在不还是御史？出力的人未必就有酬报。

"还不都是因为高新郑那个王八蛋！"陈大春一拍桌子，恨恨然道，"时下用人，因高新郑掣肘，元翁事事小心，越是自己人越不敢用了。"

"高新郑时下就这样跋扈，眼看裕王就……"胡应嘉凄然道，"到时还有我辈的活路吗？"

雅间内顿时陷入沉默。桌上摆着清炖鳗鲡汤、龟裙点点红、酸辣青蚝等十几样菜品，样样鲜美，三人连举箸的兴趣也没了。

"对了，有件秘闻二位听到了吗？"欧阳一敬诡秘地说，"闻得许多妖寇潜入京师，厂卫逻卒、京营官军，四出搜捕不能得。我观元翁宅邸，忽然多了几个彪形大汉，想此传闻恐非空穴来风。"

陈大春早有所闻，并不为意，刻下闻言，突然两眼发光，一咬牙道："看来，只有破釜沉舟了！"

欧阳一敬忙问："霖翁何所指？"

陈大春沉吟良久，诡秘道："听说海盗遣人来刺杀主张解海禁的大臣。"

"喔？"欧阳一敬欠身问，"霖翁怎么知晓？"

"不必多问。"陈大春一脸肃穆，"来人！"他向外喊了一声，对侍者道，"差轿子把巡城御史吴时来接来。"

不过两刻工夫，吴时来就到了。一见面，陈大春三人你一言我一语大骂高拱如何忘恩负义，如何胁迫首揆、如何不给他们活路，再不动手，就真的死无葬身之地了云云。吴时来从徐阶那里得到消息，说本想提名他巡抚广东的，可顾忌高拱反对，只好暂时放一放，为了历练，先做一年巡城御史。这让他对高拱恨之入骨。三盏酒下肚，吴时来慨叹一声道："当年承元翁之命弹劾严嵩被谪戍横州，受尽苦辛；我不弹劾严嵩，按部就班，或许早就做了巡抚；可如今……唉——"

陈大春叫着吴时来的字，问："惟修，你那里有没有胡刀和鞑子的匕首？还有，乞丐混混儿？"

"又不是字画玩物，霖翁要了做甚？"吴时来问。

陈大春道："惟修，有用；再，某日某时，你率兵马司人马去某地截杀盗贼就是了，余事不必问。"

吴时来隐隐约约揣度出来了，佯装不知，一笑："霖翁的事，没的说！"

回到家里，陈大春即刻把一直收留在府的徐三叫到跟前："徐三兄弟，你此来京师，身负使命，老爷我不便久留。"

徐三以为陈大春要逐客，刚要辞谢，陈大春又道："谋刺邵大侠乃为阻开海禁，可邵大侠只是奔走呼号而已，时下有人正操持开海禁一事，兄弟是仗义死士，替主家杀此一人，即可回去复命。"

徐三嘀咕道："咱一个人恐怕办不成。"

"自有人协助你。"陈大春诡秘道。

第二天傍晚，灵济宫前，三个道士模样的人鬼鬼祟祟地来回游荡着。一个高个子背着长长的盒子，颇似锦衣卫的十四式锦盒。他们左右察看，把四周拐弯抹角处都细细看了个遍。察看毕，其中一个健壮者即骑马向西奔去，过了不到一刻钟，又转了回来，像是在演练着什么。如此往复了两遍，就悄然离开了。

过了一天，又到了傍晚时分，两个乞丐从西向东慢慢游荡着，随后，高个子道士模样的人背着盒子，来到灵济宫西侧拐角处，放下盒子，打开、盖上，盖上、打开，反复了几次。

不多时，一顶大轿从灰厂夹道转到了灵济宫前街。轿子行至灵济宫前，两个乞丐突然闪出，跪倒在轿前，拦住了去路。

"何人拦轿？"高拱掀开轿帘问。

高福刚要回答，道士模样的人已从盒中拿出一把胡刀，向轿子猛扑过去。

"有刺客！"高福大喊一声。

刺客一脚踢翻了高福，举起胡刀，就要向轿厢刺去。突然，从灵济宫东南角的一棵古柏上飞下一人，一脚将刺客手中的胡刀踢出一丈多远。刺客猝不及防，踉跄着向后退两步，猛地从怀中抽出一把寒光闪闪的匕首，飞身扑向轿厢。古柏上飞下的壮士双腿左右开弓，"啪啪"两声，匕首应声落地，刺客脸上也挨了一脚，正踢中双眼，旋即发出"哇"的一声惨叫。

两个乞丐见状，"嗖"地起身向院墙西南角跑去，刺客也捂着双眼跌跌撞撞地跟在两人身后，慌慌张张地上马，向西奔去。跑出不到一箭远，"忽"地从胡同口拥出一群人马，"嗖嗖嗖"一阵乱箭射去，三人瞬时从马上跌落下来。

高拱惊魂未定，就听轿外有人说了声："先生无恙吧？"这声音很熟悉，像是珊娘。他不敢相信，惊喜地问："是珊娘吗？"轿外之人尚未来得及回答，就听西边跑过来一队人马。"高阁老无恙吧？"随着问候声，巡城御史吴时来疾步走了过来。珊娘见状，闪身进了宫门。

"下吏西城巡城御史吴时来禀报高阁老，刺客已被我兵马司逻卒射杀！"吴时来在轿外躬身施礼，大声道。又命左右将刺客所遗凶器一一捡起细验。

高拱一身冷汗，问："何人如此大胆，天子辇下，皇城之侧，敢行刺朝廷大臣？"

"禀高阁老，搜遍刺客全身，无片言只字，但从所持凶器看，疑似北房所遣。"吴时来答。

高拱素知北房常派奸细入京，扮作乞丐或道士，前几日徐阶还提醒说有妖寇潜入京城，要他多加防范。此时对吴时来的话也就信以为真，只是想知道刺客是不是专门针对他的，遂问："刺客没有一个活口吗？"

"禀高阁老，下吏率兵马司逻卒偶然巡逻至此，听到有刺客的喊声，急忙往这边赶，见刺客骑马飞奔，恐其逃脱，遂命以箭射击，不意慌乱中将凶徒射杀了。"吴时来答。

高拱道："吴御史，速速查勘明白，另加派兵勇四处搜查，看刺客有无同伙。"

"遵命！"吴时来答，扭头把四周看了一遍，"适才何人相救，怎不见勇士身影？"

高福腿还打着哆嗦，以颤抖的声音说："哦，往灵济宫……"

高拱打断他，道："吴御史，当务之急是搜查刺客同伙，万勿遗漏，也要禀报徐、李、郭三阁老，请他们多加防范。"

第十三章 | 暗拟遗诏心机深藏
明议登极矛盾激化

1

二十多年来，紫禁城未曾举行过皇上主持的朝会大典了，百官也不曾像今天这样聚集一堂，鱼贯而入，过承天门，再穿端门，越午门，就是皇宫大内了。国朝的宫苑大内，规制宏伟壮观，崇楼叠阁，摩天连云。四年前刚刚修复的奉天殿、华盖殿和谨身殿这三大殿，此时已更名为皇极殿、中极殿、建极殿，流光溢彩，富丽堂皇。嘉靖四十五年腊月十五，朝廷百官身穿孝袍，列班恭立乾清宫外，叩谒大行皇帝的梓宫。

大行皇帝是昨日午时驾崩的。当天一早，眼看皇上已进入弥留状态，徐阶一面命将他强行抬回皇宫，一面命内阁大学士李春芳等到裕王府恭迎裕王殿下入宫。

隐隐约约中，但见硕大的黑色梓宫摆放在乾清宫正中，梓宫前的灵几上，长明灯闪闪烁烁，缭绕的烟雾里，裕王殿下身裹麻布长袍，冠带上缠着白布，毫无表情地垂手而立，按照礼仪官的引导，执行他作为继任人和孝子的职务。在这位嫡亲孝子的脸上，看不出有丝毫的痛苦。百官队列里，倒是不时传出哭泣声，但与其说是为失去在位近四十六年的皇帝而悲恸，不如说是为终于熬过了漫长的嘉靖时代而激动。多少年来，没有朝会，没有奏对，一切都失去了常规，就连在三大殿觐见聚议，也成为奢望。刻下，当人们终于可以在大内列班朝觐的时候，那个追求长生不老的高高在上的人，却静静地躺在梓宫里，去圆他的回乡之梦。

百官叩谒毕，鸿胪寺官员已经站立在丹墀上，高声喊唱："大行皇帝遗诏——"随着这喊唱声，文武官员齐声哭喊："大行皇帝啊——"就全体跪倒在地了。

高拱心里"咯噔"一声。注门籍被请回直庐时，他还在徐阶面前冒死提过一句起草遗诏的事，被徐阶敷衍过去了。从大行皇帝被抬回皇宫起，高拱不止一次找徐阶商榷遗诏事，可徐阶总是顾左右而言他，始终没有正面回应。刻下，当听到要宣读遗诏时，高拱满脸怒气地睨视着徐阶，跪地的同时发出不满的"哼"声。

鸿胪寺赞礼官以洪亮的声音，宣读遗诏：

奉天承运，皇帝诏曰：朕以宗人，入继大统，获奉宗庙四十五年。深惟享国久长，累朝未有，乃兹不起，夫复何恨！但念朕远奉列圣之家法，近承皇考之身教，一念惓惓，本惟敬天勤民是务。只缘多病，过求长生，遂致奸人乘机诳惑，祷祀日举，土木岁兴，郊庙之祭不亲，朝议之礼久废，既违成宪，亦负初心。迩者，天启朕衷，方图改过，又婴疾病，补过无由。每一追思，惟增愧恨。呜呼，怨成美端，有仗后贤。皇子裕王，仁孝天植，睿智凤成，宜上遵祖训，下顺群情，可即皇帝位，勉修令德，勿过毁伤。自朕即位至今，建言得罪诸臣，存者召用，殁者恤录，系狱者即先释放复职。方士人等，查照情罪，各正法典。斋醮、土木、采买等项劳民之事，悉皆停止。于今，予以继志述事为孝，臣以将顺匡救两尽为忠。当体至怀，用钦末命。诏告中外，咸使闻知。钦此！

高拱原以为，徐阶未与同僚商榷遗诏事，很可能把遗诏作为例行公事的文牍，不痛不痒说几句场面话而已。但听着听着，高拱觉察出自己的判断严重失误。

这，绝非一道普通的遗诏。当鸿胪寺官员读到"既违成宪，亦负初心"时，人群中已发出哭声，为了不致影响听到后边的话，还极力抑制着。当把"钦此"两个字读完，余音还未散去，百官已是放声大哭，受此感染，宫外顿时哭声大作。这哭声，显然不是对躺在漆黑梓宫中的皇帝的哀悼，而是对遗诏的欢呼。若不是在大丧的礼仪场合，不知有多少人会放声大笑。一种"鞭尸"的快意，在治丧的队伍里，在梓宫前迅速地弥漫开来。那个躺在硕大的梓宫中的大行皇帝，恐怕做梦也没有想到，生前用尽心机想要避免发生的事，在他刚刚咽气的时候，就遽然发生了！议大礼，翻案；修玄斋醮，翻案；钳制言路，翻案；为了支撑所谓太平盛世的面子不惜大兴土木，翻案！他越是要拼命维护生恐翻案的，越是不折不扣地翻了案！

遗诏宣读毕，百官叩首起身，高拱却仍呆跪原地，排在他身后的吏部尚书杨博只好伸出右脚，在他的靴底上轻轻踢了两下。

"这、这……"高拱嘴唇颤抖，嗫嚅着，勉强爬了起来。

"先朝政令不便者，以遗诏改之，既否定了先朝之恶政，又足以彰显先帝悔过之诚，且避免新皇改父过之议，元翁，大手笔啊！"身后传出感叹、钦佩的议论声。

"是啊，拨乱反正，收拾人心，无过此诏。元翁，有大功于社稷啊！"附和的声音。

"遗诏培国脉，回元气，反数十载之误而正之，旋乾转坤，虽伊尹、霍光犹未及也！"有人大声道。

"是啊，是啊……"有人说着，就哽咽起来，"元翁，我大明救时良相也！"

高拱一边听着这些议论，一边望着裕王被太监李芳搀扶着离开了乾清宫，这才转过脸来，看了一眼郭朴，问："安阳，遗诏事，你与闻否？"

"一无所知。"郭朴答，语气中流露出不满。

"如此大事，何以不经阁议？"高拱故意大声说。

徐阶佯装没有听到，顾自走了几步，又回头对李春芳道："自今日起，阁臣通到文渊阁办事。"又道，"昨钦天监查皇历来报，二十四日行裕王殿下登基大典，按例，阁臣要向裕王殿下上劝进表，写就后就各自径直上达吧。还有，再过半个月，嘉靖四十五年就过去了，新年号内阁要议一议，呈裕王殿下定夺，诸公可先斟酌一下，取甚年号为好。"

"我看年号也不必议了，"高拱没好气地说，"阁臣各自拟一个出来，让裕王殿下挑选就是了！"

徐阶踌躇片刻："也罢，就按新郑所言办。"

说话间，部院大臣、科道翰林纷纷向徐阶围拢过去，众人都急于表达他们听完遗诏的感受，有的深深鞠躬；有的紧闭嘴唇，抱拳有力地晃了又晃；还有的想说什么，可只叫了一声"元翁——"就再也说不下去了。顿时，哭声又起。

"玄翁。"翰林院掌院学士张居正没有往徐阶身边凑，而是走到高拱跟前，说，"前日遇刺事，到底怎么回事？听说此事，正要去谒玄翁，却赶上大行皇帝驾崩，就没来得及。"

高拱前晚遇刺的消息还未广为人知，次日一早大行皇帝就陷入弥留，阁臣遇刺这样的轰动性消息，因正赶上皇帝驾崩，也就无声无息了。就连高拱本人，这时也不愿再提及此事，他没有回答张居正，而是以愤懑的语调道："叔大，徐老怎么可以这么做？拟遗诏之事，把阁臣蒙在鼓里，玩裕王于股掌中！"

张居正沉吟不语。他知道，作为新君裕王的首席讲官，高拱希望在起草遗诏时能够体现自己的意志——拨乱反正，除旧布新。

"我、我本想，"高拱以惋惜、遗憾的语气说，"我本想，遗诏要肯定嘉靖初年励精图治的历史，把新朝与嘉靖初期的革新路线接续起来，这样就可以减少阻力，一举开创新局面。无论是从维护裕王的角度还是从除弊兴利以新治理的角度，我都希望能参与《嘉靖遗诏》的起草，不意竟是这般结局，我委实咽不下这口气！"

"玄翁，遗诏业经裕王殿下认可，百官闻之雀跃，居正劝玄翁万毋发难。"张居正低着头，劝道。

"我只是想知道，徐老为甚瞒着阁臣，用意何在？"高拱怒气冲冲地说。

张居正低声道："揪住此事不放，恐对玄翁不利，请玄翁慎思之。"

2

张居正已然明白了徐阶的意图，他在为高拱担心。

几天前，徐阶吩咐书办姚旷召张居正深夜到直庐来见。张居正预料必有机密大事。一见面，徐阶仰坐椅中，道："叔大，按例，皇帝驾崩当公布遗诏，借以作为新旧皇帝交接的宣示。往者，只是以大行皇帝名义和口气，对其在位期间的作为简略回顾，对嗣君作出勤政爱民的嘉勉，每每是溢美之词，套语空话，并不为臣民所重视。然则，四十六年前，武宗驾崩时，以他的名义发布的《正德遗诏》却非同寻常。当是时，御宇十六载的武宗以三十岁暴卒，朝野普遍引为欣幸，内阁顺应民心，拟制了一道《正德遗诏》，宣布废除最受臣民痛恨的一系列弊政，借以稍平民愤，挽回人心。遗诏颁布后，朝野为之踊跃称庆，首相杨廷和也因此赢得了'救时良相'之誉。"

"学生明白！"张居正郑重地说，"《嘉靖遗诏》，要不同凡响。"

徐阶凛然道："以自责的口气，清算四十多年来弊政！"

"师相英明！"张居正庄严道，"大明宇内，若蕴隆焚炽之极，师相以遗诏拨乱反正，宛如手扶日月，以时雨沛之。"

"议大礼，是一件；修玄斋醮，是一件；兴土木，是一件；钳制异议者，是一件；久废朝议，是一件；求珠宝、营织作，也是一件……"徐阶扳着手指头，历数四十余年来的件件恶政。

张居正愕然失色，暗忖：这件件恶政中，作为中枢重臣的徐阶，你老人家无不参与其间，甚或推波助澜。大兴土木重修永寿宫，不就是你老人家主动建言的吗？连当国的严嵩都羞于为之。力赞修玄，撰写青词，不是你老人家二十年来的日课吗？久废朝议也好，求珠宝、营织作也罢，你老人家又谏阻过几次呢？怎么突然之间，不惟不为之掩饰，反而公开揭露，要大行皇帝通过遗诏向天下谢罪呢？他不便直接问，小心翼翼试探道："师相，此诏非同小可，学生何日完稿？"

徐阶断然道："今夜，在此完稿，不可对任何人提及。"

张居正越发疑惑了："师相的意思是，此诏瞒住其他阁臣？"

徐阶胸有成竹地说："此诏非同寻常，实有全面翻案之意。兹事体大，通过阁议，一则恐难立时取得共识；二则恐有泄露，罹'大不敬'之罪，老夫不愿牵累他人，愿一体承当！"

张居正半信半疑。但至此重大转折关头，他以五品翰林身份得以亲历，一种亲手参与旋转乾坤的神圣感，一种创造历史的责任感，让他激动不已，受到老师如此信任，再无端揣测老师的心机，未免有失厚道。他不再多想，照徐阶所说，埋头起稿。

不知修改了多少遍，逐字逐句反复推敲，直到破晓，才最终定稿。张居正深知这道遗诏的分量，心底埋藏着这个巨大秘密，又被两个疑团所困扰，他不敢与任何人提及，只是自问：遗诏实是痛诋皇上之非，近乎"鞭尸"，这与徐阶示于人的敦厚长者形象委实难以吻合，且皇上的这些过失，徐阶俱有份，他何以甘冒风险，执意要拟出对在位近四十六年的皇帝如此不留情面的遗诏呢？再者，起草如此异乎寻常的遗诏，事体重大，徐阶何以执意要瞒着内阁同僚，却私下引用一个五品翰林？揆诸体制，不和；揆诸情理，不通，他不怕因此引发高拱反弹吗？当遗诏甫一颁布，就获得如潮好评，张居正当即就明白了徐阶的良苦用心。

"岳翁，"站在张居正身后的张四维唤了他一声，低语道，"若非借遗诏以定策，元翁或将以'十面观音''一味甘草'形象定论；以他在先帝面前降志自污、迎合顺从的表现，虽有其不得已之苦衷，仍有可能被归入'奸佞'行列而难以辩解。今此诏发布，彻底洗刷了元翁身上的历史污垢，足以把他载入救时良相的史册矣！"

"这就是大家，这就是大手笔！"张居正也忍不住感叹了一句。但他并无意与张四维交谈，目光须臾也未离开高拱，随即迫不及待地走到他身边，劝慰、提醒他。

这一刻，张居正已悟出了徐阶的更深层次心机。他瞒着高拱起草如此异乎寻常的遗诏，不惟不惧怕他的反弹，毋宁说，更愿意看到高拱对大得人心的遗诏发难。果如此，高拱必然会引发朝野的反感，张居正在感叹徐阶老练的同时，也不禁为高拱担心。

高拱却以为张居正是在替徐阶在自己面前缓颊，顿时生出几分反感，只是冷笑一声，顾自疾步走向文渊阁。到得朝房，本想拟一个年号呈报的，可怎么也静不下心来，越想越生气，索性站起身，边喘着粗气，边在室内来回踱步。厨役抬来了食盒，他烦躁地一扬手："抬走！"

"新郑，再生气也得吃饭嘛！"郭朴从间壁他的朝房走过来，命左右将两份早点置于高拱的书案上，与他面对面坐下，抓起一个包子在高拱眼前晃了晃，赌气似的说，"吃！吃得饱饱的！"说着，大口咬了下去，嚼了半天，却咽不下去，两行热泪顺着脸颊淌下，哽咽道，"先帝对我有知遇之恩，实不忍见以遗诏'鞭尸'。"

高拱把一碗小米粥向他面前推了推。郭朴端起碗喝了一口，勉强咽下食物，抹了抹嘴，恨恨然道："徐老谤先帝，可斩！"又说，"先帝固已无知觉，然裕王乃先帝亲子，徐老这不是故意要儿子扬亲爹之丑吗？为捞取个人声誉而置裕王于不孝不义之地，殊为可恨！"

这番话触到了高拱的痛处。他最在意的是裕王，容不得他人对裕王有一丝一毫的伤害，遂愤然道："先帝英主，四十五年所行，非尽恶也；裕王，先帝亲子，非他人也，已而立之岁，非幼童也，何以公然在裕王面前扬先帝之罪以示天下？这不是欺负裕王吗？"因想到裕王受人欺负，泪水瞬时就涌出眼眶。

郭朴总觉得，身为先帝一手拔擢的阁臣，在他身后未能为他维护住英主的形象，实在愧对先帝在天之灵，内心深感不安，听高拱说完，又附和道："如先帝何？如裕王何？"

"哼哼，他也做得出来！"高拱咬牙道，"斋醮事，先帝多次想终止，还不是他为固宠希位一直在鼓动，怎么都是先帝的罪过？土木事就更不用说了。昔年万寿宫被焚，严嵩慑于舆情不敢说重修，徐老却力主重建，一丈一尺，皆他们父子视方略，怎么都成了先帝的罪过？诡随于生前，诋毁于身后，这等事，于心何忍？"

郭朴听高拱激愤异常，顿时清醒了，警觉地起身向门外走去，徐阶的书办姚旷神色慌张地转身要走，郭朴问："姚书办何事？"

"喔，下吏刚来，刚来。"姚旷答非所问。

郭朴故作镇静追问道："我问你来此何事？"

姚旷忙道："哦，元翁有示，请郭、高二位阁老用餐毕，到中堂会揖。"说完，转身疾步下楼。

"适才所言，大抵已被姚旷听到了。"郭朴回身对高拱道。

"听到怕甚？"高拱不以为然地说，"他敢做，我辈连说都不敢说吗？"

"新郑，说几句牢骚话何用？徒增纷扰罢了。"郭朴说着，向高拱伸了伸脖子，压低了声音，"裕王最信任新郑，不妨上密札，揭穿某人诡随于生前，诋毁于身后的行径，只要新郑肯出手，新皇登基后，定然一举将其罢黜!"

高拱沉吟片刻,道:"裕王初登大宝,就要他罢黜大臣,这会让他为难,不能做。况且,背地里算计同僚,坏朝廷的规矩,高某不屑为之。"

郭朴摇着头道:"新郑啊,我是前朝旧臣,无所谓了;你是新朝柱国,要想施展抱负,就不能事事都按牌理出牌。人家已然不按牌理出牌了,你却还事事讲规矩,那会有好结果吗?"

"相天下者无己!"高拱义形于色道,"在中枢者不讲规矩,焉能率天下人守规矩?"

郭朴叹气道:"既如此,遗诏事,不可再发一语。"又自嘲地一笑道,"晚矣,适才的那些话,收不回来了,已然传到人家耳朵里咯!"

3

文渊阁中堂,左右各置书案,东西相对,以入阁先后分左右入座。徐阶左手,李春芳右手,郭朴在左,高拱在右。郭朴和高拱从朝房出来,进了中堂,吏部、户部、兵部、刑部尚书并锦衣卫都督已北向列坐,李春芳也已坐在自己的位子上。众人见两位阁老入席,忙起身施礼。刚坐定,徐阶迈着沉稳的步履进来了,尚未施礼毕,徐阶一脸肃穆道:"遗诏已宣示中外,做臣子的当竭力奉行。这是对大行皇帝的尊重,也是对即将继位的新君的尊重。"他扫视了众人一遍,从袖中掏出一张稿笺,快速浏览了一遍,高声道,"锦衣卫都督朱希孝!"

"在!"高大威猛的朱希孝站起身答。

"缇帅,当速速领锦衣卫校尉,到西苑捉拿王金等一干方术道士,下镇抚司羁押!"徐阶以命令的语气道,又转向刑部尚书黄光升,"刑部当速立案审勘。这些方术道士,妖言惑君,进丹药于先帝,不的,先帝静摄有年,何以骤然驾崩?"

"元翁的意思是,先帝非善终?"高拱以质问的语气插话道。

徐阶不理会高拱,举手示意正要离席的朱希孝站住,说:"遗诏明言,建言得罪诸臣,存者召用,殁者恤录,系狱者即先释放复职。户部主事海瑞,还有因论救海瑞而获罪的户部司务何以尚,正拘押在北镇抚司诏狱，也请缇帅速传令释放之。"这才挥手让朱希孝快去办事，转脸对吏部尚书杨博说，"吏部当速将嘉靖朝因建言获罪的诸臣——开列名册，存者召用，殁者恤录。"

"建言者，无不是忠君爱国的正直之士，今日得以拨乱反正，天下绅民能不加额？"李春芳慨然道。

"得此消息，存者能不欢呼庆幸？即使殁者，在天之灵，也当感佩元翁为之昭雪。"兵部尚书霍冀感叹道。

"功德无量，"吏部尚书杨博说，"天下士人归心矣！"

徐阶得意地扫了一眼手中的文稿，继续说："遗诏明示斋醮、土木、采买等项劳民之事，悉皆停止，户部、工部当列出各项应停止的劳民之事上奏，昭告中外，迅疾停止！"

"绅民焉能不庆！"户部尚书刘体乾赞叹道。

徐阶把文稿揣入袖中，悠然地呷了口茶，又慢慢放下茶盏，缓缓道："兵科都给事中欧阳一敬上疏，言及新皇登基赏军之事，正好户部、兵部尚书都在，不妨一议。"

李春芳道："欧阳给谏奏言：自英宗始，新皇登基，赏赐三军将士，例有定额；但大行皇帝登基时，照前例加倍赏军。欧阳给谏建言裕王登基，当比照大行皇帝成例，倍赏三军。"

"欧阳给谏的提议甚好，三军将士必加倍效死！"兵部尚书霍冀迫不及待地说。

"还轮不到你说话！"高拱一拍桌案，大声道，"有些人，只知任恩，不体认时艰！"

朝野对徐阶最大的非议，莫过于"只知任恩"了。对此，包括徐阶在内的在座诸公，了然于胸，故而高拱的话一出口，中堂里的气氛顿时紧张起来。

"赏军是祖宗成例，高阁老何以动怒？"李春芳小心翼翼地说。

"新君登基赏赐三军，是英宗创下的先例，大行皇帝因是外藩入继大统，遂决定赏军倍于以前。"高拱粗声大气道，"欧阳给谏何以专引大行皇帝之例？"

"有何不妥？"徐阶头也不抬，瓮声问。

"赏军固然要赏，"高拱语带激愤地说，"然则，按英宗至武宗时的赏军之数办，是成例；按先帝倍赏之数办，也是成例，本是无所谓的。"高拱喝了口茶，提高了声调，"倍赏三军当然最好，将帅无不念新君的恩泽，谢元翁的美意。然政府办事要从实际出发，不能一意任恩。请问诸公，库存银两几何？"他把目光转向户部尚书刘体乾，"大司农，你不妨说说看。"

刘体乾见徐阶沉默不语，转过脸来为难地看着高拱，支吾良久，高拱忍不住道："也罢，我来替你说。诸公可知，国库仅存银一百三十万四千六百五十二万两。可是，国家必须要花的钱是多少？"他伸出右手，扳着指头计算着，"岁支官俸需一百三十五万两有奇，边饷二百三十六万两，补发年例一百八十二万两，仅此两项，通计所出需银五百五十三万两有奇。如此算来，现存之数，仅够三个月之用！三个月后，该怎么办，已是束手无策。若按元翁美意，赏军之数，又要四百万两。新君登基，按例还要蠲免天下钱粮，所收又少其半。内帑空虚，高某愚钝，不知这些钱，从何支之？"

"天下承平日久，国中尤其是江南甚为繁荣，财富日积月累，大大超过从前，"李春芳道，"既然先帝登基时可倍赏三军，今次似可克服一时艰困，咬咬牙照例行之。"

高拱沉着脸道："江南繁荣倒是繁荣，财富倒也委实多过从前，但言朝廷则国库空虚捉襟见肘；言民间则贫富悬殊富者愈富，与其咬牙倍赏三军，莫如下功夫解决这个难题！"

徐阶见阁臣在部院大臣面前争论不休，也就不再沉默，清了清嗓子，缓缓道："新郑的话，没有错的。国库空虚，捉襟见肘，确是实情。但我辈位在中枢者，每做一事，无小大，皆关乎大局，不能仅从财用角度考量。加倍赏军之例乃先帝所创，若无故停之，恐将士寒心，士林非议，这不是帑银多少之事，实在关乎新君圣威，我辈不可不慎重待之。"

"喔？"李春芳以赞佩的口气道，"元翁可谓深谋远虑。"

高拱被徐阶的话噎住了。照他的意思，似乎高拱反对倍赏三军就是不顾及裕王的威德，这委实让他百口莫辩，只好叹了口气："元翁如是说，我辈夫复何言。"

徐阶忙接言道："那好，既然内阁达成共识，户部抓紧筹钱。"说完向外摆摆手，"诸公，可以回去办事了。"

杨博、刘体乾、霍冀、黄光升闻言，施礼告辞。

"礼部已将裕王登基大典报来，诸公看看，妥否？"徐阶扬了扬下颌，示意李春芳把礼部奏本一读。

"哼！"高拱一声冷笑，"该议的不议，不该议的反而要议。登基大典都有成例，有甚好议的？当务之急是商榷一下登极诏书，这关乎大局。登极诏相当于新君、新朝的施政纲领，总结过去，展望未来，务必给人一新耳目之感。"

"喔，这话是对的。"郭朴附和道，"最宜集思广益，慎重研议。"

李春芳尴尬一笑道："元翁，要不，礼部的奏本，传阅之？"

徐阶明白高拱气从何来，但他神态自若，淡然道："也好。那就议一议登极诏，兴化，对登极诏，你有何想法？"

李春芳沉吟良久方开口道："登极诏似应与遗诏相呼应。"

高拱正端茶盏喝茶，听到"遗诏"二字，把茶盏在书案上猛地一蹾，道："遗诏，李阁老可曾与闻？内阁研议过吗？"

徐阶勃然色变，高声道："老夫当国，要杀要剐，自当一体承担！况遗诏乃裕王审定，且已宣布中外，难道新郑想要推翻？"

郭朴从徐阶的话中听出，适才他和高拱两人在朝房说过的那番话，徐阶已然知晓，他最担心的是徐阶把反对甚或推翻遗诏的罪名强加于他和高拱头上，从百官听到遗诏后的反应可以推测出，谁反对遗诏，谁就不得人心。那么，一旦他和高拱反对遗诏的话传出去，势必陷入孤立境地。想到此，郭朴忙道："元翁，没有人反对遗诏，更谈不上想推翻遗诏，新郑只是想说，遗诏未经内阁……"

徐阶打断郭朴，嘲讽道："安阳，新郑怎么想的，你都清楚？"

"喔，还是说说登极诏吧！"李春芳忙打圆场。

高拱道："推翻遗诏之说，高某不敢领教。但若说先帝四十五年尽行恶政，高某不敢苟同；裕王乃先帝亲子，加裕王于不孝之名，高某不能缄默。"说着，他提高了声调，"除弊政、开新局，谁也没有我高某迫切，想必诸公都清楚这一点。但前提是不能让裕王担不孝之名。"顿了顿，又缓和了语调道，"思维再三，我想登极诏先要有这样一句话：皇考大行皇帝，以经文纬武之德，建安内攘外之功。然后再全面概述新政内容，论列若干条。最后一段还要体现兴革改制以新治理的态度，不妨有这样的话：推类以尽义，通变以宜时。一应弊政，诏书开载未尽者，陆续自行查议奏革。凡可以正士习、纠官邪、安民生、足国用等项长策，仍许人真言无隐。"

郭朴赞叹道："尽管施政数条尚未开列，但仅新郑适才所言数句，足可振人心，提士气。看来新郑深思熟虑过的，不妨请新郑拿出初稿，我辈再细细推敲之。"

徐阶瞪了郭朴一眼，道："说来说去，还是要推翻遗诏。"

高拱忍无可忍，瞪眼道："总说想推翻遗诏，高某实不敢测其用心。在施政数条里，遗诏宣示的停止劳民之事、昭雪建言诸臣尽可列入，高某也有此考量，怎么就成了推翻遗诏了？"

"刻下还是老夫当国！"徐阶怒气冲冲道，"所谓在其位谋其政，该老夫承担的，也无须他人代劳！"

高拱仍不示弱："登极诏是裕王的登极诏，该全面表达裕王的意思才是。裕王三十岁了，不是幼童可任人摆布。既然内阁不能达成共识，那就觐见裕王，各自陈述己见，让裕王集思广益后定夺！"

李春芳和郭朴都为高拱的这番话所震惊。尽人皆知，高拱是裕王最信任的老师，这恰恰是徐阶之所以对他高度戒备的敏感点。高拱搬出裕王来压徐阶，岂不是逼徐阶与他摊牌？要么徐阶知趣地辞职走人，要么他施展手腕让高拱走人，已经没有退路。

"如此甚好！如此甚好！"徐阶连连说了几遍，"诸公，先把年号拟好，等年号定下来，再说登极诏，散了吧！"说完，略一拱手，就气呼呼地向朝房走去。

第十四章 | 皇上渊默无主张
| 末相折冲解海禁

1

正月的京城天寒地冻，就连引车卖浆者流，也不愿早早爬出被窝，上街叫卖；只有衙门的大小官员，逢三、六、九日，却不得不哆嗦着身子，寅时即起，在金水桥列队，穿过承天门，到午门外等候早朝。大行皇帝——已被尊为世宗的先帝在日，因在西苑"静摄"，朝议尽废，百官腹议之；然则，新朝开局一切步入正轨，不少官员又怀念起不用早朝的时日来，巴不得皇上传旨免朝。可皇上免朝了几次，却遭科道密集猛谏，免朝的话，也就不敢再提起了。

朦胧中，大内刻漏房报了卯牌，钟鼓声中，宫门缓缓开启，鸿胪寺赞礼官高唱一声："百官入朝——"话音未落，大小官员鱼贯而入，年迈的官员因为眼神不好，步履显得蹒跚，后边的同僚不时发出窃笑声。经过一阵踢踏窸窣的响动，文武官员来到皇极门前的广场，依次列班，侍班御史开始点名。一切就绪后，就听九声鞭响，是皇上驾到的讯号。鸿胪寺礼赞官一声口令："行礼——"随即一阵骚动，百官行一跪三叩之礼，"吾皇万岁！万万岁！"的喊声，在恢宏的紫禁城里回荡。

这喊声中，以高拱的嗓门最高。为了今日早朝，确切说是早朝后的廷议，他一夜未眠。自入阁不久，他就想办一件大事，但迟迟未能如愿，终于，在新皇登基二十多天后，机会来了，高拱怎不兴奋异常。他睨视了一眼徐阶，见他跪拜间颤颤巍巍，雪白的胡须在寒风中飘荡着，心里顿时生出一丝怜悯。

在高拱看来，大行皇帝驾崩后的一个多月，徐阶似乎颇识时务，而转折点，就是新皇的年号。在裕王登基大典前，四阁臣分别拟了一个年号上报，高拱拟出"隆庆"二字，裕王最终正是选定"隆庆"作为自己的年号。朝野并不认为"隆庆"是理想的年号，因宋朝有隆庆府之设，汉朝有隆庆公主，本朝英宗长女后人也称为隆庆公主；但裕王偏偏选定了它，这越发让人觉得，高拱在新君心目中的地位，是任何人所难以比拟的。正是裕王的这个决定，让徐阶突然间缓和了与高拱的关系，同意由他起草《隆庆登极诏》，经内阁研议后呈请裕王定夺，裕王也照单全收。登极诏开列出三十余项应兴应革事宜，人心为之大振。登基大典当日，徐阶突然上了道辞表，以年迈为由恳请告老还乡。皇上一再慰留，方出来视事。更让高拱感到意外的是，徐阶又明示准备在灵济宫的讲学大会停止举办。高拱以为，这分明是徐阶在向他示弱、示好。在自信心倍增、摩拳擦掌预备大展鸿猷的同时，高拱骤然间生出对年迈的首相的一丝怜悯，也就不难理解了。

刻下，高拱豪情满怀，壮心不已。在他看来，随着大行皇帝的死去，一个旧时代结束了，一个充满希冀的新时代到来了！当今皇上春秋正盛，在裕邸时塑造的宽厚仁孝、动遵礼法的良好形象，又足以使臣民们相信，他将带领大明继往开来，昌隆国运。作为皇上最信任的老师，高拱暗自发誓，必义无反顾，锐志匡时，肩大任而不挠，开创堪载史册的隆庆之治！

前日内阁会揖时，福建巡抚涂泽民建言开海禁的奏本摆到了中堂阁臣的桌案上。此前，经高拱争取，徐阶勉强同意将开海禁提上日程，高拱即请家在福建晋江的李贽私下把消息传布出去，以争取支持。因大行皇帝驾崩，此事搁置了。但高拱并没有忘记，他致函福建巡抚涂泽民，和他详细商议了有关事宜，涂泽民方按高拱所示正式上奏朝廷。但是，包括郭朴在内，其他三位阁臣一致认为，开海禁事体重大，须慎重研议。高拱很清楚，官场上所谓慎重研议，往往是延宕不办的借口。而他需要的是，抓住这难得的机会，以开海禁这个大举措，布局谋篇，经略国防，充盈财用，以此作为隆庆朝的新开端，营造出隆庆朝的新气象。故而高拱当即反对搁置开海禁之议，并态度强硬地提出，把涂泽民的奏本提交廷议。

徐阶早就对高拱说过他也主张开海禁，只是时机不成熟，时下新朝开局，正是良机，他没有理由反对，也就签署了内阁公本，建言皇上主持廷议，商榷开海禁之事。皇上对内阁提议从未否决过，遂传旨今日早朝后即行廷议。

国制，"事关大利害"的政事，须下廷臣集议，谓之廷议。实际上就是御前会议，只不过在正德、嘉靖两朝，皇帝多半委托首揆或王公代为主持而已。倘若皇帝亲自主持，则就是御前会议了。参加廷议的人数，因所议内容而异，少则三十余人，多则百余人。按照内阁研议，今日早朝后，在御前廷议，除内阁大臣外，部院寺监堂上官并六科给事中凡三十余人出席。

天色已经微明，天颜近在咫尺，只是面带倦容，仿佛还处于似醒非醒的状态。尽管头戴精美绝伦的金丝皇冠，身着暗黄色龙袍，可一眼望去，却看不出飒爽豪迈之气。高拱有些心疼，大明江山的千钧重担落在了身材瘦弱的皇上肩上，皇上太辛苦了。这一个月来，没完没了的礼仪，都要皇上出面，皇上太累了。

"启奏陛下——"徐阶当仁不让，先说话了，他从袖中取出一叠文稿，奏道，"按照先帝遗诏和陛下登极诏，先朝建言诸臣，已殁者有杨继盛、沈炼等四十五人；尚存者有海瑞、赵贞吉等三十三人，凡七十八人，除海瑞、何以尚已释放复职外，其余诸臣，吏部已开列起复名册，请陛下御览。"

皇上渊默无语。新任司礼监掌印太监李芳把文稿接过去，见皇上没有御览的表示，只好拿在手里。

徐阶继续说："陛下，臣等遵陛下谕旨，例行京察。京察是甄别朝廷官员贤与不肖之机会，六年一举。臣等查得，往者之京察，五品以下官员一经察典，便是终身的耻辱，倘若受到贬黜处分的，皇上也留他不得。四品以上官员照例须自陈，听候皇上的处分。对于自陈是否属实，科道可以提出京察拾遗，经拾遗者，一概察典。现四品以上官员的自陈奏疏均已呈报陛下，臣等辅臣也在京察之列，理当回避，不便替陛下票拟，臣敢请陛下对四品以上官员的自陈御览颁旨。"

皇上看了一眼高拱，却对徐阶的提问一字未答。徐阶从袖中又掏出一份文稿，说："今次京察将科道纳入，察典为不称职者十人，名册在此，请陛下御览。"

李芳把名册捧到皇上面前，皇上袖手不动，李芳只好把名册塞入袖中。

徐阶轻声叹了口气，又道："陛下，工部并各省督抚奉旨已拆毁建于西苑并各地王府、衙门之所有神坛道观，昔年因建造此等不经工程，岁费百万，以大木费等名目摊派于民，已一体取消。绅民为之加额，争诵圣德。"

高拱目不转睛地看着皇上，见他在龙椅上向下滑了滑身子，显得十分疲倦的样子，心疼不已，忙对徐阶道："元翁，早朝只是皇上宣示勤政的仪式，象征性奏报一二事就是了，免得皇上和百官倦了。"

头排的阁臣带头窃窃私语，朝班中顿时就响起一片"嗡嗡"的议论声。

"皇上何以渊默无语，这让元翁如何推进国务？"

"不是临朝渊默，就是索性免朝，这可不是新气象啊！"

"内阁不协，皇上渊默，这可如何是好？"

"喔呀，这些话也敢在此庄严场合说得的？多亏今上和元翁宅心仁厚，不的，岂不罹大不敬之罪？"

"此话有理，今上是仁厚的君主，我辈臣子遇此君父，实乃大幸啊！"

"肃静——"侍班御史高叫一声，众人这才慢慢安静下来。

"有事奏来，无事散班——"鸿胪寺官员高声道。

徐阶又出列道："陛下，臣所奏之事，请发口谕。"见没有得到皇上回应，他仍不甘心，又说，"早朝乃祖制，除了皇亲与勋贵重臣去世方可辍朝以示哀悼外，不宜免朝。臣读得孝宗实录，当年因宫中失火，孝宗皇帝彻夜未眠，神思恍惚，就恳求辍朝一日，经内阁慎重研议，才同意免朝一日。按制，朝会时，陛下可对国务有所垂询，臣工有所奏请，陛下宜即发口谕。"

听了这番当众教训孩童般的话，百官无不提心吊胆；可皇上并不生气，甚至还有些愧赧，终于开了金口："这——"他踌躇着，喃喃说，"众卿皆明达干练、老成谋国之士，政务，就由卿等谋划办理，不必事事取乎朕之旨意。内阁号称政府，政务筹划自是内阁之责，以后，朝会上百官有所询，就由辅臣代朕答复。"

徐阶愕然。

百官又发出一阵"嗡嗡"的议论声。

"所谓君逸臣劳，自古有之。"高拱出列高声道，"皇上如此信任政府，我辈辅臣当竭尽所能，慷慨有为，不辜负皇上期许！"

朝班中有人发出"嘘"声。

"轮到他说这话吗？"科道班列里，传出嘲讽的声音。

"散班——"鸿胪寺官员高唱一声。话音未落，皇上起身要走，李芳上前扶住他，道："万岁爷，廷议还要万岁爷主持哩。"

皇上踌躇片刻，只得极不情愿地又坐了回去。

2

国朝已有二十六年没有举行过皇帝主持的廷议了，刻下廷议正式开始，阁臣并六部和都察院堂上官，通政司、大理寺正卿，另有六科掌印给事中，都进入殿内依序列班。人数不算多，却因多年未曾有过这样的场面，还是忙乱了一阵才安静下来。皇上枯坐着，茫然地看着穿梭换位的臣工，待列班已毕，他求助似的看了看高拱，似乎等待他主持场面。可高拱自知自己只是末位阁臣，这个场合碍于规制不便先说话，皇极殿里顿时陷入沉默。

"陛下！"徐阶只好先开口了，"今次廷议，乃是就福建巡抚涂泽民所奏开海禁事。按例，先宣读奏疏，与会者要就赞同抑或反对，一一表明态度，最后由陛下宸断。"

"那就读吧。"皇上懒洋洋地说。

鸿胪寺赞礼官把涂泽民《条陈善后未尽事宜以备远略以图治安疏》读了一遍，等待皇上发话。良久，皇上才似从梦中醒来，说："嗯，继续吧。"

徐阶道："禁海，乃太祖皇帝钦定祖制；开禁，乃时势所逼。此事早有议论，臣闻得，赞同抑或反对者都不乏其人，所列理由也都不能说是无根之谈。"众人屏息静气等了良久，徐阶却没有了下文。

"那么元辅是何主张？"皇上打起精神，好奇地问。

"这……"徐阶踌躇片刻，"还是先听听众人的意见吧。"

会场再次陷入沉默。

"皇上，臣主张开海禁！"高拱忍不住大声说。他早就做了充分准备，遂侃侃而论起来，"其一，继续禁海，东南祸患难弭。皇上和诸公都知道，沿海倭患，乃国朝大患，嘉靖朝南北两欺，做臣子的实不忍言。剿倭数十载，东南生灵涂炭，国库为之空虚。可是，亲历御倭或遭遇倭患者惊讶地发现，所谓倭寇，十之八九乃国人，我大明沿海之民是也！所谓倭寇头目，沿海富商是也！这里有几段话，不妨念给皇上和诸公闻之。"说着，他从袖中掏出一叠文稿，"先帝曾命工部侍郎赵文华祭海神、督剿倭，赵文华说：'近来海禁太严，渔樵不通，生理日蹙，转而为盗。'曾任浙江巡抚督率剿倭的王忬说：'寇与商同是人，市通则寇转为商，市禁则商转为寇。禁之愈严而寇愈盛。海滨人人为贼，有诛之不可胜诛者'。曾任福建巡抚的谭纶也说：'闽人滨海而居，非往来海中则不得食。自通番禁严，而附近海洋渔贩，一切不通，故民贫而盗愈起。'听了亲历者的这些话，对所谓倭寇、所谓剿倭，当有新认识。"

会场响起窃窃私语声。

"目今时异势殊，与国初大不同。佛朗机人、南洋人，都泛舟海上，贸易大兴。我中国物产富饶，夷商皆愿与我互通有无，沿海商民遂私下与之交易，以为生存或致富之道。是故，开海禁乃是面对现实之举。海外贸易全由官府垄断，不仅事所难能，且与大势相悖。不管朝廷愿意与否，海禁禁不了走私，私人贸易已非官府所能掌控。官府垄断贸易的衰落与民间贸易的勃兴已是不争的事实，不承认这个事实，就是坐等祸患再起。也就是说，开海禁，是对事实的承认，是明智之举。"

"倭患曾经何等严重，不也剿灭了吗？"都察院左都御史王廷提出质疑，"朝廷焉能被动承认事实？"

高拱听到了，并不辩驳，顾自照自己的思路说下去："开海禁也是足

大
明
首
相

第
一
部

陷
阱
重
重

财用之所需。嘉靖朝为弭南倭北虏之患，所需粮饷甚巨，加之官场竞相奢靡，贪墨成风，财富消耗殆尽；而多年倭乱又给富庶之东南造成巨大破坏，繁华之地一片萧条，财源为之枯竭。时下说国库空虚，实在是轻描淡写了。平时无事，尚难支推，万一有不虞之灾，供费浩繁，计将安出？或曰征税加赋，可多年催征急矣，搜括穷矣，民力竭矣！势时至此，即鬼运神输亦难为谋。"停顿片刻，自问道，"财用何所筹？无非开源节流，而尤以开源为根本之策。开海设关，征收商税，何乐不为？况且，国朝自开国以来一直禁用金银、铜钱，后因钱法大坏，时下不惟民间交易，就连官府收税也多用银两。为抑制大明宝钞贬值，也需更多银两来维持市面，白银遂捉襟见肘，臣在礼部时即访得，西洋诸国甚愿以白银换取我天朝货物。开海禁，则必可大大缓解银荒，实乃安邦之所需。"

皇上聚精会神听着，不时点头。

"此外，"高拱又补充说，"开海禁安定东南，我可集中精力对付北虏，则北虏之患不足虑矣！"

"元辅，何以还有反对开海禁之人？"皇上不解地问徐阶，"谁反对？因何反对？"

会场响起一片"嗡嗡"声。良久，兵科都给事中欧阳一敬出列，大声道："臣反对！"

皇上露出惊讶的神色，问："说话者何人？"

欧阳一敬答："臣兵科都给事中欧阳一敬。"

此前，高拱已请李贽有意试探开海禁之事，欧阳一敬得知是高拱的主张，便不假思索地站在反对者一边，并极力争取科道同僚的支持。为今次廷议，他也做了充分准备。报完姓名，便单刀直入道："海禁是祖制，是国策。太祖高皇帝曾明谕天下：'厉海禁，片板不许下海。'祖制煌煌，谁敢违之？违祖制大逆不道！"

高拱早料到会有此说，欧阳一敬话音一落，便辩驳道："祖宗燕谋宏密，注意渊远，非前代所及，这是毋庸置疑的。对先皇祖制，当善继善述。何谓善继善述？祖宗所为、所欲为者，继承之；所不及为、不得为者，亦当继承之。不唯如此，祖宗已为者，因时异势殊不宜于今日者，变通之、斟酌损益之，务得其理，推行扩充，是为善继祖宗之志，善述祖宗之事也。”顿了顿，又说，“以上是就理而言。再就实而言，不解海禁，只是掩耳盗铃而已，片板不许下海，而艨艟巨舰反蔽江而来；寸货不许入番，子女玉帛恒满载而去。这样的所谓遵祖制，岂不贻笑天下？”

欧阳一敬并不示弱，反驳道：“祖制，乃立国之基。当年太祖高皇帝之禁海，可谓深谋远虑。海禁，不特基于我天朝地大物博，无求于异邦他国；还因为我天朝立国之本，乃农桑也。重本抑末，也是太祖高皇帝所定，是祖制、是国策。若开海禁，允许民人出海经商，无异于鼓励弃本逐末，如此，则国将不国矣！是故，开海禁，揆诸律法则违背祖制，推及后果则动摇国基，断断不可！”

“经商做买卖就会动摇国基？”高拱提高声调道，“时下，松江、苏州、广州、杭州、武昌、天津、佛山，都因商而繁荣，也未见这些地方动摇国基，抑或动乱不已。洪武二十二年，太祖皇帝有令：‘做买卖的发边远充军。’二十四年又有令：‘若有不务耕种，专事末作者，是为游民，则逮捕之。’请问欧阳给谏，徽商、晋商这些个商帮中人，是不是都要投入监牢？”

徐阶家族不惟是松江最大的地主，还开着最大的纺织场，他不愿公开谈论这个话题，越俎代庖道：“嗯，开海禁，支持者如高阁老、反对者如欧阳给谏，都表达了各自的观点，诸公还有什么需要补充的？”

“若开海禁，”兵部尚书霍冀开言道，“那么如何向数十年来为严海禁、剿倭寇而死的万千将士在天之灵交代？”又道，“高阁老言开海禁可定东南，但这只是推测，又安知开海禁而乱东南之事不会发生？”

“本兵此话有理。”户部尚书刘体乾接言道，“高阁老说开海禁乃开财源之举，未尽然也！开海禁，漫长海岸线势必要部署兵力，强化戒备，是开财源还是陡增负担，皆在未知中。”

都察院左都御史王廷道：“皇上初登大宝，骤改祖制，无论如何是要慎思详虑的。”

皇上忽而向上直了直身子，忽而又向下滑动，反复几次，显得烦躁不安。

“遵祖制，是要遵的，”刑部尚书黄光升开言道，“但开海禁，也是大势所趋，这是为沿海绅民留生路。”他是福建晋江人，嘉靖八年进士及第后，又长期在浙江、广东任职，对海禁带来的严重后果有切肤之痛，久存开海禁之念，见发言者多是反对声，生恐开海禁之事从此没了指望，也就壮了壮胆，说出了自己的想法。

徐阶道："陛下，臣以为无论反对抑或支持者，都表达了各自的观点，照廷议之例，与会者均要表态，臣请陛下发谕令。"

皇上道："赞同开海禁者，出列。"

连同高拱，只有六人出列。皇上露出失望的神情，道："那么反对者有谁？"

六科掌印给事中六人，大臣中则有兵部尚书霍冀、户部尚书刘体乾、都察院左都御史王廷及多数部院堂上官出列，共十八人。

徐阶、李春芳、郭朴和吏部尚书杨博、礼部尚书陈以勤、工部尚书葛守礼，始终站立未动，似乎保持中立。

"反对者十八；赞同者六 。"徐阶向皇上奏报，"尚有未表态者六人。"

皇上惊讶不已，不满地问："元辅何以不表态？"

徐阶道："陛下，开海禁关涉改祖制，但时势所迫，又不能不有所松动，臣主张慎重。"

李春芳接言道："慎重为好。"

郭朴也只好表态道："臣对此体认不深，听了高阁老的一番陈词，稍有认识，开海禁确有必要；但毕竟关涉改祖制，臣尚未思虑成熟，不便盲自赞同抑或反对。"

杨博、葛守礼也主动说，他们的想法与郭阁老同。皇上望着高拱，分明是不知所措的表情。

高拱也大感意外。他预料，沿海籍的官员都应该是赞同的。尤其是徐阶，上次就明确对他说过海禁当开的话，倘若今次他赞同，再带动一批官员附和，赞同者当稳操胜券。可是，徐阶却不表态，沿海籍官员要么反对，要么不表态，自己竟然陷入孤立境地。若不是黄光升附和，他就真是孤家寡人了。对此，他可以不在意，但他不能让皇上为难，给皇上添烦恼。他暗忖，若固执己见，皇上或许也会力排众议表示支持，可这样一来，科道又会向皇上发起猛攻，皇上就会受委屈；倘若就此放弃，那自己所构想推动的隆庆之治，尚未举步就夭折了，他怎能甘心？想到这里，高拱大步出列，刚要说话，徐阶也站了出来，说："陛下，廷议结果已出，臣等恭请陛下宸断。"

皇上以商榷的口气道："元辅，高先生有话要说，不妨听听。"

高拱正进退失据间，听了皇上的话，心里涌上一股暖流，深情地唤了声："皇上——"镇静片刻，梳理了一下头绪。他知道，关节点是祖制不能改，这是言官、清流们所坚守的，改祖制的罪名，皇上也承担不起。他要做的，是打开这个死结，于是道，"太祖是有严海禁、片板不许下海的谕令。何以如此？因当年张士诚、方国珍等与太祖争天下，东南沿海乃张、方之根据地，其残部败退后又盘踞于海岛。天下初定，太祖为巩固大明江山计，不得不禁海，此时势使然。按照太祖禁令，无论公私船舟，皆在禁止之列。为此，还特裁撤泉州、明州、广州三市舶司。但成祖时，江山已然稳固，时势已变，成祖不惟下旨恢复了三市舶司，还遣郑和率船队浩浩荡荡下西洋，难道要给成祖加上改祖制的罪名吗？若说成祖改了祖制，那改祖制又有何不可？改祖制本身岂不也是祖制？大明开国快二百年了，时势已然大变，堂堂天朝大国，处处以守势示外邦，自信何在？气度何在？"

皇上被高拱的气势所振奋，大声道："高先生所言甚是！"但旋即又缩了缩身子，为难道，"然则，臣工强半反对。"

高拱断然道："皇上，臣敢请宸断，可沿成祖之例，对海禁祖制仍遵守之，但可试行调整。既然福建巡抚涂泽民有请求，朝廷可允其在泉州小月港设关开海，准许各地商民从此关出海。若试行成功，此后沿海诸省有此请求者，仿此办理。"这是高拱与涂泽民书函往返时商定的底线，高拱不得不把底线端出。

兵部尚书霍冀又出列："臣还是那句话，如何向为严海禁而死的将士交代？"

高拱无奈，道："不妨再加限制：禁止商民与倭国贸易。"

"嗯，高阁老说的，倒是一个法子。"郭朴接言说。

李春芳、葛守礼也不约而同地说："似可一试。"

皇上也对高拱的这个主意暗自赞叹。表面上祖制不改，但实际上海禁要开，只是不全面铺开，而是步步推进。如此，则不授言官清流们擅

大明首相 第一部 陷阱重重

改祖制之口实，亦可打消郭朴、杨博、葛守礼这些老成谋国之臣的担心，确不失为妙招，遂兴奋地口授谕旨："拟旨：览涂泽民所奏，俱体国爱民之言。着该省泉州设关开海，准沿海商民出海贸易，惟不得与倭国交通。"说完，忙问徐阶，"元辅以为妥否？"

"呵呵，皇上宸断，臣子安敢非之。"徐阶答。

"吾皇圣明！"高拱带头大声道。

"吾皇圣明！"皇极殿响起了参差不齐的呼喊声。

随着"退朝——"的喊声，皇上起身往内里走去。

众人出了皇极殿。"高阁老——"刑部尚书黄光升叫了一声，"光升主张开海禁，是就事论事，对事不对人哩！"

高拱不知作何回答。他听得出来，黄光升与其是说给他听的，不如说是说给徐阶听的。他向黄光升拱了拱手，顾自往文渊阁走。这次廷议，徐阶的态度令他百思不得其解。"看来，事情不像我想象的那么简单。"高拱默念了一句。

1

内阁中堂，郭朴拿起一份文牍，一脸疑惑地念叨道："吏科都给事中胡应嘉弹劾吏部尚书杨博？"

听到胡应嘉这个名字，高拱不禁生出厌恶。一个多月前他深文周纳弹劾高拱不忠二事，意在激先帝杀他，虽然胡应嘉的弹章因先帝处于弥留之际未及御览，没有起到应有的杀伤效果，但官场上却到处流传着高拱当值时回家御女的传闻，给他的声誉带来莫大的损伤，让他百口莫辩。不唯如此，胡应嘉之举，对高拱与徐阶的关系，已起到了高度煽发仇恨、激化矛盾的作用，这也是朝廷高层人所共知的。虽然明知胡应嘉是诬陷，用心险恶，但高拱也无可奈何，胡应嘉并未因此受到任何影响。如今胡应嘉又将矛头对准吏部尚书杨博，让高拱感到意外。杨博进士及第三十八年了，出任过甘肃巡抚，又以兵部左侍郎经略蓟州、保定军务，总督宣大、蓟辽，升任兵部尚书、转任户部尚书，去岁接替郭朴任吏部尚书。他不惟资格老、资历深，且为人持重，善处各派之间，很有人缘。嘉靖朝曾任蓟辽总督者六人，非杀即革，只有杨博不惟平安无事，还从这个职位升任兵部尚书，足见此人为人处世非同一般。他执掌铨政，一向照章行事，升迁调转，无依据者不办；但若皇上或内阁明暗所授，他也会领会意图，稳妥办成。不知胡应嘉因何弹劾起杨博来了？

郭朴把胡应嘉的弹章读了一遍，略谓：科道官是否纳入京察，本无定制，国朝历史上京察时考察科道者十之仅三；今次考察科道，察典降黜之科道，竟无一人为山西籍者，臣愚钝，不知吏部尚书杨博之同乡，皆称职优等之官乎？所察典之给事中胡维新、御史郑钦，曾弹劾过杨博，察典他们乃是泄其私愤，似此护党营私之人，委以铨叙之重，恐长此以往，庙堂之上皆晋人矣！

刚听完胡应嘉的弹章，高拱鼻中发出"哼"声，郭朴怕他说话，抢先道："胡应嘉，何职？"

"吏科都给事中。"李春芳顺口答道，脸上露出不解的神情。

"着啊！"郭朴道，"胡应嘉劾杨博挟私愤、庇乡里，且不论其对错，但问一件事：吏部所有公牍，吏科都给事中不副署即为无效；京察结果上报时，胡应嘉也副署了，事前既无异议而副署，事后却偏要提出弹劾，是何用心？"

高拱想要说的，也正是这层意思，既然郭朴已说出，他也就不必再言。他明白郭朴让他不要说话，是为了避嫌，免得落得挟私报复胡应嘉的恶名。

徐阶也气呼呼地说："抵牾。"

"胡应嘉出尔反尔，全不是人臣事君的道理！"郭朴恨恨然，"此等言官，违制任性，应当革职！"

高拱憋得难受，还是忍住了，只是一脸怒气地撸了撸袍袖。徐阶却盯着他问："新郑怎么看？"高拱咬紧牙关，未出一语。徐阶只好又问李春芳，"兴化，你呢？"

李春芳为难地说："皇上初登大宝，遽遽言路，似……"

徐阶捻着胡须，厉声道："他自找的！"侧脸看着郭朴，"胡应嘉党护同官，挟私妄奏，首犯禁例，革职！"

谁也没有想到徐阶会这样说。他一向标榜开言路，对处分言官从来都是慎之又慎的，今次何以如此痛快？怕外人说他党护同乡，抑或想以此让怀疑他指授胡应嘉弹劾自己的高拱释怀？李春芳、郭朴各自揣度着，谁也没有说话。高拱尽管内心疑虑重重，但胡应嘉受到革职处分，他还是有几分快意，脸上竟露出了一丝笑容。

徐阶瞥了高拱一眼，微微一笑，对郭朴道："安阳，说下一份吧。"

郭朴道："御史李贞元弹劾河道总督朱衡。弹章略谓：朱衡总督河道后，主持开支河四，泄其水入赤山湖，山水骤溢，决新河，坏漕艘数百，请皇上罢其职。"

国朝的漕粮六成征自南直隶和浙江，漕运遂成朝廷一大繁务。成祖迁都北京后，便整治大运河，形成从杭州湾通往北京的漕河，造漕船三千余只，以资转运。但漕运遥遥数千里，中经淮河、黄河，而黄河不时泛滥甚至改道，使得漕运每每受阻。治理黄河、淮河，不惟关乎两河沿岸百姓性命财产，也是疏通漕运的关键所在。多年来，朝廷为此争论不休。去年，先帝裁示，纳工部侍郎朱衡的"束水归漕"方案，并命其出任河道总督。另一套"挽淮入河"的方案被否决。"束水归漕"和"挽淮入河"各自拥有一批拥趸，朱衡任河道总督采"束水归漕"之策，"挽淮入河"派必然会弹劾朱衡。高拱对两派主张本无定见，只是觉得彼此攻讦不已，让人感到既好笑又无奈。

朱衡与高拱同岁，中进士却早九年。授尤溪知县、转婺源知县，颇有政声，迁刑部主事，历郎中，出为福建提学副使，力荐南平教谕海瑞清廉可用。后升山东布政使、巡抚，调任工部侍郎，去岁受命总督河道。朱衡是有名望的大臣，倘若纳弹劾他的言官所请罢黜他，则不惟得罪朱衡，还得罪一批拥护他的言官；倘若对弹劾他的事置之不理，则势必得罪"挽淮入河"派。关键还在于，无论是"束水归漕"派还是"挽淮入河"派，都没有十足的把握治好黄河，谁当河道总督漕运都难免出闪失，言官总有弹劾的把柄。往者先帝乾纲独断，但对两派的主张也一直游移不定，每以两派轮换的法子化解。可新君继位，远不像先帝那样以刑立威，施铁腕钳百官，如何处理这件棘手的弹劾案，是摆在内阁面前的难题，包括高拱在内，几位阁臣一时都感到为难。

徐阶见几位阁臣都沉默不语，遂决断道："揭请上裁！"

高拱一听徐阶要把难题甩给皇上，当即急了，断然道："此端不可开！"

徐阶被高拱激怒了，大声道："既然内阁拿不定主意，奏请皇上宸断，有何不可？"

高拱解释道："元翁，莫忘了，咱们皇上刚继位啊。先帝时，揭请上裁习以为常，那是因为先帝御宇年久，通达国体，故请上裁；方今皇上甫即位，安得遍知群下贤否，事体根由？遽请皇上亲裁，皇上或难于裁断，必有所旁寄。"

"旁寄？"李春芳问了一句。

"这还用说吗？政府指望不上，皇上又难以决断，就只好交给太监。如此，天下大事去矣！"高拱慷慨激昂地说，"世人皆云任用宦侍，过在皇帝，岂不知，举凡宦侍肆虐，莫不由政府或政府中人启其端，我辈职责所在，万不容宦官干政之事再现！"他以为自己一旦摆出强硬姿态，徐阶就会像前些日子一样做出退让。

可是，徐阶却突然一反常态，比高拱的态度还要强硬，他一拍桌案："够了！刻下还是老夫当国，揭请上裁否，是当国者的特权，等新郑坐上首揆之位，再说什么不容宦官干政的话不迟！"

中堂的争吵声，引得书办文吏都伸着脑袋往这边张望。高拱颇感意外，还想争辩，郭朴制止道："新郑，别再说了。"

"既然不容高某置喙，那高某还赖在此地何用！"高拱怒气冲冲地说，言毕，拂袖而去。

高拱刚走出中堂，徐阶冷冷道："不是替你把胡应嘉革职了吗，还不满意？"

"喔呀，元翁——"郭朴惊诧道，"适才议胡应嘉一事，新郑并未出一语，与他不相干嘛。"

"哼哼！"徐阶又是几声冷笑，"不是事先密议好了吗？有人替他说，还要他亲自说出口吗？"

郭朴望着徐阶，突然感到异常陌生，似乎在他华丽的官袍下，藏着无数支冷箭，随时都会悄然射出，让人猝不及防，想到此，郭朴不禁出了一身冷汗！

2

自从在灵济宫门前遇到刺客，加之阁臣已不在西苑当值，高拱就命轿夫改走西单牌楼大街再转西长安街上下朝了。这天黄昏，高拱的轿子快到家门口时，影影绰绰间，高福看见一个人影往轿前移动，有了上次遇刺的遭遇，他忙警觉地上前细观。

"福哥——"随着一声轻唤，一个丫鬟装扮的女子快步走了过来。

"咋是你哩？"高福惊喜地问，"老爷一直挂着你，为找你我腿都跑断啦！"

遇刺后次日，高拱一则要感谢珊娘的救命之恩，一则担心她的安全，命高福到灵济宫打探消息，连续去了几次，也没有获取任何珊娘的讯息，不意今日珊娘变成了丫鬟，找到家里来了。坐在轿中的高拱觉察出外边有动静，便掀开轿帘观看，借着灯笼的光亮，一眼就认出丫鬟打扮的珊娘，急命落轿。上午在内阁与徐阶发生激烈争执，高拱拂袖而去，一个人回到朝房，余怒难消，徘徊踱步良久，也没有使自己平静下来。适才在轿中，一路上也是眉头紧锁，郁闷异常。他原以为，新朝开局，可以大展鸿猷，尽快开创一个新局面出来，却不料处处碰壁，反而陷入孤立。自己的处境固然可虑，但他更忧虑的是皇上受到围攻，国事难以正常推进。焦躁、委屈、气愤的情绪堵在胸口，呼吸不畅，晕轿的感觉阵阵袭来，难受至极。可一见到珊娘，高拱的心情瞬间变好了，适才的晕眩感顿时消失得无影无踪。

珊娘与高拱对视了一眼，指了指宅院，高拱明白她的意思，要进院里说话，便命高福引珊娘入内。进得首门，高拱急忙下轿，拱手对珊娘道："侠女恩人，受高某一拜！"

"哎呀先生，折煞奴家也！"珊娘忙回礼道。

"哈哈哈！"高拱发出爽朗的笑声，指了指垂花门，"请珊娘到内里小坐。"

珊娘摇摇头道："先生，奴家还是在茶房稍坐吧，说几句话就走。"

自从高拱遇刺，巡城御史禀报朝廷，说是北虏奸细所为，并煞有介事地在京城展开大搜查，凡是乞丐、游僧人等，都盘查甚严。锦衣卫、东厂也派出缉卒暗中缉查，京城一时风声鹤唳。珊娘大抵是怕给高拱添麻烦，不愿久留吧。高拱也就顺从了她，遂做了一个请的手势，将珊娘引进右手的茶室。

"怎么，珊娘为何这番装扮？"高拱指着她的一身丫鬟服饰问。

"灵济宫不能再住，故而恢复女儿身。"珊娘故作轻松地说，"因天足之故，怎可做大家闺秀？"

那天救下高拱，珊娘进了灵济宫，想到官府必来搜查，她不愿暴露身份，也担心那些人会加害于她，片刻未敢停留，借夜色掩护趁乱跑到西四牌楼，雇车想去"豆腐陈"家，可出了德胜门，她又犹豫了，想到陈家与灵济宫多有往来，和不少达官贵人也常有交通，恐非自己藏身之所，遂弃车步行，到村中观察，找到一老年夫妇家，拿出自己随身佩戴的一块玉玦，在此处安身，编造了一通家世，恢复了女身，这才敢进城打探消息。

高拱也不再多问，很是郑重地说："珊娘，我正想见你，一来要感谢救命之恩；二来请你回江南去，知会邵大侠，海禁已开，请他到泉州观察情形。"

珊娘起身施礼道："奴家听说了，多亏先生主持！"复落座，又说，"邸报一出，议论可多啦，有的说历史上将有'隆庆开关'这一笔呢！想必义父也很快会晓得的。先生想让他去观察开关情形，奴家会寄书转达。"

"这么说，珊娘不回江南？"高拱忙问，"珊娘远来，不就是为了开关吗？今目的已达，为何还不回去？"

"对的呀，初心是如此。"说着，珊娘低下头，脸颊上泛起红晕，"可，奴家不想离开。"

高拱既感动又无奈，轻声叹了口气："珊娘，一个人在京城，不是太委屈自己了吗？"

"不！"珊娘倔强地答，"奴家觉得比梁辰鱼先生笔下的红情要强多了呢！"言毕，她看了高拱一眼，目光流露出敬慕，似乎还有几分怜惜，说，"先生，奴家此来谒见，有几句话想说于先生。"

高拱眉毛一挑，说："喔？珊娘请讲。"

珊娘道："那天刺客谋刺先生之事，听说是北虏奸细所为，可奴家总觉得似乎有些蹊跷。"

"有何蹊跷？"高拱问，"我也正想问珊娘，珊娘何以在千钧一发关头出手？"

"刺客此前已在灵济宫前游荡，"珊娘道，"奴家就发觉那几个家伙鬼鬼祟祟，定有见不得人的勾当，就多了份戒备。那天见他们又来了，就悄悄埋伏在那棵老树上，观察动静。后来的一幕，先生都晓得了。"她笑了笑，又说，"刺客刚跑出不远，就死在兵马司之手，先生不觉得奇怪吗？"

"他们说是正巧偶遇。"高拱答。

"也太巧合了吧？"珊娘道，"怎么三个人都瞬间毙命呢？会不会他们事先就知道刺客在灵济宫前行刺，然后埋伏好了，再杀刺客以灭口？"

高拱大吃一惊！那天巡城御史吴时来当场即断定是北虏奸细所为，他也有些不满，但也只是觉得作为巡城御史，吴时来说话不够谨慎，事后也没有多想。听珊娘这么一说，高拱顿觉蹊跷，有必要彻查，消除隐患。但这是公务大事，他不想对珊娘说起，只是道："多谢珊娘提醒，我知道了。"

"先生，还有一事。"珊娘说，"年前奴家还在灵济宫时，遇到两位官爷，他们找道长说，要借灵济宫讲坛，大开讲学。两个人辞别道长后，嬉皮笑脸嘀咕说，'元翁让我辈宣扬大开讲坛，不是真的要讲学，是想让高胡子背上这口大黑锅的！'听了这话，奴家心里为先生着急，又怕贸然说于先生，有挑拨是非之嫌，奴家左右为难，想来想去，恐有人在背后算计先生，还是说于先生知道为好。"

高拱"腾"地站起身，大声道："这不是故意栽赃吗！"话已出口才觉得失态了，忙又坐下，对着珊娘抱歉地笑了笑，"珊娘，我知道了，让珊娘费心了。"

珊娘觉察出高拱既愤怒又尴尬，忙起身告辞。高拱才想起来问她："珊娘，你住哪里？靠甚维持生计？"

"在附近不远赁了房子住，会知会福哥的。"珊娘羞怯地答。高拱忙唤高福，要他取些银子来，珊娘摇头道，"义父已有接济，不劳先生挂心。"说完，施礼而去。

望着珊娘的背影，高拱满是爱怜，她不愿意回江南，竟让高拱感到几分踏实。能够见到珊娘，对他来说，就是愉快的经历。这样的愉悦体验太稀有也太珍贵了。

高福送珊娘出门，反身回来，见高拱还愣愣地站在原地，忙上前唤了几声。高拱这才回过神来，边往里面走，边回味珊娘适才通报的情形，突然感到事态严重。

3

高拱满脑子里都是珊娘，她的身姿，她的声音，她的举手投足，侠肝义胆。他时而感到愉悦，时而感到羞愧，不时发出叹息声。

房尧第见高拱自用晚饭时就是一副怅然若失的样子，饭后一个人在院中踱步，似有满腹心事，便跟过去，唤了声："玄翁。"

高拱还在想着珊娘，又想到珊娘向他通报的事情，没有听到房尧第的叫声。

"玄翁，夜晚有寒气，还是回屋去吧。"房尧第提醒说。

"崇楼，你说，他们真会谋刺于我？"高拱蓦地转过身，问房尧第。

房尧第吓了一跳，忙问："玄翁，谁要谋刺？"说着，上前拉住高拱的袍袖，往书房走。

进得书房，高拱将珊娘所通报的情形约略说了一遍，房尧第反问道："胡应嘉的弹章本就是隐藏杀机的，只是没有得逞而已，难道激先帝杀人不成，便雇刺客行刺？"

"胡应嘉、吴时来关系密切，都是徐老夹袋中人，这背后，会不会是徐老指授？若真是这样，那就太可怕了！"高拱像是自言自语道。

"徐揆当不会出此下策。"房尧第推断道，"所谓图穷匕首见，那是无可奈何又不甘心方会使出的下招，徐揆老而猾，招数有的是，不必破釜沉舟。"

高拱点头，一扬手道："不去绞尽脑汁想这事了！"又道，"官员讲学的事，我是反对的。讲学当是民间事，官员不宜主持其间。一则导官场浮虚之风；一则易形成门派，结团团伙伙。徐老是知道我的观点的。先前传得沸沸扬扬，说京察之际灵济宫要大开讲坛，后来徐老主动说停止灵济宫讲学。我还以为是他向我示好，感动良久。看来，这里面有名堂。"

"嗯,委实有名堂。"房尧第道,"学生推测,起始他们就没有打算真开讲坛,却故意高调宣扬,又突然宣布不开,实为嫁祸于反对讲学的玄翁,如此,玄翁不惟得罪讲学派官员,还给人以胁迫首揆的口实,此计何等恶毒!"

高拱神色黯然,长叹一声:"唉——崇楼,想做事,难哪!"

房尧第怅然道:"岂止不容玄翁做事,已不容玄翁立朝廷矣!玄翁,得反制了。"

高拱摇摇头:"我最恨钩心斗角!国事如此,用尽全力尚不足补救万一,况还要花心思与同僚攻防?再说,皇上甫继位,大臣斗得你死我活,不是让皇上为难吗?"

"可是,玄翁……"

高拱一扬手,打断房尧第:"不去想它了!或许只是揣测,里面有误会也未可知。待我明日与徐老说开就是了。"

次日辰时进了文渊阁朝房,高拱却又踌躇起来。昨日与徐阶一番争吵,拂袖而去,今日主动去谒,真有些不情愿。正纠结间,书办姚旷在门外唤了声"高阁老,元翁有请"。

不愧是老手,高拱暗忖,以这种方式打破僵持局面,彼此颜面上都过得去。姚旷还担心高拱端架子,谁知他刚说完,高拱起身就往外走。

徐阶的朝房就在中堂左侧最东头的一间,高拱走过去,正欲施礼,徐阶起身,满脸笑意地迎出来,盯着高拱看了一眼,道:"喔呀,新郑脸色发乌,是不是没睡好觉?"边示意高拱坐下,边亲热道,"新郑,都是为了国事,争执很正常,老夫从不介怀,劝新郑也想开些。"他伸开手掌对着茶盏说,"新郑,先吃盏茶。"

高拱的气消了一半。夜里,脑海里闪现出徐阶的形象时,他满是憎恶;可一见到徐阶,听了这番话,高拱心立时软了下来,他端起茶盏,道:"元翁是否记得,在西苑直庐,我曾当面向元翁说起,灵济宫讲学之事,我不再反对。"

"嗯,有这么回事。"徐阶道。

高拱放下茶盏:"可灵济宫停办讲坛,何以说是我高某执意反对,不得不停办?"

徐阶愣了一下，以惊讶的口气道："竟有此事？谁说的？"

高拱道："得罪人，我不怕，但那是为办该办的事；似这等肆意栽赃，莫名其妙背黑锅的事，高某不干！"

徐阶叹气道："唉——时下官场确有一股歪风，讹言流传，蜚语四出，不惟让不明真相者真假难辨，还起到挑拨是非、激化矛盾的恶劣作用，此风当刹。下次朝会，就请皇上严词训诫百官，不得信谣传讹。"

高拱听徐阶如是说，也不便再多言，道："有机会，也请元翁向科道解释，将真相告之于众。"

"理当如此！"徐阶爽快道。

"还有，"高拱又端起茶盏，道，"月前灵济宫门前谋刺案，因先帝驾崩，不了了之。这几天我每每忆及，总觉得事有蹊跷。一人性命不足惜，然朝廷大臣之安危，国体所系，不能不慎之又慎。是故，当着锦衣卫彻查此案。"

"应该的，应该的！"徐阶连声道，"这些天忙于先帝的丧仪、今上的登基大典，无暇顾及此案，老夫正要找新郑说说这事的。既然新郑有此意，内阁即上公本，请皇上敕令锦衣卫彻查，新郑看如何？"

高拱踌躇良久，道："此事，我意不必惊动皇上，扰乱圣怀。"

"那……"徐阶为难地说，"新郑，东厂、锦衣卫，只有皇上方有权指挥，臣子不得染指，不经皇上，谁敢给厂卫派事？"

高拱想到请锦衣卫彻查，是因为他担心刑部或者都察院向来惟徐阶马首是瞻，很可能还是不了了之；但一想到惊动皇上，他又有些不忍，只好改口道："我一时恍惚，不该提锦衣卫，还是请三法司严加侦缉吧。"

"也好，"徐阶笑着说，"三法司侦办案件，也应经由皇上才合规矩。既然新郑不愿惊动皇上，那老夫就和大司寇说，请他主持办理。"

高拱放下茶盏，向徐阶抱拳一揖，问："元翁相召，不知为何事？"

徐阶以庄重的语气道："所谓一朝天子一朝臣。按说老夫是该让贤的。登基大典礼毕，老夫就上本请辞，皇上不允。本欲再上本，虑及皇上甫继位，老夫即挂冠，恐外界误会，有损圣德。故老夫敢告不敏，摄官承乏。虽如此，内阁皆前朝旧臣，毕竟难以新天下耳目。况登极诏所列兴革事体甚巨，内阁也确需充实似新郑这般干才。老夫思维再三，以为当从裕邸讲官中增补阁臣，此事老夫并未与兴化、安阳商榷，因新郑是裕邸旧臣，先与新郑商榷妥帖，再端出阁议不迟。"

"自是张叔大喽！"高拱脱口而出。

这是徐阶预料到的，也是他所希望的。但他不露声色，踌躇道："张叔大嘛，资历尚浅，遽然入阁，恐遭物议。"

"内阁有共识，皇上不会反对，怕甚？"高拱不以为然地说。

徐阶道："既然新郑有此把握，不妨一试。张叔大时下只是五品翰林，尚不够入阁资格。我意，分两步走：先升为礼部侍郎，再特旨简用入阁。不过，陈南充在裕邸比张叔大早，且是他会试时的阅卷官，那就把他们两人一起补进来吧。"

四川南充人陈以勤，是高拱的同年，又是裕邸同事，尽管高拱对这位年兄的能力不敢恭维，但为好友张居正顺利入阁计，也就不便提出异议。从徐阶朝房出来，高拱神清气爽，他被与好友张居正联手缔造隆庆之治的愿景所激励，昨日的一切愤懑、疑虑，瞬间烟消云散，迈着轻快的步履往朝房走，迎面碰上郭朴，差一点撞了个满怀。

"新郑，何事这么高兴？"郭朴不解地问。

高拱知道郭朴做过吏部尚书，一向口风甚严，也就忍不住道："安阳，元翁适才与我言，拟延揽张叔大入阁。"

"什么？"郭朴惊讶不已，"张居正要入阁？"

高拱见郭朴一脸惊疑，问："不可？"不等郭朴回应，慌忙抱拳一揖道，"就算我求安阳了，勿阻挠。"

郭朴苦笑着摇摇头，叹息道："新郑，这是一盘大棋啊！"他探头望着阴云密布的窗外，一语双关道，"刚出正月，就要来场暴风雨了吗？"

第十六章 | 八个月升七级太岳拜相
　　　　　 一下午哭三女中玄昏厥

1

　　高拱拿起案头的文牍，一眼就看到欧阳一敬的奏本："陛下为鳌山之乐，纵长夜之饮，极声色之娱。朝讲久废，章奏抑遏。一二内臣，威福自恣，肆无忌惮，天下将不可救。"

　　"啪"的一声，高拱把文牍摔在书案上，大声道："欺人太甚！"可发完火，又自觉无可奈何，遂在屋里焦躁地踱步，厨役送来的早点，他也没有心思吃。担心自己控制不住情绪，在内阁会揖时发火，说不定又会和徐阶起冲突，也就不避嫌疑，走到间壁郭朴的朝房，想与他商榷办法。

　　"安阳，你说，咱们的皇上，宽厚仁慈，史所罕有，"高拱一进门就开门见山道，"何以科道老找皇上的碴儿，接二连三上疏，言辞尖刻，都是鸡蛋里头挑骨头的勾当。这不，欧阳一敬又上本诬蔑皇上耽于鳌山之乐，沉湎酒色，这未免欺人太甚了吧？"

　　郭朴看着高拱，见他像受人欺负的孩童找大人诉苦，不禁摇了摇头，道："皇上每每免朝，经筵也每每不开，难怪科道大哗。"

　　"安阳是知道的，先帝惑于'二龙不相见'之说，与裕王几乎隔绝，是故皇上没有得到先帝面授治国经验，甫登大宝就精通朝政也不可能。正是基于此，皇上充分信任内阁，放手让内阁理政，这有何不好？非要逼皇上朝会时做决断，这合适吗？换言之，免朝于国家是好事还是坏事？只重形迹，何益？"高拱替皇上辩解道，"再说经筵，主讲者按例都是翰林官，翰林官靠诗文获得，擅长的就是诗文，以诗文平章天下，可乎？况且皇上做皇子时听了多少遍了，经筵上再去讲那些，谁爱听？有何用？臣下不检讨经筵之制得失，不反求诸己，只苛责皇上不热心开经筵，真令人痛心！"

郭朴暗忖：高新郑到底高人一筹，一眼能够看透本质。可越是有能力、有识见，越让人不放心。遂提醒道："新郑不觉得奇怪吗？皇上初继位，科道如此密集上疏谏诤，言辞激烈，莫说本朝，就是历朝历代，恐怕也没有过。"

"就是咱们的皇上太宽厚仁慈了！"高拱愤愤不平地说。

郭朴摇头，若有所思道："事情恐非如此简单。"

"安阳是说，这里面有名堂？"高拱不解地问。

"一盘大棋！"郭朴说，"都是这盘大棋的步骤。"

前日听到徐阶欲延揽张居正入阁，郭朴就说是"一盘大棋"，高拱问了半天，郭朴也不解释，今日一早他又如是说，高拱越发急于想知道底蕴，遂问："此话怎讲？"

郭朴并不明言，只是说："再看看，或许我的揣测有误。"

正说着，书办送来新出的邸报，郭朴扫了一眼，见任命张居正为礼部侍郎的消息已刊出，不禁慨叹道："动作真快啊！"

张居正任正五品翰林院学士仅七个月，离入阁拜相十分遥远。但有了礼部侍郎身份，就具备了入阁的资格。徐阶前两天刚与高拱谈起此事，今日就见诸邸报了，速度之快，委实罕见。因是好友张居正升迁，高拱只顾高兴，哪里会像郭朴那样再往深处琢磨？

郭朴语重心长道："新郑，听我一句劝，你斗不过他，还是谨慎些，少说话为好。"

"我哪里要与他斗？我是为皇上、为国家着急。"高拱争辩道，"安阳应知我，我是对事不对人，该办的事不办，不该办的事偏要办，我焉能缄默！"

郭朴道："可人家是阁揆，你总持异议，动辄顶撞，他会善罢甘休？且不说他会认为你是以怨报德，就说他当年在内阁是如何对严嵩的？表面上还不是事事顺从，执弟子礼？多年媳妇熬成婆，当了婆婆就想让媳妇对他百依百顺，这也不难理解。"

高拱脸色通红，道："位在中枢，事事先要考虑个人得失，这样的人，我真看不上！"

郭朴叹了口气："我听说部院大臣、科道翰林都在议论，说胡应嘉革职，反对就弹劾朱衡事揭请上裁，都是新郑胁迫首揆，欲擅专权柄。这等舆论，对新郑甚不利。"

"胡应嘉革职与我何干？"高拱眼一瞪道，"我反对揭请上裁有错吗？"

"官场上的事，是非很难说清。"郭朴道，"人家要想整你，无中生有的事都能造出来，何况还有些影子可供臆测？你和他在内阁吵吵嚷嚷，这事能不传出去？"

"让他们说好了，我不怕！"高拱赌气道，"但眼看这些人欺负皇上，我忍不下去。安阳，你只说，有何法子？"

郭朴道："有甚法子？人家是站在道义制高点上的。开言路，正君德，致君尧舜上，做臣子的敢说这是欺负皇上吗？敢出面替皇上说话吗？那不成了佞臣吗？"见高拱生气又失望的样子，郭朴于心不忍，眨巴了下眼睛，故意问，"倒是有个法子，新郑愿意做吗？"

高拱惊喜道："请讲！为了皇上，有甚不愿做的。"

"偷偷约见掌印太监李芳，让他转奏皇上，"郭朴低声道，"命东厂跟踪侦缉那些出风头的科道，抓住他们的把柄，狠狠收拾一通，看谁还敢找皇上的碴儿！"

"这……"高拱摇头，"不磊落，下不了手。"

"那就是了。"郭朴笑道，"呵呵，想来新郑教皇上时也常说君王当从谏如流吧？如今若怂恿他杀谏官，抵牾嘛。"他收敛了笑容，"还有一个法子，就是你高新郑走人。人家真的是光对着皇上的吗？那是走的'将军'棋，先把老将牢牢困住，再排兵布阵，走马飞象，把你这个'车'给吃了！"

高拱若有所悟，又半信半疑。

郭朴向外摆了摆手："别让人家又起疑心，快回去吧，谨言慎行为好。"

高拱被郭朴"一盘大棋"的说辞说得心里发毛，却又不解其意，低头进了中堂，过了片刻，郭朴也进来了，徐阶开口道："先与诸公商榷一事，拟补陈以勤、张居正入阁。诸公有何见教？"

"赞成！"高拱急不可待地表态道。

郭朴沉默良久，道："既然元翁已深思熟虑，无异议。"

李春芳嘀咕道："若廷推，恐难……"

徐阶不等他说完，就决断道："那好，就请兴化拟内阁公本荐举，奏请皇上特旨简任。"顿了顿，又说，"海瑞复任户部主事月余，为彰显朝廷褒扬敢言极谏直臣之诚，顺应舆情，当破格拔擢之。尚宝司丞缺员，正可把海瑞补上。内阁若无异议，吏部即可奏报。"

高拱道："海瑞做京官，恐非所长，亦非所愿。"

徐阶解释道："海瑞在朝野心目中已成某种象征，不宜外放，以免让外人说我辈执政大臣排挤直臣。不惟不能外放，今次拔擢只是起步，过一两个月，还要破格，不让他位列九卿，对舆论终归不好交代。"

郭朴道："海瑞乃举人出身，部院寺监的堂上官，照例都由进士出身者任之。"

徐阶笑道："安阳所言，自是不错。然则，像海瑞这样敢言极谏之臣，若不大破常格大力提携，不惟难洽时论，就是后世也要指责我辈哩。今日阁议，老夫之所以特意摆出，即是基于这等考量，诸公若体认，则此后海瑞之拔擢，内阁不宜设障碍。"

几个人听徐阶如是说，也就不再说话。徐阶便问李春芳："兴化，奏本中有何要事需研议的？"

李春芳拿出一份文牍，低下头，支支吾吾："兵科都给事中欧阳一敬，论救、论救吏科都给事中胡应嘉。"

听到欧阳一敬和胡应嘉这两个名字，高拱厌恶地撇了撇嘴，暗忖：胡应嘉身为吏科都给事中，副署吏部的奏疏，转头就拿他副署的奏疏说事，于公是违制乱政，于私是人品卑劣；欧阳一敬居然有脸替他开脱，真是令人齿冷，倒想听听他有甚由头。

李春芳念道："陛下初登大宝，宜以尧舜明目达聪为法，即使应嘉妄言，犹当宥之，而况言实不妄乎？"

高拱本想说："妄不妄姑且不论，副署奏疏时何以不说？"但他还是忍住了。

李春芳还在低声念欧阳一敬的奏本："应嘉素称敢言，即今辅臣高拱，奸险横恶，无疑蔡京，将来必为国巨蠹。"

高拱脸色陡变，张了张嘴，肌肉都僵住了，说不出话来。

郭朴也被"奸险横恶，无疑蔡京"这句话惊得目瞪口呆，随即叹气道："果然来了！"他是想提醒高拱，他所作"一盘大棋"的判断是对的。

高拱缓过神来，"啪"地一拍书案，大声道："信口雌黄！"他脸色通红，脖子上的青筋道道分明，"空口无凭，就胡乱给人扣上大奸巨恶的帽子，有这样论劾大臣的吗？欺人太甚！"

徐阶劝道："新郑息怒，科道论劾大臣，是他的本分，听完了再辩不迟嘛。"

李春芳继续读欧阳一敬的奏疏："……高拱奸横，应嘉尝极力论列，诸臣孰有如其任事任怨者哉？应嘉前疏，臣实与谋。臣才识又不及应嘉远甚。若黜应嘉，则不如黜臣。"读完，又急忙拿起另外两份文牍，"这里还有，御史李贞元论救胡应嘉的奏本，言皇上初登大宝，遽遣言官，非圣治之象。"

高拱恨恨然道："欧阳一敬在弹章里公然说他和胡应嘉是密友，去岁胡应嘉论劾我无君、不忠之事，是他们共同谋划的，他当时何以不列名？背后搞小动作，居然堂而皇之写在奏疏里，目无纪纲到了何种地步？"

徐阶微闭双目，仰靠椅背，道："把欧阳一敬的奏本交给新郑。"

高拱明白徐阶的意思，是要他回避，写辞呈，遂冷笑道："近日人情不一，国是纷然，即无彼等论劾，高某也要乞身求去；然则，古人云，大臣不重则朝廷轻。彼等论劾高某的话，倘若传之四方，让海内以为真有蔡京在朝，高某一人不足惜，岂不让天下人轻朝廷？"言毕，把李春芳递过来的奏本往书案上一摔，起身而去。

"诸公都说说，究何处置？"徐阶淡然地、慢条斯理地说。

"岂有此理！"郭朴愤愤不平道。

"这……"李春芳不知所措，"请元翁裁示。"

"皇上初登大宝，有尧舜之明，岂可轻易压制言路？"徐阶字斟句酌着，"况看此阵势，倘若责科道甚或不宥胡应嘉，科道不会善罢甘休，恐于高阁老更为不利。以老夫之见，彼此让他一步，把对胡应嘉的处分，由革职改外调吧。如此，各方的颜面，皆可保全，事情也就过去了。兴化、安阳，如何？"

郭朴道："如此，科道更有话说了。"

"安阳此话怎讲？"李春芳不解地问。

郭朴并不解释，对徐阶道："元翁，论救胡应嘉的奏本，留中不发如何？"

"安阳，老夫也是无奈啊！"徐阶叹气道，"内阁与科道较劲，致乱之道也。"他转向李春芳，"兴化，拟旨，胡应嘉革职之旨收回，改外调。"

又是一步妙棋啊！郭朴暗自感叹道。他睨视徐阶一眼，窥出他微眯的小眼睛里，分明散发出狡黠的、阴险的光芒。

2

隆庆元年二月十八日，是清明节。天气骤寒如隆冬，满城的人都在大呼："怪天气！"高拱在内阁会揖毕，用过午饭，躺在朝房的床上，想小憩片刻，可突然感到胸闷，仿佛有一团棉花塞在胸口，在向外抽丝。他起身唤来承差去备轿，提前回家。进了家门，换上一件棉袍，叫上高福，徒步出了首门。本说要高福去雇头毛驴的，见寒风呼号，天上飘起了雪花，只得听从高福的提议，雇了辆骡车。

"去广安门外。"坐上车，高拱才说出了目的地。高福明白了，老爷这是想女儿了。

高拱的三个女儿先后以十几岁年纪殇逝，厝棺城外。

果然，骡车刚在广安门外的一座寺庙前停下，高拱就疾步往静室走，待走进室内，迈步间双腿已是微微颤抖，走上前去，挨个抚摸两口棺柩，口中哽咽着："启祯，启宗，为父看你们来了！"

高福在出广安门时就买好了纸钱，此时跪地烧纸，口中道："小姐，老爷给小姐们送钱来了，别舍不得花！"说着，想到老爷、奶奶无儿无女的孤单，不禁哭出声来，"小姐啊——你们撇下老爷、奶奶好可怜啊！"

高拱已是泪流满面，示意高福走开。他站在东面的棺柩前，泪眼模糊中，仿佛看到十五岁的启祯站到了他面前：眉目清秀、修然立如琼枝，乖巧可爱。高拱轻轻抚摸着棺盖，喃喃道："祯儿聪颖出类，最解为父之心。那时节，为父当值离家去，儿意沾沾思父归。每见为父少有抑郁，必设言宽慰，得解乃罢。可是，如今，为父心中委屈不平何其多哉，谁来宽慰！"

无儿无女是高拱的隐痛，可偏偏有人拿这一点诋毁他，这让他伤心欲绝。胡应嘉弹劾的余波尚未平息，欧阳一敬又以论救胡应嘉为名攻讦他，说他奸横如蔡京。看到欧阳一敬奏本的当天，他就递交了辞呈，再注门籍。辞呈里，他说欧阳一敬无端指责他奸横如蔡京，不惟是对他个人的侮辱，也是对朝廷的侮辱。皇上随即下旨说："卿心行端慎，朕所素知。兹方切眷倚，岂可因人言辄自求退？宜即出视事，不允辞。"接到谕旨，高拱又上疏求去，说去岁即遭胡应嘉弹劾，意欲杀臣，彼时臣即欲乞休，以先帝病重，不敢再渎扰；及皇上初登大宝，典礼方殷，又不可言去，不料欧阳一敬和胡应嘉呼应，又以无根之词论劾，务求去臣。臣亦志士，乃被如此诋诬，何能靦颜就列？况今党比成风，纪纲溃乱，使圣主孤立于上，而无有为收拾者。皇上又下旨说："大臣之道重在康济，不专洁身。宜遵前旨即出，以副眷倚。不允辞。"谕旨下，徐阶派中书舍人到高拱家里将他请回文渊阁。虽则高拱表面上装作无所谓的样子，可是遭此诋诬，他的内心，已受巨大伤害。这伤害、这委屈无处诉说，憋得他胸闷气短，因此，今日破例到女儿棺前一哭。

高拱托起自己花白的长须，垂泪道："祯儿看来，父老矣！那时节，儿患病，为父料理儿病为之消瘦，须有白者，儿忧心不已，总是强至餐桌，扶案看着为父进食，方回屋卧床。待儿病笃，怕为父伤心，还挣扎着坐起，对为父说：'儿可起身，父亲不必担心'！临殁，儿放心不下为父，泫然泣下如雨！"说着，高拱放声痛哭。

哭了一阵，已无多少气力，高拱方止声，慢慢走向启宗的棺柩。他伏在棺盖上，闭目回忆次女短暂的一生。她是在新郑老家出生的，比姐姐启祯小两岁，四岁时才偕至京师。启宗未周岁就能言语，且语多解悟惊人，五岁后却变得寡言笑，端重如成人。启宗最勤劳，常常下厨房帮着做饭。本预备着待满十五岁就出嫁的，孰料在姐姐启祯病殁一年后，十四岁的启宗也殁了。病重时，高拱坐在她的病床前，每要离去时，启宗就拉住父亲的手，久久不舍松开。临殁，凝望着父亲，咽下了最后一口气，眼睛却未闭上。

不知停了多久，高拱才慢慢站直身子，对着两口棺枢道："祯儿，宗儿，为父不忍把你们送回老家，方把你们姐妹权厝于此，双枢接幕联几，聚在这里，相互陪伴。待为父告老还乡，带你们一起回新郑老家，到那时，为父也该到九泉陪你们了！"

出了静室，风大了，雪也下紧了。高拱上了骡车，吩咐到宣武门女僧庵去。那里，是小女儿五姐的厝棺处。到得庵中，高拱的泪已哭干，默默看着五姐的棺枢，耳边仿佛响起了幺女唤父的声音。这个女儿生在京师，最受高拱疼爱，从小总爱把她抱在怀里。五姐也最缠父亲，每天必躺在父亲身边才能入睡。那年高拱任顺天府乡试副主考，按例锁院不能归家，五姐每晚必至首门盼父归，久久才含泪进屋。两个姐姐先后病殁，母亲曹氏哭女而死，五姐变得沉静寡言。她自幼贫血，突有一天吐血不止，自恐不测，每当父亲当值去，便悲悲切切地说："父亲何时归家，我怕从此见不到父亲了！"每当高拱回到病床前看她，她即收泪改和悦状，高拱暗自隐痛，又强作笑容，安慰她，她私下对嫡母说："儿父强笑来安慰儿，可脸上有戚容泪痕。儿为什么这么不争气，不能孝顺父亲，反倒要父亲为儿伤心！"病了两个多月，药石无效，自知将要永诀，哭着对父亲说："两个姐姐殁去，父亲年岁大了，就我一个女儿，却不料……女儿殁后，父亲年老，谁给父亲端茶喂药，谁给父亲养老送终，女儿不舍啊！"说着哭晕过去，待苏醒，看着父亲说，"女儿感觉特别昏沉，真想还有清明之时！"言毕，便再也说不出话来，只是目不转睛地看着父亲，咽下了最后一口气。

"姐儿，感到清明些了吗？"高拱含泪低声问，又自答道，"姐儿不昏沉了，姐儿永远清明了，清明了……"默默伫立良久，高福抹了把泪，扯了扯他的袍袖，高拱才缓缓转身，走出僧庵。高福跟在身后，见高拱步履沉重，背手低头缓慢地前行，突然意识到，老爷也是一个儿女情长的父亲，一个孤独的老人。他壮了壮胆，问："老爷，小姐都走了，走了这么久了，撇下老爷奶奶，怪孤单的。老爷，何不再……"

"不必再说了！"高拱制止道，"天意如此，欢蹦乱跳的儿女突然殇了，一个，两个，三个，四个，生死离别，草木、铁石也不堪承受，我怕了，怕了!"

"可是……"高福还想说什么，高拱突然仰天长叹，"凡夫俗子皆有儿女，高某无此缘分；然则，能得天子心者，几人？足矣，足矣!"

高福半懂不懂，也不便再劝，侍候老爷上了骡车。尚未进宣武门，突然狂风大作，鹅毛大雪狂飘乱舞，令人不辨南北。

"老爷，进酒馆避避吧!"高福用手遮脸，大声道。

高拱见骡车已然难行，车上也坐不住了，只得在高福搀扶下下了车，到路边不远处一个酒馆暂避。

酒馆里挤进不少人，见一个器宇不凡的儒者进来，门口的人向旁边闪了闪，高福扶着老爷进了屋内。刚要坐下，就听一个胡须雪白的老者感叹说："老天爷啊，我活了七十岁年纪，从未见过这等事。据老辈人说，暮春有此异事，属大朕兆，不知征验在谁身上?"

"喔，想那湖广的张居正，四十岁出头，连升七级，入阁拜相，本朝可有此等冒升的官员吗？看来此人非同寻常，早晚要把大明来个天翻地覆，或许此事要应验在他身上了。"一个书生接言道。

皇上继位一个月零六天，任翰林学士八个月、礼部侍郎十天的张居正就被特旨简任入阁。昨日刚到文渊阁接受拜贺，今日就发生此等异事，难怪街谈巷议间，将此事与张居正联系起来。

"是朝廷出了奸臣吧？上天所以示警。"又有人凑趣说。

"可不咋的，听说朝廷出了个叫蔡京的奸臣。"一个手握扁担的男子说。

"啥呀，蔡京是宋朝的奸臣!"一个中年人纠正道，"咱朝出了个像蔡京一样的奸臣，那个高、高，喔，反正是姓高的阁老呢!"

"可不是嘛，听说他在先帝爷病危的时候，偷偷跑出来回家和妻妾做那事哩，嘻嘻嘻!"一个年轻人插话说。

高拱闻言，眼前一黑，向前栽去。

3

若不是高福眼疾手快，一把抱住了晕厥过去的高拱，他差一点就栽倒在地。回到家里，高拱就病倒了，发烧、说胡话，不时喊一声："奸臣！奸臣！"

闻听高拱卧病，同乡、工部侍郎刘自强，提督四夷馆少卿刘奋庸，门生齐康等，纷纷投帖探视，都被高拱拒之门外。次日晚上，看到翰林院编修张四维的拜帖，高拱没有踌躇，当即吩咐传请。

四年前的秋天，高拱奉旨以礼部侍郎总裁校录《永乐大典》，遂引荐张居正、张四维等充校官。张四维得与高拱、张居正相熟。他倜傥有才智，明习时事，颇得高拱赏识。

张四维眉宇间有股豪气，细长脸上却挂满谦和。他坐在高拱病榻前，寒暄了几句，踌躇着道："玄翁，官场都在私下议论，说张公太岳从五品翰林到入阁拜相只用了八个月，首相之所以迫不及待地提携张太岳入阁，缘于首相与玄翁矛盾激化，首相冀借助他在内阁牵制玄翁；更有甚者，说首相大破常格提携张太岳匆忙入阁，就是赶玄翁下台的信号。"

"有人言徐老在布'一盘大棋'，大抵指此吧！"高拱不想在晚辈面前暴露自己内心的软弱，故意以轻松的语调道，"我曾与张叔大相期于相业，如今双双登政府，正是联手中兴大明的开端，那些个传言，不值一哂！"

"玄翁作如是观，四维就放心了。"张四维道，"四维之所以对玄翁说这些，非为挑拨是非，实是担心玄翁与岳翁生嫌隙。四维深知二翁交情匪浅，断不会为闲言碎语所离间。"他虽与张居正同岁，但登科晚六年，故以"翁"尊张居正。

"不过，徐老乃张叔大授业馆师，对他栽培、提携不遗余力，可谓恩重如山，要张叔大与我公然携手做事，也难。"高拱叹息道。

"可张太岳也不会与首相搅在一起，对付玄翁。"张四维以自信的语调道，"不惟二翁乃金石之交，还因为张太岳同样急于振朝纲、新治理。"

高拱露出欣喜的神情，道："人言徐老要驱逐高某，他以何把柄驱逐？不就是指授科道论劾吗？朝廷重臣，岂是言官信口雌黄所能撼动？"

张四维默然良久，道："相知者谁不谓玄翁为坦荡君子？只是首相收恩，玄翁布怨，是以科道对玄翁不能谅解。科道固然不能撼动大臣，但不闻墙倒众人推之语耶？玄翁还是谨慎为好。"

高拱一笑："子维，你看我是当伴食宰相的人吗？与其做伴食宰相，莫如回家著书立说。"他指了指自己的脑门，"人言高某是干才，殊不知，我脑袋里装的学问不少，只是做朝廷官，干朝廷事，不能驰心旁骛罢了。"

两人晤谈良久，高拱顿感病情大好，下床送张四维到垂花门，方依依不舍挥手告别。

第二天，高拱即到内阁当值，轿子落地，刚掀开轿帘，一眼看到张居正从轿中走出，忙喊了声："叔大——"

张居正听到喊声，回头一看是高拱，惊喜交加，便转身来迎，深揖施礼，高拱向张居正拱了拱手，道："叔大，已成内阁同僚，不必再行大礼，拱手为礼即可。"

"玄翁康复就好了。得知玄翁染恙，居正本应去探视，怎奈这些天履行入阁的礼仪，忙得不可开交。"张居正满脸歉意地说。

"呵呵，"高拱一笑，"叔大入阁拜相，愚兄本应亲去致贺，想来叔大应能体谅。"

"彼此体谅吧！"张居正心照不宣地一笑道。

"这些天，礼节性的事忙得差不多了吧？"高拱说着，上前拉住张居正的袍袖就往里走，"到我朝房去。"

张居正踌躇片刻，跟着高拱往里走，刚迈了两步，指着花坛的芍药道："玄翁，听说这些芍药都有雅称？"说着，从高拱手里挣脱出来，移步走到花坛前，弯身细观。

高拱无心观花，又要去拉他，张居正佯装没有看见，向外闪了下身，蹙眉道："今年清明节天气怪异，京城冻死者达百余人。这真是异象，京城里人心惶惶啊。"

"呵呵，还有说这异象要应验在叔大你身上嘞。"高拱一笑道。

"居正何德何能，有天人感应之兆？"张居正自嘲道，"说来奇怪，清明节居然大雪纷飞，可转天就一切如常了。人常谓'如沐春风'，沐春风当是极难得的，何不在春风里稍站？"他并未打算与高拱进朝房谈话，以免让徐阶不悦，只是不便拂了他的好意，跟着他走了几步，就找出赏花的借口，停了下来。

"喔，也罢！"高拱看出张居正有些为难，不再勉强，抬脚向阁后的假山走去，边道，"叔大，时下虏患日炽，财用匮乏，吏治千疮百孔，再不励精图治，国家不复有望矣！究竟从何着手打理，百官议论纷纭。但主流看法是理财为先。户部奏请遣钦差督办天下欠赋，我是不赞成的。无非严行督责，让地方补缴历年积欠，然民力已竭，再行搜刮，民何以堪？我看，当务之急是解除虏患，国库多半投到北边九镇，仍不能解虏患于万一，搜刮再多的钱，也都填到这个无底洞里了，怎么得了！"

张居正低头不语，暗忖：逐高，已是徐阶的既定之策，眼前的平静只是暂时的，猛烈的风暴正在酝酿中；可高拱却懵然不知，总以为有皇上的信任，自己律己甚严无把柄可抓，就不会翻车，这未免高估自己了，也太轻视徐阶的智术了。又一想，无端受胡应嘉、欧阳一敬诬陷，逐高的战役已然打响，他不思应战，却还在一心谋国，这样的人，即使不喜欢他，也不能不钦佩他。

忽然一阵旋风刮来，沙尘扬起，张居正忙道："玄翁，这京城春天也不好，风沙太大，委实让人受不了，还是回阁吧？"

高拱抬手揉了揉眼睛，向前扬扬手："回阁！"

两人进了文渊阁，张居正的朝房在一层明堂东侧，他向高拱抱拳一揖，径直走了过去。高拱摇摇头，上了楼，正堂最西侧面南的房间是他的朝房，一进门，见几份邸报摆在书案上，他走过去，站在案前翻阅，突然看到胡应嘉升留都南京礼部郎中的字眼，不觉吃了一惊，拿着邸报就到间壁郭朴的朝房，进门就问："安阳，胡应嘉不是革职了吗？"

郭朴忙起身把门关上，低声道："你注门籍时，胡应嘉由革职改外调了。"

"怎么回事？"高拱惊问，满脸怒气。

郭朴道："元翁上本，说胡应嘉以吏科都给事中论救察典同官，违例非法，故拟罢斥；科道谓皇上初继位，易开言路，广德意，故请留。揭请上裁。皇上御批：薄胡应嘉罪，调外任。吏部遂以留都礼部正五品郎中处之。"

"这不是胁迫为难皇上吗？"高拱大声说。

"新郑，小声点！"郭朴着急地说，"你只说皇上为难，他是对着你高新郑的。听说欧阳一敬那伙人大肆散布说，高新郑注门籍，胡应嘉就由革职改外调，足见高新郑专横、挟压阁揆，到了何种地步。起初，官场对欧阳一敬论劾你奸横如蔡京尚有非议，可胡应嘉改外调消息一出，朝野转而认同欧阳一敬的说法了。"

"这这这……"高拱气得浑身战栗，说不出话来。

"这是首相的手腕啊，新郑！"郭朴痛心疾首道，"当初把胡应嘉革职也好，欧阳一敬上本论救也罢，加上胡应嘉改外调，都是环环相扣的，让你步步陷入被动！"

"我……"高拱一跺脚，"我找徐老去！"说着转身要走。

郭朴拉住他："新郑，万勿意气用事。刻下你最好保持缄默，只要你不说话，不反制，他们就无如之何。"

高拱双手在胸口又拍又捋，大口大口地喘着粗气。

"张太岳入阁，也是对着你的，你不要轻信。"郭朴又道。

1

　　城南弘法寺，以收揽游僧闻名。虽有天王殿、大雄宝殿和大法堂之
设，但寺内更多的建筑是招提僧房，多达数百间。二月初，寺里住进一
群从南方而来的男子，为首的男子四十岁左右年纪，中等身材，美姿容，
风采玉立，与人谈笑，温秀之气溢于眉目间。他，就是当代文坛盟主王
世贞，字元美，号凤洲，南直隶苏州府太仓州人。

　　这天傍晚，刚用罢晚膳，东配房一套雅静僧房里，王世贞把弟弟王
世懋召来，叫着他的字道："敬美，给朝廷的奏本我已拟好，你看看吧。"

　　王世懋坐到案前，拿过疏稿细细阅看了一遍，诉状略谓："臣父皓首
边廷，六遇鞑虏，不幸以事忤大学士严嵩，坐微文论死。伤尧舜知人之
明，解豪杰任事之体。乞行辩雪，以伸公论。"

　　七年前，王世贞之父、蓟辽总督王忬，指挥滦河战事失利，致北虏
大掠京畿，京师骚动，事后追究责任，王忬被斩首。时任山东按察副使
的王世贞与刚中进士的弟弟世懋扶柩返回家乡太仓。先帝驾崩、新君继
位，王世贞不顾严寒赶赴京师，意欲昭雪父冤。

　　"兄长，大佬们都是过来人，只把杀先君的责任推给严嵩，能否站得
住？"王世懋提出了疑问，"当年三法司议罪，判先君流放，是先帝驳回，
亲批'诸将皆斩，主军令者焉得轻判耶'十三字，才改判先君死罪的。"
他看了一眼王世贞，又说，"兄长，严嵩对先君或许有落井下石之嫌，但

杀先君者，先帝也，这一点弟是不怀疑的。"他之所以这样说，一方面是描述他所知道的事实；另一方面是要安慰王世贞，减轻他的自责。

王世贞进士及第后授刑部主事，晋员外郎、郎中，与一批新科进士吟诗作赋，结成诗社，有"七子"之誉，名噪海内，为天下读书人所倾慕。当是时，诸人皆年少，才高气锐，相互标榜，视当世无人。时严嵩当国，雅重其才名，数令具酒食征逐，欲收其门下，王世贞不惟不买账，还对严嵩多有讥讽。弹劾严嵩的杨继盛以诈传亲王令旨罪被逮，王世贞多方营救，其罹难后又带头经理后事，并把杨继盛之死归罪于严嵩，王世贞名气之盛足以影响舆论，街谈巷议中，严嵩成了害死直臣的罪魁，由此开罪严嵩，被外放山东按察副使兵备青州。他一直认为，是因他得罪严嵩，连累了父亲。为此，王世贞负疚甚深。

"先君死得冤啊，敬美！"王世贞咬着牙道，"不能救父免死，本无颜立于人世；若不昭雪父冤，我兄弟无以称人！"或许是忆起当年以文坛领袖之尊，四处跪地恳求权贵救父的场景，王世贞双手掩面，抽泣起来。

王世懋垂泪劝道："兄长，雪先君之冤已有头绪，拿到朝廷为父昭雪的诏书，到先君灵前再哭不迟。"

王世贞止住哭声，道："申冤奏本只是形式，关键是大佬们的谅解。"他像忽然想起什么，问，"投书环节没有出纰漏吧？"

"都是派人专门投送的，不会有纰漏。"王世懋答，"只是，高新郑只收了书函，礼物都退回了。"

"此人就是这样的做派。"王世贞摇头道，良久又叹息道，"我最放心不下的，正是此人。"

王世懋不以为然："兄长会不会过虑了？高新郑与先君毕竟有同年之谊，我王家与他也无过节，他何必从中作梗？兄长盛名冠盖国中，他何必无故得罪？"

"高某人最不近人情！"王世贞叹气道，"你忘记了吗？当年先君系狱，三法司奉旨议罪，我兄弟四处求人宽解，念及高某人与先君乃同年，亦往叩之，恳请他伸出援手，他却以爱莫能助回绝，连句安慰的话都没有，何等薄情！如今他与徐阁老不睦，在内阁独持异议，先君昭雪事，若有闪失，必出在此人身上。"

"当时高新郑只是裕邸讲官，委实也帮不上忙，可能也怕连累裕王，才回绝的。"王世懋替高拱辩解说，"况且，那些满口答应帮忙的人谁又帮忙了？倒是高新郑实话实说，不虚伪，兄长不必耿耿于怀。"

王世贞还是不放心："要万无一失才好。去，叫曹颜远来。"

曹颜远是王世贞的外甥，一直追随其左右，帮其经理事务，等他进屋施礼毕，王世贞问："金叶子还有多少？"

"有四十来张吧。"曹颜远回答。临赴京前，王世贞特命以十万银两换成金叶子，每五百两一张，便于送礼。这几年，不少人对他以文坛盟主之尊竟不吝为商贾写传作铭大为不解，殊不知，他需要积攒一笔丰厚的资本，为的就是这一天派用场。此番北来，随身携带不少书画，外加金叶子二百张，为的是无论如何，要把事情办成。这不惟是替父昭雪，更关乎他的尊严甚至未来。

"你去取四张来。"王世贞嘱咐说，旋即又改口道，"不，取六张吧，六六顺，图个吉利。"

王世懋劝道："兄长，高新郑连书画都退回了，怎会收金叶子？"

"自不能送高某人。"王世贞解释说，"张居正乃高某人好友，求他在高某人面前说话，不然真不敢贸然上本。"

"听说张太岳收礼有讲究，王家的礼他未必收"王世懋说，"况且上次兄长已投书于他，送了画的，再送金叶子，别让他反感了。"在他看来，兄长过于悲观了，做这些不免有画蛇添足之嫌。一则父亲本就是冤枉的，新朝开局，与天下更始，正大量平反冤假错案；二则现在执政的首相徐阶，与王家是远亲，威望正高，无须再遍求权贵；再则，兄长是当代名流，执政者对名流一般不愿无故得罪，能够帮衬的一定会帮衬。有此三点还不够吗？

王世贞也明白弟弟的意思，只是他不敢大意。思忖良久，道："张太岳城府极深，言谈真假莫辨，直接找他委实冒失。访得曾省吾是张太岳的心腹幕僚，请他在张太岳面前说话，张太岳必纳之，再由张太岳在高新郑面前转圜，这样或许更妥帖些。"说着，坐于书案前，疾笔写就一封短束，交给曹颜远，又嘱咐了一番，曹颜远领命，骑马往城里而去。

兵部郎中曾省吾接到王世贞的名刺和曹颜远的拜帖，忙吩咐传请，又亲自把曹颜远迎到花厅，寒暄过后，曹颜远把王世贞短柬奉上。

"家舅说，这些，请曾郎中酌处。"在曾省吾低头阅看短柬的当口，曹颜远拿出所带金叶子，放在他右手的高脚茶几上。

"这不好，不好！"曾省吾道，"收回去，收回去！"

曹颜远歉意一笑："家舅所托，请曾郎中体谅。"

"那好，不难为你。"曾省吾说着，把短柬盖在金叶子上，"以后见了令舅再说。"他笑了笑，很是洒脱地说，"令舅所托，省吾当竭力效劳。回去请转告令舅，就说张阁老必全力促成此事。"

曾省吾这么说，是因为他知道王忬是徐阶的远亲，对昭雪王忬一事，徐阶定然不遗余力，作为徐阶的得意弟子、王世贞的同榜进士的张居正自不会持异议；王世贞又是天下名流，无论做与不做，话要说到位，朝廷大臣谁不愿意笼络名流？

曹颜远忙起身深施揖礼，说了一番感激的言语，即要告辞。曾省吾起身拉着他的袍袖，亲自送到首门。临别，又殷殷嘱咐："回去代张阁老问候令舅！"

2

高拱听从了郭朴的叮嘱，多日来沉默寡言，不多出一语。可内心却异常沉重。皇上继位快三个月了，大举措、新气象何在？惟一值得安慰的是，突破阻力，海禁得开。今日内阁召部院正堂会揖，商榷福建巡抚涂泽民所奏泉州开关事宜，高拱抖足了精神，要给涂泽民助力。他刚出了朝房，张居正恰好上了楼，远远地向他抱拳晃了晃，道："玄翁，接到王元美的书函了吗？"

"如此说来，王元美定然是给每位阁臣都有投书了的。"高拱说着走过来，对站在中堂大门西侧的张居正道，"叔大看，王忬昭雪事，该如何区处？"

张居正"呵呵"一笑道："玄翁，王元美乃文坛盟主，士林有说法，王元美才最高，地望最显，声华义气笼盖海内。士大夫及山人、词客、衲子、羽流，莫不奔走门下，片言激赏，声价骤起。颇有富人贫人、扬人抑人之能啊!"言毕,一伸手臂,躬身请高拱移步。

高拱使劲儿眨了眨眼,没有听出张居正到底是赞成抑或反对给王世贞之父王忬昭雪,也不便再问,只得大步进了中堂。部院正堂见高、张二阁老进来,起身施礼,寒暄了一阵,徐阶也走了过来,又是一阵寒暄,方各自入座。

李春芳拿出福建巡抚涂泽民的奏本,读了一遍。

"诸公都听到了,"高拱率先说话了,"东南各省绅民对开海禁欢呼雀跃,大批商船已向月港集结,甚至佛郎机人闻讯后也到福建招徕商贾,意欲引导他们到吕宋贸易。足见开关顺民心,顺时势,是明智之举。"他用手指一敲书案,"然京师却对此反应迟钝,涂泽民接连奏请,户部、吏部、兵部却迟迟未就设立督饷馆及组建护海水军拿出办法!"

吏部尚书杨博魁梧丰硕,须发尽白,脸庞红润,他一听高拱责备部院,忙起身一揖道:"高阁老责备的是。本部当商户部,就督饷馆编制上紧拿出方案上奏。"

户部尚书刘体乾、兵部尚书霍冀却低头不语。高拱瞥了一眼霍冀,被他沉默以对的态度激怒了,遂以质问的语气道:"本兵,若不是戚继光坐镇福建,海禁一开,恐早就出事了。沿海安全,岂能指望戚帅一人?组建护海水军是早晚的事,还是上紧办为好。"

"回高阁老,"霍冀漫不经心道,"开海禁谕旨里,并未说要兵部组建水军。"

高拱本就憋着一肚子火,又听霍冀说出如此不负责任的话,终于忍不住了:"荒唐!商贾出海贸易,水军不保护,要海盗保护?涂泽民奏请过,兵部题覆就该明明白白写上组建水军,甚或还要明明白白写上何年何月组建毕。我查看了前些日子兵部的题覆,漫无区处,全无为朝廷办事之心!"

众人目光齐齐地转向徐阶,见他面带微笑,举着茶盏慢悠悠地喝着茶,待高拱说完,霍冀只是不服气地"哼"了一声,并未再辩,徐阶才缓缓道:"设督饷馆、建护海水军,各部就上紧办吧。"

高拱缓和了语气,对户部尚书刘体乾道:"大司农,理财要靠开源,只靠卖种马、清理仓库里的米面豆醋,抑或靠追缴历年积欠,终归不是法子，设督饷馆，就是开源的一招。不惟这件事，时下与开国初期已大异其趣，为国理财，必得扶持商业，培植税源，比如元翁的家乡松江府及邻郡苏州府，工商繁荣，民人多半不再种地，而户部依然把目光牢牢盯住田赋，岂不本末倒置？松江、苏州，田赋多少、商税多少，不知户部可有数据可查？"

刘体乾一愣，神色紧张地看了看徐阶。徐阶刚端起茶盏，手猛然抖动了一下，茶盏"哗啦"一声掉在了案上。

"来人——"李春芳喊了一声，"给元翁换茶。"

左右一阵忙乱，高拱觑了徐阶一眼，见他神情颇不正常，顿感蹊跷，难道，这里面有甚名堂？

"呵呵，"徐阶已然镇静，笑了笑，"既然高阁老有示，户部就上紧梳理核对，报给高阁老吧。"又转向高拱，"新郑，要查老夫家的账吗？"

"元翁何出此言？"高拱以狐疑的眼神看着徐阶，"我只是随便举例而已，户部自可拿杭州甚或佛山为例嘛！"

"不！"徐阶断然道，"大司农，即以松江府为例核报。"言毕向部院大臣一拱手，"就请诸公回去办事吧！"又向李春芳扬了扬下颌，"兴化，议一下王世贞的奏本。"

"故总督蓟辽右都御史兼兵部侍郎王忬子、原任山东按察副使王世贞上疏诉父冤。"李春芳拿起奏疏要读，徐阶扬了扬手："此事不过数载，在座诸公皆亲历之，不必再读。究如何措置，大家商榷。"

高拱道："王忬确有功于国家，滦河之役指挥失当，京师为之震动，也不能说无过，然死罪未免责重。王忬乃本人同年，长公子元美又是文坛盟主，于情于理，自当昭雪。"

"诚然！"李春芳附和说。

"然则，此事尚需统筹。"高拱又说，"先帝愤于南北两欺，对统军者果于杀戮。嘉靖朝统军文官遭大狱者，何止王忬一人？我粗略梳理了一下，就有以下：二十三年逮宣大总督翟鹏、蓟辽巡抚朱方下狱，翟鹏戍边，朱方处斩；二十七年杀三边总督曾铣；二十九年杀兵部尚书丁汝夔、保定巡抚杨守谦，逮蓟辽巡抚王汝孝下狱，逮浙江巡抚朱纨下狱，自杀死；三十四年杀江南总督张经、浙江巡抚李天宠；三十六年逮宣大总督杨顺下狱；四十一年逮江南总督胡宗宪下狱，死狱中；四十二年，杀蓟辽总督杨选。"

"喔呀……"李春芳、郭朴、陈以勤纷纷发出惊叹声。

高拱继续道："我举出这些例子，是想说，朝廷处事，需得一个"公"字。方今内则吏治不修，外则诸边不靖，兵不强、财不充，皆缘于积习之不善，在高某看来，这才是天下之大患。而言积习之弊，首当其冲的，即是执法不公。新朝开局，当致力于革除此弊。若独给王忬一人昭雪，势必给朝野一个朝廷执法不公的印象，故当将类似情形，一体甄别，次第昭雪。"

"喔！"郭朴恍然大悟似的，"是啊，是需统筹。"

徐阶捋须沉吟：高拱的话，自是难以辩驳的，公平地说，也委实该这么做。但这又是徐阶断难接受的。因为其中有些人，尤其是江南总督胡宗宪，就是徐阶处心积虑才置于死地的。倘若按照高拱的说法——甄别昭雪，就像王忬之死归结于严嵩那样，胡宗宪之死岂不归结到他的身上？这不是引火烧身吗？宁可不为王忬昭雪，也不能按照高拱的提议做。这，是徐阶的底线。可这样一来，对王世贞就难以交代了。他看了张居正一眼，点名道："叔大……"话一出口方觉这是在内阁议事，不能按习惯称字了，急忙改口，"哦，江陵，你有何高见？"

"居正无异议。"张居正答。

徐阶暗忖："这个张叔大，也太滑头了吧？究竟是对昭雪王忬无异议还是对高拱的提议无异议？"但他明白张居正左右为难，两头不愿意得罪，也不好逼问太紧，只得作罢。对张居正的一丝不满，转眼间就转嫁到了高拱身上——不是他在内阁处处固执己见，像王忬昭雪这样的事，何至于为难？这样想来，一个念头陡然冒了出来，不禁暗自惊喜，便以从善如流的口气道："既然新郑有此主张，王世贞之疏，停格！"

此言一出，阁臣们都露出惊讶的表情。若按高拱的主张，应该是着吏部并三法司议处，将先朝获罪的掌军令者甄别昭雪才是，何以不明不白地搁置了呢？

3

户部尚书刘体乾从文渊阁一回到衙门，就径直到了右侍郎陈大春的直房，将高拱追问松江税银一事说于他听，最后道："那件事，难道走漏风声了？"

去岁，刘体乾上任后得知，松江府年征税银，皆就地送华亭县徐阶府中，以空牒入都，再由北京徐府兑银于户部。徐府缴于户部的是特铸银锭，以七株为一两。刘体乾明知这里面定有手脚，也不便深究。不意高拱突然提出要查查田赋、商税。他和陈大春揣测良久，也弄不清高拱到底是随口一说，还是掌握了什么线索意欲追查，究竟如何因应？刘体乾遂把此事推到陈大春身上："元翁明示要核报，请得霖妥善区处之。"

陈大春心急火燎，用罢午饭，就到内阁去谒见徐阶。

"得霖，我说过，不要到朝房来，有事家里去说嘛！"一见陈大春，徐阶就责备道。但他还是起身走过去，与陈大春隔几而座，又以和缓的语调说，"也好，正要差人晚间去你府上的。"

"喔，元翁有何见教？"陈大春问。

"先说说你的来意吧。"徐阶很是体恤地说。

"元翁……"陈大春以诡秘的语调说，"大司农从内阁回去，就找学生商榷核报松江税银事，学生担心……"

徐阶脸色顿时阴沉下来："户部的这点小事，还要老夫来替你们做吗？"

陈大春暗笑：老头子故意强调是户部的小事，似故意对松江府税银腾挪的猫腻佯装不知。这样的事，他怎么可能不知情？即使事先未与闻，事后也不可能不知道。不过，这是老头子的一贯做派，这件事如此，徐琨开办商号事如此；徐忠在苏州的官司如此；科道弹劾高拱的事也如此。陈大春最了解徐阶的心思，凡事心照不宣，不喜点破。点破，就有玩弄权术之嫌了，非正人君子所当为。而老头子一向是以蔼然长者、正人君子的形象示人的。陈大春感到自己说话冒失了，忙解释道："元翁，高新郑一再追问松江税银，又要重查遇刺案，是何用心？学生以为，他是要发动进攻，意在赶走元翁。"

徐阶沉吟不语。

陈大春沉不住气了，试探着问："元翁，灵济宫谋刺案，刑部有呈报吗？"见徐阶还是默然，陈大春着急地说，"刑部负责此案的郎中王学谟是个死心眼，凡事较真儿，据闻一直在真追真查。"

刺杀高拱一事，陈大春并没有事先向徐阶说起过，本打算事后再邀功的，出了意外后，为了求得徐阶的保护，才作了暗示。他把握的分寸依然是心照不宣。徐阶佯装不知，脸色铁青："查案，自当真追真查。"

陈大春无言以对。刺杀高拱出了意外，就是半路杀出个小道士，事后吴时来多方缉查，就是没有抓到这个人；如果此案追查下去，小道士现身，说不定会查出破绽。这可是行刺内阁大臣的惊天大案，一旦水落石出，身家性命不保，陈大春不能不着急，这些天来一直如坐针毡，想从徐阶这里讨教，却又遭呵斥，沮丧地低头搓手，叹息不止。

徐阶突然用力拍了下扶手，正色道："化解之道，不在事，而在人！"

陈大春似懂非懂："元翁之意？"

徐阶并不解释，起身道："王世贞申雪疏，高新郑力持不得下部议处，你亲自去找王世贞，知会他，与他商榷对策。拟差人去府上要说的，正是此事。"

"喔？"陈大春眼珠子急速转动着，"他因何反对昭雪？"

徐阶未接陈大春的话茬儿，突然笑道："呵呵，昨日有人从宣府送来几只野山鸡，本欲今晚差人给得霖送去两只的，既然你不请自来，要知会之事已然知晓，山鸡还要吗？"

"呵呵，学生心领了。"陈大春笑答。

"不！"徐阶脸色骤然变得严肃起来，说话的语气含着杀气，"此次所获山鸡甚难得，要送！得霖，记住，不可放山鸡跑了！"说完，抱拳一晃，转身进了内室。

陈大春愣了片刻，似有所悟，疾步出了文渊阁，吩咐轿夫："到会馆去。"

轿子在潮州会馆首门刚落地，陈大春就吩咐左右，快去雇两顶轿子，接欧阳一敬和胡应嘉速来见。待两人前后脚进了会馆小花厅，寒暄数语，陈大春就把适才谒见徐阶的情形细说了一遍，然后道："我理解，元翁所示'化解之道，在事不在人'一语，是说只要驱逐高拱，什么松江税银……"他突然意识到，松江税银事欧阳一敬和胡应嘉并不知情，忙用手在眼前煽动了几下，"胡说八道了，我要说的是谋刺高胡子案，谋刺案，自然就不了了之。"

胡应嘉虽被外调留都礼部郎中，但延宕着尚未赴任。时下他在京城唯一做的就是暗中勾连，整治高拱。听了陈大春的一番说辞，胡应嘉心花怒放，道："我也作如是观。"追随徐阶多年，他知道徐阶一向刻意回避指授之嫌，乐于追随者承望行事，自然不会直来直去把事情说穿，"还有元翁所说送山鸡一事，我看就是'机不可失'之意！"

这回轮到陈大春附和了："我正是这样领会的，是以才急接二位来议。"

"然则，"胡应嘉又提出了疑问，"时机，甚样时机？因为张居正已然到位，就可从容逐高？"

欧阳一敬叹气道："说到张居正，我真是有些不忿！我辈替元翁冲锋陷阵，张居正却坐收渔利，四十岁出头入阁拜相。倘若不是要整倒高胡子，就凭他张居正的资历，焉能蹿升内阁？"他一拍大腿，"关键是这个张居正还是高胡子的至交，我辈为他打天下，将来也未必有好报！"

"此何时，还发这等牢骚？"胡应嘉瞪了一眼欧阳一敬，"不扳倒高胡子，我辈饭碗甚或身家性命不保！"

"我看也未必！都是我辈整他，也没见高胡子主动整治我辈。"欧阳一敬嘟哝道，他提了提神儿，"算了算了，说甚也晚了，开弓没有回头箭，只能一条道走到黑了。元翁何以有机不可失的暗示？别领会错了，栽大跟头！"

"当与王世贞申雪疏被搁置有关。"陈大春把一路上在轿中所想说了出来，"高胡子靠山是今上，但今上甫继位，科道就轮番上阵，来了个下马威，时下今上畏科道如虎，已被牢牢困住了。就是说，高胡子的靠山靠不稳了。这是元翁的一大招啊！高胡子自负，还在于他有干才无把柄，他以为元翁无奈他何。这未免太小看元翁了。元翁刻意绕开阁议，密草遗诏，赢得人心；而高胡子已被扣上反对遗诏的帽子，人心失其半矣！

海瑞以举人资格即升京堂，'节义派'归心矣；而高胡子阁议时提出外放海瑞，已被我辈传为反对拔擢海瑞，'节义派'怨高矣！元翁追赠王阳明封爵世袭，'讲学派'归心矣；而灵济宫讲学事先高调传布又以高胡子反对为由骤然取消，'讲学派'怨高矣！今元翁欲抚王世贞兄弟，复其父官，'文章派'必归心；而高胡子持异议，王世贞必恨之入骨，'文章派'恨高矣！二位试想，天下、官场，'节义派''讲学派''文章派'，都反对高胡子，他还立得住吗？就事论事说，人言元翁只是任恩，高胡子则不吝修怨，这倒不能否认，而这正是元翁的高明之处。元翁施恩，高胡子修怨，他得罪过多少人？朝廷里有多少人巴不得高胡子即刻滚蛋！"

"难怪元翁命霖翁亲自去会王世贞。"欧阳一敬恍然大悟，"王世贞文坛盟主、天下名流，人脉广联，有他暗中相助，高胡子大势去矣！"

胡应嘉兴奋地说："既然元翁已发出指令……"

陈大春打断他："克柔，你切莫信口开河，元翁何时指令？"旋即一笑道，"克柔，已拿你的事做足了文章，高胡子已落下了胁迫首相报复言官的恶名。他不是没有把柄吗？'奸横如蔡京'这个帽子给他戴上了，就是把柄！"

"呵呵，高胡子一向反感趋谒酬酢，说有搞团团伙伙之嫌，"欧阳一敬笑道，"好啊，这下他孤立无援，就任人宰割吧！"

"胜利在望！哈哈！"陈大春大笑，随即高叫，"来人——酒菜伺候！"

"不是去见王世贞吗？"胡应嘉急不可待地说，"霖翁何不这就走？"

"弘法寺哪有酒肉？"陈大春吸溜了一下口水道，"吃了饭再去不迟。"言毕，命人拿了拜帖，即送弘法寺，约好戌时三刻造访。

4

看到户部侍郎陈大春的拜帖，王世贞很是困惑。多年来与他素无交通，陈大春以侍郎之尊，何以亲自跑到弘法寺拜访？凡拜访他者，不是请他给亡故先人修传写铭，就是想拜在门下，厕身文坛。陈大春是为此而来吗？他隐隐感到，陈大春此行可能与他为父申雪一事有关。如果陈大春真是为此事而来，很可能是出了什么麻烦。这样想着，王世贞与弟弟王世懋、外甥曹颜远率仆从已到了寺门外，不远处灯笼的亮光在游动，轿子的影子恍惚可见了。王世贞狠狠心道："陈侍郎一到，跪迎！"

"兄长，这……"王世懋为难地说，"朝堂外的跪迎之礼，适于君父藩王……"

王世贞打断他，说："时下我们是山野之人，替亡父诉冤，见官跪拜，也是礼数。"王世懋知兄长是申冤心切，也就不再争辩。

轿子渐近寺门，借着灯笼的亮光，陈大春一眼望见台阶下跪着十来个人，不觉一惊。当今文坛盟主、天下名流，以此大礼相迎，委实出乎意料，心里却一阵惊喜。王世贞如此不顾一切，要假他手办的事，就不难推进了。

"喔呀，折煞陈某也！"陈大春走出轿子，疾步去扶王世贞，"王大师、王兵宪、元美兄，"他连着说出几种称呼，"快快请起，请起！"

"为申雪先人，叩拜少司农陈大人！"王世贞哽咽着说。

"喔，理解，理解！"陈大春以怜悯的语气道，"元美兄不世出之才，固然令人钦佩；然则，最可道者，乃元美兄之孝心，足可感天地、泣神明，士林莫不敬仰。"

寒暄中，左右提灯照路，引导着一行进了寺院，王世贞命世懋率仆从照应陈大春的轿夫随从，他独引陈大春进了专设的会客间。室内放着一张炕座，炕座上放置着宽大的茶几，两人隔几坐下，茶水、干果早已摆上。

陈大春环视客室，最显眼的是茶具——茶焙、茶笼、汤瓶、茶壶、茶盏、纸囊、茶洗、茶瓶、茶炉俱全。再看茶几上的茶盏，乃是有盏中第一的宣德尖足，料精式雅，洁白如玉。茶壶则是士林崇尚的紫砂小茶壶。"不愧天下名士，即使是寄居寺庙，也这般讲究。"陈大春半是慨叹、半是夸赞地说。他又轻轻在茶壶上摩挲了几下，展示才学似的说，"嗯，果然不凡。人云壶以砂者为上，盖既不夺香，又无熟汤气。有这国中顶级茶具，又得与大名士一起品茗，陈某何其幸哉！"

王世贞却无心思与他闲谈，只是勉强挤出一丝笑意，旋即就被一种紧张的思绪所敛去，小心翼翼问："少司农蚤夜来访，定有要事指教。"

陈大春斟酌了一下，觉得还是以字相称显得亲近，遂道："不瞒元美，此番造访，确有要事。"他喝了口茶，侧身向着王世贞，"元翁相告，元美申雪疏，高阁老力持不可下。"

王世贞虽有预感，但得此讯息，仍觉难以接受，顿感天旋地转，浑身战栗，面无血色。陈大春心中暗喜，却佯装吃惊，伸手向王世贞摇摆了几下："元美，不可过于悲伤，总要想个法子出来，昭雪令尊。"

"少、司农，"王世贞声音低沉、断断续续，"少司农可知，高阁老他、他何以不、不允昭雪先父？"

陈大春被问住了。他也问过徐阶，可没有得到答案。但此时又不能回避。不惟不能回避，还要借以煽惑王世贞。他低头沉吟片刻，就有了措辞："元翁提携高新郑入阁，他仗着是今上的老师，以怨报德，奸横远过蔡京。凡是元翁主张的，他必反对。"说着，叹了口气，"非令尊不该昭雪，实乃徐、高二相水火，置令尊在天之灵不得慰藉。元翁深有愧焉，特命陈某来向元美谢罪！"说着，抱拳向王世贞一揖。

王世贞两眼发直，牙关紧咬，像是在极力抑制自己的情绪，又仿佛发泄对高拱的愤恨。

"唉——"陈大春火上浇油道，"不惟令尊昭雪事被高新郑所阻，凡是元翁要办的事，他无不力阻。国务难以推进，元翁忧心如焚。可这正是高新郑的阴谋，扰乱朝堂，败坏国政，好让朝野对元翁失望，他即可取而代之！"

王世贞咬牙切齿道："如此小人，尚安然立于朝堂，乃士林之耻！"

"然则，"陈大春接言道，"今上对其宠信异常，百官忧恨交加又无如之何。"

"科道，科道都是缩头乌龟吗？"王世贞抗议似的说，"为国除奸，是他们的本分啊！"

"正要和元美商榷此事。"陈大春鼓动道，"所谓墙倒众人推，高新郑看似强势，实则失道寡助、孤立无援，只要正直节义之士协力同心，逐高易如反掌！"

王世贞叹息道："世贞一介书生，山野之人，愧不能为除此大奸巨恶稍尽绵薄。"

"非也！"陈大春激动地说，"元美乃文坛盟主、天下名士，一言相教，士林风从。即使是朝廷大佬，也都对元美敬仰非常。我意，元美可暗中广为联络，整齐人心，一旦发动，南北两京群起响应，何愁高新郑不倒？”言毕，端起茶盏，又放下，补充道，“推倒高新郑，非为个人，乃为国家，故欲参与逐高者众。朝廷早已暗流涌动，只是喷薄而出之口尚未打开而已，刻下南北两京上至阁老尚书、下到科道翰林，摩拳擦掌者不在少数。”

王世贞大受激励，从绝望中缓了过来，提了提精神，道：“请少司农吩咐。”

陈大春得意地一笑：“为避嫌疑，此番从南都发动。不知元美在南都科道中可有弟子？”

王世贞不假思索道：“此事何难！”他起身走出客室，须臾拿着一张诗笺走到陈大春面前，“少司农请看，这是南都吏科给事中岑用宾写的七言律诗，送世贞披阅的，岑给谏多次投书自通，要拜世贞门下，此人当可用。”

陈大春接过诗作，轻声吟诵：

<blockquote>
酣歌古寺意偏雄，南北分携在眼中。
满目秋光何惨澹，无边云树对飞蓬。
芙蓉江上仙舟远，白鹭洲前旅梦空。
把袂临岐情不极，鱼书莫惜寄东风。
</blockquote>

吟毕，随口赞道：“嗯，佳句迭出，此人，元美自可纳之。”

王世贞又从袖中掏出一函：“这是南都御史尹校所书，此人工书法，乞世贞吹嘘荐扬。”

陈大春大喜：“喔，元美片言激赏，可使其身价陡增，有此趣味者谁不愿投门下？元美辛苦，对岑给谏的诗、尹御史的书，写几句溢美之词就是了。这两人联名发动，最好不过。”

王世贞点头道：“世贞即差人夤夜赶赴南京！”

连遭弹劾中玄十上辞表
偕游胜景珊娘一往情深

1

入了四月，京城天气乍热还爽，尚算宜人。不到辰时，高拱的轿子就到了文渊阁，刚下轿，忽见从阁后石山走来几人，唤了声"师相——"高拱驻足一看，打头的是韩楫，身后跟着许国等十几人。众人走到高拱近前，列队作揖施礼。

高拱这才看明白，这是他前年主考所取进士，甄拔为庶吉士，刚散馆，分发授职，多数留翰林院授编修、检讨，也有授科道的，其中打头的韩楫即授刑科给事中。他们多次投帖要去家中参谒座师，都被高拱所拒，无奈之下，今日方到文渊阁前拦轿参谒。见此情景，高拱心中不悦，沉着脸道："你们是我的门生，应该知道，我誓言要除八弊，其中即有党比一弊。什么座主门生，同乡同年，参谒酬酢，不是结团团伙伙吗？此即党比之弊。下不为例，此后无事不准再谒，都回去办事去吧！"言毕，扭头大步进了文渊阁西门。

"呵呵，你们的师相，就是这脾气，都回吧！"张居正不知何时下了轿，出现在韩楫等人面前，劝慰了几句，与众人拱手揖别。

高拱听到张居正说话，在门内候着，待他进来，兴奋地说："叔大，今年春防，北边没有出大事，我的心血总算没有白费。"

北虏总在春秋两季进犯，春防、秋防遂成为国朝北边诸镇的重心所在。今年春防，因是国朝新旧交替，高拱担心北虏会大举进犯，故神经紧绷、格外用心，每夜必与房尧第商榷办法，举凡兵部春防策、督抚奏本、边镇塘报，无不悉心研议，指授方略。到了四月，春防警戒解除，北房并未冒进，只是发生了东部土蛮汗进攻辽阳长安堡之事，也在新任辽东巡抚魏学曾的指挥下很快平息。高拱闻报，大大松了口气。

"多亏玄翁操持啊！"张居正赞叹了一句，作提笔写字状，"今日居正执笔，上紧看看文牍。"说罢，拱手作别。

高拱上了楼，进得朝房，一眼看到书案上放着一份揭帖，随手打开一看，竟是徐阶的弟弟、留都的刑部右侍郎徐陟所写。读了不几句，就被惊住了。徐陟竟是揭发乃兄不足为外人道的隐私的。不惟揭发徐阶的儿子骄横乡里、干请朝中，横暴过于严世蕃；还揭发说，当初先帝曾欲立裕王为太子，商于徐阶，他却力言不可；皇上登极，徐阶因心虚，便诈称年迈窥测皇上是否知晓他反对立储之事，对他是否信任。

"竟有这等事？"高拱不知所措，唤来承差，吩咐道，"请张阁老过来说话。"

张居正轮当执笔，正在阅看公牍，听到高拱相召，心生嗔怪：玄翁这人，虑事未免太粗心，又不是首揆，同是阁僚，岂是任你呼来唤去的？转念又想，他大概还是以师友自居，习惯难改吧。便释然了，但还是故意延宕了片刻，才起身前去。

"叔大，你快看看！"高拱见张居正进来，连寒暄话也没说，就举着徐陟的揭帖递了过去。

张居正接过，不等高拱让座，就坐在书案对面的靠椅上，快速扫了一遍。高拱在旁观察他的表情，却未见张居正有惊诧之状。

"徐子明此函，不止投寄玄翁，居正已有耳闻。"张居正边把揭帖放在书案上，边道，"吏部、都察院也曾收到。"

"这是怎么回事？"高拱不解地问。

"徐子明乃元翁幼弟，"张居正以揣测的语气说，"闻得此公与二兄，哦，亦即元翁，不睦；今次京察等次甚低，或许他怀疑留都主持京察者得了元翁授意，故意贬低他的等次，一怒之下做出此等出人意料的事。"

徐陟是张居正的同年，张居正又是徐阶的弟子，他的话是有分量的。但照他的说法，似乎是因为徐阶出于公心，没有为胞弟争名位才被诬陷的。高拱半信半疑，若无深仇大恨，仅为考察一事，亲兄弟焉能如此？背后或许有不足为外人道的隐秘，张居正也未必知之，即使有所耳闻也未必愿说出来，故而他嘲讽地一笑："呵呵，叔大此言，是元翁的口径吧？"

张居正并不辩驳，而是拿起揭帖晃了晃，望着高拱："玄翁打算如何区处？"

"正要与叔大商榷。"高拱道，"以叔大之见呢？"

"玄翁可上密札，附上此书，皇上或许会令元翁致仕。"张居正以试探的口吻道。

高拱摇头道："非磊落之举，焉能如此！"

"玄翁亦可找来科道中的门生故旧，授意以此弹劾元翁，"张居正继续试探道，"然结局如何，尚不好预判。"

高拱暗忖，倘若是自己有这些把柄，徐阶当会如此做吧？没有把柄还指授言路攻讦不已呢！虽则如是想，但他还是摆手道："结言路以攻讦大臣，乃坏纲纪之举，正人君子岂可为之？"

"那么，玄翁即可亲持此书，交于元翁，"张居正又说，"元翁当视玄翁为示好之举，对化解彼此芥蒂有益。"言毕，拱了拱手，"今日居正执笔，文牍如山，不敢久留。"可走到门口，又转身回来，以低沉的声调道，"玄翁，还是多想想如何防身吧！"

"喔，还好！"高拱随口道。他以为张居正提醒他多保重身体，待张居正已走出房门，才似有所悟，难道又有攻讦者？他们拿什么攻讦我？这样想着，收起徐陟的揭帖，塞入袖中，起身去见徐阶。

徐阶刚进了朝房，尚未坐定，接过揭帖，痛心疾首道："家门不幸，出此丑事，老夫真是无颜再立朝堂啊！"

高拱心想，此老好讲学，整日把修齐治平挂嘴上，若按照此老的逻辑，不能"齐家"，何以治国？说无颜立朝堂，倒也不为过。但这话不能说出口，只是淡淡地说："元翁不必介怀。"

徐阶觑了高拱一眼，想从他的神情中察探其心机，口中道："新郑有所不知，老夫的这个逆弟，从小最是娇惯，与父母、兄长一言不合，非哭即闹，甚是无理。长大后积习未改，故无论家事、国务，老夫一向不与之言及只字片语。或许正因如此，他对老夫耿耿于怀，此次京察又不遂其愿，便出此辣手。"

高拱听出了徐阶的弦外之音，无非是说徐陟根本不掌握他的隐私，书中所揭的那些事，都是无根之语，纯属捏造。真假与否，对高拱来说都不重要，他本来即无拿此做文章的打算，亲自把揭帖交到徐阶手里，已表明此意，无须再表白什么了。可听了徐阶一番解释，一时又不知该说些什么，只得重复道："元翁不必介怀。"便拱手告辞。

须臾，到了会揖之时，阁臣先后进了中堂。张居正低着头，拿着一份文牍道："南京吏科给事中岑用宾、都察院御史尹校，联名上《京察拾遗疏》。"

"京察拾遗？"高拱质疑道，"京察都过去两个多月了，怎么这时候才拾遗？"

国朝京察之制，吏部、都察院主持考察百官，南北两京各衙门五品及以下官员，各携堂上官开注的政绩、评语，亲赴吏部过堂，以凭参酌，考察不职者，降罚有差；四品以上自陈，取圣旨以定去留。考察若有疏漏，科道当拾遗。往昔京察，科道拾遗者不乏其例，但又每每引发门户之争，一旦争斗，必窒碍国务，高拱引以为忧，故语气中流露出反感。

李春芳接言道："献可替否，宰相之责；拾遗补阙，谏官之责。新郑不必苛责吧！"

张居正停顿良久，终于读出了拾遗的对象："大学士高拱，屡经论劾，恋栈不去，宜令致仕。"

"什、什、么？"高拱大惊失色，茫然无措，"这、这从何说起？"

郭朴大感意外，愤愤然道："开国二百年，从无京察拾遗阁臣的先例！"

"喔？"李春芳也感叹道，"京察拾遗不及阁臣，这是历朝成例嘛！南都科道，怎就对阁臣拾遗？"

"哼哼，先例姑且不论，既然是拾遗，总得有可拾遗的证据，"郭朴又说，"如今这科道只说新郑被劾，若按这逻辑，远的不说，请问嘉靖朝的阁臣，哪位没有被论劾过？即使是元翁，被论劾也数以十计了吧？科道竟以这个理由拾遗阁臣，是何用心？这岂不贻笑后世？"

"南都的科道，拾遗朝廷的阁臣？"素来很少开口的陈以勤也忍不住说话了，口气像是提问，又像是质疑。

以京察拾遗的名义攻讦高拱，对岑用宾和尹校来说，也是无奈的选择。成祖迁都北京，为表对太祖的尊重，南京仍保留朝廷架构。但各部院寺监、翰林科道，等同闲衙，官员除了吃喝玩乐外，都要别寻一个雅好以打发时光。岑、尹二人一心想在文坛占一席之地，接到王世贞对他们诗作和书法的赏评，自是激动不已。可王世贞的信差又知会他们，需出面弹劾高拱。两人从未闻高拱有甚不堪之事，不知从何入手；可好不容易得到文坛盟主的激赏，坐失良机实非所愿。议来议去，岑用宾想出了"拾遗"的名堂。尹校不以为然，说拾遗阁臣无先例；拾遗高拱无由头；南京科道拾遗北京的阁臣实在太过勉强。但他始终也没有想出更好的办法，最终也只好与岑用宾联名拾遗高拱。

高拱无论如何也想不到会有这样的事发生，这分明是对他的侮辱。委屈、愤怒却又无奈，一股难以名状的火焰在胸中燃烧，火苗一直蹿到了喉头，但又不得不极力遏制住，脸色铁青，紧咬嘴唇，未出一语，起身大步出了中堂。

徐阶鼻孔中发出"哼"声，气呼呼道："江陵，拟旨，拾遗阁臣无先例；切责岑用宾、尹校有失体统！"

2

房尧第一见高拱当值时回家，即知必是遭弹劾注门籍，低声问："他们拿什么论劾玄翁？"

"屈辱，莫大的屈辱！国朝二百年，从未有阁臣被科道拾遗的先例，今高某有之，屈辱！"说着，高拱步履蹒跚地走进卧室，"嗵"地扑到床上，喘着粗气，整整一天，不吃不喝，不发一语。

傍晚，内阁书办奉徐阶之命来到高府，带来了皇上在高拱辞职奏本上的批红："拾遗阁臣无先例，卿着照旧供职。"

高拱阅罢，沉吟良久，叹了口气："罢了，这些个小人，不值得和他们怄气！"

次日，高拱刚要登轿，内阁书办又来了，禀报道："高阁老，这有一份副本，元翁命送高阁老，自辩用。"说完，一拱手，慌慌张张转身走开了。

国朝成例，大臣被劾，抄弹章副本于被劾者；被劾者可据此上本自辩。高拱一听"自辩"两字，即知又有弹劾者，急忙拿起阅看，是兵科都给事中欧阳一敬的弹章，上写着："大学士高拱，屡经论列，不思引咎自罢，反指言官结党，欲威制朝纲，专擅国柄，亟宜罢斥。"

"混账话——"高拱大喊一声，把文牍狠狠摔在地上，用脚狠劲儿踩着，"欺人太甚！欺人太甚！"

房尧第忙上前拉住高拱："玄翁，送副本是要玄翁自辩用的，踩烂了如何是好？"

"哼哼！"高拱仰天一笑，"不就是那几句话吗？他还能说出甚花样来？按他的逻辑，他要高某下台，若高某还在台上，就是罪状，这是甚混账逻辑？言官弹劾大臣，那是他的本分，但弹劾总要有弹劾的由头吧？似这等蛮不讲理的混账话，也说得出口？"

房尧第上前拉住高拱的袍袖往书房走，高福忙提来茶壶为二人倒茶，房尧第端起茶盏，送到高拱面前："玄翁，来，喝口茶，消消气。"

高拱喝了口茶，放下茶盏，声音低缓地说："欧阳一敬上次以论救胡应嘉为名弹劾我，说胡应嘉弹劾我的奏本事先两人商榷过；我在自辩时就说了一句，既然欧阳一敬和胡应嘉事前商榷过，何不列名？这欧阳一敬居然反咬一口，诬陷我指斥言官结党。"

"看来，他们是南北呼应啊！"房尧第忧心忡忡地说。

高拱喘着粗气，痛苦地仰坐椅上，双手微微颤抖。

"初四，南都科道拾遗玄翁；初五，欧阳一敬再发难，若说这背后没有名堂，谁会相信！"

"崇楼，起稿吧，上本求去！"高拱有气无力地指着书案上的砚台道，"彼辈铁了心要赶我走，我一日不去，欧阳一敬者辈一日不罢手，恳请皇上放我回乡养老。"

房尧第照高拱所述写成奏稿，高拱看了一遍，"啪"地拍在书案上："可我不甘心啊！皇上刚继位不到半年，百废待兴，我岂可弃皇上而去？"

但他也知道，被劝请辞是惯例，无论多么不甘，也只能提笔抄写一遍，签上名字，封送会极门收本处。

当日薄暮，司礼监秉笔太监张宏奉旨前来高宅宣谕："卿侍藩邸年久，端谨无过，着照旧供职。"

"玄翁，不能就这么出来视事，"张宏刚走，房尧第劝道，"再上一疏吧，不的，那些小人又该有话说了。"说罢，不等高拱回应，即展纸提笔，再起一稿。

次日午时，张宏再次来到高宅宣谕："卿忠心谋国，朕所深知，不允辞，宜即出。"

"高老先生，万岁爷为高老先生的事，很忧心。咱看，高老先生还是遵旨上朝吧。"一向谨慎的张宏，辞别前劝了高拱一句。

房尧第还想劝高拱再上一疏的，高拱不以为然："皇上不会放我走，我再渎扰，徒伤圣怀，何益？"

第二天一早，高拱即到阁当值。徐阶一进中堂，见高拱已在座，脸上流露出不易觉察的惊诧神情，旋即恢复了平静，抱拳晃了晃："呵呵，新郑来了就好。常言宰相肚里能撑船，新郑不必介怀。"

"只是不知这等事摊在他人头上，会如何？"高拱冷冷道，"我是怕圣心怀忧，不愿再渎扰。"

张居正摇摇头，暗忖：玄翁何必说这话，分明是炫耀皇上离不开他，越发坚首相逐高之心矣！

徐阶一笑，转向陈以勤："南充，你执笔，说说当议之事。"

陈以勤拿起一份文牍："吏部题本，前朝已致仕吏科都给事中尹相、礼科都给事中魏良弼，各加太常寺少卿；户科给事中张选加通政司左参议；御史冯恩加大理寺丞，各致仕。"

高拱瞪大眼睛，环视诸人，"呵！呵呵！"怪笑两声："这是做甚，这些言官早已因故致仕，冯恩、魏良弼在我登进士时已是中年，此时当八十岁之龄了吧？何以突然把这些早已销声匿迹的科道翻出来加恩？"见诸人默然，高拱火起，"这是什么意思？"他把案上的文牍向前一推，大声道，"朝廷优老之德，乃为政府行其私耶？"

张居正一听，高拱指责徐阶以此向科道示好，以结言路，不禁替他捏了把汗，忙睃了一眼徐阶。徐阶手捋胡须，依然挂着微笑："南充，这个先放放。下一个！"

陈以勤低着头，小声咕哝道："南京都察院御史李复聘，劾大学士高拱奸恶五事……"

高拱正端茶盏侧身喝茶，"噗"的一声，喝到嘴里的一口茶水喷了出来，茶盏"哐啷"一声跌落在地，他用脚一踢，梗着脖子，激愤地问："哪五事？高某奸在何处，做过甚恶？"

郭朴恐高拱口无遮拦，忙道："新郑，副本会抄给你，你还是回避的好。"

高拱仰脸眨了几眨眼睛，一甩袍袖，起身出了中堂。

"怎么，玄翁，又遭论劾？"房尧第见高拱一步一顿足进了垂花门，吃惊地问。

高拱紧咬嘴唇，不出一语，径直走到书房，坐在书案前，拿起珊瑚串珠摩挲着，两行热泪滚滚而下。房尧第见状，只得悄然退出。

须臾，内阁书办送来了弹章副本，房尧第接过，走进书房交给高拱。高拱把文牍扔回去："崇楼，你看看，高某奸在何处，做了哪些恶？"

房尧第展开浏览一遍，道："言玄翁奸恶五事：一、胁迫首揆报复胡应嘉；二、攻讦言官结党；三、《嘉靖遗诏》深得人心，意欲推翻；四、无视'三语政纲'，侵夺部院职权；五、目无祖制，变乱成法。"

"没有说高某谋逆造反？"高拱揶揄道，"谢他留口德！"

房尧第坐在书案对面的椅子上，提笔拟写辞呈。

"只求皇上放归，不要自辩！"高拱扬手道，"这些个信口雌黄的话，不值一辩。"

皇上的谕旨很快就到了："朕素知卿，岂宜再三求退？宜即出，以副眷怀。"

"不再上本了，明日就回阁当值！"高拱断然道。

"玄翁，回不得，似这般一波又一波的攻讦，史所未有，玄翁岂可轻易即出？"房尧第劝道。

高拱叹口气道："我读皇上谕旨，即知皇上很无奈，对我三番五次求去，微有责备之意，怎好再让皇上着急？"

房尧第苦笑道："玄翁三番五次求去，是他们不依不饶论劾不止，非玄翁故意以退为进嘛！"他顿足道，"玄翁亦义士，就这样眼睁睁被小人构陷污蔑？"他咬牙道，"玄翁，何不发动科道中的门生故旧弹劾徐揆？他的把柄多的是，都给他揭出来！"

高拱摇头道："且不说我一向反对党比，对门生故旧素无示恩笼络之举；即使他们听我的，一旦发动，岂不开启党争？党比相攻，非盛世之象，君子当戒。"

房尧第劝道："玄翁，目今官场，没有几个心腹干将，遇事孤立无援，任人欺凌，委实是件痛心的事！"

"崇楼，做官是为了做事，不的，何必做官？皇上留我，我就要为皇上正士风、除时弊，导国家于大治！既然我誓言除党比之弊，自不能屈从时俗，以党比存身。"高拱目视前方，幽幽道，"处天下之大事，祸福不能动。如无不可，则可以退，可以死，可以天下非之而不顾，如此，方可称豪杰！"

房尧第被高拱的话所震撼，哽咽道："可惜啊，官场中人斤斤于眼前小利，不识豪杰，竟至不容！学生为玄翁不平，为天下惋惜！"

"世不见知而不悔，盖无所往而不宜也！"高拱感慨一句，一扬手，"崇楼，把《板升图》拿来，春防无恙，秋防压力陡增。已是四月中旬了，秋防的事当预为整备，靠内阁那几位青词高手、兵部那些个猥琐官僚，我不放心。"

房尧第知劝也无益，倒不如一起商榷边务，分散注意力，遂把《板升图》摊开在书案，与高拱头抵头指指点点议论起来。一旦沉浸在边务中，高拱即忘却了屡遭攻讦、诬陷的屈辱；对北虏秋季南侵的担忧，使他越发感到肩上的担子陡然加重，他不能把担子撂下。因此，不等徐阶差人来请，就又到阁当值。

"喔！玄翁？"张居正一下轿，正碰上高拱出了轿厢，不觉惊诧，慌忙拱手道。

"怎么，叔大想不到吧？"高拱神情自若，"皇上既留我，我就得为朝廷办事，是以就来了。"

两人相跟着进了阁门，高拱边走边道："抽暇叫上张子维，一起聚议一次，秋防的事，不能误了。"

"听玄翁吩咐。"张居正一拱手，拐向自己的朝房。

3

几天后，晨曦初露，高拱已在文渊阁前下了轿，信步走到阁后石山处漫步，目光却一直未离开内阁西门。不多时，张居正的轿子到了，高拱快步走过去，道："叔大，我已知会张子维，今晚散班即到我家中一聚，商榷秋防事。"

"喔？"张居正愣了一下，旋即一笑，"呵呵，好，我带坛秋露白去，许久没有与玄翁一起吃酒了。"

交了辰时，阁臣进了中堂，徐阶拿起一份文牍，道："科道不依不饶，委实令人心烦。"说着，扬了扬下颔，书办姚旷会意，把文牍转到高拱手里，他展开一看，是御史李贞元的弹章，只见上写着：

> 大学士高拱，刚愎偏急，无相臣体。外姑为求退之状，而内怀患失之心，屡劾屡辩，屡留屡出，中外指目，转为非笑，非盛世所宜有，愿亟赐罢免。

皇上在弹章上御批：李贞元无端渎扰，有失体统，着高拱安心供职。

高拱本以为，科道接连论劾，皇上一再强留，这场风波就此止息了，不意不到旬日，又有弹章。李贞元话说到这个份上，如何还能安心供职？高拱"哼"了一声，道："看来高某之罪就是一条，不该再留京师。也罢，遂了你的心愿就是了！"说着，把弹章往书案上一摔，拂袖而去。

"上本，我意已决，不日归乡！"回到家里，高拱把房尧第叫到书房，嘱咐道。

房尧第埋头起稿，高拱拿起珊瑚串珠，出了书房，唤高福进了卧室，问："珊娘何在？你去没去看过她？"

"老爷，俺跟你说，"高福凑过去，神秘地说，"这个把月，珊娘天天都在西边胡同口看着老爷轿子，俺见她好几回了。说不定俺去找找，还能找见她嘞。"

高拱道:"那你快去,看能不能找见,若见了她,就说老爷我想请她一起到高梁桥走走。"

高福一溜小跑出了卧室,慌慌张张到胡同西头的拐角处去寻找珊娘。正在东张西望中,忽听珊娘唤道:"福哥——"

"哎呀俺的娘唉!"高福大喜过望,跑过去,还未开口,珊娘就神色黯然地说:"先生的轿子回了,是不是又被坏人参了?"

高福顾不得解释,咧嘴笑道:"珊娘,啥也别说了,你到西直门等着吧,过会儿老爷去跟你碰头,到高梁桥去玩哩!"

"真的呀,福哥?"珊娘转忧为喜,忽闪着眼睛问。

"去雇辆车,去吧,去西直门等着,俺去雇头毛驴,说话就到!"高福说着,转身跑开了。

须臾,高福回到府中,直奔书房。见高拱已更了衣,正嘱咐房尧第:"崇楼,会极门投完本,你即设法知会张叔大、张子维,今晚不要来了。"他怕张居正为难,也担心科道说他越俎代庖,撇开内阁制定秋防策,不得不取消和张居正、张四维的聚议。

"老爷,妥啦,走吧!"高福急不可耐地说。

高拱走到厨房,洗了把脸,又梳理了一番胡须,方跟着高福出了院门,骑上毛驴,沿西单牌楼大街,向北穿过西四牌楼大街,转向西直门内大街,到了西直门城楼下。远远看见珊娘站在右侧的一块石头上向这边张望。高福喊了声:"珊娘——这儿呢!"

珊娘闻声走过来,向高拱施礼:"奴家见过先生。"

高拱局促一笑,向城门一指:"珊娘,走,出城!"

出城一箭远路程,向北拐,数百步之遥,就是高梁桥了,此地两水夹堤,垂柳十余里,连接澄湖百顷,一望渺然,每至夏日,芙蓉十里如锦,熏风芬馥,游人如织,最为京师胜处。

高拱下了毛驴,与珊娘并肩沿平堤缓步西行。过响水闸,听水声汩汩,令人心旷神怡。又走出几步,珊娘弯身看着旁侧的河水,突然"呀"的一声惊叫,指着下面道,"先生请看,河底的小鱼儿,连鱼鳞和鱼鳍都看得清呢!"高拱走过去,弯身细观,慨叹道:"人若如此水,一切透明,世间少多少阴谋！"话已出口，又觉得不该和珊娘说这些，忙直起身，向西一指道，"珊娘看过来，西山如在几席，朝夕设色以娱游人。"说着，盯着珊娘看，仿佛她就是设色娱人的西山。

珊娘慌忙侧过脸去："先生，西山遥遥在望，哪天陪先生去登西山，好不好？"

"从前在翰林院时，高粱桥、西山，是常来的，自入裕邸、掌国子监、做部院堂上官后，就再也没有来过了。"高拱感慨着，"今日与珊娘同游，又与往昔不同。"

"有何不同？"珊娘调皮地歪过脑袋看着高拱。

"喔，这个嘛！"高拱驻足思忖，却不知如何表达，索性道，"这个就不说了。"

"嘻嘻嘻！"身后传来高福的嬉笑声。

"高福！"高拱转身道，"我看四处不少人席地野炊，你也去买些吃食来。"转过身来，一指前方，"珊娘看，精蓝棋置，丹楼珠塔，绿树窈窕，丝管夹岸，真乃人间仙境也！"

珊娘虽未全懂高拱的话，可她听说过境由心造这个说法，以此可知，先生心里必是愉悦的，珊娘心里充满温馨，上前拉住高拱的袍袖摇了摇："先生，以后常来这里，好不好？"

高拱不语，又走了几步，指着前面的一条石凳，道："珊娘，坐一会儿吧。"

"好的呀！"珊娘欢快地跑过去，在石凳左侧坐下，拍了拍石凳中间的位置，"先生快来坐。"

高拱坐下，望着静静流淌的河水，黯然道："珊娘，我就要告老还乡了，京城，怕是今生不会再来了。"

"奴家猜到了。"珊娘向高拱身边挪了挪，"不的，先生哪里有雅兴陪奴家到这里来。"

"我想好了，回到新郑老家，著书立说。"高拱眼圈红了，语调中有几分悲凉，"穷愁、怨尤、落魄，皆非豪杰之为，读书写作，足以自适。"他向珊娘投去一瞥，叹息一声，"只是，只是心有牵挂。"

"先生牵挂什么？"珊娘仰脸看着高拱。

高拱摇摇头，沉默了。

"先生!"珊娘唤了一声，低下头，郑重道，"奴家愿随先生到故乡去。"

高拱蓦地站起身："珊娘，走!"

"呀!"珊娘惊讶地叫了一声，"先生，这就走呀?"

高拱脸一红，道："我是说，再往前走走。"

"老爷老爷，东西买来了!"高福气喘吁吁跑过来，"烧鸡，还有烧饼。"说着，把怀里的两个纸包放到石凳上。

珊娘麻利地脱下披在身上的斗篷，铺到地上，扶着高拱："先生，请坐。"说着，跑过去在河里洗了洗手，边甩手边跑过来，打开纸包，撕下一块鸡肉，举到高拱面前，"来，先生。"

高拱四下看了看，踌躇片刻，张开嘴，珊娘轻轻地把一块鸡肉送进他的嘴里，高拱嚼了几下："好香!"珊娘又掰下一块烧饼，"咸呢，就了这个一起吃才好。"说着，又送到高拱口中。

"珊娘，你也吃嘛!"高拱指了指石凳上的烧鸡说。

"先生吃得香，奴家就满足了。"珊娘满含深情地说。

想到官场受到的屈辱，望着珊娘柔情似水的脸庞，泪水在高拱的眼眶里打转。珊娘一口一口地喂他，高拱吃了几口，摆摆手："珊娘，这两年，你受苦了!"

"没有呢，先生，奴家不觉得苦。"珊娘低下头，喃喃道，"奴家找到了归宿，比什么都甜呢!"

高拱一把拉住珊娘伸到他嘴边的手，鼓足勇气道："我、我带你走!"说着，又蓦地放开她，摇头道，"只怕委屈了珊娘。"

"奴家能追随先生这样的伟丈夫，是莫大的荣幸!"珊娘眼含泪花道，忙伸出袖子，为高拱擦去手上的油渍。

蹲在河边啃着烧饼的高福听到这里，高兴地说："哎呀俺的娘唉，终于等到这一天嘞!"

"多嘴!"高拱呵斥了一声，突然想起一件事，道，"珊娘，刑部在追查谋刺案，到处在找小道士，你要不要去刑部，把那天的情形说给他们听听?"

"奴家听先生的，"珊娘道，托腮想了想，"只怕他们不信奴家的话，也怕节外生枝，不能随先生返乡。"珊娘最担心暴露身份，被遣送回籍，所以她一直回避着。反正先生安然无恙，她可以随时远远地注视先生，彼此靠得很近，这比什么都好。此时她便找了借口，婉拒了高拱要她出面配合查案的提议。

高拱也拿不定主意："那就等等再说吧。"

珊娘觉着话题又沉重了，怕高拱不开心，起身道："奴家为先生唱曲吧！"

"还唱《红线女》？"高拱笑着说，"呵呵，我看那红线女，却不如珊娘这般美丽、勇敢。"

珊娘愉悦地晃了晃脑袋，拍拍手，清清嗓，低声唱了起来。

一曲未了，忽见房尧第骑马奔来，到了跟前，翻身下马，道："玄翁，皇上差司礼监宣旨，在府中候着呢！"

高拱沉吟片刻，看着珊娘，似在等待她的决断。

"先生还是快回吧。"珊娘善解人意地说。

高拱向珊娘一拱手："珊娘，失陪了。"言毕，高福、房尧第两边扶着高拱上马，向城里奔去。

司礼监秉笔太监张宏见高拱风风火火从外边进来，起身抖了抖朝袍，不等高拱跪定，就展旨读道："朕屡旨留卿，特出睿知，宜以君命为重，人言不必介怀。"

高拱接过谕旨，道："老公公，请回禀皇上，臣亦义士，不能再忍羞辱，盼皇上能放臣归去。"

"高老先生，你老人家已然上了七表要辞官，咱看万岁爷不会放老先生回去嘞！"说罢，抱拳而去。

高拱走到书房，提笔又拟一本。

"对，这回，只能坚不再出！"房尧第走过来，看过高拱的辞疏，赞同道。

可是，又连上三疏，都被皇上驳回，房尧第劝道："即使如此，还是不能出。出，又是一波弹劾，不是自取其辱吗？"

高拱怅然道："再不出，无非是逼迫皇上处罚科道。咱们的皇上仁厚，安能以此相逼？我不忍也！"

"哼哼!"房尧第一声冷笑,"根子不在科道,在徐揆,他要赶玄翁走,玄翁在一日,徐揆就不会善罢甘休!"

　　"看来,我要让他知道,高某不是任人宰割的羔羊!"高拱咬牙道。

第十九章 | 忍无可忍座师会食闹场
受人利用门生愤然上章

1

隆庆元年端午节，百官照例放假一日，阁臣则依例当值。皇上体恤辅臣的辛劳，特赐酒宴。午时三刻，徐阶、李春芳、郭朴、高拱、陈以勤、张居正六阁臣一起来到文渊阁明堂会食。厨役们布置停当，御膳房的酒菜，也由小火者抬到，菜品摆到桌上，又有承差为阁臣斟酒侍候。

阁臣依次坐定，徐阶举盏道："来来来，诸公，第一盏酒先敬皇上，感谢皇上赐宴，祝我皇上万寿无疆！"

李春芳等忙不迭端起酒盏，举了起来；只有高拱脸色阴沉，慢慢起身，愣愣地端起酒盏，待众人都一饮而尽，目光齐刷刷地转向他，他才猛一仰头，把酒倒进嘴里，气鼓鼓地落了座。徐阶见状，放弃了先带三盏酒的打算，笑着道："呵呵，今日过节，还是随意些好，请诸公自便。"说着，举箸示意，请大家吃菜，自己先夹了块鱼片放进嘴里慢慢嚼着。众人边附和着，也都举箸夹菜。高拱却袖手而坐，仰脸望着天花板，喘息声似叹非叹，时高时低。

往者过节会食，平时一本正经的阁臣也会放下架子，彼此出谐语、说笑话，至少表面上是欢快祥和的。但今次不同了，五阁臣都明白高拱之所以如此，是怕触发他的愤怒不好收场，也都不敢随便开口说话，索性埋头吃菜，明堂的气氛很是压抑。

高拱瞥了徐阶一眼，鼻中发出"哼"声，心想：欧阳一敬那顶"威制朝纲，专擅国柄"的帽子，戴错了地方，给此老戴上才最合适。发动科道钳制皇上，内阁同僚提出建言就被视为异端另类而不容，这不是威制朝纲，专擅国柄的典型手法吗？彼辈小人，颠倒黑白、混淆视听如此，真是令人发指！张居正看出了高拱的异样，担心沉闷中会爆发，他盘算，高拱不会不给他面子，遂起身道："诸公皆居正师长，居正少不更事，多亏诸师长优容、训导，端午佳节之际，借皇上所赐，居正要表达感谢之情，打一个通关！"说着，举盏走到徐阶座前，"先敬元翁！"

徐阶扭脸慈祥地望着张居正，柔声道："江陵年富力强，又闻颇有雅量，自可多吃几盏。老夫老矣，又不胜酒力，吃半盏吧。"张居正不便强求，敬完徐阶，又依次敬李春芳、郭朴，二人皆起身相迎，也各有说辞，爽快地饮了酒。轮到高拱了，张居正道："玄翁，居正敬盏酒？"高拱未起身，但端起了酒盏，瓮声道："三盏！"

"好！三盏！"张居正说着，先饮了一盏，在高拱眼前一晃，"先干为敬！"高拱酒量不大，加之心情郁闷，又一直未吃菜，连喝三盏，已有醉意，满脸通红，脖子红得像鸡冠，几根青筋越发显得凸出，隐约可见还在不停跳动着。待张居正敬完陈以勤回到座位，高拱起身从厨役手中夺过酒壶，道："尔等都出去，我来斟酒！"说着，兀自干了一盏，又斟上，"嗵"地在桌上蹾了一下，紧紧盯着徐阶道："元翁，高某敬你一盏！"

"不必了！"徐阶沉着脸道，"老夫不胜酒力。"

"也罢！"说着，高拱一仰脖，把酒喝了下去，将酒盏往桌上一撂，"元翁，皇上慰留我甚坚，科道逼迫我甚急，为皇上计，为国家计，适可而止吧！"

徐阶阴阳怪气道："老夫何尝不盼如此！"

听徐阶这句话，似乎他对言官所为一无所知，摆出了一副超然事外的阵势，令高拱越发反感，遂以质问的语气道："高某到底有何过错，竟至不容，如此结言路必逐我而后快？"

徐阶似乎早已成竹在胸，冷冷道："新郑此言差矣！言官乃朝廷的言官，不是老夫的言官，倘言路可结，老夫结得，那么新郑自然亦也结得嘛！"

"你……"高拱被噎住了，大口地喘着粗气，须臾，他索性伸手指着徐阶质问，"写青词、助斋醮，元翁当年不曾为之？永寿宫事谁为之？该不会说是严嵩献策重修吧？哼哼，此等事，严氏父子也不愿为之，一尺一寸皆元翁父子视方略，何以遗诏中，尽归为先帝之过？"

高拱终于把他对徐阶瞒着他拟定遗诏的不满公开发泄出来了。虽然高拱私下里说过，徐阶对先帝是"诡随于生前，诋骂于身后"，他为之不平，而且这些话也早为徐阶所闻；可是当面直截了当与徐阶对质，还是第一次。

徐阶又冷笑了一声："土木事，老夫不敢辞；然青词事，倘若老夫没有记错的话，似乎有人上了密札，恳请为先帝精制青词，密札犹在，新郑，你看要不要公之于众？"

高拱面露羞愧之色，嗫嚅不能言。仿佛他用力抛向对方一粒石子儿，被厚厚的盾牌弹了回来，重重地打在自己的脑门上，瞬间被打蒙了。

张居正不由自主地"喔"了一声。他刻下方明白，去岁徐阶明知高拱入阁乃是大势所趋，既想示恩于他，又踌躇不决，原来，他是想要抓住高拱的把柄，以防将来高拱拿青词一事攻讦他。虽然高拱最终没有写青词，但是那道密札，比青词的分量还要重。刻下，这道密札终于派上了用场，高拱的气势只此一下就被打了下去。乘高拱尚未反应过来的当口，徐阶手扶食案，有气无力地唤了一声："来人——"左右闻声而至，徐阶道，"老夫头晕，有天旋地转之感，扶我进朝房休憩。"左右忙搀扶他起来，徐阶步履蹒跚地走了几步，回头对茫然不知所措的众人道，"老夫摇席，请诸公自便。"

众人面面相觑，不知如何收场。郭朴对李春芳道："兴化，我看就散了吧？兴化不妨代表我辈去看看元翁。"

李春芳如释重负："嗯嗯，这样好，这样好！"待李春芳进了徐阶的朝房，却见他正端坐在书案前，提笔写着什么，忙问，"元翁，要不要传太医来？"

徐阶抬起头，道："老夫并无病恙。只是新郑如此拆台，当面攻讦，如何还能干下去？"他指了指文稿，"老夫这就上疏求去，遂他的愿就是了。"

"元翁，新郑酒后失言，元翁不必介怀。"李春芳劝道，"春芳这就去找新郑，劝他向元翁赔罪。"说罢，生恐徐阶拒绝，转身走了出去。到得高拱的朝房，忙将徐阶要上辞呈的事说于他，劝道，"新郑啊，同僚间，不可破了颜面嘛！此事传扬出去，对内阁和徐高二公声誉有损。元翁毕竟是前辈，我意，新郑不妨去向元翁解释几句，算作道歉，给彼此一个台阶下，如何？"

高拱余怒未消："兴化都看到了，言路一再羞辱攻讦高某，倒是高某有错？无非是赶我走，我走就是了。这就再上辞呈，向皇上乞骸骨！"

"相国者，以和衷共济为美。新郑何必赌气？"李春芳又劝了一句，也给自己找了一个台阶，"请新郑细郑。"言毕，告辞而去。

高拱没有想到徐阶今次毫无退让之意，竟以辞职相要挟。自己本是受害者，无非发泄一下不满而已，却要示弱道歉，这让他难以接受。但不道歉，就只能上辞呈。辞呈很快写就，起身离开文渊阁，回家等待皇上的裁示。

"玄翁，这？"见高拱在当值时返家，房尧第以为又是被劾回避，跟在身后小心翼翼地问。

"圈套，果然是圈套！"高拱义愤填膺道，"当初酝酿我入阁时齐康就提醒说有圈套，对他感恩戴德驯服听话则可，否则必不容；我还对齐康一番训斥，今日才如梦方醒！"

2

徐府是一座三进四合院，亭台楼阁、假山名石、小桥流水，俨然江南园林。这天用过早饭，徐阶背手在院中漫步。管家匆匆走了过来，递上一张拜帖，竟然是高拱的！

徐阶大感意外。昨天，他以老迈衰病为由上疏求去，照例在家里等候皇上的裁示，并吩咐管家，谢绝一切人等的探视。但高拱是内阁同僚，管家不敢不呈递他的拜帖。徐阶捻须沉吟良久，才吩咐左右领高拱到花厅来见。

高拱也是递交了辞呈的，他着了一身便服，在管家的引导下进了徐府的花厅。一眼看见徐阶半躺半坐在太师椅上，大热的天，腿上还盖了条薄被，似乎真有病恙在身。"元翁——"高拱唤了一声，施礼相见，口中道，"昨日会食，拱酒后失言，请元翁见谅！"

徐阶一动不动，吩咐左右："给高阁老上茶。"

高拱见徐阶竟无让座的话，只好尴尬地站着，又道："元翁，皇上悉心委政内阁，拱甚愿与诸公和衷共济，把国事办好，别无他意。耿耿此心，皇天可鉴！"

徐阶发出一阵咳嗽声，良久，才以低沉的语调道："新郑，老夫病痛难忍……"接着，又是一阵咳嗽。

高拱明白了，徐阶是不接受他的道歉，而且下了逐客令。他强忍心中怨怒，肃然道："元翁，拱典试时，以试题触忌，元翁为拱解护，拱实心感之。今日郑重告元翁：元翁即仇我，然解先帝疑一节，终不敢忘，必当报效！"言毕，抱拳一揖，昂然出了花厅。

房尧第在茶室候着，看见高拱梗着脖子出了垂花门，心里不禁"咯噔"一声，脸色变得煞白。昨夜，他怀疑徐阶是以辞职来煽动百官反高，恳切建言高拱去给徐阶道歉。高拱本是担心阁臣僵持下去，影响国务推进，让皇上为难，勉强接受了建言。房尧第见喘息工夫高拱就出来了，料定此行不顺，他怕受高拱责备，小心翼翼地跑过去，不敢说话，跟着他出了徐府。

回到家中，高拱下了轿，房尧第垂首立在垂花门前，预备承受高拱的呵斥。但高拱并未发火，只是感慨了一声："连道歉这般违心的事也做了，我可心安理得了。"

"徐揆不愿息事宁人？"房尧第问，旋即感叹一声，"看来，学生判断没错。此前徐揆是以退为进，设下陷阱；今次则是故意刺激玄翁。"

高拱一脸委屈，愤然道："此老全无谋国之心！"

"往者学生劝玄翁反制，目今看，当改变策略。"房尧第边思忖边道，"所谓言官百篇，不抵君父一言。虽然科道联翩论劾，但皇上一再慰留，也是有目共睹的，一二言官再纠缠下去也是自讨没趣，彼辈想逐玄翁，却已无从下手。是故，彼辈所盼者，就是玄翁出而反制，这样他们才有机可乘。玄翁不惜放下身段，亲往道歉却仍受冷遇，正说明徐揆希望事情越闹越大，故学生建言，玄翁当以静制动，沉默以对。"

"静不得啊！"高拱忧心忡忡地说，"昨日见塘报，知俺答率军犯大同任达沟等处，游击阎振引兵抗御，战于西山及谢家洼，俺答察知大同防御严密，不敢冒进，引兵还巢。这虽是喜讯，却也是警讯。北虏必蓄积兵力，于秋季大举进犯，北边防御日益急迫，朝政不能再纷纷扰扰了，当拿出得力对策才对。"

"刻下的情势，不容玄翁有为啊！"房尧第痛心疾首道，"玄翁一做事，即被目为谋位夺权，胁迫首揆，如何能有为？"

"清者自清。既然在其位，自当谋其政。"高拱慨然道，他叹了口气，"况且，我这种人，不做事，不是更郁闷吗？做事，还能转移注意力。崇楼，去，把大同的舆图拿来。"

房尧第走走停停，脑海里在想象此时徐阶该做何应对。似乎听到了徐阶的叹息声。

徐阶委实连连叹息。高拱居然登门赔罪，出乎他的预料。他有些沉不住气了，高拱一出花厅，徐阶就把搭在腿上的薄被掀出老远，唤了声："来人！"管家疾步上前，躬身等待主人吩咐，徐阶道，"你去户部，叫陈大春戌时来见。"

陈大春昨日散班就已到过徐府。徐阶递交辞呈的事，很快就在官场传开了，人们在猜测着、私下议论着，部院堂上官纷纷以探病为由前来探听虚实，结果都吃了闭门羹，陈大春也不例外。今次一听徐阶有召，就知必有所授，便把迩来他的一番部署在脑海里过了一遍，预备在徐阶面前表表功。

"元翁求去，必是那忘恩负义、恩将仇报的小人所逼！"在书房一见徐阶，看他并无病态，陈大春也就免了问病的说辞，开口即骂高拱，意在试探他的推测是否属实。

"老夫求去，外间有何议论？"徐阶问。

"人言籍籍，都揣测是高某所逼！"陈大春道，"学生听说，已有人放出话来，说若元翁坚卧不出，当联络同僚，共逐奸臣！"

"喔？"徐阶眼前一亮，露出几分喜色。

"元翁坚卧不出最好。"陈大春献计说，"学生与王世贞都在私下与朝中要人联络，共谋逐高之策。"

徐阶叹息道："午前高新郑亲自登门致歉，适才皇上慰留之旨已到。"

"喔？高新郑这头倔驴，居然会亲登门道歉赔罪？"陈大春吃惊地说，又一甩手，"这，这却乱了元翁的棋谱。"

本来，徐阶想借此次高拱向他发难，以退为进，摆出有徐无高、有高无徐的态势，逼迫皇上和百官做出选择。他自信，百官当会站在他这边，而皇上在百官胁迫下，最终也不得不忍痛割爱。而高拱此一番登门道歉，徐阶自觉顿失主导权。内阁同僚间顶撞首揆，算不得大事，况且人家已道歉赔罪，若再不依不饶，岂不有失相体？虽然自己故意给高拱难堪，意在激他恼羞成怒再做失分寸之举，可万一高拱忍辱含垢不再发难，此事也只能到此为止。

陈大春不甘心："元翁，学生看，当再上本求去，让百官出面挽留。"

徐阶摇头："因此细故坚卧不出，让人说老夫小肚鸡肠，若再惹皇上动怒，岂不弄巧成拙，遂了人家的心愿？"

"元翁出来视事，朝局复归平静，再拿甚事持续论劾高新郑？逐高岂不功败垂成？"陈大春着急地说。

徐阶诡秘一笑道："昨日新郑讽老夫结言路，老夫答他，言路吾可结之，新郑亦可结之。"

陈大春明白了徐阶的用意，点头间，已有了主意。

3

曾省吾本打算请御史齐康喝酒的，但他知道齐康一向特立独行，不喜交际，恐被拒绝，只好在晚饭后前去家里拜访。

齐康与曾省吾熟悉。他知曾省吾是张居正的幕僚，而张居正与座主高拱是好友，一见曾省吾的名刺，亲自到首门去迎。

"冒昧叨扰御史，赎罪！"曾省吾笑着道。

齐康不苟言笑，满脸抑郁，寒暄过后，再也无语；曾省吾无话找话说了几句，自觉无趣，也就不再多言。直到在花厅坐定，依然相对沉默。曾省吾欠了欠身，叹口气道："健生，时下贪官墨吏有之，混日子不办事者有之，却少见科道参揭；而尊师高相廉节自守，无非是不忍坐视国事糜烂，想为国办事而已，竟不见容言路，令正直者寒心，求治者裹足！"他一拍座椅扶手，义形于色道，"更可气的是，竟无一人一秉公心站出来替高相说句公道话！"

齐康盯着曾省吾，在品味着他的这番言辞，琢磨他的来意。曾省吾被齐康看得心里发毛，仿佛内心的隐秘被他窥视到了。

前天，陈大春从徐府出来，当即就想到了曾省吾，遂吩咐侍从请他晚间到潮州会馆一聚。酒酣耳热，陈大春亮出了底牌：请曾省吾劝说高拱的门生出面替高拱出气。曾省吾即知此乃徐阶之意，不禁吃惊道："哪有发动言官攻讦自己的？"

陈大春笑道："呵呵，元翁胞弟徐陟，早把元翁的隐私揭得体无完肤了，言官论劾，也无非是拿这些说事。"他走过去拍了拍曾省吾的肩膀，"三省当知，元翁最赏识江陵相公，可谓不顾物议，超常提携。何意？一旦高新郑下野，时下仰仗江陵相公，不久必向江陵相公交棒；若高新郑得势，恐江陵相公只能做他驯顺配角罢了。"

这也正是曾省吾的想法。不唯如此，他还有一块小小的心病。他原以为王世贞之父昭雪事不会出什么意外，一听说申冤疏被停格，曾省吾叫苦不迭，直怨高拱无事生非。王世贞差外甥送的六张黄灿灿的金叶子，恰逢张居正的次子嗣修得一女，曾省吾以贺礼为名送于张府三张，退也退不回去了，万一王世贞迁怒张居正，让他曾省吾如何交代？协助徐阶逐高，不惟对张居正有益无损，且王世贞之父昭雪之事必能办成，也可了却一桩心病。他盘算良久，认定暗中参与逐高，不会有任何风险。至于张居正，他知道了，或许会责备，但更大的可能是口责备而心许之。因此，曾省吾爽快地答应了陈大春。他对高拱的门生逐个梳理，想到齐康其人，耿直抑郁，平时对徐阶多有不满，可以一用，遂登门相劝，话也就说得相当直接，不想绕弯子。

齐康咂了咂嘴，问："曾郎中何不站出来替师相说句公道话？"

"曾某是这么想，可健生是知道的，张相是徐相的弟子，夹在中间备受煎熬，曾某是张相的幕友，一旦站出来，让张相不好做人。"曾省吾双手一摊，装作很无奈的样子道。见齐康不说话，又以愤愤不平的语气道，

"谁不知一朝天子一朝臣的道理，新朝伊始，本当是高、张二相协力治国，开创隆庆之治，可时下如何？高相有何错？受到的攻击，却是史所罕见。然则，细究之，徐相这样对高相，实是以攻为守，看似攻势凌厉，实则外强中干，不堪一击！"说着，从袖中掏出一叠文稿，乃是徐阶胞弟徐陟揭发乃兄的揭帖抄本，放到几案上，向齐康一边推了推，"况且，徐相有的是把柄呢。"

齐康展读揭帖，喘息声越来越重。

曾省吾突然冷笑起来："徐相每以讲学以正人心相标榜，可他施之兄弟即不达，况四海五洲之远，兆民之众乎？"

齐康蓦地抬起头，问："曾郎中为何找齐某？"

曾省吾以同情的语气道："健生有学识，悒悒不得志久矣！"他抓住齐康的手，郑重道，"与其委委屈屈，何如奋起一搏！"

齐康双目直视前方，嘴唇嚅动着，却未出一言。

曾省吾站起身，慨然道："健生，隆庆之治能否成为现实，端在高、张二相能否协力执政。做言官的，为国家立奇功的机会，并不多见嘞！"说罢，抱拳作辞。

齐康早就对科道同僚无端攻讦座师看不下去了，只是怕出面替师相鸣不平激化矛盾，方一忍再忍的。刻下被曾省吾一番话激得热血沸腾，送走曾省吾，转身快步向书房走去。

过了两天，齐康的弹章发交内阁。秉笔票拟的郭朴展读之，喜忧参半。他瞥了一眼徐阶，见他脸上依然挂着惯常的微笑，但却不停地捋着胡须，似乎内心很不平静。以徐阶的人脉，通政司恐早有人将此事偷偷禀报于他，此时他故作镇静，佯装不知罢了。郭朴又看了一眼高拱，见他低头翻看案上的文牍，并无反常之处，就揣测出，高拱恐对此事毫不知情。知情不知情都不重要，重要的是徐阶势必会咬定乃高拱指授，这是让郭朴忧心的。

"都察院广东道御史齐康劾大学士徐阶险邪贪秽、专权蠹国。"郭朴拿起齐康的弹章，读了起来。

刚读了"事由"，"哗啦——"一声，李春芳端在手中的茶盏盖子掉在了地上，他却依然张着嘴，呆在那里。

"谁?"高拱大吃一惊，抬头问，"谁劾元翁?"

"御史齐康。"郭朴回答。

"很正常，嘉靖朝的阁臣，谁能免?"徐阶大度地说，旋即冷冷一笑，"如此甚好，老夫求之不得。不过，诬诋之事，老夫也不能安于缄默。"

听徐阶的意思，他是要听听齐康论劾他些什么了。于是，郭朴把齐康的弹章，缓缓地读了一遍。

高拱细细听着，边梳理归纳，齐康论劾徐阶的，三件事：一说他当年反对立裕王为储君；二说他以遗诏谤诋先帝，非为人臣之道；三说他儿子在外多干请，有不法，置商号于燕市中，家奴于姑苏洽商事，颇横。这都不是新鲜事，其胞弟徐陟曾经揭发过。

"齐御史所论，皆暧昧之事。"徐阶听完齐康的弹章，似早有预备，回应道，"其中所论建储一事系老夫阻挠，尤为妄诞。昔老夫在礼部，曾四次上疏，请立东宫，及入内阁，先帝确曾问及传位事，因当时恐起他衅，是故不敢赞成，但恳恳为先帝陈裕王之仁孝。文牍俱在，可查对之。至于谓老夫父子请托，则各部院当事之人，皆可询问，何时何事曾经请托?"说着，徐阶转问郭朴，"安阳历任刑部、吏部尚书，我父子可曾请托于你?"也不等郭朴回应，长叹一声，"老夫蒙恩叨逾，已极履满盈，此人所戒者。"边说，边站起身来，"老夫这就上疏求退，以谢齐御史!"

"这……"李春芳看看高拱，又对着徐阶的背影，以求助的语调叫道，"元翁! 阁务…"

徐阶头也不回，边走边道："老夫乃被劾之人，理当回避，阁务，按制，当由兴化署理。"

"春芳不敢!"李春芳一脸苦楚，"元翁，万万不可卸仔肩啊!"

"非放归徐某，无以息争，"徐阶态度坚决地说，"老夫只好隐去，以谢齐御史!"徐阶又重复了一遍。他像突然想起什么，转身对李春芳道，"喔，齐御史弹章里不是还说老夫在内阁里拉拢李春芳，与之声势相倚，从而达到专权任事的目的吗? 如此，则兴化亦是被论之人了，内阁，就由郭、高二公来干吧!"

李春芳也收起文牍，道："春芳也只好回避，上辞呈。阁务，多劳诸

大明首相

第一部 陷阱重重

公了。"

"来人——"高拱突然大喊一声，书办战战兢兢走过来，高拱向外一指，"去，把齐康给我叫来！"

"玄翁，这又何必？"张居正劝阻道，"御史论劾大臣，是他的本分，阁臣焉能干预？玄翁为何怒气冲冲召御史来见？"

高拱从适才徐、郭对话中悟出了三昧，由听到弹章时的快意转瞬间变得焦躁起来，倘若指授门生弹劾阁揆这盆脏水兜头下来，正愁找不到由头的欧阳一敬之流必然大做文章，谋位夺权的指责势必越发汹涌，他急于先发制人表明心迹，避免误会。见书办听完张居正的话止住了步，他吼道："因何止步？快去，即刻把齐康叫来！"随即转向张居正，解释道，"叔大，叫齐康来，问问他此事是不是高某指授，抑或是他承望而为。"

张居正摇头，不再说话。

"新郑，我看，问与不问，都于事无补了。"郭朴叹息道。

"安阳、江陵，"高拱动情地说，"二公最知我，我自己可忍辱含垢，但不忍朝政纷扰、党比相攻，误国政、伤圣怀。无论如何，我不会做不磊落之事。"

"我和江陵相信，就怕有人不信。"郭朴又是一声长叹，忽然又若有所悟地说，"更可怕的是，内心相信，可故意不相信。"

听了郭朴的话，高拱和张居正都沉默了。良久，高拱才问："安阳，徐、李二公回避，你主持，你说，齐康的弹章，该如何票拟？"

"皇上仁厚，从不处罚科道。"郭朴道"按例，只拟票慰留徐、李二公就是了。"

正说话间，齐康进来了，施礼毕，不亢不卑地问："敢问高阁老相召，所为何事？"

"你枉做了我的门生！"高拱劈头盖脸训斥道，"谁让你干的？"

"学生身为御史，乃朝廷耳目风纪之司，"齐康争辩道，"论劾大臣乃职责所系，良心驱使，与他人何涉！高阁老岂能以此相责？"

高拱被噎住了，竟无言以对。

张居正接言道："齐御史话是不错。可你是玄翁的门生，外人会如何看？科道中那些人，对玄翁本已结怨，论劾不止；你这样做，他们定然妄言玄翁结党，起而攻讦；宋之党争，复见于今日矣！"

"倘如此，朝政如何推进，皇上该如何措置？"高拱忧急交加地说，"快去，去向元翁请罪！"

齐康一惊，正色道："御史论劾大臣，不要说所论俱是事实，即便风闻而奏，亦是律法所赋，何谈谢罪？这是哪家的规矩？"

"谢罪倒也不必了。"张居正打圆场道，"齐御史听了玄翁的话去请罪，那别人更会说玄翁指使了。此事，本就与玄翁无关嘛。玄翁心迹已明，齐御史请回吧。"

高拱余怒未消，烦躁地向外挥了挥手，示意齐康走人。齐康气鼓鼓地拱了拱手，扭头大步走出中堂。

"但愿，齐御史不会捅到马蜂窝！"郭朴望着齐康的背影，重重叹息一声道。

第二十章　深陷重围新郑进退失据　自告奋勇江陵密语献计

1

大理寺左丞海瑞因是举人出身，在京城既无座师，又无同年，更无门生，便是衙门里有几位同僚，也对他敬而远之，故而他的家几无造访者。这天，海瑞正坐在狭窄昏暗的小厅里独自吃晚饭，仆人海安拿着一张拜帖、一张名刺来禀，海瑞看罢，惊喜不已，忙起身出迎。

夜色里，两顶小轿悄然抬进海瑞的小院。户部侍郎陈大春下了轿，用广东话向迎在轿旁的海瑞寒暄了一句，指着从另一顶小轿上下来的中年男子，叫着海瑞的号，低声道："刚峰，这位就是大名鼎鼎的文坛盟主王世贞，元美先生，仰慕刚峰气节，特来一睹风采。"

王世贞此番进京为父诉冤，一直住在城外寺庙，今日受陈大春之约秘密入城，前来拜访海瑞。一番寒暄，海瑞将客人引进简陋的小厅。见一碗喝了一半的稀粥、一碟咸菜摆在厅中的一个方凳上，王世贞皱了皱眉，扭过脸去不愿再看。厅里只有两把座椅，海瑞延请客人入座，又吩咐海安把粥碗和咸菜碟端走，拉过方凳坐在陈大春旁侧，一脸憨笑。

三人天南海北闲谈数语，王世贞就以激愤的语调道："刚峰冒死谏上，为民请命，天下无不敬仰。目今新朝伊始，因奸人横肆，胁迫首揆，不能一新治理，委实令人痛心！"

"学生正扼腕叹息哩！"海瑞点头道。

"高新郑结党！"王世贞又道，"竟指授门生排陷首相，司马昭之心路人皆知矣！"

"学生平生最恶结党！"海瑞恨恨然道。

陈大春暗喜，接言道："高新郑主春闱，出题触忌，先帝欲杀之，多亏元翁多方解护方免死；继之，元翁又延揽高新郑入阁，而他却忘恩负义，可谓失德背义极矣！"

海瑞皱眉沉思，听出了陈大春乃是旁敲侧击，提醒他别忘记徐阶的救命之恩，遂一笑："学生憨直，认理不认人，高新郑结党，这事我不能坐视！"

陈大春禁不住面露喜色，又道："元翁宅心仁厚，冒死草《嘉靖遗诏》，所列新朝当办之事，首言开释建言诸臣，刚峰据此获释，联翩开坊。可高新郑为一己之私，诋毁遗诏不遗余力，百计翻案，居心叵测！"

"遗诏最能收拢人心，学生读之流涕，焉能容忍推翻之？"海瑞摩拳擦掌道。

陈大春忙向王世贞递了个眼色，道："元美，刚峰是直性子，也是急性子，想来他要起稿上本，我辈就不打扰了。"

出了海宅，陈大春抱拳道："元美，我在潮州会馆恭候。"王世贞向陈大春一揖，登轿转向吏部尚书杨博的府邸。

吏部尚书照例不接纳百官私谒，可王世贞已无官身，几个月来又为杨博捉刀代笔，写了不少应酬文字，他不能不见。官家将王世贞引进花厅，王世贞一看地上铺着波斯地毯，顶上挂着纱罩灯，遂一笑道："博老蛮时尚嘛！"

"犬子张罗的，呵呵呵！"杨博笑着说。他的一个儿子娶了山西大盐商王崇教之兄、三边总督王崇古的女儿，故杨博刻意点破，以免误会。

王世贞会意，道："博老有所不知，江南富家之室，豪华舒适远过贵府嘞。"说着，突然神色陡变，黯然道，"世贞欲孝，而父不待矣！"

杨博将着稀疏的胡须道："元美，令尊之事既已停格，你还是回去吧，且缓图之，早晚要昭雪。"

"家君之冤不能昭雪，"王世贞咬着牙道，"世贞即死，死都门外三尺地，绝不南归！"

"元美孝心可感天地，可时下恐难有进展。"杨博提醒道。

大明首相

第一部

陷阱重重

"世贞诉冤成功与否，取决于高新郑一人！"王世贞哽咽道，"目今高新郑胁迫首揆，扰乱朝纲，新朝几无新气象，天下士子莫不痛心疾首，为国家计，为收拢人心计，非逐高不可！博老德高望重，何不登高一呼？"

杨博叹了口气："似这般纷纷扰扰，有碍国务，人心涣散，委实令人扼腕！"

"化解之策无他，惟高新郑下野一途！"王世贞语气坚定地说。

杨博沉吟良久，叹息道："刻下徐、高对立，有徐无高、有高无徐之势已成。皇上仁厚垂拱，悉心委政内阁，阁揆国政所系。元翁老成持重，时望甚隆；而新郑躁急自负，恐不能与朝臣和衷共济，为打破僵局、尽快稳定局势计，吁请皇上尽快宸断，也是不得已的选择。"

王世贞见游说杨博目的已达，起身施礼，辞别而去。

"哈哈哈！好，好，好！"潮州会馆里，陈大春听完王世贞的禀报，拊掌大笑，向外拍了拍手，两名婀娜美姬牵手而来，陈大春挤挤眼，"元美辛苦，在此放松一下，我这就去禀报元翁。"

不多时，陈大春从侧门进了徐府，刚走近花厅，管家闪身出来，向里指了指，道："侍郎大人，老爷在见客。"

"知道了，去吧！"陈大春一挥手道，蹑手蹑脚走到一个拐角处，侧耳细听。

"元翁，皇上一再慰留，还是出而主政吧！"是户部尚书刘体乾的声音。

"是啊元翁，别看某人跃跃欲试，可离了元翁，朝政无以推进，非乱套不可！"是兵部尚书霍冀在说话。

"不是老夫不出，而是不能出。老夫德不足以服人，能不足以率众，在阁一日，内阁即纷扰不止，还是走开的好。"徐阶回应道。

刘体乾、霍冀忙异口同声道："元翁不能走！"

"要说老夫放心朝政，也不敢这么说。"徐阶叹了口气，"老夫所忧者，是李兴化驾驭不了内阁，而强势者又过于自负，必抛弃'三语政纲'，加之其人轻慢祖制，无视成宪，惟以兴革为能事，恐部院无所适从，人心浮动，朝政纷扰，乱由是出，治何可求？"

"元翁所忧，也正是我辈所担心的！"霍冀道，说着起身向刘体乾一扬下颌，"大司农，别再耽搁了，事不宜迟，这就到杨吏部府上走一遭，吏部尚书乃百僚长，只要他带头，事即可为！"

刘体乾、霍冀礼貌周全地辞出，陈大春闪身进了书房。徐阶送刘体乾、霍冀出了花厅，转身往书房走，陈大春迎过来，兴奋道："元翁，事协矣！"

徐阶指了指右手的紫檀雕花椅，示意陈大春坐下，做侧耳细听状。

"杨博不惟为百僚长，且一向处事圆润，给人以不偏不倚、为人持正的印象，只要他愿意带头，则部院大臣必响应之；海瑞直臣的名望如日中天，每出一语，足以引导舆论！此二人带头，他人不必鼓动则自会响应。"陈大春禀报完游说海瑞、杨博的经过，禁不住手舞足蹈。他端起茶盏喝了口茶，尚未咽下去，又一伸脖子，补充道，"欧阳一敬、李贞元已发动科道行动，让齐康，也让朝野明白，谁敢论劾元翁，让他吃不了兜着走！"

2

都察院在承天门西南、长安街南侧，坐西朝东，与吏部隔广场相对。这天辰时，御史齐康下了马，低头向都察院衙门走去。这些日子，他心里像压了块重重的石头，沉重异常。他不理解，何以自己履行监察之责，弹劾徐阶，竟像是犯了罪。老师召去内阁训斥，兵科都给事中欧阳一敬则上疏弹劾他，极论其罪，要求皇上务必将奸党绳之以法。齐康不甘示弱，也上疏自辩，除郑重申明弹劾徐阶乃出于承担御史的责任，还指欧阳一敬甘为徐阶所使，才是结党。这道奏疏见诸邸报，科道哗然，大有向齐康兴师问罪之势。徐阶则再三求去，似乎在向皇上施压。齐康想不到他一道弹章，竟然会引起轩然大波，故而压力甚大，走起路来，也是低头沉思状。

"站住！"突然，一声大喝，把齐康吓了一跳。抬头一看，都察院首门上站着一大群同僚，在他止步观望之间，几十号人"呼啦"一下，将他团团围住。

"你论劾元翁，是何用心？受何人指使，必说明白方可！"

"卑鄙小人，甘当鹰犬，猪狗不如！"

"呸！"一口唾沫飞到了齐康的脸上，"不要脸的东西！"

齐康刚要辩解，被一片质问、咒骂声盖住了。

"说话啊！"有人用力推搡着齐康，"论劾元翁的话写那么多，方今怎就哑巴了？"

齐康被推搡得向左趔趄了两步，左边的人用力推搡，他又向右趔趄几步，右边的人再推搡……推搡、质问、唾骂、哄笑，进士出身的言官们仿佛转瞬间成了街头地痞，尽情展示出流里流气的一面。

御史钟继英是嘉靖四十四年进士，庶吉士散馆后授御史，与齐康虽非同年，却都是高拱的门生，本想上前劝解，又恐寡不敌众，引火烧身，急忙向文渊阁奔去。

阁臣刚在中堂坐定，茶尚未喝上一口，钟继英就急匆匆闯了进来。

"何事惊慌？"高拱呵斥道。

"喔呀呀！"钟继英一脸惊慌失措状，边喘着粗气边概略讲述了都察院门前的情形。

"这，这……"李春芳一副手足无措的可怜状。他递交辞呈后蒙皇上慰留，即出来视事，没想到遇到这等闻所未闻的事，一时不知何好。

"时下是什么风俗？"郭朴一拍几案，"指斥皇上，论劾大臣，不绝如缕；谁也不能说个'不'字；可是，何以论劾首相，就像犯了众怒，岂非咄咄怪事？"

"元翁不是又上了一道辞呈吗？"高拱黑着脸道，"慰留元翁，切责齐康妄言，降二级，调外任！"

"诋诬论劾你高新郑者，安然无恙；何以论劾元翁者，也不管是不是事出有因，就责其妄言，还要降级调外？"郭朴愤愤不平道，"所谓执法不公，此之谓也。"

"高某不足惜！齐康亦不足惜！"高拱慨然道，"要为皇上计、为国家计。皇上初继大统，正是臣工同心同德共辅新政之机，似此交互论劾不止，伊于胡底？"

"即使齐御史弹章妄言，皇上已洞察，且有旨再三慰留元翁，今不惟举朝腾疏攻之，甚或聚众辱之，这是何道理?"一向超然事外的陈以勤也忍不住道。

"钟御史，你知会御史们，"张居正开言道，"内阁已票拟，齐御史降二级调外任，通不许再聚集鼓噪!"

钟继英闻之心里颇是不平，可也不敢多嘴，忙转身往回走。到了都察院门前，望见左都御史王廷已然站在台阶上说着什么。

适才，王廷听到门外吵闹声，怒气冲冲走了出来，尚未说话，就被眼前的场面惊呆了。御史论劾首相，司空见惯，可如此场面，不要说大明开国以来，就是汉唐宋元历朝历代，也是绝无仅有啊! 他见众御史围攻齐康，骂声不绝，便把满脸怒容换作一脸笑意，大声道:"诸位同事，不要让外人看我都察院笑话嘛!"

"哼哼! 都察院有这等卑鄙小人在，本身就是笑话!"御史李贞元高声叫喊道。

"我辈感到羞耻!"有人附和道。

王廷不知所措，钟继英走过去，附耳向他嘀咕几声。王廷像捞到了救命稻草，伸出双臂，向下压了压，道:"皇上慰留元翁甚坚，对齐御史妄言甚怒，要严厉处分他，降级调外任是一定的了，诸位当静候皇上处分，不可失了体统。"

"御史齐康何在?"突然，传来一声高叫，众人扭头一看，通政司承差举着一份文牍疾步走过来。

齐康答了一声，往外挤，众人拦住，不许他出去。御史李贞元高声问:"是何文书?"

"大理寺左丞海瑞弹劾御史齐康的抄本。"承差答。

"喔! 好啊，读来听听!"李贞元走过去接过文牍，摇晃着圆圆的脑袋，朗声读了起来:

> 臣海瑞谨奏:为恳乞圣明乾断，重治党邪言官，以定国是，以正人心，以扶社稷事。……罢黜恶嵩以来，阶为首相……有臣如阶者，天民大人，品题不及，谓非一时之选，社稷之卫也哉! 臣之所言，中外公议。齐康身为御史，任陛下耳目之寄，乃敢不顾公是公非，捏架无影虚词，

污辱宰辅。次相李春芳，清勤慎守，保惜名节，均之可必其为善不为恶人也，康奏连及焉。善人君子，齐康一网打之矣。康将以其狡且凶如高拱者，有才力而遗之辅陛下以祸天下乎？康乃以是为非，以非为是，欲陛下斥阶而用拱焉。臣不知康之心何心也！……康职为御史，不咋如鼠高拱，反噬鹦鹉徐阶，情可恕乎？伏望皇上细加体察，如果臣言不谬，速赐乾断，罢斥高拱，将齐康重加刑治，以为人臣党邪不忠之戒。徐阶、春芳得以安位行志。朝无小人，君子道长。天下幸甚，宗社幸甚。

读罢，李贞元甚觉过瘾，道："海瑞说得好，高拱狡且凶，却也是只老鼠而已，哈哈哈！"

齐康听罢，当即晕倒在地，众人一哄而散。钟继英见状，拾起丢在地上的文牍，上前扶起齐康："世道不好，戾气必重。师兄，回家吧！"

"奇耻大辱，奇耻大辱！"齐康哽咽着说，"隆庆朝的奇耻大辱！我大明的奇耻大辱！"

3

海瑞参齐康、攻高拱的奏本，当即在京城传开了。各衙门上至堂上官，下至书吏承差，都无心办事，各处走动，探听消息，议论一番。工部左侍郎刘自强从兵部出来，急匆匆回到部衙，拉上右侍郎徐养蒙一起，火急火燎进了尚书葛守礼的直房。

"大司空，海瑞一疏，震惊朝野，坊间引车卖浆者流，都说朝廷出了奸臣。"刘自强抹了把汗，焦急地说，"刻下吏部、户部、礼部、兵部、刑部和都察院，都已具公本，请求皇上罢斥高新郑，稳定政局，独独本部没有动静，只怕朝野舆论转过头来对准我辈，届时就被动了！"

"被海瑞骂过来，可就惨啦！"徐养蒙一缩脖子道。

葛守礼蹙眉道："刘侍郎，记得你是开封府扶沟县人，离开封府新郑县不远吧？"

刘自强听出了葛守礼的言外之意，一撇嘴道："大司空，玄翁从不讲乡谊，谓之团团伙伙，党比之风。刻下自不当以乡谊相权衡。"

葛守礼又盯着徐养蒙道:"徐侍郎,记得你是嘉靖二十年馆选得中,不惟与高新郑同榜进士,又一同在翰林院同窗三载,可是名副其实的同年啊!"

"嘿嘿嘿,又怎样?"徐养蒙一摊手,揶揄道,"中玄说论同年是党比之风,刻下我与他讲年谊,岂不是党护负国?中玄可不忍见党护负国!"

"二公,我读书少,不曾记得历史上有过这等事。当年严嵩父子为恶多端,也不曾有过部院上公本劾他的。"葛守礼捋着胡须慢声细语道,"新郑何罪?怎么科道喋喋不休,部院也群起而攻之?"

"时也,势也!"刘自强道,"大势所趋,不得不如此啊!"

葛守礼鼻腔里发出"哼"声,不再理会两侍郎,顾自翻阅文牍。

刘自强向徐养蒙一摆脑袋,二人出了葛守礼的直房,须臾,拿着写好的奏本,请葛守礼签署。葛守礼看也不看,正色道:"人之所见不同,有者自有,无者自无,不可强求。本部,不凑这个热闹!"

两侍郎面面相觑,不敢再争,讪讪告退。

"体乾,工部独逆舆情,大司空倒是无所谓,我辈前程可就断送了!"徐养蒙叫着刘自强的字,沮丧地说。

"也罢!"刘体乾心一横,道,"就以工部白头疏上奏,如此,我辈之意即为朝野所知,自可解脱出来。"

两人议定,遂差司务到会极门投本。只一顿饭工夫,这个消息就传遍部院寺监,科道翰林。

"哈哈!隆庆朝新鲜事真不少:京察拾遗阁臣;御史劾大臣被围殴;部院以白头疏参阁臣,真是闻所未闻嘞!"官员一见面,就禁不住感叹道。

"这这这……全乱套了!"内阁中堂里,代理阁揆李春芳一脸苦楚,不知所措。

此时,徐阶注门籍,皇上已连发三道慰留谕旨,仍坚卧不出;高拱因为海瑞所攻,不得不上本求去,已注门籍。郭朴早被刻下的阵势惊得目瞪口呆,不敢再出一语。陈以勤为躲清静,上本求去,奉旨不准辞,却又请假在家调理。李春芳只得求助张居正:"江陵,你看怎么办?"

张居正对高拱遭此围攻,心中暗恨,对徐阶充满怨怒,遂以嘲讽的语调道："今居正出一语，即为玄翁矣，居正不敢言。"

李春芳无奈，默然走出中堂，登轿直赴徐阶府邸。

外间的一切，都在徐阶的掌握中。他一笑："兴化，老夫就要告老还乡，朝廷的事，不敢再出一语。"李春芳鞠躬、作揖，一遍又一遍，恳求良久，徐阶方缓缓道，"兴化，何不建言皇上早朝，朝会上禀明皇上，让皇上宸断嘛！"

李春芳如获至宝，忙回内阁起稿，以公本奏请皇上早朝。皇上免朝已久，内阁恳请，科道谏诤，今又见内阁上了公本吁请，无奈之下，只得传谕，二十九日如期早朝。李春芳接谕，忙召集部院正堂会揖。

"此次早朝，只一件事，恳求皇上罢黜高新郑。今部院已上公本，科道也上二十余疏，朝会时，部院大臣与科道，就不必一一再奏了吧？"李春芳以商榷的语气道，说着，从袖中掏出一张稿笺，"春芳代言，向皇上奏事，所奏用语，请诸公斟酌。"

待李春芳读罢，众人俱无异议，李春芳正欲宣布散会，都察院左都御史王廷面露难色，道："除兴化代言外，本院不妨代科道说一句，如此方周详。"

"也好。"李春芳点头道。

次日清晨，文武百官已列班整齐，须臾，皇上升座，礼毕，鸿胪寺赞礼官"奏事"的话音未落，一个矮小、瘦弱的人抢先出列，伏地奏道："微臣海瑞启奏陛下：朝臣结党，非社稷之福。微臣于御史齐康论劾首相徐阶之事，不能不略陈己见。齐康说徐阶事先帝无能改先帝神仙、土木之误，畏威保位，诚亦有之。然徐阶执政以来，忧勤国事，休休有容，亦足可称道。齐康甘为高拱鹰犬，搏噬善类，罪大于高拱。微臣敢请陛下严惩齐康、罢斥高拱，请徐阶出而视事，以稳政局而安人心。"

海瑞虽用官话，但不少字句还是略带乡音，众人屏息静气也只能听明白十之六七。因他的奏本早已为众人熟知，故对他的一番言辞，并不感到意外。

"臣也有本奏。"都察院左都御史王廷出列，清了清嗓子，高声道，"陛下，大学士高拱屡经论劾，公论皆曰当罢，然则，高拱却觍颜留阁，不惟不自引咎，还一味诡辩，用语甚激，大犯众怒。臣以为，不亟罢高拱，无以慰人心、稳政局。"

皇上皱眉不语。李春芳整了整冠带，正要出列，突然有人大喊一声："陛下，朝廷出了奸人，臣请剑以诛之！"

李春芳一看，乃户部司务何以尚。

何以尚虽只是一个举人出身的从九品司务，却也有些名气。去年海瑞下镇抚司拷问，是时朝廷百官知海瑞已触先帝雷霆之怒，无人敢上疏论救，惟何以尚揣度先帝似无杀海瑞之心，遂上疏请先帝宽宥海瑞。先帝大怒，命廷杖之，下镇抚司狱，昼夜用刑。不久，先帝崩，何以尚得全，与海瑞一起出狱，一时声名大噪。此时，他再一次挺身而出，在庄严的朝会上，自告奋勇，请剑去诛杀高拱。众人大惊，目光齐刷刷向何以尚投来。只见他跪在朝班中间的过道上，拜了再拜，声泪俱下，又重复了一遍："陛下，朝廷出了奸人，臣请剑以诛之！"

"谁是奸人？"皇上终于说话了。

"大学士高拱！"何以尚大声回答。

皇上愣了一下，厌恶地叹了口气。

"启奏陛下！"李春芳急忙出列，以颤抖的声音奏道，"时下局面纷扰，朝政无以推进，吏部尚书杨博、都察院左都御史王廷及六官之长，各率其属上疏，另有台省属官，南北科道，交章论奏，凡三十余疏，论劾大学士高拱，言不可一日使其处朝廷。臣以为，皇上宜亟赐高拱归，以全大臣之体。"

皇上又皱了皱眉，欠了欠身，低声道："新朝初开，何以无故遣大臣？众卿不必再言。"说罢，一甩袖袍，起身离去了。

百官愕然！随即是一片议论声。李春芳还跪在丹墀，抬头望着皇上的背影，听着众人的喧哗声，茫然不知所措。

张居正上前将李春芳扶起，低声道："兴化不必烦恼，居正这就去谒玄翁，时局或可转机。"

李春芳抱拳揖了又揖，道："江陵，拜托！"

4

朝班已散，但百官还在议论着，磨磨蹭蹭不愿离去。张居正目不斜视，大步穿过人群，直奔高府。

高拱的新家，张居正只是夜间来过一次，印象不深。今次走进院内，见简陋破旧，近似贫民之宅，不觉鼻子发酸。清廉又如何？照样还是那么多人参劾他。张居正突然涌出这样一个念头。难道才干是最重要的吗？他又自问，蓦然悟出了：官场上，清廉又有才干的人，不愿韬光养晦，就是大家的敌人。他摇摇头，叹息一声，径直往正房走去。

高拱接到海瑞参劾齐康和他的奏疏，痛苦万分，几不能自制，跌跌撞撞出了文渊阁，回到家里，在床上躺了一天一夜，任凭家人如何劝说，就是不出一语。第二天却自己爬起来，吃喝照旧，只是关在书房不出来。忽闻张居正来拜，忙迎出来："叔大何以此时来访？"他穿着一袭深蓝色长袍直缀，目光中流露出的，是惊喜的表情。

"玄翁——"张居正忙施礼，又叫了声，"中玄兄！"竟一时不知从何说起。

"叔大此来，有何要事？"高拱问，"公干抑或私务？"

张居正低着头，支吾道："无、无他，来、来看望兄长。"

"喔？"高拱见张居正神情凝重，定然有要事相商，"走，到书房去说。"

张居正跟在高拱身后进了书房，尚未落座，高拱拿起书案上的一叠文稿，道："叔大，时下朝政纷扰，北虏细作必报于俺答，据闻板升自去岁遭雪灾，今春以来又奇旱，据此推测，收秋时节必大军进犯，秋防当格外加意。前些天本想邀你和子维一议的，怎奈……"他叹了口气，又道，"刻下元翁坚卧不出，部院、科道攻我不止，搜肠刮肚论劾者有之、投机买好者有之、看热闹者有之，竟无人关注秋防事，我担心秋防会出纰漏，叔大当……"

"玄翁——"张居正深情地叫了一声，"此何时，玄翁还有心思思谋朝政。"

高拱叹气道："叔大相信吗？有的人，天生就是劳碌命，闲着反倒是一种折磨。这样的人结局只有两个，不是被累死，就是被迫闲下来闷死。"

张居正点头一笑道："呵呵，看来居正也逃不脱累死或者闷死的命运啊！"说着，伸出手臂握住高拱粗大的手，摇头道，"可是玄翁，刻下已不容我兄展布矣！"随即，把早朝的情形说给高拱，末了，又以愤愤不平的口气道，"自胡应嘉外调，欧阳一敬等数论玄翁，玄翁前后自辩，用语颇激，言者益众。及齐御史论劾元翁，众籍籍谓玄翁指授，元翁则坚卧不出以为反制，九卿大臣及南北科道纷然论奏，极言丑诋，连章三十有奇，有竟目为元凶大奸者，其持论稍平者，也劝皇上亟赐罢玄翁归，以全大臣之体。所谓势比人强，玄翁，当慎思行止。弟此来，即为此事。"

高拱两眼发呆，脸上的肌肉分明在时断时续地跳动着，是吃惊，是不解，是委屈，是不甘，痛苦地唤了一声："叔大！"过了半天，方哽咽道，"高某何罪，竟至于此？"说着，两行热泪，从布满皱纹的眼角"簌簌"地流淌下来。

张居正又叹了口气："皇上仁厚，不发雷霆之怒，虽不舍玄翁去国，却也是勉力招架，实难遏言路的围攻。"

高拱长叹一声："高某绝非恋栈之人，然则，我已上了十一道辞呈，皇上就是不允。况且，目下国政维艰，非只争朝夕、涤故革新不足以扶大厦于将倾，我一走了之，谁替皇上分劳赴怨？"

张居正心中不悦，暗忖：玄翁正是被目无余子、舍我其谁的自负所误！怀安邦治国之愿，具经天纬地之才，足以肩荷社稷、扶大厦于将倾者，就在你的眼前，难道号称金石之交的玄翁却一无所识？居正只能为你拾遗补阙、从旁襄助？这样想着，面对蒙受怨谤、满腹委屈与不甘的好友，张居正的同情心瞬间被一种幸灾乐祸的情绪所取代，隐藏在内心深处的排斥感陡然冒了出来。他极力掩饰着自己的不悦，建言道："以弟愚见，玄翁当暂避锋芒。此非为玄翁计，实为皇上计。"张居正知道，这是高拱的软肋，只要说是为了皇上，高拱就会义无反顾。

"可是，正是皇上坚留，不容我须臾离。"高拱满脸痛楚地说。

"试想，倘若皇上坚留玄翁，"张居正为高拱条分缕析，"南北两京、九卿科道，势必将矛头对准皇上，那么，岂不是置皇上于和满朝公卿直接对立之地？皇上如何措手足？先帝当年因'议大礼'与满朝公卿对立，终以流血镇压而暂时平息；今上宽厚，断不会效法先帝，此僵局如何打破？国政又如何推进？玄翁又如何展布？"

高拱点头。

"适才朝会中，弟留心观察皇上，"张居正又为自己的理由添加注脚道，"见皇上满面愁容，踌躇难决，委实令人替皇上忧。"

"皇上知我，是以不容我去，"高拱激动地说，"我亦知皇上，是以进退失据。"

"不难！以弟愚见，玄翁当取以退为进之策。"张居正充满自信地说，"自嘉靖一朝，大臣仆而复起，屡仆屡起者，何止一人？以弟观察，皇上对徐早有不满，此番徐不择手段必逐玄翁而后快，玄翁不去便罢；果去，则必令皇上对徐增加恶感。弟敢断言，别看当下满朝充斥逐高留徐之声，只要玄翁毅然去国，则风向必为之反转！如此，徐亦难自安。一旦时机成熟，弟当在朝廷为玄翁转圜，玄翁再命驾北来，担当大任。是故，弟敢请玄翁速速决断！"

高拱闻言，顿有豁然开朗之感，道："愿听叔大之言。"旋即又一脸无奈，"然则，我已连上十一道辞表，皇上不许，如之奈何？"

张居正胸有成竹道："早朝之情形，必令皇上忧心如焚。玄翁不能再以被劾为由求去，而当以病体难支为由请求皇上放归。"

"叔大所言甚是。"高拱欣然接受，又道，"叔大，皇上仁厚，悉心委政内阁，本想借此良机，和衷共济除弊振衰，开创隆庆之治，无奈……"高拱摇着头，"不说这些了，我去之后，叔大要多为皇上分忧。"

张居正感叹道："替皇上分忧，自不必说。然则，内阁里都是弟的前辈，弟也很难展布啊！"他抱拳一揖，"玄翁，请为国珍重，弟期盼不旋踵即可追随我兄之后，开创隆庆之治！"说完，起身正欲告辞，忽然又想起什么，"皇上对玄翁必不舍，李芳掌司礼监，守在皇上身边，玄翁不妨知会他一声，请他届时替玄翁遮掩。"

"这……"高拱为难地说，"外臣与内官交通，不妥。"

张居正苦笑一声道："此事，弟来办。"

送走张居正，高拱的心情轻松了许多，他提笔又写了一道辞呈，凄凄哀哀道：

臣实有犬马疾，恐一旦遂填沟壑，惟皇上哀怜，放臣生还故土。

"高先生病耶？"次日一早，皇上看到高拱的奏疏，惊问。

"回万岁爷的话，高老先生病得很重。"李芳回答道。此前，张居正差他的管家游七到李芳位于东华门外的私宅，请他为高拱求去遮掩，李芳遂有这样的答语。

皇上从御座上起身，在乾清宫徘徊，口中喃喃："高先生怎么就病了？"蓦地转身，吩咐李芳道，"快，传御医去为高先生诊治！"李芳刚要走，皇上又吩咐道，"你与御医同去，宣谕颁赏。"

李芳不敢怠慢，须臾即整备停当，率御医及一干人等来到高府，高拱佯装生病，在房尧第和高福搀扶下颤颤巍巍在首门内迎候。

"高老先生听旨——"李芳高叫一声，高拱伏地听宣，李芳宣谕道，"皇上口谕：高先生有恙，传御医为高先生诊治！"两位御医闻言施礼，李芳又道，"皇上口谕：高先生家贫，赏高先生银二百两，让高先生补身子用。"说罢，挥了挥拂尘，随堂太监端出一个盛着银子的托盘，转到李芳手里。高拱本应谢恩，起身恭接赏赐，但听了皇上口谕，他始则哽咽不能言，继之终于抑制不住，放声痛哭起来。李芳递了个眼色，随堂太监把托盘接过去，转递到房尧第手上。

"高老先生，请起——"李芳躬身去搀扶高拱，两位御医也走上前去，正要动手扶高拱，高拱止住哭声，哽咽道："请老公公回奏皇上，恳请皇上哀怜，使臣得生还故里！"

李芳道："老奴必奏于皇上。"说着，向后退了几步，对随行的御医道，"请御医先为高老先生诊治。"

两位御医上前将高拱扶起，请他入座，好为他诊治。

高拱站定，伸手挡住御医靠近："不劳御医了！"语气低沉，却也透出坚定。

第二十一章　拴帝心贵妃纵容太监
试忠诚馆师考验弟子

1

已是入秋的季节，京城依然闷热。近来，皇上总是打不起精神，暑期以天气炎热为由免朝，入秋又以热气未退为由，连续免朝。这天用完早膳，皇上在乾清宫东暖阁听李芳读章奏，刚读了两份，就有些不耐烦："都发交内阁拟票吧。"

李芳小心翼翼地拿出徐阶的一份密札，说："万岁爷，这是徐老先生的密札，按制不能发交内阁。"

"他说些甚话？"皇上心不在焉地问。

李芳知道皇上没有耐心听读全文，就把意思归纳出来："徐老先生说，皇上不宜幸南海子。"

"欺人太甚！"皇上突然发出一声怒吼，"朕要到旧邸看看，他说不成；朕要到南海子去散散心，他又说不成，真不知是何居心，朕这次偏要去！"

"万岁爷，依老奴看，还是算了吧，"李芳边扶皇上坐下，边劝道，"徐老先生固然不敢再阻拦，可科道那里怎么办？既然内阁谏阻，万岁爷硬要去，岂不捅了科道的马蜂窝，不妨等些日子再说。"

皇上泄了气，不再说话，默坐良久，起身往坤宁宫走去。内侍忙备舆辇，皇上摆摆手："不必具威仪！"说着，顾自徒步而行。

坤宁宫乃陈皇后所居。陈皇后一向娇弱，又未育一男半女，宫中甚是冷清，皇上也很少驾临。因为这件事，科道还不时向皇上提出谏言，批评他冷落正宫。皇上怕科道纠缠，特意到坤宁宫一行。见皇上突然现身，陈皇后吃了一惊，施礼毕，便道："皇上，正是处理政事之时，何以到此？"

皇上听皇后一开口就是这种话，心里不觉反感。但还是勉强挤出一丝笑意："科道每每谏诤，说朕冷落了皇后，是以嫡子无出。"说这话时，他打量着皇后白嫩的脸庞，伸手抓住她的一只手，一边摩挲着，一边吩咐侍候在侧的都人，"快去御膳房取酒食来，朕要与皇后同饮几盏。"

皇后挣脱出来，嗔怪道："皇上，那些言官总说皇上沉湎酒色，这时辰正是皇上处理朝政时光，酒就免了吧。"

皇上脸一沉，大声道："你也说这等话！外臣欺负朕，你也这般不体谅朕！"

陈皇后见皇上发怒，低头不再言语，两串泪珠"簌"地滚落下来。皇上本想与皇后缠绵一番的，此时也失去了兴致，叹气道："你不是不知道，朕做皇子时，受尽委屈，如今做了皇帝，也一样不舒畅！"

"那么皇上因何不开怀？"陈皇后怯怯地问。

"你不知道吗？高先生被他们赶走了，谁帮朕说话？谁替朕做主？内阁、科道喋喋不休，终归要朕任他们摆布才罢！"

陈皇后猜想皇上是为内阁、科道屡屡谏诤而烦恼，便劝道："倘若皇上恪守帝范，勤于政事，自可杜外臣之口。"

皇上闻言，默然起身，怅然而出。走出坤宁宫宫门，皇上驻足踌躇了良久，迈步向西走去。李芳猜出皇上是要到翊坤宫去，忙命御前牌子速去通报。

翊坤宫乃李贵妃所居，为内廷西六宫之一，两进院，后院为寝宫，前殿为行礼升座之处。

刚二十岁出头的李贵妃早已闻报，挺着大肚子到翊坤门接驾。她虽是宫女，因诞下皇上事实上的长子——已赐名朱翊钧，裕王继位后，即晋封为皇贵妃。与出身名门的陈皇后端庄、静默不同，泥瓦匠家庭出身的李贵妃，颇是善解人意。最让皇上所喜者，是她床笫之间很是放纵，以至于后宫嫔妃众多，皇上还是愿意常常临幸她。可资为证的是，自从在裕邸时两人有了鱼水之欢，她就每年都有孕诞，时下皇上存活的儿女，皆是她所出。搬入翊坤宫不久，她又有孕在身，日渐显怀。皇上虽不便再与她床笫缠绵，却还时常过来走走，说几句体己话。待迎皇上进了后殿入座，李贵妃知冷知热地问："皇上因何闷闷不乐？"

皇上看了看李贵妃隆起的肚子，良久才道："看文书累了，过来看看凤儿。"在裕邸时，李彩凤乘两人缠绵时，撒娇要裕王叫她"凤儿"，自此凡是私下场合，皇上依然以"凤儿"唤之。皇上不想拿那些烦心事让凤儿不开心，只好轻描淡写地说。

李贵妃起身走到皇上身边，伸手轻捶他的双肩，体贴道："皇上春秋正盛，整日闷在宫里，总是不好的，出宫到南海子打猎，散散心也好。"

"内阁一再谏阻，朕哪里也去不得啊！"皇上回手按住李贵妃的手，"你也不便陪朕、陪朕……这深宫大内，委实憋闷！"

李贵妃把朱唇贴在皇上的耳边，轻声说："皇上若实在想了，要不这就到寝宫去，凤儿就……"她伸出柔软的舌头，在皇上耳根上轻舔了几下，"就用此法侍候皇上。"

皇上浑身麻酥酥的，侧脸看着李贵妃绯红的面颊，起身拉住她的手往床笫移步，走了几步，又踌躇了："恐动了胎气。"

李贵妃不便再勉强，怜惜地看着皇上："皇上，莫不如到别宫走走吧。"

皇上闻言，甚是感动，便道："凤儿这般体贴朕，朕也不想辜负凤儿。"

李贵妃心中暗自好笑。她知道皇上真实想法是什么，因为在与皇上缠绵时，他多次说过，她们都是木头一般，无趣呢！但既然皇上说出不辜负她的话，李贵妃还是十分高兴，越发想让皇上开心，便以伶俐的语调道："皇上，莫不如凤儿陪皇上下盘棋吧？"

皇上没有说话，待李贵妃吩咐都人取来围棋已然摆好了，却兴趣全无："罢了，让她们陪你玩玩吧。"

"嗯，皇上不愿玩也罢。"李贵妃手指点着脑门，咬着嘴唇思忖着，突然一拍手道："那么皇上，钧儿在御花园玩耍，叫钧儿陪皇上散心吧！"

"也好。"皇上只得说。

刚出了宫门，皇上站立片刻，正神情游移间，就望见冯保牵着四岁的朱翊钧的手从御花园那边走了过来。

冯保时下担任司礼监秉笔太监。国制，大内宦官衙门设司礼、御用、内官、御马等十二监；兵仗、巾帽、针工、内染织、酒醋面等八局。司礼监掌印太监一员，秉笔、随堂太监八九员或四五员。凡外廷进呈文书，由秉笔太监照内阁票拟用朱笔楷书分批。冯保即秉笔太监之一。除了批红外，他把大量精力，花在陪伴朱翊钧上，朱翊钧竟以"大伴"呼之。适才在御花园，冯保窥见皇上往翊坤宫走，眼睛就紧紧盯着宫门，一见有了动静，就急急忙忙往回赶。约莫离皇上有四五丈远了，冯保拉着朱翊钧跪地请安。

皇上笑了笑，快步上前，拉起翊钧，抚摸着他的脑袋，心里陡然间生出一丝悲凉。这悲凉，是为自己而生。自己的童年，何曾得到过父皇的关爱？父皇给予他的，只有恐惧。翊钧仰脸见着父皇，见他陷入沉思，而冯保还跪在地上，便上前去拉冯保的手，奶声奶气道："大伴，你也起来吧。"皇上适才欲火中烧，此时也消了大半，只是心里颇是烦躁，也就没有心思陪儿子玩耍，遂顺势说："冯保平身，好好陪皇子，谁让皇子受委屈，朕决不轻饶！"

冯保连连叩头，口中不住道："小奴领旨，小奴一定陪好皇子殿下，请万岁爷放心！"

皇上弯身拍了拍翊钧的后背，就径直往御花园方向走去。冯保跪送皇上走远，急忙拉着翊钧进了翊坤宫，把他交到奶娘手里，小跑着到了后殿同道堂，见到李贵妃，小声道："娘娘，万岁爷近来很不开心呢，得想法子让他老人家开心才好。"

2

李贵妃叹气道："咱们皇上也是可怜哩！自幼备受压抑，战战兢兢度日，好不容易遇到个高先生，得了依靠似的，凡事都要他拿主意出来。如今高先生被那些人赶走了，皇上失去了主心骨，能不烦闷？"

"嘻嘻，以老奴看，皇上恐怕也不全是因为这事吧？"冯保紧紧盯着李贵妃丰润的脸庞，坏坏一笑道。

　　还在裕邸的时候，冯保与李彩凤就颇是投缘。当时，冯保看出彩凤不是安于现状的女子，两人时常私下交谈。冯保提醒一心出人头地的彩凤说，男人出人头地靠科场夺标，女人只能靠姿色。聪明的男人多了，可科场夺标终归是少数；有姿色的女人多了，可真正出人头地的是少数。务必讨得男人欢心，方有出头之日。彩凤甚为赞同。冯保多方搜求，弄到一本《素女经》，还花大价钱买了几张春宫图，偷偷献给彩凤。彩凤眼界大开，床第一试果然不凡。当年的裕王、如今的皇上，因此一直贪她的床第之欢，相比之下，皇后就无趣多了，如今的那些嫔妃，竟也没有一个能压过她的。时下，李贵妃已成为储君的生母，并依然能够让皇上贪恋她的床第，也多亏了冯保的帮衬。所以，李贵妃对冯保，一向言听计从。此刻，她听明白了冯保的意思，轻抚肚子，两颊泛起红晕，以略带遗憾的口吻道："咱不能陪他，他是无乐子可寻了。"

　　"嘿嘿嘿，娘娘，老奴有话要说，请娘娘先赦言者无罪。"冯保狡黠地一笑道。

　　李贵妃猜透了冯保的心思，佯装生气道："冯保，咱知道你是想提督东厂。"

　　"娘娘明鉴!"冯保"嘿嘿"笑道，"皇上贪恋床第之欢，娘娘当比小奴更清楚。可刻下娘娘有孕在身，倘若皇上饥不择食，皇后那里得沛甘露，万一生育，那可是嫡出；其他的嫔妃若借机笼络住了皇上的心，以后把娘娘冷落一边，那滋味……"

　　李贵妃一瞪杏眼道："别绕弯子了，你想说甚?"

　　冯保挤挤眼："老奴要是掌东厂，事体就好办了。"

　　李贵妃一挑眉："你就这么急着坐厂公的交椅?"

　　国制，设东厂，为直属皇帝的秘密侦伺机构，皇上从最宠信的秉笔太监中选一人提督之。掌印太监秩尊，被比为内阁首相，号称内相；掌厂太监权重，被比为外廷都察院左都御史兼亚相，尊称厂公。冯保也知道，厂公位置至关重要，皇帝历来慎重择人，不会轻易听从他人安排。况且冯保资历不够，要想冒升，不能不另辟蹊径。听李贵妃说他伸手要厂公位置，冯保顺水推舟道："嘻嘻，娘娘冰雪圣明! 娘娘一小口枕头风，那令人不寒而栗的东厂，就握在娘娘的手心啦！嘿嘿嘿！"见李贵妃依然笑靥如花，他又颇是得意地说，"老奴的意思是，要把万岁爷笼络在翊坤宫，眼下可为他物色两名美姬。"说完，不敢直视李贵妃，翻着眼皮偷觑，观察她的反应。

李贵妃并未生气，杏眼飞转，斟酌片刻，低声道："待你物色到了，悄悄带到翊坤宫来。"

冯保口中"啧啧"，钦佩她的心机。原以为会招来一顿责骂，却不料李贵妃畅快地答应了。如此一来，皇上必感念她的体贴，且寻来的女子又在她的掌控中，外界也必得出皇上与李贵妃如胶似漆的观感。冯保暗忖：这个女人果然不凡，死心塌地跟定她就对了！这样想着，就献忠心道："娘娘，老奴先慢慢铺垫，待再诞皇子，即请外臣吁立太子。"

李贵妃柳眉轻挑，掩唇道："要小心行事。"

冯保满心欢喜，疾步往外走。出了宫门，远远望见黄罗伞还在御花园里，抱拳向半空一晃，默念道："嘿嘿，万岁爷，你有嗜好就好！"

此刻，皇上已走进了观花殿，这是位于后宫苑东侧的一座平面方形亭子，黄色琉璃瓦剪边，鎏金宝顶。亭内天花藻井，面南设有宝座。皇上心烦意乱地胡乱走了小半个时辰，有些乏了，便在宝座坐了下来。

"护送高先生的人，怎么还没有回来？"坐了须臾，皇上突然问了一句。

"万岁爷，昨行人司有报，说护送高老先生的行人张齐已然回来了。"李芳小心翼翼回答道。一个多月前，皇上被迫允准高拱去职还乡，赐驰驿，特命行人司遣行人护送，又赐银二百两，以资还乡用度。

皇上本跷着二郎腿，听了李芳的奏报，"呼"一下滑动右腿，用力顿脚，呵斥道："大胆李芳，如此大事，竟敢瞒着朕！"

李芳忙跪地，低头偷笑：皇上竟将此看成大事，真也好笑！但转念一想，自高拱走后，皇上思念不止，有时竟至精神恍惚，也难怪他发火。也正因如此，李芳才刻意在皇上面前回避高拱的名字，不料却受此责备，也不知做何解释。皇上站起身，以少有的坚定语气道："传旨，让护送高先生的行人即刻来见！"

"万岁爷，这、这不妥吧？"李芳低声谏阻道，"行人乃从七品微官，焉能独仰天颜？"

国朝设行人司，有行人三百四十五人，以新科进士充任，凡颁行诏敕、册封宗室、抚谕四方、征聘贤才，及赏赐、慰问、赈济等，则遣行人出使。以从七品之官单独觐见圣驾，极为罕见。尤其是，当今皇上极少召见大臣，内阁大佬常常求见不果，却独独召见一个行人，李芳担心内阁、科道会有非议。

"这就见！"皇上态度坚决道，边抬脚迈步出了观花殿。

李芳不敢怠慢，急命随堂太监到行人司传旨，传行人张齐即刻到平台召对。过了半个时辰，皇上在东暖阁稍事休息，喝了杯热茶，李芳就奏报张齐已在平台候驾。皇上起身，来到平台安放的御座，命张齐平身回话。

"此番护送高先生，何以去了这么久？"皇上上来就问。

"启奏陛下，高阁老此次还乡，把三个女儿的灵柩一并带回原籍安葬，东下潞河，走了水路，出运河入卫水，再渡黄河，故而延宕些时日。"张齐战战兢兢回答道。

"高先生何其不幸耶！"皇上感叹道，又说，"你想得很周到，天气炎热，高先生上了年纪，又染恙在身，走水路甚好。此番护送高先生，一路上顺利吗？高先生身体好些了吗？"

张齐把一路情形，择要奏报一番。

"高先生家乡如何？"皇上又问。

"新郑虽有个'新'字，却是古邑，白居易的出生地，欧阳修的长眠处……"张齐不厌其烦地说开了。李芳直给张齐递眼色，让他不要啰啰嗦嗦，皇上听读章奏，每每不到一刻钟即不耐烦了，目下张齐已说了快两刻了，还没有止住。

"当年高先生的祖父为山东金乡令，致仕时行囊寥寥，唯有金乡枣苗若干，携于新郑高老庄，如今一个甲子过去了，新郑成了大枣之乡，微臣所见，枣树成林，硕果累累呢。"张齐兴奋地说。皇上兴趣盎然，还不时追问细节。张齐也就放开胆子，把在新郑的所见所闻，一股脑儿都说了出来。最后，张齐感叹道："高家三代在新郑县城营建了颇是宽敞的宅邸，高家在新郑口碑甚好，倘若不是牵挂皇上，高先生在老家，倒比在这京城自在多了呢!"

皇上点头,沉思了片刻,问:"高先生有什么话没有?"

"高阁老甚是牵挂皇上。"张齐说。

皇上低下头,沉默了。

张齐想了想,又说:"哦,对了,高阁老回到故里,曾赋《闻蝉》诗一首。"说着即为皇上吟诵:

何处寒蝉抱叶吟,日高风静响沉沉。

无端清切惊残梦,暗引悲秋万里心。

皇上叹息一声,喃喃道:"先生此乃为不能一展经国济世之志而痛惜!"

"哦,微臣想起来了,"张齐兴奋道,"高阁老离京,众皆心有忌惮而不敢相送,惟高阁老的门生、兵部主事吴兑送之潞河,高阁老一路上对吴兑说,要多留意边务,还说,今年秋防当格外用心。"

皇上坐直了身子,吩咐李芳:"这就传朕的口谕,着行人司派人去高先生家乡,赐白金一百两、蟒衣两袭,以慰先生之心。"

"微臣愿往!"张齐忙说。

皇上露出满意的笑容,道:"你不辞劳苦,又要往返三千里,足见忠心。"转头对李芳道,"传朕的口谕给吏部,科道有缺,着即甄拔张齐补之。"

张齐叩头谢恩。待张齐刚辞别,皇上对李芳道:"即到内阁,传朕的口谕:今年秋防需格外留心,着内阁写本来说。"

3

文渊阁里,自从高拱走后,委实安静了许多。待得知高拱已然回到老家、闭门读书的禀报后,徐阶便着手复议王世贞为父申雪一事。

这天,徐阶嘱咐张居正在内阁提出这个议题。李春芳、陈以勤皆不言语。郭朴道:"当时高新郑曾有建言,似有道理。"

"安阳的意思,要照高新郑的意见办,还要继续搁置?"徐阶不满

大明首相

第一部 陷阱重重

地问。

郭朴辩道："不是搁置，是统筹解决。我的印象里，高新郑也从未主张搁置。"

"统筹解决，也是要解决的嘛！"徐阶转向陈以勤，"南充，你执笔，拟旨，疏下兵部、吏部并三法司议处。"

"王世贞乃文坛领袖，此举出，天下文人墨客，必感元翁厚德美意。"郭朴揶揄道。

话音未落，大内传旨太监到了。五阁臣跪地听宣，方知是要内阁就加强秋防拿方案报。

"领旨！"徐阶答。接了旨，他起身往外走，边道："诸公不妨先议议。大司寇来谒，已等候多时，老夫先见见再说。"

刑部尚书黄光升来谒，是徐阶相邀的。听到护送高拱的张齐回京了，徐阶才踏实下来。有两件事该有个了断了，遂派人召黄光升来见。

"大司寇，方士王金的案子，办的如何了？"回到朝房，见礼毕，徐阶即开门见山问，"这可是遗诏里明示的，不办妥这件案子，就不能说已与嘉靖朝的修玄斋醮的神道决裂。"

"元翁，王金辈术士固然可恶，但若衡之律法，实难定罪，更莫说死罪了。"黄光升知徐阶意欲处死王金等人，可刑部始终找不出证据证明他们有罪，也没有可援引的法条判其死罪，只得如实禀报。

"去岁海瑞谏诤先帝，起初刑部奏报判他死罪，是依的哪条律法？"徐阶问。

"比子骂父律。"黄光升答，"但那是迫于先帝的压力。"

徐阶以少有的严厉口吻道："大司寇，王金辈术士，以硝黄损先帝圣躬，当以子杀父律，置极典！"不容黄光升说话，徐阶又问，"高阁老遇刺案，查的如何？"

"据本部郎中王学谟禀，确有疑点。不过，王学谟外放后，此事就搁置了。迄为查明，是以未报。"黄光升回答。

那天陈大春禀报徐阶说刑部郎中王学谟在真查刺高案，徐阶当面说就该真查，但旋即就为王学谟升职——山西按察副使，兵备岢岚。黄光升隐隐感到事出有因，谋刺案也就搁置不再查办。但搁置不等于结案，徐阶需要的结果是结案。听完黄光升的禀报，他一笑道："呵呵，大司寇，物证俱在，不能服众？高新郑是想息事宁人的，他一再要求不必让皇上知道，足见他并不愿没完没了查下去。况时过境迁，能查出所以然吗？"

"不了而了之吧。"黄光升心领神会道。

"秋审的事，筹备好了吗？"徐阶忙转移话题。国朝在每年秋季由九卿会审，复审各省上报的死刑案件，秋审早有成例，并不需要内阁关注，但徐阶却特意提及，"此乃新朝首次秋审，请大司寇筹备停当。"说着，即起身送客，"事体甚多，老夫还要主持阁议。"

"呵呵呵，"回到中堂，徐阶先是发出一阵笑声，又解释道："大司寇要禀报秋审的事，老夫说此乃成例，按例行事就是了。"他转向李春芳，"兴化，加强秋防的事，议得如何？"

徐阶离开的这一刻钟，四阁臣都埋头阅看文牍，并没有议起秋防之事，李春芳也只好含糊道："请元翁示。"

适才接到口谕，张居正就猜到，这一定是皇上受了高拱的影响，他断定徐阶也明白这一点，他会认为这是高拱试图遥控朝政，遂大起反感，故意对此事心不在焉，冷漠以对的。故而，张居正虽内心着急，但踌躇再三，还是决定暂时保持沉默。

"老夫郑重宣布，"徐阶一脸庄重道，"即日起，'三语政纲'复活！"

郭朴撇了撇嘴，暗忖：这句话硬是给高拱扣上了推翻"三语政纲"的帽子，也成为徐阶推卸责任的遁词。此公手腕未免太老辣了。他忍不住道："没有谁宣布'三语政纲'作废过吧？"

徐阶睃了一眼郭朴，并不理会他，呷了口茶道："以政务还诸司，秋防是兵部的权责，当由兵部全权画策。"

"元翁，皇上钦命是要内阁写本的。"郭朴不满地说。

"皇上要内阁写本，没有要内阁侵夺兵部的权责。"徐阶不悦地说，他扭脸看着张居正，"江陵，知会兵部，把加强秋防的画策报来，内阁改成公本上奏。"

诸人沉默不语。

"呵呵，"徐阶笑着对郭朴道，"安阳，此议妥否？"

"一切皆由元翁裁夺。"郭朴不冷不热地说。

大明首相

第一部

陷阱重重

"岂敢？大家商榷，集思广益。"徐阶面带微笑站起身，"各自办事去吧！"

张居正回到自己的朝房，净了手，刚要入座，徐阶的书办姚旷就进来了："张阁老，元翁有请。"

4

好几天了，张居正都是心事重重的样子。这天散班，正低头向文渊阁大门走，听到有人唤他："江陵，有心事？"抬头一看，是郭朴。张居正笑了笑："东翁，居正乃晚辈，才疏学浅，冒居高位，怎不战战兢兢。"

郭朴摇头："江陵会说话。"

张居正有些心虚，忙抱拳揖别，快步登轿。"修炼得不够，修炼得不够。"坐在轿中，张居正低声自责道。

那天徐阶召张居正去见，问他："郭安阳俨然高新郑替身，你可察之？"张居正点头。徐阶又说，"你与高新郑乃好友，老夫不能不体谅，与郭安阳，可有瓜葛？"张居正摇头。他明白了，徐阶是在暗示他，与高拱争斗他不帮忙或可谅解，现在该他表现的时候了，想办法赶走郭朴。张居正内心甚忐忑，不知拿什么做文章可以驱逐郭朴。此事压在心里好几天了，散班路上满脑子想的都是这件事，不意被郭朴看出他有心事，张居正心里不免发虚，暗自检讨自己修炼不够。

这件事固然让张居正烦恼，而更忧心的则是秋防。高拱去国前就提到过今年秋防不同以往，但徐阶对秋防却不以为意，以"政务还诸司"为借口，让兵部画策。张居正深知，徐阶把袭故套堂而皇之美化为守成宪、稳大局，也就不愿意破成规，出新政。兵部尚书霍冀深谙此道，大抵也会以成案报来。如此，所谓加强秋防，推来推去还是沿袭往年的做法，以不变应万变。这样想着，张居正自语道："倘若玄翁当国，时下必集中精力研议、指挥秋防；而徐阁老却把心思用在排挤同僚上，真是令人齿冷！"

久久没有理出头绪，张居正决定先放放再说。

过了几天，兵部报来了秋防方案。张居正遵照徐阶的旨意，细心审读，又把去年的故牍找来比对了一番，果然全无变化。重中之重是加强昌平、居庸关一带防守，为此，调保定镇一半兵力驻防黄花岭；其次是固守宣大，将山西镇八成兵力沿草垛山堡至红门口一线布防，以固大同西翼。对兵部的方案，张居正也提不出修改意见，但他有意调戚继光北来，镇守蓟门，徐阶最担心的京师、皇陵安全，当有保证。快散班时，张居正进了徐阶的朝房。

徐阶坐着未动，上下打量着站在他对面的张居正，似乎是在看一个陌生人。张居正浑身颇不自在，手捧文稿欲呈递，徐阶突然阴阳怪气问："叔大，贵同年殷正甫才堪大用否？"

张居正愣住了。他迅疾眨巴着不大的双眼，琢磨徐阶发出此问的底蕴，额头上不觉冒出一串汗珠。

"师相，学生……"张居正嗫嚅着。

"哈哈哈！"徐阶突然大笑起来，指着书案边的一把椅子，"叔大，坐嘛，坐！"

张居正顿觉毛骨悚然，忙道："师相，学生本想呈上内阁秋防策公本稿请师相审定的，突然想到有几句话不妥，拿回去改后再呈师相。"说完，深深一揖，逃也似的走出徐阶的朝房。

"游七，速速去请曾郎中来见！"回到家里，张居正还未进垂花门，就一脸焦躁地吩咐说。说完，就径直进了书房，坐进宽大的圈椅上，长长地喘了口气。

徐阶只是阴阳怪气地随口问到殷正甫，张居正就明白了，是老师对他迟迟没有对郭朴动手感到失望，暗示他不止张居正一个学生，自可再提携他人取而代之，而殷正甫就是一个人选。殷正甫名世儋，他不惟与张居正为同榜进士，又同入翰林，都是徐阶的学生；还同为裕王的讲官，入阁拜相也是顺理成章的。殷世儋颇善钻谋，定然是屡屡到徐阶那里表忠心，让徐阶动容。徐阶未必真的要以殷世儋取代他，但这个信号足以让张居正胆战心惊。以徐阶时下的权势，只要他愿意，让殷世儋入阁、赶走一个张居正，都是手到擒来的事。故而张居正忙找借口逃离徐阶的朝房，什么秋防、调戚继光北来，都不得不先搁置下来，上紧办驱逐郭朴一事。此刻，在等待曾省吾到来的间歇，张居正脑海里浮现出徐阶问殷世儋的那句话，还禁不住额头冒汗。

"太岳兄，有好酒招待？"曾省吾未进书房，就大声说，待看到张居正神态不对，他愣了片刻，问道，"出事了？"

张居正摆摆手，尽量以平和的声调道："有两件事，甚是烦恼，请三省参详一二。"

"是吗？"曾省吾看着张居正的眼睛，"何至于饭也不让吃就火急火燎去叫？"

张居正不想解释："三省，元翁对郭安阳积不能堪，示意我有所为，你看，该如何措置？"

"徐相有的是马仔，何以偏偏托付太岳兄？"曾省吾自问，又自答道，"显然是在考验太岳兄嘛！"

这一层，张居正也想到了。

"积极理解，也可以说徐相要历练历练太岳兄，官场险恶啊，要历练方得智术。"曾省吾得意地分析着，"消极理解，那是要太岳兄递投名状，这就叫：太岳佐徐逐东野！"张居正皱眉静听，曾省吾却不再说下去了，而是问，"那么另一件，何事？"

"秋防。"张居正只好答，"是袭故套，还是另作画策？"

"因何要另画策？"曾省吾问。

"板升接连遭灾，粮食难以供给，而今年春防玄翁筹划严密，北虏未敢进犯，秋防压力是以倍增。"张居正解释说，"若袭故套，援成例，恐不能奏其效。"

"徐相何意？"曾省吾追问。

"以政务还诸司。"张居正答，鼻腔里轻声"哼"了一下。

"那就是要袭故套。"曾省吾说，"袭故套不惟简单，更重要的是无须承担责任；倘若打破故套，万一出事，责任就不是战地将帅的了。责任重大，谁敢轻言改之？举朝也就高新郑傻乎乎有这个气魄。"

张居正叹息一声："调戚继光守蓟镇，可保皇陵、京师无虞。"

曾省吾摇头："此议太岳兄不可提，时机未到。"

"此话怎讲？"张居正问。

曾省吾诡秘一笑："权势不足者，想成事，必有交易方可。"

"三省，你越说我越糊涂了。"张居正皱眉道。

曾省吾却不再解释，背手在书房踱步，突然转身，对着张居正拊掌笑道："太岳兄，赶走郭老头，是好事。如此好事太岳兄怎还愁眉不展？不该，实在不该！"见张居正茫然，曾省吾伸出两根指头，"第一件事，要有为；第二件事，"他把一根指头弯下去，"要无为。此为上策也！"言毕，拍手道，"正所谓徐阁揆聪明反被聪明误，张相公一箭双雕得实惠！"

"又来啦！"张居正嗔怪道，"说下去。"

曾省吾却闭口不言了。

张居正怅然道："最可忧者，今秋北边将有大祸！"

"我所虑者，是从何入手收拾那个郭老头。"曾省吾以调侃的语气道。须臾，像是给张居正打气，一拍胸脯说，"太岳兄放心，不出一个月，让郭安阳卷铺盖走人！"

大明首相

第一部 陷阱重重